庫

悼みの海

熊谷達也

講談社

目次

悼みの海

第一部

すべてが変わった日

1

何の前触れもなかった。

携帯電話が警報音を鳴らすよりも早く、轟音《ごうおん》とともにビルが揺さぶられだした。

いや、あとになって思い返してみると、二日前の昼近くに起きた、仙台でもかなりの揺れを感じた地震が前兆に違いなかった。しかし、川島聡太《かわしまそうた》を含め、誰一人として、大地震の予兆とは考えていなかった。

最初の数秒間は、地震の揺れというよりは、巨大な削岩機で建物が壊されようとしているような振動だった。

地震であることだけは瞬時にわかったのだが、理解の範囲を超える音と振動に頭の芯が麻痺《まひ》して、身動きひとつできない。

聡太にできたのは、「地震だ！」という同僚の叫びや女性スタッフの悲鳴を聞きながら、仕事をしていたデスクの縁《へり》にしがみつくことだけだった。

　ほぼ同時に、オフィスのあちこちで緊急地震速報の切迫したブザー音が飛び交い始めた。聡太の携帯電話も、パソコンのマウスの隣で生き物のように飛び跳ねて、キュン、キュン、キュン、と喚《わめ》いている。

　机から滑り落ちようとしている携帯に手を伸ばした刹那《せつな》、それまでの揺れは遊びにすぎなかったと思えるほどの強烈な横揺れに見舞われた。

　信じられないことだが、足下の床が数十センチも左右にずれまくる。

　腰かけていたキャスター付きの椅子がロデオマシーンのように暴れ回り、首ががくがくと揺れて視線が定まらない。

　椅子から腰を浮かし、右手で机の縁にしがみついたまま、倒れかけているデスクトップ型パソコンのディスプレイを左手で押さえた。

　それで精一杯だった。

　自由になった椅子がリノリウム張りの床の上を自走し、ほかの椅子と衝突してもつれ合う。携帯電話だけでなく、教材として使っているテキストや問題集がブックラックから飛び出して机や床に散乱する。部屋の片隅に設置してあったコーヒーメーカーが吹き飛んでコーヒーサーバーが割れ、残っていたコーヒーを撒《ま》き散らした。それがきっかけだったように、あちこちで陶器やガラスの割れる音が錯綜《さくそう》し始める。

それ以上に底なしの恐怖をもたらしているのは建物自体が発する悲鳴だった。

地鳴りのような轟音が止《や》むことなく響きわたるなかに、ギシギシ、キコキコという、金属どうしが擦《こす》れあっているような嫌な音が混じっている。壁や柱のコンクリートのなかで鉄筋そのものが軋《きし》んでいるのかもしれない。

身体を翻弄する揺れや震動、耳を聾《ろう》する音がもたらす直接的な恐怖とは別に、ビル自体が崩れてしまわないか、天井が落ちてきて潰されやしないかという危惧が頭をもたげた。

九階建てのビルの一階と二階が、常勤講師の一人として聡太が勤める受験予備校になっている。事務室と講師控え室が一緒になったオフィスは、一階のフロアにある。つまり、八階分のコンクリートが頭上に載っている。その上、建物自体がかなり古い。最新の免震構造や制振構造とは無縁の建物だし、耐震構造になっているかも怪しいくらいだ。

それでもなんとか持ちこたえてくれた。大揺れに揺れたあと、徐々に振幅が小さくなり、小刻みな震動に落ち着いてきた。

ようやく収まりそうだと安堵《あんど》の息を吐こうとしたとき、再び揺れが大きくなりだした。

まだ終わらないのか？

そう思って身構えた直後、不意打ちを食らわされたように身体が横に持っていかれて、しがみついていた机から引き剝がされた。

手がかりなしでは立っていることもできず、その場で床に這いつくばった。机の下に潜り込んで頭を抱えている女性スタッフの姿が目に入った。女性だけでなく、男性職員も何人か、同様にして身を守っている。

先ほどよりもさらに激しい揺れが、オフィス内をめちゃくちゃにし始めた。

それまでかろうじて持ちこたえていたロッカーが派手な音を立ててひっくり返り、大量の書類を周囲に撒き散らした。四つん這いになって揺れに耐えている聡太を目がけて、デスクの上を滑ったノートパソコンが飛んできた。肩口をかすめたパソコンが床に転がり、テキストや事務用品が雪崩《なだれ》を打って落ちてくる。

地球自体が痙攣《けいれん》しているような強烈な揺れに、なす術《すべ》もなく、ただひたすら耐え続けるしかない。

二度目の揺れのほうが凄《すさ》まじい。オフィス内の固定されていない什器《じゅうき》や備品は、ことごとく転倒するかひっくり返るか、あるいは、位置がずれるかした。

事実、スチール製の事務机でさえ、聡太の見ている前でずりずり床の上を動き、ペンやらファイルやらホチキスやら、机に載っている物を床の上にばら撒いている。

そうしているうちに、天井の蛍光灯がちらつきだした。ゴゴゴゴッ、という生理的な恐怖を覚える音と、それにともなう揺れに耐え切れなくなったように、蛍光灯がふつりと消えて室内が暗くなった。その直後、いったんは明かりが戻ったものの、それもつかの間のことで、ついに完全に消えてしまった。

それでも幸いだったのは、通りに面した窓から戸外の光が入ってくることで、かなり薄暗くはあるものの、室内が真っ暗にはならずにすんだ。これが日没後で、何も見えない闇の中であったら、恐怖は何倍にも増したに違いない。

それにしても、異常に長い地震だ。揺れの大きさもさることながら、こんなに長く続く地震は一度も経験したことがない。このままビルが倒壊して、瓦礫《がれき》に押し潰されて死ぬのかもしれない、と不吉な思いが脳裏を掠《かす》めた直後に、揺れが小さくなりだした。

立ち上がろうか、それとも机の下に潜り込み、これ以上の揺れが襲ってこないか様子を見ようかと思案したところで、またしても激しく揺れ始めた。それとともに、ドラム缶をバットで殴打しているような音の洪水が戻ってくる。

地震のあまりのしつこさに、頭がおかしくなりそうだった。気づくと、もう止めてくれ、勘弁してくれ、と胸中で懸命に叫んでいた。しかし、身悶《みもだ》えし続ける地球は、聡太の訴えにはいっかな耳を貸そうとしない。

すべてが破壊され尽くすまで、この地震は永遠に続くのじゃないだろうかと、半ばあきらめの気分に陥ったところで、みたび、揺れが収まってきた。

オフィス内に反響していた轟音が次第に小さくなり、揺れが収束するとともに聡太の周囲も静かになった。それでも動かずに、また揺れがやってこないかと身構える。

息を殺したまま、聞き耳を立ててみた。

キーンというかすかな耳鳴りがするだけで、建物を揺さぶる音が震動とともに戻ってくることはなかった。

2

静けさが戻ったオフィス内のあちこちから、人が咳き込む声が届いてきた。続いて、がさごそと身じろぎをする音がして、床にうずくまったり、机の下に潜り込んだりしていた同僚たちが、一様に青ざめた顔をして、恐る恐る立ち上がり始めた。

「大丈夫ですか？」

聡太の近くで床にへたり込み、立ち上がれないでいる女性講師に声をかけ、手を引いて立たせてやる。

「す、すいません。あ、ありがとうございます」

震える声で口にした彼女にうなずき返してやったところで、自分の膝がかくかくと小刻みに震えているのに気づいた。恐怖のせいで膝が震えるなんて、三十五年間の人生で初めての経験である。

それほど凄まじい地震だった。危機から脱した安堵のせいだろう。揺れは収まったものの、次に何をすべきかさっぱり頭が回らない。

そのとき、部屋の一角でガッシャーン、と派手な音がして、女性職員の悲鳴が上がった。

音のしたほうに目を向ける。

天井から吊ってある蛍光灯のひとつが落下し、蛍光管が割れて飛び散っていた。その騒ぎで、ドアのそばにいたふたりの女性がパニックに陥って廊下へと駆け出し、そのまま玄関へ、さらには建物の外へと逃げ出した。

「落ち着いて！　闇雲に動いちゃいかん！　いったん玄関ロビーに移動しよう。ガラスの破片で怪我《けが》をしないように気をつけて」

校長の声で我に返った。

オフィスに居合わせた合計で十名ほどの講師や事務員と一緒に、玄関口のロビーへと移動した。

一度は外へと逃げた女性ふたりも、不安の表情を張りつかせたままではあったが、建物内へと戻ってきた。

校長から何かを訊かれた一人が、

「外から見た限り、建物は大丈夫なようです――」そう答えたあとで、

「たぶん、ですけど……」と付け加えた。

わかった、とうなずいた校長が指示を出す。

「まずは、生徒さんたちの安全を確認しましょう。男の先生方で手分けをして、避難誘導に当たってください。校舎内にいる生徒さんをとりあえず全員ここに集めて」

校長の指示で、聡太ら四名の男性講師が手分けして教室を回っているあいだも、ほぼ五分間隔で携帯電話が警報音を発した。震度四以上の地震が予想されるエリアに自動配信される緊急地震速報のブザー音である。

キュン、キュン、キュン、という切羽詰まった音がするたびに、どっと冷や汗が噴き出した。と同時に、余震に備えて身構えたり、倒れてきそうな危険物から離れたりして、いったん行動を中断することになる。警報音を無視して動き続けるのは心理的に不可能だった。大きな余震がこれほど頻繁に繰り返す地震も初めてだ。

それでも助かったのは、生徒たちの大学受験がほぼ終わったあとで地震が発生してくれたことである。おとといの三月九日に、国公立大学の前期日程試験の合格発表があったばかりだった。私立大学に関しては、後期日程試験もすでに終了して発表を待つだけになっている。学力試験でまだ実施されていないのは、国公立大学の後期日程の学力試

験だけだ。よって、この時期の受験予備校は、一年のうちで最も生徒数が少なくなるサイクルに入っている。

事実、聡太が勤める予備校も、通常の授業は行われていない。本格的な春期講習がスタートするのも二週間ほど先になる。予備校によっては、この時期、講座の空白期間になるところも多いのだが、聡太の勤めている予備校では、基礎固めの特別講座を設けていた。

といっても、一クラス二十名の定員に絞って二クラス設けているにすぎないので、最大でも四十名の生徒、ということになる。さらに、講義形式の授業は午前中の三コマで終わっており、午後の二コマは、自習用の問題集を配付して教室を開放しているだけなので、校舎内にいる生徒数は二十名ほどだ。通常の授業のあるときだったら、中規模の予備校とはいえ二百名もの生徒に対応する必要が出てくるわけで、そうならなかっただけでも助かった。

加えて、最初の大きな地震の揺れが収まったところで、自習していた生徒たちはほとんどが自分で避難を始めていた。したがって、聡太たち四人の男性講師が行ったのは、怯えて動けなくなっている生徒を見つけて避難させることだったのだが、実際には、数人の生徒の面倒を見てやるだけですんだ。

教室内で動けなくなっていた女子生徒を二人伴い、集合場所の玄関ロビーに戻ったところまではよかったのだが、なぜか、集まっているはずの職員や生徒が誰もいない。

いや、薄暗いロビーに事務長がひとりだけ残って、聡太が戻るのを待っていた。

かたわらに近づき、

「みんな、どこへ行ったんですか？」と尋ねると、

「かなり強い余震が続いているからね。万一のことを考えて建物の外に避難することにした」事務長は答えた。

「ああ、なるほど」うなずきながらも、この近くに安全な避難場所なんかあったっけ？と首をひねる。

仙台駅から徒歩で五分とかからない街の中心部に予備校はある。しかも、雑多な雰囲気の裏路地に面しているので周囲は建物だらけだ。

聡太が何を考えているのかわかったのだろう。避難場所をこちらから尋ねる前に、

「すぐそこの――」と、方角を指で示した事務長が、コインパーキングの名前を口にした。予備校に隣接して建っている商業ビルのそばにある、けっこう大きな駐車場のことだ。しかも、仙台駅前という立地にありながらも、立体駐車場ではなく青空パーキングになっている。確かにあそこなら、頭上から何かが降ってくることもなさそうだ。

「さあ、行こう」

事務長に促されて玄関から表へ出てみると、明らかに街の空気が一変していた。

近くに古くから営業している仙台朝市という市民から親しまれている市場があるため、もともと車よりも人通りのほうが多い場所なのだが、人の往来がほとんど途絶え、かわりに車の列が連なっていた。この路地に車が溢れているのを見たのは初めてだ。

列の先頭のほうに目を向けてみて理由がわかった。一方通行の出口に交差点があるのだが、信号が消えて渋滞を引き起こしていた。消えているのは、その信号だけではなさそうだった。もしかしたら、仙台市内全域が停電になっているのかもしれない。

いつもなら、終日、買い物客で賑わっている朝市も様相が変わっていた。

地震発生直後というせいもあるのだろう。どの店先でも、店主や従業員たちが不安を顔に貼り付かせて額《ひたい》を寄せ合っていた。かといって、喧騒に満たされているわけではないので、よけい薄気味悪い雰囲気を漂わせている。

コインパーキングの出口付近は、ひどく混雑していた。

停電で上がらなくなったゲートを係員が手動で開けてやっているのだが、駐車場から出ようとする車が一斉に出口に集まってしまったため、身動きが取れなくなっている。さっきの交差点を先頭にして始まっている渋滞も、駐車場からの脱出をいっそう困難にしているようだ。

そのかわり、駅前の広い通りに面した入り口付近は、新たに入ってくる車がいないせいで、避難するには十分なスペースができていて、予備校の職員や生徒たちも、そこでひと塊《かたまり》になっていた。

聡太たちが合流してほどなく、仙台駅の様子を見に行っていたらしい職員が、校長に報告を始めた。

「駄目ですね。電車は在来線も地下鉄も完全にストップしています。復旧の見通しはまったく立っていないそうです。というか、駅自体が閉鎖されるみたいです」

「バスは？」

「すでに出発していたバス以外は運行を見合わせるそうです。この停電、市内全域に及んでいるらしくて、信号が点《つ》かなくなっているようです。交通が麻痺している状況では運行は無理、ということでしょう」

「タクシーも？」

「かなり混乱してる感じです――」うなずいた職員が、

「お客を乗せて走っているタクシーもあれば、客を乗せずに会社へ戻ろうとしている車もあるようだし、いずれにしても、駅前のタクシープールからどんどんいなくなっています。見た感じ、公共の交通機関は当てになりそうもないです」と付け加えた。

わかった、と答えた校長が、固まっていた二十人ほどの生徒たちに呼びかけた。

「家の人と連絡が取れた人はどれくらいいますか？　手を挙げてみてください」

挙がった手は五つだけだった。

聡太も、駐車場で合流してから、県内で暮らしている両親と連絡が取れないか何度も試みているのだが、案の定というか、携帯電話はいっこうに繋がらない。

メールなら送受信できるかもと思い、静岡にいる姉の聡美《さとみ》のメールアドレスを呼び出そうとしていると、手のなかでいきなり緊急地震速報が作動した。突然のブザー音には、何度聞いても慣れることができない。手にしていた携帯電話を危うくコンクリートの上に落としそうになった。

コインパーキングに避難して身を寄せ合っていたのは、聡太たち予備校関係者だけではない。買い物客やサラリーマン、あるいはOLとおぼしき人々が集まっていて、キュン、キュン、キュン、とあちこちで一斉に警報音が鳴っている。

震源が近いのかもしれない。直後に、かなり強い揺れが襲ってきた。

頭上では、電線が長縄跳びの縄のように揺れる一方で、視線を落とすと、駐車場に残っている無人の車が、誰かが悪戯《いたずら》で揺すっているように、上下にひょこひょこ動いている。最も怖いのはビルの壁面に取り付けられている看板で、固定しているボルトが外れて落ちてきやしないかと不安になるくらい、大きく揺れている。

その揺れも徐々に収まり、周囲は再び静かになったものの、今度は空から雪が降ってきた。

三月に入ったというのに、このところ寒い日が続いていた。五日ほど前に春の陽射しを感じさせる日があったものの、それも一日だけで終わり、今朝も最低気温は氷点下まで下がっている。

そんな天候なので、ほぼ全員が冬物のコートやダウンジャケットを羽織ってはいるのだが、それにしても急速に寒くなってきた。

と思いきや、それまではちらつくだけだった雪が、突然勢いを増した。湿り気を帯びた雪がかなりの勢いで落ちてくる。風も強くなってきて、ときに、吹雪《ふぶき》のような横殴りの雪を叩きつけ始めた。この状況では傘がないとかなりつらい。しかし、傘を持参している生徒は数人だけで、一本の傘の下に何人もが身を寄せ合っている。

聡太たち予備校のスタッフは、校長を中心に協議を始めたものの、なかなか結論に至らない。

このまま雪の降る戸外にいるのは、さすがにまずい。かといって、危険かもしれない校舎に生徒たちを戻すわけにもいかなかった。

あれこれ検討した末に、自転車や徒歩で自宅まで自力で戻れそうな生徒と女性職員は、それぞれの家にここから真っ直ぐ帰ってもらうことに、一方、家が遠くて自力で帰るのが難しい生徒は、男性職員と一緒にこの地区の指定避難所に向かい、いったん屋根のあるところに避難して、方策を考えようということになった。

3

一人一人の生徒に確認してみた結果、二十一名中十五名は、自力で家に帰ることになった。

残る六人は、いずれも郊外に自宅がある生徒だった。最も遠い生徒となると、徒歩では間違いなく四時間以上かかるだろう。しかも、高校を卒業したばかりの女の子とあっては、本人は家に帰りたがっているものの、この悪天候下、途中で暗くなるのがわかっていて、一人で帰すわけにはいかなかった。

予備校で使っているバンでそれぞれの自宅に送り届けることも考えられないではなかったが、その案は最終的に却下された。信号が消えて市内の交通が麻痺しているのは明らかだった。ひどい渋滞が予想されるうえ、途中で交通事故を起こしたり巻き込まれたりするリスクが大きすぎる。

連絡が取れなくても予備校まで子どもを迎えに来る保護者がいる可能性はあった。校長ともう一人が、校舎のロビーに残って待機することになった。

聡太は事務長と二人の講師とともに生徒たちを連れ、指定避難所になっている近所の小学校へと向かった。

雪は相変わらず降り続いているが、予備校の傘立てに忘れ物の傘があったので助かった。とりあえず、全員に行き渡るだけの本数の傘が確保できた。

予備校からは徒歩でも十分とかからずに辿《たど》り着ける距離に、指定避難所のN小学校はあった。仙台市の中心部には、東西と南北に一本ずつアーケード街が通っているのだが、N小学校は南北に通る商店街のアーケードに隣接している街場の小学校である。都会の真ん中の小学校におしなべて共通するように、いまは児童数がかなり減少していて、確か、各学年に一クラスしかないはずだ。

その小学校に行くためには、片側四車線の大通りを横切らなければならない。信号が点いていない交差点を渡るのは危険だったので、交差点の真下の地下道を使った。

通りの反対側に出てすぐのところに、校門があった。ふだん授業のあるときには、防犯のために校門のゲートは閉じられているのだが、いまは避難者を迎えるために開け放たれていた。

が、校舎の前の歩道上で足を止めた聡太は、目にした光景に息を呑んだ。樹齢百年のクスノキが生い茂る向こうに見える小学校の校庭は、文字通り、立錐《りっすい》の余地もないほどの人で溢れかえっていた。

N小学校の校庭に集まっている人々は、近隣の住民だけではなさそうだった。そのほとんどが、仙台駅や駅周辺の商業施設から閉め出された買い物客や旅行者のようだ。とはいえ、よく考えてみれば、自分たちも同じ立場である。

群集となった人々は、雪が降り続いているのも手伝って、かなり殺気立っていた。「早く校舎に入れさせろ！」だとか、「なんで開けてくれないんだ！」だとか、「責任者はどこだ！」などという声が人垣を越えて届いてくる。

あまりの避難者の数の多さに、学校側でも校舎を開けられずにいるのだろう。実際、この数の避難者を全員収容できるとは思えない。

どうしましょう、と事務長と顔を見合わせていると、男子生徒の一人が、

「先生、俺、やっぱり歩きで家に帰ります」と聡太に声をかけてきた。

「家、泉《いずみ》中央だっけ？」

「はい。その先の将監《しょうげん》団地です」と生徒がうなずく。

泉中央というのは、地下鉄の北方面の終着駅だ。

「歩きじゃあ、どんなに急いでも二時間以上かかるぞ」

「でも、ここにいるよりは、まだ明るいうちに歩き始めたほうが――」と言ったあとで、

「それに、明日、試験だし」男子生徒が付け加えた。

現役生ではなく一浪中の浪人生だった。東京と仙台の私大には合格しているのだが、第一志望は地元の国立大で、明日実施予定の後期日程試験が、彼にとっては最後のチャ

ンスになる。

この状況下では、明日の試験は延期されるに違いなかったが、それをいま口にしても意味がない。

どうしようかと思案していると、

「あのー、私たちも家に帰りたいです」

「家が近所なので、二人で一緒に帰れば大丈夫です」

肩を寄せ合っていた二人の女子生徒も、切実な表情を浮かべて訴えてきた。

順繰りに目を向けてみると、六名のどの生徒の顔つきも同様だった。

「事務長――」と口にした聡太は、

「やっぱり、我々で手分けして、生徒たちを家まで送り届けてやりませんか」と提案していた。

4

聡太の提案は、最終的には受け入れられた。避難者でごった返すN小学校の校庭を目の当たりにして、さすがに事務長も及び腰になったようだ。一度予備校に戻り、校長を交えて協議した結果、残っている職員であらためて手分けをして、六名の生徒を自宅まで送り届けることになった。

聡太は、明日の試験が心配でならない様子の男子生徒をなだめながら、徒歩で泉区にある彼の自宅まで送った。

二人が歩いたのは、片側二車線から三車線の幹線道路だった。ゆるやかに蛇行しながらも、目的地までほぼ一直線に通っており、最短距離で到着できるルートだ。歩道も幅が広く取られていて、街の中心部を少し離れれば歩行者の数が減り、普段ならのんびり散歩ができるようなコースである。

その歩道が、人の列で埋まっていた。ほとんどの人々が同じ方角、つまり、街の中心部から郊外へと向かって歩いている。

日没を迎えつつある仙台の街は、いつもよりも色彩に乏しかった。鉛色の空から落ちてくる、湿った雪のせいもあるだろう。しかし、色彩を失わせる一番の原因は、停電によってすべての明かりが消えていることだ。街灯がひとつも点いていないのに加え、いつもならオフィスビルの窓から漏れている蛍光灯の白い光が一切存在しない。交差点の信号も完全に消えている。

そんなくすんだ色合いの街において、唯一の光源は、車道を行き交う車のライトだ。黄色っぽいヘッドライトや赤く灯るテールランプ、ときにタイヤが跳ね上げる水飛沫《しぶき》に乱反射して眩《まぶ》しく光るストップランプが、歩道を歩く人々の影をぼうっと浮かび上がらせている。

不思議なのは、信号が消えているにもかかわらず、さほどの混乱は起きていないように見えることだった。もちろん、どの交差点の周辺でも、渋滞が発生したりのろのろ運転になっていたりはする。だが、ハンドルを握るドライバーたちは、それぞれが先を急いでいるはずなのに、互いに道を譲り合い、そこそこスムーズに交通は流れていて、苛《いら》ついたようなクラクションが鳴らされることもほとんどない。

車道には車が連なり、歩道では人の波が蠢《うごめ》いているというのに、たまさか届いてくる緊急車両のサイレンが静寂を破る以外は、奇妙な静けさが街を覆っている。

暗く沈みつつある街を蟻《あり》の行列と化して人々が歩き続けるなかで、ところどころに、ほとんど動きを伴わない行列ができていた。コンビニエンスストアに並ぶ人の列である。臨時休業の貼り紙を出しているコンビニも多いのだが、店じまいをせずに客に対応している店舗もあった。普段なら皓々《こうこう》とした白色光が目に眩しいコンビニの店内は、屋外よりも暗い。見慣れない光景のせいだろう。違和感を覚えることはなはだしい。

人々は、水や食料品を確保するため、売り切れになる前に並んでいるに違いなかった。聡太も、自分一人だったらその列に並んでいたかもしれない。

歩き始めたときの男子生徒は、明日実施予定になっている国立大学の後期日程試験に対する不安や心配をしきりに口にしていた。だが、仙台北警察署近くの大きなT字路交差点を、歩道橋を使って渡ったあたりから、次第に無口になってきた。それからほどなく、北郵便局の建物が右前方に見えてきたころには、すっかり押し黙って、口を開かなくなった。

この世の終わりかと思われるような大地震に見舞われてからある程度時間が経ち、冷静さを取り戻し始めているのか、自分の殻に閉じこもろうとしているのか、どちらなのかはわからない。しかし、聡太としては、生徒の沈黙がむしろありがたかった。明日の試験がどうなるか訊かれても何も答えられないということもあったが、しゃべることそのものが億劫《おっくう》になっていた。

それは、周囲の人々も同じようだった。最初のうちは会話をしながら歩いていた会社の同僚どうしと思われるグループも、今は足下に視線を落として、ただ黙々と歩いている。何かをしゃべれば気が紛れる、という段階をすでに通り越しているのだ。

同じ方角に歩く人々の胸中にあるのは、それぞれの家族の安否に違いなかった。

聡太も、歩きながら時おり携帯電話を取り出して、実家や静岡の姉に電話が繋がらないか試しているのだが、どうしても通じない。何度か繋がりそうな気配がしたときもあったのだが、中継局がパンクしかけているのか、通話制限がかかったままなのか、接続する前に無音になったり、話し中の音に切り替わったりと、さっぱり役に立たなかった。

携帯電話による通話のみならず、メールの送受信にも支障が出ているようだ。生徒を送りに歩き始める前に、静岡で暮らしている姉にメールを送ってみたのだが、いっこうに返信がないまま歩き続けている。

と思ったら、道のりの半分が過ぎたあたりで着信音がした。

ポケットから取り出した携帯電話を開いて覗《のぞ》き見ると、姉の聡美からの返信だった。メールのほうは完全にダウンしているわけではないようだ。

携帯のディスプレイに目を落とした聡太は、思わず立ち止まった。直後を歩いていたらしいサラリーマンが、「おっと」と小さく声を出しながらもうまくかわしてくれ、雪と寒さに背中を丸めて歩き去っていく。

道端に寄り、姉が送ってよこした文面を凝視している聡太に、

「先生？」男子生徒が声をかけてきた。

「どうかしたんですか？」と尋ねた生徒に、

「いや、何でもない。急に止まってごめん。さ、行こう」とうながして携帯電話を折り畳み、再び歩き出す。

何でもない、と生徒には答えたものの、聡太の頭のなかでは疑問と不安が渦巻いていた。

〈無事でよかった！　でも、お父さんとお母さんが大変。一度だけお母さんと電話が繋

がった時、車で逃げている途中だけど渋滞にはまって動けないと言ったきり、連絡が途絶えています。二人が心配でなりません。聡太のほうで連絡がつくようなことがあったら、すぐに教えて！〉

これが聡美からのメールだった。

親父とお袋が車で逃げているって、どういうことだ？

姉もかなり焦っているのか、慌てているのか、肝心なところがわからない文章である。

首をひねりながら歩を進めていた聡太は、ぎくりとして、再び立ち止まりそうになった。

止まりかけた足を動かしながら考える。

もしかしたら、という疑念が、たぶんそうだ、という推測に、さらには、そうに違いない、という確信へと変わっていく。

聡太の実家がある仙河海《せんがうみ》市は、宮城県の北の外れ、リアス式海岸の入り江に抱かれた港町である。あの場所で、大きな地震の直後に何かから逃げているのだとしたら、その何かとは津波以外には考えられなかった。

親父とお袋は、津波から逃げるために避難している……？

姉のメールによって引き起こされた聡太の疑念や不安は、次第に膨れ上がる一方になった。しかし、男子生徒を無事に自宅まで送り届けたあとも、それらを解消する手立ては何もなかった。

生徒たちを自宅まで送ったあと、携帯電話が繋がらない場合は、その報告と明日以降の打ち合わせのため、一度、予備校に戻る段取りになっていた。

日没後、しばらくのあいだはメールの送受信が可能だった。携帯は、やがてうんともすんとも言わなくなり、「圏外」の文字が表示されるだけになった。この地震と停電で、中継局やアンテナ自体に支障が起きているのかもしれない。

連絡をあきらめた聡太は、バッテリーを節約するために携帯の電源を切り、歩いてきたばかりの幹線道路を、再び仙台駅の方角に向かって歩きだした。

地震直後から断続的に降っていた雪は、今は止んでいた。空を仰ぐと、夕方は鉛色に垂れ込めていた雲が薄くなり、雲の切れ目に星の瞬きが垣間見えた。しかし、吐き出す息が白くたなびくほど、気温が低い。

歩道上を歩く人の姿も、通りを行き交う車のヘッドライトの数もだいぶ減ってきている。それもほとんど逆方向で、聡太と同じ方角、街の中心部に向かう者は皆無に近い。

それにしても、すべての明かりが消えている街の光景は薄気味悪い。さらに不気味なのは、東側の空が、薄ぼんやりと赤っぽく浮かび上がっていることだった。

何が原因なのだろうと考えながら歩いているうちに、もしやと思い当たった。

太平洋に臨む仙台港周辺には、ガスや石油の貯蔵タンクが建ち並んでいる。もしかしたら、貯蔵施設が損傷して火災が発生しているのかもしれなかった。

想像しただけでぞっとするような光景を意識から締め出し、身体を温めるために、できるだけ早足で歩き続けた。

といっても、片道が十キロあまりの道のりである。男子生徒の自宅と予備校を往復するのに五時間あまりかかってしまい、翌日からの業務の見通しや受講希望者への今後の対応など、残った職員で必要な相談を終えて一段落した時には、もう少しで午後十時になろうとしていた。

5

聡太のような専属の常勤講師も含め、予備校の全職員は、翌日からの土日の二日間、出勤せずに各自の自宅の復旧や生活環境の整備に専念してかまわないことになった。それに伴い、予定していた特別講習は休講になったが、すべてのインフラが遮断されたこの状況下で、生徒が講習を受けに来るとも思えなかった。

正面玄関のドアに臨時休校を知らせる張り紙をした予備校をあとにした聡太が、自分のアパートに辿り着いた時には、午後十一時をいくらか回っていた。

三年前に東京から越してきて以来住んでいる、各階に四戸ずつ、合計八戸が入っている二階建ての長屋式のアパートで、二階の角部屋を聡太は借りていた。

同じような造りのアパートの多い界隈《かいわい》なのだが、周囲には一戸建ての民家も少なくない。小さな公園を挟んだ表通り側には、かなりの戸数が入った分譲マンションがそびえているので、どことなく裏通りっぽい落ち着いた雰囲気がある。最寄りの地下鉄駅までは徒歩だと二十分ほどかかってしまうが、ＪＲ駅には十分程度で行ける。大通りの向かい側に大きなスーパーがあるので便利がよく、生活環境的にはそこそこ気に入っている。

聡太のアパートのみならず、周囲の建物の窓は、いずれも真っ暗だった。いや、気をつけて見てみると、ロウソクの炎なのだろう、オレンジ色のかすかな明かりがちらついている窓が、いくつか目にとまった。

ロウソクの買い置きなどの、停電に対する備えは何もしていなかったなと、ちらつく明かりを目にしながら後悔した。それだけでなく、懐中電灯さえ備えていないような気がする。これでは、真っ暗なアパートに入ったところで、復旧作業はできそうになかった。しかし、喉の渇きと空腹が耐えられないほどひどくなってきている。

近くの避難所に行ったほうがよいだろうか、という考えが浮かんだものの、Ｎ小学校の様子を思い出して、すぐに打ち消した。それよりも、冷蔵庫にはミネラルウォーターのボトルと缶ビールが数本ずつ入っているし、ツナ缶の買い置きもあるはずだ。それ以外にも、探せば加熱調理をしなくても食える食材が少しは出てくると思う。とにかく、まずは腹ごしらえだ。

そう考え、階段の手すりを手がかりにして、二階へと続く階段を上る。

手探りでドアノブを探し当てた聡太は、施錠を外したあと、まるで他人の部屋に泥棒にでも入ろうとしているかのように、アパートのドアを慎重に開けて室内を覗き込んだ。しかし、いくら目を凝らしても、真っ暗で何も見えない。

部屋の間取りは典型的な2Kである。玄関から入ってすぐの左手側がキッチンで、右側にユニットバスとトイレがある。キッチンの奥がフローリングのリビングになってて、襖《ふすま》で仕切られた右側が畳敷きの寝室だ。二部屋とも六畳なので決して広いとは言えないが、独り暮らしには十分だった。

少し考えたあとで、玄関のドアは開けたまま、土足で室内に入った。左手を壁に這わせ、爪先で障害物を探りながら、少しずつ冷蔵庫があるはずの位置を目指して移動していく。

左足の爪先が固いものにぶつかった。

靴底で確かめながら、

「あーあ、やっぱりか……」声に出して呟く。

食器棚が倒れて、収納してあった食器類が床一面に散乱している。

冷蔵庫は倒れた食器棚の向こう側だ。

割れたガラスや陶器の破片を踏みながら食器棚を回り込み、ようやく冷蔵庫の前に辿り着いた。

いつもなら、玄関のドアを開けて十秒後には缶ビールのプルトップを引き上げているというのに、ここまで到達するのに五分近くかかっているかもしれない。

幸い、独り暮らしに手ごろなサイズの二ドアの冷蔵庫は倒れていなかった。

位置がずれているような気がしたが、無視して冷蔵室のドアを開けた。もちろん、いくら凝視しても何も見えない。

手探りでミネラルウォーターのペットボトルを探し当てた聡太は、キャップを開け、ぐびぐびと水を喉に流し込んだ。生き返った心地がする。一息入れたあとで水道の栓をひねってみたが、やはり断水していた。冷蔵庫内を確かめてみると、五百ミリリットルのミネラルウォーターがさらに三本、三百五十ミリリットルの缶ビールが四本入っていた。これが飲み物のすべてだ。

食料はというと、ツナ缶が三個にフランクフルトソーセージの袋がふたつだけ。シンクの下の収納棚にはカップ麺の買い置きがあるはずだが、お湯が沸かせないのでは意味がない。

何も見えない暗闇の中で物を探すのがどれほど大変なことか、嫌というほど思い知らされる。そしてまた、ソーセージを齧《かじ》るだけの粗末な食事でさえ、この暗闇の中ではする気になれなかった。

冷蔵庫を前にしばらく思案した聡太は、アパート内ではなく車の中で食事を摂ることにした。ルームランプの乏しい明かりでも、真っ暗闇と比べたら雲泥の差がある。

そう考えたところで、アパートの駐車場に停めてある車に行けば情報が取れるじゃないかと、今になって気づいた。車には、ワンセグテレビの機能がついたカーナビがある。今ごろになってようやくそれに気づくとは、やはり、頭が普通に働いていないのかもしれなかった。

飲み物と食材を運び込み、今夜は車中で寝ればいい。それには、食料だけでなく布団か毛布も必要だ。いくら車の中とはいえ、この気温では、寝具なしでは眠れないだろう。

しかしそのためには、どうなっているかわからない状態のリビングを通り抜け、手探りで寝室まで行かなくては……と考えたところで、もうひとつ、思いついた。

ズボンのポケットから携帯電話を取り出して、切っていた電源を入れた。

ほどなく液晶ディスプレイに待ち受け画面が呼び出され、手元がぼうっと青白く浮かび上がった。頼りない明かりではあるものの、ここまで暗い中では、懐中電灯の代用品になる。

相変わらず「圏外」の表示が出ているのを確認してから、足下を中心に照らしてキッチンからリビングへと入っていく。

リビングは、まあまあ無事なようだった。背の高い家具は置いていないので、ざっと見た限り、さほど大変な状況にはなっていないようだ。と思いきや、テレビ台からテレビが転げ落ちているのが見えて、聡太は顔をしかめた。仙台に越してきてすぐに買い求めた、四十二型の薄型液晶テレビだ。壊れていなければよいのだが、と思いつつも、確かめるのは明日に回すしかなかった。

辿り着いた寝室は悲惨な状態だった。ベッドの足先の壁際に設置していた大型の本棚がふたつ、どちらも倒れて、本や雑誌を部屋中に撒き散らしている。しかも、片方の本棚はベッドを直撃していた。

ベッドの上に倒れている本棚を見て冷や汗を掻《か》く。今回の地震が就寝中に発生していたら、間違いなく下敷きになっていた。

一応、地震対策の処置として、突っ張り棒を二本ずつ、本棚と天井のあいだに噛《か》ませておいたのだが、まったく役に立っていなかった。揺れた方向も関係しているのだろうが、いい加減な地震対策では何の効果もないという、駄目の見本のような対策だった。

気を取り直し、ベッドと本棚に挟まれている上掛けを引っ張り出そうとしたものの、本棚と本を取り除かないと無理だ。

あきらめた聡太は、床一面に積み重なっている本を乗り越えて、押入れへと移動した。土足で本を踏むのがためらわれた。しかし、片方の本棚がガラスの扉がついているタイプだった。そのガラスが粉々に割れ、本と一緒に飛び散っていて、靴を脱ぐことはできなかった。

押入れから毛布を二枚引っ張り出したあと、再びキッチンへと戻り、ミネラルウォーターを二本と缶ビールを一本、フランクフルトソーセージのパックを一袋、コートのポケットに収めてから表へと出た。

毛布を抱え、つまずかないように慎重に階段を下りた聡太は、自分の部屋の駐車区画に停めてある愛車を前にした。就職して二年目に、四十八回のローンを組んで買ったスポーツタイプの黄色のシビックで、今年の夏で五回目の車検がやってくる。年数が経過しているわりには走行距離が五万キロ弱と少なく、調子はいい。

距離が伸びないのは、東京にいた時も仙台に来てからも、普段の通勤や買い物には使っていないからだ。維持費のこともあり、手放そうかと考えた時期もあるのだが、かなり気に入って買った車だったので、売却の決断ができないでいるうちに、十年を超えてしまった。

ロックを外してドアを開けると、ルームランプが灯り、シートとダッシュボードの周辺が仄かに浮かび上がった。

手にしていた毛布を助手席に放り込み、コートのポケットから取り出した飲み物とソーセージの袋をその上に置いてから、運転席に身体を滑り込ませる。

ドアを閉めると、ようやく人心地ついた気分になれた。自分の車がこんな役の立ち方をするとは予想もしていなかったが、売却をせずに手元に置いていてよかったと、この時ほど強く思ったことはない。

6

車中での食事を始める前に、カーナビのワンセグでテレビを見ることにした。どういう状況になっているのか、ある程度わからないことには、落ち着いて食事を摂ることも眠ることもできそうにない。

それにしても冷え込む。卒業式シーズンの仙台はまだまだ寒い。三月に入ってからも一度か二度、まとまった雪が降るのはいつものことだ。しかし、なにもわざわざこのタイミングで降る必要はないじゃないか、と恨めしくなる。

とりあえず、エンジンをかけて暖を取ろう。

イグニッションキーをひねりかけたところで躊躇《ちゅうちょ》した。ほとんど深夜といってよい時刻で、周囲は静まり返っている。この車、マフラーを社外品に換えてあるので少々煩《うるさ》い。

聡太にしても、かまうもんか、とキーをひねるような年齢ではなくなっている。つかの間、迷ったあとで良識のほうが勝った。キーを最後まで回さずアクセサリーの位置で止めて、カーナビのワンセグをつけてみる。

受信にわずかに手間取ったあとで、民放のニュースキャスターの顔が映った。時間帯からいって通常の番組編成ではないようだ。たぶん、全部の局が地震関連のニュースにシフトしているのだろう。

しばらく画面を見守り続けたが、キャスターが何を言ってるのか、うまく理解できない。陸前高田《りくぜんたかた》が壊滅に近い状態——大船渡《おおふなと》がほぼ壊滅——荒浜《あらはま》に二百体以上の遺体が漂着——などと、手渡されるペーパーをさっきから読み上げているのだが、壊滅ってどういうことだ?

やがて画面が海の映像に切り替わる。まだ昼間の海で、ヘリかセスナから撮影した上空からの映像だ。

うわっ、なんだ、これ……。

ワイドになる前の旧型のカーナビなので画質が悪い。しかし、異常な大きさの津波が、生き物みたいにのたくって陸地を呑み込んでいるのがわかった。名取《なとり》市、というアナウンサーの声で、ああ、閖上《ゆりあげ》のあたりか、と見当はついた。

小さな漁港を中心に、ゆるやかに湾曲した砂浜が松林を従えて南北に連なり、背後には田圃《たんぼ》や畑が広がる長閑《のどか》な海辺だ。

真っ黒い水の壁が土煙を巻き上げつつ、建物や田畑を次々と呑み込んでいく映像を見ても、以前に佇んだことのある浜辺で起きている光景だ、という実感がまるでわかない。

呆然として見つめていたワンセグの津波の映像が、ふいに暗くなる。映像が途切れたのではなかった。日が暮れてから撮影された絵に切り替わったのだった。場所も違っているようだ。妙に黒光りする闇を背景に、オレンジ色の炎が燃え上がっている。

ワンセグの画質が悪くて、撮影地点を示している文字が読み取れない。

どこだいったい……。

眉根を寄せた直後、血の気が引いた。

宮城県の仙河海市、とアナウンサーがしゃべるのをはっきり聞いた。と同時に、画面の下に大きなテロップが出た。そこにも仙河海市の文字がある。

間違いなかった。聡太の故郷が燃えている。

自衛隊機が上空から撮影した映像だった。火災などという生易しいものじゃない。あたり一面火の海だ。津波がどうとか、重油がどうとか、アナウンサーが言っているものの、まともに耳に入ってこない。

終わったな……。

なぜか、そんな呟きが胸中で漏れた。何が終わったのか、自分でもわからない。声に出していたとしたら、ひどく冷めた口調になっていたはずだ。

俺は何に向けて終わったと呟いたのだろう。ぼんやり考えてみるが、浮かんでくるのは、これで終わり、ジ・エンド、ゲームセット――そんな言葉ばかりだ。

しばらくぼんやりとワンセグのテレビ映像を眺めていた聡太は、次第に苛立ってきた。

大津波の衝撃的な映像が何度も流されるわりには、津波に遭った地域が現在どうなっているのか、具体的な情報がないに等しい。同じ映像ばかり繰り返し見せられるのが次第に嫌になってきたところで、東京都内の様子が映し出された。何？　この人の群れ、と首をかしげた直後、何の映像かわかると同時に、ムカついた。電車がストップして帰宅困難になった人々？　そんなのどうでもいい。こっちの知ったことじゃない。このニュースキャスター、馬鹿なのか？　放送するニュースを選んでいるのは、顔が映っていないディレクターなのだろうが、こんなどうでもいいようなくだらないニュースを、深刻そうな顔をして伝えたってしょうがないだろう。

見ていると、もどかしさが膨れ上がって腹が立ってくるだけだったので、テレビはやめてラジオに切り替えることにした。後付けのカーナビの電源を切ってから、カーラジオのボタンをプッシュする。手動でチューニングダイヤルを回し、ＡＭのローカル局を中心に、いくつか周波数を梯子《はしご》して耳を傾ける。

ラジオのほうはテレビよりもだいぶましだった。やはり、想像が及ばないほどの津波被害が沿岸部では発生しているらしい。加えて、あちこちに避難している人々の安否情報をアナウンサーが読み上げている。といっても、集まってくる情報そのものが曖昧だったり少なかったりで、聡太が最も知りたい仙河海市内の状況については、ほとんど何もわからない。

テレビのように腹が立つことはなかったものの、ラジオに耳を傾け続けるのも疲れてきた。あれだけ空腹だったはずなのに、すっかり食欲が失せていた。だが、たとえ食欲がなくても、少しは食っておいたほうがいいだろう。

ラジオのボリュームを絞り、ルームライトのスイッチを入れた。ダッシュボードが黄色っぽく浮かび上がる。普通の常夜灯よりもかなり暗い。

それにしても暗いな……。

そこで、もしかしたら、と思いが至った。このシビック、しばらく動かしていない。この前走らせたのはいつだったか、思い出せないくらいだ。バッテリーが放電して電圧が下がっているような気がする。バッテリーそのものも、そろそろ交換時期を迎えていたはずだ。バッテリーが完全に上がってしまったら、エンジンを掛けられなくなってしまう……。

助手席に置いていたビール缶とソーセージの袋を膝の上に載せてからルームランプを消し、エンジンキーもオフの位置に戻した。

結局、暗闇の中、手探りで食事を済ませるはめになる。

しばらくして食事を終えた聡太は、一度車から降りてアパートに戻った。

携帯電話のディスプレイを懐中電灯代わりにしてトイレに入る。

ぼうっと浮かび上がった便器を見下ろして顔をしかめた。便器の蓋《ふた》を閉じていなかったせいで、棚から落ちてきた予備のトイレットペーパーが三個、便器のなかに入っている。拾い上げたトイレットペーパーを掃除用のポリバケツに移してから小便をすませた。

何も考えずに水洗のレバーをひねったところで、しまった、と舌打ちした。いつもの習慣で、小用にもかかわらず大のほうにレバーを回したせいで、タンクの水が全部流れてしまった。浴室のバスタブにも水は張っていない。断水がしばらく続くようだと、飲み水の問題もあるが、トイレを流せなくなってしまう。だが、考えていても始まらない。トイレのことは忘れることにして、車に戻った。

運転席に身体を滑り込ませた聡太は、相変わらずアンテナの立っていない携帯電話の電源を切った。電池の残量が半分以下になっている。しょっちゅう車を使うドライバーなら、シガレットライターから電気を取れる充電器を所有しているのが普通なのだろうが、残念ながら持っていない。明日、コンビニで買えるようなら、車で使える充電器を買っておいたほうがいいだろう。

アパートから運んでおいた毛布にくるまってみた。毛布から出ている足元が寒い。二枚のうち一枚で腰から下を覆う。そのぶん上半身の暖さが減った。何度か毛布をずらしてみる。これならどうにか、という位置を見つけて妥協した聡太は、しばし迷ってからラジオをつけた。バッテリーが心配だが、新しい情報がないかどうしても気になる。

地元局に周波数を合わせて耳を傾けてみたものの、今の仙河海市がどうなっているか、具体的な情報は聞こえてこない。

諦めてラジオを消し、無意識にため息を吐《つ》いたところで、この人たちは……と、ふと浮かんだ。

この人たち、というのはラジオでしゃべっているパーソナリティのことだ。地元局の人間なのだから、自宅も仙台市内かその近郊にあるはずだ。自分の家や家族がどうなっているかわからないままに、こうして放送を続けているのだろうか。彼らだけでないはずだ。たとえば、病院の医師や看護師とか、警察官とか消防署員、あるいは、市役所や県庁の職員など、街の表面上の静けさとは裏腹に、かなりの数の人間が、戦場のような職場で今も働き続けているに違いなかった。

彼らと違い、今の自分には、しなければならないことやできることは何もない。それがよいことなのか悪いことなのか、この状況ではどちらとも言えないが。

ともあれ、夜が明けて明るくなり、人々が活動を始めれば、もう少しいろいろなことがわかるだろうし、この先のことも具体的に考えられるようになるだろう。とにかく、まともな明かりがない中では、何をしようにも困難きわまる。何もできない以上、今の聡太にできるのは寝ることだけだった。

そう簡単には寝つけないだろうと思っていたのだが、自分で思っている以上に疲れていたのかもしれない。頻繁に発生していた大きな余震が夜更けになってから次第に収まってきたこともあり、いつの間にか聡太は、夢も見ずに眠りに落ちていた。

一夜明けて

1

聡太の眠りを破ったのは、四サイクル単気筒エンジンの音だった。その音が耳に飛び込んできた時、目を開ける前から、スーパーカブの音だとわかった。

しぶいまぶたを開けると同時に、明るくなっているシビックの窓のすぐ外を黒い影がよぎって、ぎくりとした。車上荒らしかと思って一瞬身構えたものの、違っていた。

ほどなくガシャンというギヤの入る音がした直後、スーパーカブが走り去り、それでも完全に消えることはなく、わりと近くで再びサイドスタンドが出される音がしてアイドリング状態になる。

ああそうか、新聞配達か……。

覚醒しきっていない頭でぼんやり考えたところで、昨日の地震の記憶がいっぺんに戻ってきた。

「あ痛たた……」

リクライニングさせたシートの上に身体を起こそうとして、思わず呻《うめ》いた。腰から背中にかけて、さらには首筋や肩の筋肉が凝り固まってギシギシ言っている。やはり、シビックの窮屈なセミバケットシートで寝るのは身体にこたえる。

ゆっくりと身を起こし、ダイヤルを回してリクライニングさせていたシートを元に戻した。

フロントウィンドウ越しに、スーパーカブでせっせと新聞を配っている配達員のジャンパーが見えた。腕時計に目を落としてみると、あと十分ほどで午前六時になるところだった。新聞配達のバイクが走り回る時刻はとっくに過ぎているのに、と思ったところで、新聞が配達されている事実自体に驚いた。もしかして、昨日の地震や津波は夢だったのでは？　と期待を込めて考えてみたが、それはあり得ない。昨日の出来事はすべて現実としてあったことだ。

シビックのドアを開けた聡太は、新聞受けから地元紙の朝刊を取り出して再び車に戻り、ハンドルの前で広げてみた。こういうレイアウトを何と呼ぶのかはわからないが、最初のページと最後のページが見開きになっている。いつもは三十ページ以上ある朝刊が今朝は八ページという薄さであるものの、ページ数などどうでもよくなる衝撃を受けた。見開き二ページにわたって「宮城　震度7　大津波」の白抜きの大見出しが躍り、その下には、「M8・8　国内最大　死者・不明者多数」と、通常の大見出し以上のサイズで小見出しが印刷されていた。

見出し以上に衝撃的だったのは、これも見開き二ページにかけて掲載されている大判の写真だった。

「地震による大津波で流された多くの家屋＝11日午後4時8分、名取市」とキャプションの入った、上空から撮影したカラー写真に、妙な言い方ではあるが、しばらくは声を失って見とれてしまう。

油が浮いているのだろうか。汚れた海に無数の木片が瓦礫となって浮き、家屋に絡み付いている。家屋といっても海面上に見えているのはすべて二階部分だ。一棟だけ、三階建ての鉄筋コンクリートのビルが認められるが、あとはすべて木造家屋で、そのほとんどが一般住宅だ。キャプションで言っているように、津波によって流された家々が、かろうじて持ちこたえたらしい家屋にぶつかり、からまり、固まっている。

写真の中央、少し左寄りでひと塊になった数軒の家が炎と黒煙を上げて燃えていた。海の中で家が燃えているひどくちぐはぐな光景が、かえってリアルに迫ってくる。

写真の上の方に、太平洋へ臨む海岸線があった。点々と浮いている家の向こうに、半分水没した松林が一直線に横切っていることで、海岸線なのだとわかった。

昨夜ワンセグで津波の映像を目にしたり、この新聞で写真を見たりする前までは、津波というのは、海辺に押し寄せる波が単に巨大化したもの、というイメージしか持っていなかった。サーファーが挑むビッグ・ウェーブのように。しかし、それは全然違っていた。本物の津波というものは、もうもうと土煙を巻き上げ、ときに炎で家屋を焼きながら襲い掛かってくる、何の躊躇も容赦もない黒い壁の塊だった。そんなふうに津波を描いた映画や小説を、観たり読んだりしたことは一度もない。人間の想像力の貧困さを思い知らされた気分になる。

同じページに、もう一枚、縦長の写真があった。こちらも上空から撮ったもので、仙台市内にあるビール工場だった。高さが二十メートル以上はあると思われる白い貯蔵タンクが無残に倒れている。全部で十五本くらいあるタンクのうち四本が、タンク間に渡してあるタラップを道連れにして横倒しになり、敷地を泡だらけにしている。その奥の、社屋と思われるビルの屋上には、建物内から避難した大勢の従業員が呆然とした様子で立ち尽くしていた。

トップの記事にざっと目を通し、めくったページにも、各ページに一枚ずつ、今度は白黒で大きな写真が載っていた。それぞれに、「津波にのみ込まれる岩沼《いわぬま》市の沿岸＝11日午後3時56分」、「地震による津波で冠水した仙台空港のターミナル（中央下）周辺＝11日午後」のキャプションがあり、その上には「想定外の激震　初の巨大複合型」の大見出し。

　さらに次のページにも、今まさに津波に呑み込まれつつある、名取市の沿岸の松林と住宅地の写真があった。手前が牧草地みたいに開けていて、すぐそばまで波が来ているというのに、なぜか二十台くらいの車が動く気配もなく綺麗に並べて停めてある。車の持ち主や住宅の住人は徒歩で逃げたあとなのだろうか、とも思うのだが、人の姿は皆無でよくわからない。

　残りの写真は、昨夜の仙台市内の避難所の様子や、崩れた石塀、瓦を散乱させて倒れている寺院の門扉、道路の地割れ、外壁が崩落した家具の量販店などで、普通だったら息を呑んで見入っているだろうが、その前に見た写真があまりに凄まじく、たいした感慨を抱くこともなく、視線が上滑りしてしまうだけである。

　そんな紙面のなか、東京都知事選への出馬動向と首相への違法献金問題の記事が、中央政界の動きとして載っていたものの、この状況下では何かの冗談みたいだ。

　普段よりも何倍も丁寧に、隅から隅まで紙面に目を通してみたものの、残念ながら、仙河海市の様子を伝える記事は見つけられなかった。この朝刊に間に合うようには、現地の情報が集まらなかったに違いない。

　どっと疲れを感じながら、畳んだ新聞を助手席に放り投げた聡太は、携帯電話の電源を入れてみた。

やはり駄目だ。アンテナが一本も立たず、圏外の赤い表示が出ている。停電などの影響で携帯電話の基地局が停止した、と新聞に書いてあったが、いまだ復旧していないようだ。

携帯の電源を切った聡太は、エンジンキーをオンの位置まで回し、セルモーターは回さずにガソリンの残量をチェックしてみた。

やっぱり……とため息が漏れる。ガソリンタンクには、五分の一も燃料が残っていなかった。

エンプティに近いシビックの燃料計を見つめながら、自嘲気味に唇を弛《ゆる》める。懐中電灯やロウソクの不備からはじまって、倒壊しまくりの家具、非常時の水や食料の備蓄は限りなくゼロに近く、最後には、バッテリーが上がりかけているうえにガス欠になりそうな車まで、災害への備えはほとんど全滅状態である。

いや、それよりも、実家の両親が気がかりでならない。仙河海の街がどうなったのかも知りたい。しかし今は、自分自身のサバイバルを優先する必要がある。せめて電気が復旧してくれれば助かるのだが、この感じだとそう簡単には戻らない気がする。ともかく、明るいうちにできるだけのことはしておかねば……。

そう自分に言い聞かせた聡太は、車から降りてアパートの階段を上り、ドアを開けた。

予想はしていたが、台所はかなり酷い状態だった。たいした量の食器類は持っていないのだが、たったひとつのガラス扉付きの食器棚が倒れたものだから、いたるところ、ガラスと陶磁器の破片だらけだ。

昨夜、携帯の液晶の明かりで照らした時からすでにわかっていたことであるが、冷蔵庫の上に載っていた電子レンジ――聡太にとっては最も重要な調理器具――が吹っ飛んで床に転がっている。

昨夜と同様に土足のまま部屋に上がって確かめてみると、レンジの扉は壊れていないし、開け閉めも普通にできた。最近の電化製品は、パーツがモジュール化されているので、衝撃に対しては案外強い。たぶん、電源さえ入れれば使用可能だろう。

まずは室内全体の状況を把握するため、電子レンジを冷蔵庫の上に戻すだけにして、比較的被害を免れている居間へと移動した。

どうだろうかと思いつつ床に転がっていた液晶テレビを起こしてみる。四十二型の液晶画面は、見た目だけは大丈夫そうだ。倒れた場所に突起物もなかった。これも電源を入れてみないことにはわからないが、液晶が駄目になってしまうほどの衝撃は受けていないような気がする。

もうひとつ、気になっていたのはパソコンだ。テーブルの上に載せていた自宅用のノートパソコンが床の上に滑り落ちていた。だが、ディスプレイを閉じた状態で三十センチ程度の高さから落下しただけなので問題ないだろう。

テレビとパソコンのダメージが思ったほどではなさそうだったので、少しは気をよくしたものの、身体の向きを寝室のほうに変えたところで、がっくりきた。

六畳の寝室は、倒れた本棚と山積みになって散乱している本がベッドを巻き添えにして、これこそカオスだと言わんばかりのオブジェを作り上げていた。いったいどこから手をつけたらいいのか、途方に暮れるばかりである。

そのオブジェを前にした聡太は、生まれて初めて、もう紙の本は要らない、と思った。

三年前、東京から仙台に越してくる際、本と本棚をどうするか、かなり迷った。現実的には最低限の本だけ手元に残してあとは古本屋に持って行き、本棚もリサイクルショップに引き取ってもらうのが合理的ではあった。そうして身軽になれば、家賃の安い1Kのアパートに越して来るのも可能だったのだが、結局、この先所有していても一度も開くことはないだろう本を捨てられなかったばかりに、いま現在、こんな悲惨な状況になっている。

まずは腹ごしらえだな。再び自分に言い聞かせて台所に戻り、冷蔵庫から取り出したツナ缶を開けて朝食を済ませた。ツナ缶一個だけでは腹の足しにならなかったが、今後しばらく食料の確保がどれだけ可能かわからないので我慢した。

食事を済ませた聡太は、まずは、台所の片付けから始めた。掃除機も使えない、雑巾を絞ることもできない、という不便な中での作業のせいで、割れた食器やガラスを掻き集め、床を綺麗にするのに二時間近く要してしまった。

新しいミネラルウォーターを開けて喉を潤し、時刻を確認すると、八時を十五分ほど回っていた。寝室はまったく手つかずであったが、台所と居間が使える状態になっただけでも、気分的にかなり楽になった。

寝室の復旧、つまり、本と本棚の片付けに取り掛かる前に、外に出て近所を一回りしてみることにした。不安な夜を過ごした人々の活動が、すでに始まっているはずだ。外の様子がどうなっているか、やはり気になる。それに、周辺を歩き回れば、何か役に立ちそうな情報が得られるかもしれなかった。

2

アパートを出た聡太は、まずは指定避難所になっている小学校に向かった。行けば、何か配給を受けられるかもしれない。

しかし、足を運んでみた小学校は、奇妙なまでに静まり返っていた。校門も校舎の玄関も開いていたので、児童用の昇降口から校舎内に入った。廊下には無数に靴跡がついていた。土足でもかまわない雰囲気だったので、簀《す》の子で靴は脱がずに、そのまま廊下を歩いて行く。

廊下の隅に、消えた石油ストーブが置かれていた。昨夜、暖を取るために使われたのだろう。

最初に通りかかった教室を覗いてみたが人影はない。

三つ目の教室からぼそぼそと話し声が聞こえてきた。ドアの前に立ち止まって窓越しに目を向けてみると、床に敷いた段ボールの上に数人のお年寄りが固まっているのが見えた。

声をかける気にはなれず、そのまま通りすぎた聡太は、右手に出てきたもう一ヵ所の昇降口から表へと出た。

床についた足跡や、乱雑に机が寄せられている教室の様子から、昨夜はかなりの数の住民が小学校に避難したらしいと想像はついた。しかし、明るくなると同時に、それぞれの自宅へ戻ったのだろう。

それにしても、避難所となったわりには貼り紙のひとつもなく、秩序だった動きのあった痕跡が見られない。市内の各避難所によって状況は違うのだろうが、少なくともこの小学校でうろうろしていても、何も得られそうになかった。

手ぶらで小学校を出た聡太は、来た時とは違う経路で帰ることにした。ＪＲ及び地下鉄の北仙台駅から徒歩で二十分ほどの場所に聡太のアパートはある。近所に大きな霊園があったり寺院が多かったりすることからわかるように、元々の仙台市の北西側の外れに位置する界隈だ。

昔はそこそこ賑わっただろうと思われる商店街は、シャッター通りの一歩手前くらいで留《とど》まってはいるものの、着実に疲弊が進んでいる。周辺には少々くたびれた建物が多い。外壁のタイルが剝がれたり、亀裂が走ったり、あるいは、屋根から落ちた瓦が地面で砕け散っていたりと、地震の傷跡があちこちで目についた。しかし、あれだけの揺れだったにもかかわらず、完全に倒壊している建物はないようだ。

信号の消えている交差点を渡ってしばらく歩き、裏通りからスーパーマーケットに辿り着いたところで、思わず目を見張る。

スーパーマーケットの敷地内に行列ができていた。大通り側の店舗入り口付近を先頭にして、ざっと見ただけでも百人を超える人の列ができている。

時刻は八時四十分。午前十時の開店時刻はまだだいぶ先である。事実、ガラス張りのドアは閉ざされたままだ。しかし、スーパーのジャンパーを羽織った数人の男性スタッフが、列の整理や車の誘導に動き回っている。そうしているあいだにも、徒歩で、あるいは車でスーパーにやってきた人々で、どんどん列が長くなっていく。状況はよくわからないものの、聡太もその列に並ぶことにした。

聡太が最後尾に並んだ直後あたりから、列の伸びるスピードがさらに増して、スーパーの敷地内は、配給を待つ人々でごった返す難民キャンプのような様相を呈してきた。並んでいる人々は雑多であったが、一人で並んでいる者よりも家族連れが多い。どれくらい待つことになるのだろうか、と思案していると、店長とおぼしき中年男性が店の裏手から出てきて、ハンドマイクを使って説明を始めた。商品の準備ができ次第、一人十点に限って店頭販売を開始するのでもうしばらく待って欲しい、ということだった。通常通りの営業ではないとはいえ、品物を売ってもらえるだけで助かる。

三十分ほど待っていると、自動ドアが手動で開けられ、スーパーのスタッフがワゴンを押しながら出てきた。パンや飲み物など、商品が山積みになったワゴンが店舗の前に次々と並んでいく。

それを見て、待っていた人々が先を争って一斉に群がる、という事態にはまったくならなかった。順番に誘導しますので係員の指示に従ってください、というハンドマイクの声に素直に従い、順番待ちの列を乱すこともなく、どんな商品があるのかとワゴンのほうを見やる。聡太のうしろに並んでいる小学生の子どもをふたり連れた四人家族は、お父さんは何を、お母さんは何を、上の子と下の子はそれぞれ何を、などと、まるで作戦会議を開いているようにして、購入する品物の割り当てを確認し合っている。

店頭販売が始まったスーパーマーケットの様子は、ある意味、不思議な光景と言えた。

混乱らしき混乱はまったく起きていない。早朝は晴れていた空が曇りだし、途中から湿った雪がちらつき始めたものの、子どもたちを含めて誰もが辛抱強く行列が進むのを待っている。

列の進みは遅く、商品の種類も、パンやミネラルウォーター、缶詰やカップ麺と、かなり限られているのだが、店員に対して不満や文句をぶつける者は皆無だ。

品物の購入においても秩序は保たれていた。順番が来ると店員から買い物カゴを手渡される。そのカゴに一律百円または百五十円の値段がつけられた品物を十点まで入れてから、電卓を手にした店員のいる長机まで移動してまとめて精算する。そういう手順で買い物をするのだが、その気になれば代金を払わずに立ち去るのも容易な状況である。しかし、聡太が見ている範囲では、誰一人として泥棒を働く者はいなかった。

ロールパン一袋と三本セットになった魚肉ソーセージ一束、鯖《さば》の缶詰二個、バナナ一房、五百ミリリットルのミネラルウォーターを五本買えた。これだけでも、食べ物を手に入れられた安堵は大きい。

都市での災害の直後は社会の秩序が混乱し、暴動や略奪が頻発する。それが、映画やドラマ、小説などで繰り返し描かれてきた大災害の姿である。フィクションのみならず、外国で起きた災害でも同様な報道がされた記憶がある。だが、昨日の地震直後の混乱が収まったあと、そんな光景は一度も見ていない。

津波に直接襲われた場所でどうなっているのかはわからない。しかし、自分が目にした範囲に限ったことではあるが、人々はきわめて冷静で落ち着いている。という以上に、互いに対してどこか優しい気持ちにさえなっている。

確かな理由はわからないものの、同じ困難に直面したことによる連帯感が、そうさせているのかも知れなかった。

3

聡太がアパートに戻った時には、あと小一時間もすれば正午という時刻になっていた。

思った以上に混乱は起きず、社会秩序が保たれているとはいうものの、インフラは相変わらず遮断されたままで、携帯電話も繋がらない状態が続いている。

まずはベッドで寝られる状態にしなくては。

そう決めて取り掛かった寝室の片付けは、予想はしていたが重労働だった。散乱した本を一度リビングのほうに運び出さないと寝室の復旧は無理だった。割れて飛び散った本棚のガラス扉が、作業をいっそう困難にした。結果、スーパーで手に入れたパンと水だけの昼食を挟み、本を片付け終えたころには午後の三時になっていた。ただし、本棚には収めずに部屋の一角に積み重ねただけであったが。

汗でぐっしょり濡れたシャツを着替えたあと、もう一度、近所を回ってみることにした。一人で部屋にいるよりは、外を歩き回っていたほうが気は紛れるし、何か有用な情報が得られる可能性もある。

しかし、実際に歩いてみると、期待したような収穫は得られなかった。半径一キロ圏内にあるコンビニエンスストア、スーパーマーケット、ドラッグストア、ホームセンター、個人経営の精肉店や青果店、ガソリンスタンド等々、目ぼしい店舗はすべて閉まっていた。なかには時間を区切って営業した店もあるようだが、それも午前中から昼にかけてだったようだ。

結局は無駄に体力を消耗しただけだ、と落胆して帰った聡太をさらに意気消沈させるものが、アパートで待ち構えていた。新聞受けに入っていた夕刊である。

一枚、四ページのみの紙面の一面に、「三陸の街　水没・全壊多数」の小見出しとともに、一夜明けた港町の写真が載っていた。航空機から撮影されたものだ。その特徴のある地形で、キャプションを見なくても仙河海市の市街地なのがわかった。街の北に位置する鹿又《しかまた》地区から南にレンズを向けたアングルになっている。

撮影時刻は今朝の八時十分ごろ。フレームに収まっている街並みの半分が水没したままで、一向に水が引いていない。原型を留めている建物はほんのわずかだ。仙河海湾に注ぐ鹿又川の堤防に船が打ち揚げられている一方、トラックかバスのように見える大型車両が川の真ん中に取り残されている。そして、街のあちこちで白っぽい煙がたなびいていた。昨日発生した火災がいまだに鎮火していないのだ。その煙のせいで、魚市場の先がどうなっているのか判然としない。

聡太の実家は、魚市場よりもさらに南の埋立地にある。入り江の最も奥に位置する鹿又地区でこの惨状なのだから、実家のあるあたりが無事なわけがない。

この写真を見たからだろうか。昨夜とは違う深い喪失感に襲われ、気分がどこまでも暗く沈んでいく。まるで手足を一本ずつ引き抜かれていくような、強い痛みを伴った喪失感だった。

思春期に差し掛かり、年齢を重ねるにつれ、自分が暮らしている小さな港町が次第に窮屈になってきた。そして、高校に入学したころには、故郷から脱出することばかり考えるようになり、実際、その通りになった。そして、この数年間は、自分のほうから故郷を遠ざけていた。

なのに、自分で考えていたよりも強く、故郷に対する思いが残っていたのだろうか……。

4

故郷が窮屈になって飛び出したことと、自分のほうから故郷を遠ざけていたことは、厳密に言えば、同じ理由によってもたらされたものではない。実際、何がどう違うのか、普段は考えたり振り返ったりすることのない聡太であるが、あらためて内省せざるを得ない状況に、今はなっている。

と同時に、胸の奥に痛みを伴って亜依子《あいこ》の顔が浮かんでくる。聡太が自分の過去を振り返ろうとする時、決まって亜依子を思い出すのは、自分の生い立ちを詳細に語ったことのある相手は彼女だけだからだと思う。

彼女とつきあい始める前にも二人、交際した女性がいた。しかし二人とも、亜依子ほどには、聡太の子どものころや生まれ育った街のことを尋ねようとはしなかった。

東京生まれの東京育ちで勤め先も都内の大手出版社という亜依子にとっては、典型的な地方出身者の聡太が珍しいのだろうか、と最初は思っていたのだが、それよりも、彼女の元々の性格によるものであったような気がする。実際、亜依子が勤めている大手出版社には、意外なほど地方出身者が多い。結果、日本全国から優秀な人材が集まってくるエリート集団になっているわけで、その点については、聡太が勤めていた半導体メーカーも似たようなものだった。

ともあれ、亜依子の言葉を頼りにして記憶を呼び起こすと、過去の自分を俯瞰《ふかん》しているように振り返ることができるから不思議だ。もしかしたら亜依子は、好奇心一杯の瞳のきらめきの背後で、聡太という人間を詳細に分析しようとしていたのかもしれない。

たとえば、

「聡太って、子どものころ、どんな遊びをしていたの？」と訊かれた際に、

「子どものころといっても、範囲は広いよ。何歳くらいのころとか、範囲を絞ってもらったほうが答えやすいな」と返す聡太を、亜依子は面白がった。

「それって、典型的な理系人間――」と苦笑しながら、しかし嫌そうな顔はせず、

「では、小学生のころ、聡太少年はどんな遊びに夢中になっていたのかな？」ますます好奇心一杯の顔で質問をするのが亜依子だった。

「間違いなくファミコンかな。任天堂が最初の八ビットのファミリーコンピュータを発売したのは、僕が小学二年生の時だったから、典型的なファミコン世代」

「なるほど」

「亜依子さんもそうでしょう？」

「その年ごろの三歳の違いは大きいよ。それに、女の子と男の子とでは遊びが違うし」

「ドラゴンクエストなんかは女子も夢中だったけどな」

「ドラクエが流行っていたころって、そろそろ高校受験が迫っていたし、それ以前に、うちの両親、私にも兄にもゲーム機を買い与えなかったから」

「厳格な家だったんだ」

「厳格ってほどのことはないけれど、うーん、夕食後はテレビを見ないで書斎に籠《こも》るのが日常の父だったからねえ。一般家庭よりは、いろんな点で厳しかったのは確かかも」

そううなずいた亜依子が再び話題を戻す。

「ファミコン以外にはどんな遊びをしてた？」

「小学生のころ？」

「そう」

「草野球とかサッカーとか」

「他には？」

「低学年のころは、缶蹴りや鬼ごっこも」

「もっと、特色のある遊びはしなかったの？」

「特色っていうと？」

「あなたの出身地の仙河海ならではの遊びとか、そういうの知りたい」

「凧揚《たこあ》げかな」

「それ、別に普通じゃん」

「仙河海の凧は、昔からテンバタって呼ばれていて、ちょっと普通の凧とは違うんだ」

「テンバタって、どういう字を書くわけ？」

「空の天に、フラッグの旗で天旗」

「その名前、ちょっと素敵かも。で、普通の凧とはどう違うのかな」

「僕もあまり詳しくは知らないんだけど、仙河海には、日の出の絵を描く『日の出凧』と魚問屋とかの屋号を描いた『屋号凧』、それと、するめの形をした『からげいてんばた』の三種類の系統の凧があるみたいで、うーん、でも、子どものころは、まとめて天旗って呼んでいたな。確か、最初のドラクエが発売された翌年だったかその次の年くらいに、『仙河海天旗まつり』と称して、正式に市のお祭りになったんじゃなかったっけかな」

「ふーん」とうなずきつつも、まだ満足していないのが、亜依子の顔つきからわかる。

案の定、

「もっとさ、他の地域にはなかなかなさそうな遊び。東京じゃ絶対あり得ないでしょうっていうような、何か」

「そう言われても、僕らの子どものころって、全国どこでも似たような遊びしかなかったっていうか、日本全国、社会そのものがかなり均質化していたでしょう？」

「だからたとえばさ。海の子ならでは、という遊びはしなかったの？」

「しないことはなかったけれど、あれが果たして遊びと言えるかどうか……」

こんなふうに聡太が言葉をにごすと、亜依子はよけい食いついてくる。

「それよ、それ。そういうの教えて」

「まだ何も言っていないけど」

「聡太の表情を見てればわかる。絶対、面白い遊びのはず」

「別に面白いわけではないよ」

「で、何？　何してたわけ？」

「鮑獲《あわびと》り。日曜の朝早く、自転車で磯に出かけて、鮑を獲ってた」

「鮑ってそんなに簡単に獲れるものなの？」

そう言って亜依子は目を丸くする。そんな時の、無邪気な子どもみたいな彼女の表情が好きだった。

「今はわからないけど、当時は、それほど深く潜らなくてもそこそこ獲れたな――」と
うなずいたあとで、

「で、獲れた鮑を近くの民宿に持っていくと、いい小遣い稼ぎになるわけ」そう付け加えると、

「すごい、ワイルド。さすが海の子ね。今の聡太からは想像がつかないけど、なかなか逞《たくま》しいじゃない――」と目を輝かせたところで、ん？　という顔をした亜依子の眉根が

寄せられる。

「どうしたの？」

「それってさ、もしかして、密漁なんじゃないの？」

「もしかしなくても密漁だね」

「それで、平気だったの？」

「みんながやってたんで、それほど罪悪感はなかった」

「学校にバレたりしなかった？」

「どうだかなあ。もしかしたら、先生たちは知ってたかも。でもまあ、現行犯じゃない限り黙認、というか、知らないふりをしてたんじゃないかと思う」

「長閑《のどか》ねえ」

「わずか二十年前の話だけど、確かにそうかも」

「そのころはまだ、自分の生まれ育った街が好きだったんだ」

「まあ、他の世界を知らなかったから」

ようやく満足した亜依子は、質問を変える。

「その聡太が、田舎から脱出したいと思うようになったきっかけは何？」

「明確なきっかけみたいなものは、なかったと思う。次第に息苦しくなってきた感じかな」

「何に？　何に息苦しさを感じたの？」

「いろいろ」

「具体的には？」

「人間関係の濃さも、そのひとつかな。たとえば、街で初めて会った人がいるとするよね。でも、友達の親戚とか、親戚の友達とか、あるいは、友達の友達とか、どこのお店の常連さんとか、少し範囲を広げただけで、どこかで必ず繋がってしまう」

「それって、悪いことではないよね」

「悪くはないけど、やっぱり窮屈だ」

「匿名性が保たれないのは嫌だった。そういうこと？」

亜依子に指摘されて、聡太は少し考え込む。

「それともちょっと違うな。人と人とが密接に繋がっているのが嫌だったのではないと思う。今になって思うと、という話になってしまうけど、仙河海の街は仙河海だけで完結していた。そこが窮屈だったんだと思う」

「その説明、よくわからないな」

「あの街の特別なところかもしれないけれど、田舎の地方都市というよりは、独立国みたいな感じがあった」

「どういうこと？」

「仙河海市の主要産業は当然ながら漁業であるわけだけれど、漁業ってけっこう裾野が広い産業なんだよね。仙河海市の人口の七割は、何かの形で漁業にかかわっていると言われているくらい。しかも、遠洋漁業が盛んな港町だったから、何というのかな、普通の地方都市とは違って、中央のほうを全然向いていないんだよね。たとえば、僕の世代はあまり思わなくなってきていたけれど、親父なんかは、仙台なんかただの田舎だっていまだに豪語してる」

「聡太のお父さんてマグロ船に乗ってたのよね」

「最終的には遠洋マグロ船の船頭をやってた」

「船長さんってこと？」

「いや、漁労長のことだよ。船の航行を預かる法的な責任者は船長だけれど、実際に漁を仕切るのは漁労長である船頭さん。その区別わかる？」

「なんとなく」

「で、遠洋マグロ船の場合、船の冷凍庫が満杯になるまで漁を続けて帰ってくるわけだけれど、一航海が一年から長い時で二年近くにもなる。その間、外国の港に寄港しながら。そんなだから、俺たちは世界中を股にかけて仕事をしているんだぞっていう、妙なプライドがあるんだよね」

「かっこいいじゃない」

「まあ、プライドが高いのは悪いことじゃないんだけど、それがこうじると、逆に井の中の蛙《かわず》になってしまう。言い換えれば自信過剰というやつかな。根拠もないのに自信満々の田舎者」

少し語気が強くなった聡太を、

「それ、ちょっと言い過ぎなんじゃない？　自分が生まれ育った街や人に対して」亜依子がやんわりとたしなめる。

「かもしれないけれど、事実は事実だよ。外の世界に目を向けていると言えばかっこいいけど、街の未来が過疎で先細りになっているという現実から目をそむけようとしている」

「その過疎化に、きみも一役買っているというわけだ」

時おり亜依子は、聡太に対してきみという呼び方をすることがあった。つきあい始めたころは、自分のほうが年下だからだろうと単純に解釈していたのだが、そうではなくて、彼女なりの一貫性があるのが次第にわかってきた。たいていの場合、「きみ」という呼称の背後には、皮肉や揶揄《やゆ》が込められている。

「あの街には僕の居場所がなかった」

こんな時、亜依子の目には、面白い玩具を見つけた、と言わんばかりの光が宿る。

「それは、働き口がなかったということ？」

「そう」

「そんなに単純なものかな」

「人間って案外単純なものだって言ったのは、亜依子さんのほうだと思うけど」

「そうよ。たぶんきみは、単純なものを別な単純なものにすり替えることによって問題を複雑にしている」

「何だか精神分析でも受けているみたいだ」聡太は苦笑する。

軽く微笑《ほほえ》んだ亜依子が、

「古里には働き口がなかったと言うけど、それは、仙河海市にいてはきみが望むような仕事ができない、という意味でよいのよね」と質問を重ねる。

「うん。まあ、そういうこと」

「ところで、聡太の今の仕事って望んで就いた職業？　自分の仕事に満足している？」

「厳密に言うと、本当にやりたいことはまだできていない」

「それって何？」

「スパコンの開発に技術者として直接かかわりたい。今のところは実現できていないけれど、そこそこ現実的な夢ではあるかな」

大学卒業後、聡太が就職したのは大手半導体メーカーで、集積回路の開発設計部門で働いていた。今の職場で目に見える実績を挙げれば、次世代スーパーコンピュータの開発プロジェクトへの参加の道が開ける可能性があった。

その辺の事情を文系の相手にもわかるように説明したあとで、

「だから、今の仕事、というか職種は、自分で希望したものだと言える。もちろん会社で働いているからには、いろいろと面倒なことが日常的にあるし、人間関係でのストレスもある。けれど、仕事そのものにはおおむね満足していると言っていいな」亜依子の質問に対する答えを口にすると、

「じゃあ訊くけどさ。今とまったく同じ仕事が仙河海市で可能だったら、大卒後、きみは故郷に戻っていた？」

「うーん……」と答えに窮してしまう。

しばらく考えたあとで、

「もしかしたら、亜依子さんの言うように、すごく単純なことなのだと思う」と口にする。

「どんなふうに？」

「ただ単純に、広い世界を見てみたかっただけなのかもしれないな」

なるほど、とうなずいた亜依子が尋ねる。

「あなたの場合、それが実現したわけだけど、実際どう？　東京で暮らしてみて」

「悪くはないよ。東京にいなければ簡単には手に入らないものや見られないものが沢山

ある。あらゆる刺激に満ちている。人が少々多すぎるのさえ我慢できれば、暮らしていて楽しい街だと思う」

「最初の、悪くはないよ、という言葉がすべてを物語っているわね」

「どういうこと？」

「あなたは、東京が好きで住んでいるわけじゃない、ということ。広い世界を体験できたはいいけれど、職場以外、実は何もなかった、みたいな感じ？」

「何もないってことはないな」

「そう？」

「だって今、僕の目の前には亜依子さんがいる」

ありがと、と目を細めた亜依子が、真顔に戻って言う。

「去年の今ごろ、私はあなたの目の前にはいなかった。そして、来年の今ごろ、私があなたの前にいるとは限らない」

「それって、どういう意味？」

聡太が眉を顰《ひそ》めると、

「ごめん、ごめん。別に深い意味はないの――」口許《くちもと》を弛めた亜依子が、

「話を見えやすくするために言っただけよ。というのもさ、聡太の普段の生活って、こんなこと言っちゃ悪いけど、思いっきり地味よね。ほとんど毎日、会社とアパートの往

復だけで、趣味らしい趣味といえば、たまのドライブくらいでしょう。それだったら、東京で暮らすメリットなんか限りなくゼロに近いよね。というか、むしろマイナス。きみが自分で言った広い世界の暮らしを全然満喫していない。ということで結論――」そこで一度言葉を切って、

「広い世界を見てみたかったという理由は、故郷を離れた動機としてはその通りなのだと思う。しかし、今のあなたは、本心では東京ではなく古里の仙河海市で暮らしたがっているように、どうしても見える。けれど、仕事のあるなしや恋人の存在とは関係のないところで、それを邪魔しているものがある。それは何なのかが最大の問題なのだけど、今のところ明らかにできていない」

「亜依子さん」

「なに？」

「僕をダシにして楽しんでません？」

「かなり楽しんでる」

「やっぱり」

苦笑した聡太に、

「家族の問題が潜んでいるってことはないのかな。たとえば、父と息子のあいだの確執とか」違う角度から亜依子が迫ろうとする。

「それはないなあ。一年のうち十日も家にいるかいないかの親父では、親子間の確執なんか起きようがないし」

「あ、そうか」

「あれ？　妙に納得が早いような気がするんだけど」

「そんなの、聡太の表情でわかる」と言った亜依子が、

「ともかく、聡太が古里から離れていないとならない理由は、やっぱり単純なものだと思うよ」

「結局、何かな？」

「離れた場所に古里を持っていない私にはわからない。聡太が自分で発見するしかないことだと思うけど、でも、たぶん――」と言ったところで、亜依子は口を閉ざした。

「たぶん？」

「たぶん、聡太を東京に繋ぎ止めておくものがなくなった時に、初めてはっきりするんじゃないかな。そんな気がする」

そう言って、亜依子はちょっとだけ寂しそうな目をした。その時の亜依子が、少し先の未来を予感していたのかどうかはわからない。しかし、現実は亜依子の言葉通りになった。この会話を彼女と交わした一年半後、聡太を東京に繋ぎ止めるものがなくなった。仕事と亜依子を、ほぼ同時に失った。東京を去るのに未練はなかった。しかし、仙

河海市に戻ることはできず、仙台という中途半端な場所に留まった。

どうしてそうなったのか、今ではよくわかる。これもまた彼女の予言通り、案外、単純なものだった。しかし、これこれこうだったよ、と報告すべき相手がいないという、寂しさに満ちた世界に今の聡太は生きている。

思わぬ再会

1

地元新聞では「東日本大震災」という呼称になった巨大地震と大津波の発生から三日目の三月十三日、聡太は、仙台市の中心部を歩いていた。

昨日の午後、アパートの周辺を歩き回っていた時に、平常時には夜の歓楽街である国《こく》分町《ぶんちょう》界隈を筆頭に、街の中心部ではすでに炊き出しが始まっているようだ、という噂《うわさ》を耳にしていたからだ。

実際、国分町通りに足を運んでみると、かなりの数の飲食店が炊き出しをしており、肉の焼ける匂いやご飯が炊ける香りが漂い、味噌汁の湯気が立ち昇っていた。

調理には、プロパンガスのコンロや炭火の七輪、あるいはバーベキューコンロが使われていた。出来上がった汁物は発泡スチロールのお椀によそって、食べ物を求めて集まってきた市民に次々と手渡された。パック詰めになった弁当や、ラップでくるまれたお握りも、同様にして配られていた。すべてが無償配布というわけではないようだったが、そんなのは瑣末《さまつ》なことだ。

普段は夜の酔客を相手にしている従業員が、今は太陽の光の下、ほぼボランティアで汗を流している光景に特別な違和感はなく、何かの物産展でも開催されているような様相である。といっても、もちろんお祭り気分に満ちているわけはなく、どこか緊張感が漂っている独特の雰囲気があった。

そんな光景を眺めながら、もしかしたら、と聡太は思う。

映画やテレビドラマ、あるいはドキュメンタリー番組でしか見たことのない戦後の闇市というのは、この感じに近かったのではないだろうか。今の自分が目にしている光景に、もう少し殺気立った空気が重なれば、時代を隔てた二つの光景が一致するように思えなくもない。

ともあれ、昨日までとは違って、空から雲が去って青空が顔を覗かせ、春の陽射しが暖かく降り注いでいるせいもあるだろう。大きな痛手を受けたばかりの街が、復旧と復興に向けて早くも動き出しているように感じられる。

ただし、そう思えるのも、インフラが途絶したままだとはいえ、仙台の街そのものが大きく破壊されていないからにすぎない。その一方で、聡太がアパートを出る間際に目を通してきた新聞記事は、今回の震災の被害の甚大さを、昨日以上に強く訴えていた。

十二ページにページ数が増えた今朝の朝刊のトップ記事の大見出しは「福島第1　建屋爆発」というものだった。そして、その見出しの下には「炉心溶融《ろしんようゆう》」の文字が躍っていた。

それを見た瞬間、チェルノービリ、スリーマイル島、メルトダウン、という三つの単語が聡太の脳裏に次々と浮かんだ。すでに昨日の夕刊で、福島の原子力発電所が放射能漏れを起こしているという記事は目にしていた。だが、事態は想像していた以上に深刻なようだ。新聞記事の内容だけでは、原子炉自体がどうなっているのか判然としなかったものの、メルトダウンが起きてもおかしくないなと、妙に冷静に考えている自分がいる。もう少し正確に言うと、今の自分にとって大事なのは、原発ではなくて当面の生活のほうであり、原発の事故を案じる余裕まではないのだった。

いや、それだけではなかった。ページ数が増えた新聞には、昨日までのものよりさらに生々しい、津波に襲われ、破壊され尽くした街の写真が、カラー印刷で何枚も掲載されていた。なかには仙河海市内で撮影された写真もあった。

だが、隅々まで新聞に目を通す気分にはなれず、途中で放り出してアパートを出た。目に飛び込んでくる光景があまりに無残で、直視し続けることができなかった。

アパートをあとにして街の中心部を目指して黙々と歩きながら、聡太は、自分の薄情さに気が滅入《めい》っていた。生まれ育った街が破壊された。両親の安否も不明。仙河海市に残っている同級生に、津波で命を落とした者がいてもおかしくない。なのに、自分のもっぱらの関心事は何かといえば、食料の確保である。

それがヒトという動物の習性かもしれなかった。たぶん、自分の身の回りに食料や水がたっぷりあり、火も使えるし明かりも灯る、という状況だったら、家族の安否のほうが気がかりでならず、居ても立ってもいられなくなるのだろう。しかし今は、自分が生き延びるほうが先決だという動物的な本能のほうが勝って、余計な不安が忍び寄るのを遮断しているのかもしれない。そうでも考えないとやりきれなかった。

それに加え、四十年以上も太平洋の荒波にもまれて生き抜いてきたあの親父が、いくら未曽有《みぞう》の大津波とはいえ海に殺されるわけがないだろうという、どこか確信めいた思いがあるのも事実だ。

あの時の会話で亜依子に言ったように、聡太の家庭においては、父と息子とのあいだに確執めいたものは起きようがない。

聡太の父、川島武洋《たけひろ》は仙河海市と合併する前の唐島町《からしままち》の生まれである。半農半漁の家の二男坊で、今年で六十九歳になる。高卒と同時に船に乗り始め、六十歳で引退する前の二十年間は、ずっと遠洋マグロ船の漁労長を務めていた。ただし、完全に陸に上がったのは四年前だ。引退したあとも五年ほどは回航員、つまり、漁場に近い外国の港と母港間を自走で船を運ぶ仕事をしていた。合計すれば、ほぼ半世紀近く海の上で暮らしてきた計算になる。

聡太の幼いころの父親に対する認識といえば、大量のお土産を抱えて突然家にやってくる季節外れのサンタクロースのおじさん、といったところだろうか。もちろん数日間のうちに、自分の父親だということはわかってくるわけだが、最初は人見知りしたものだった。

家に帰っている時の父は、二人の子どもを、溺愛と言うと大げさすぎるかもしれないが、とにかく可愛がってくれた。しかし、その父が家にいるのも、十日からせいぜい二週間くらいのことで、やがて次の航海がやってくる。小学校の中学年ごろまでは、母や姉と一緒に岸壁に立ち尽くし、父の乗った船を見送るのが辛くてならなかった。自分では記憶がないのだが、幼稚園に上がる前は、わんわん泣き喚いていたらしい。

船乗りの家の子どもは誰もが同じだと思うのだが、小学校の行事の中で一番嫌いなのは父親参観日だ。参観日に向けてお父さんの似顔絵を描きましょう、と先生から言われても、父親の顔がさっぱり思い出せなくて困惑したのは、確か、小学二年生の時だったと思う。

そんなふうに、希薄な親子関係のまま成長せざるを得なかった一方、大人になるにつれ、自分の父親がどれだけ危険な仕事に就いているかも、きちんと理解できるようになってくる。加えて、残った家族で家を守らなくては、という意識も芽生えてくる。父親がいないのに寂しさを覚えることはあっても、恨んだり反発したりすることはなかった。だからか、父に対する反抗期らしい反抗期もないまま、聡太は大人になっている。すべての船乗りの家が同じというわけではないだろう。しかし聡太の家族のように、傍《はた》からイメージされるよりも家庭内が平穏な家が、案外多い。

2

炊き出しで手に入れた牛タン焼きの弁当をひとつ、チャーハンを一パックとお握り三個を詰めたデイパックを背負って、黙々と聡太は歩いている。

国分町からアパートへ戻るには遠回りになるのだが、市内の様子を見て回るために、まずは仙台駅方面に向かってアーケード街を歩いてみた。

昨日は歩かなかったアーケード街にも、目立った被害はなさそうだった。建物の耐震工事が進んでいたのに加え、やはり大規模な火災が発生しなかったのが大きい。

そのアーケード街で最も目についたのは、炊き出しよりも、開いている店舗の前に並ぶ人々の行列だった。ほとんどの商店はシャッターを閉ざしたままであったが、ドラッグストアが何軒か営業をしていて、薬品類や身の回り品を、品数を制限しながら販売していた。

店を開けてはいるものの、食べ物や飲み物の棚が空っぽなコンビニで、運よく車のシガレットライターのソケットに繋ぐ携帯電話の充電器を手に入れることができた。売れ残っていることはないだろうと思っていただけに、かなり嬉しい。

気をよくしてアーケードを抜け、交差点を渡ってから北へと方向を転じた。一昨日、予備校の生徒を伴って歩いたのと同じ、銀杏《いちょう》並木が連なる上杉《かみすぎ》通りだ。

五分ほど歩いたところで、行く手の高層ビルの前に長い行列ができているのが見えてきた。

スーパーでもないのに何だろう、と思いながらさらに近づいたところで理由がわかった。玄関前に行列ができている建物は携帯電話会社のビルで、電池切れの携帯電話を充電するために人々が並んでいるのだった。

立ち止まった聡太は、その列を眺めながら、どうしようかと少し迷った。自分の携帯電話の残量も十パーセント以下になっている。車のシガレットライターに接続できる充電器は手に入れた。充電をする際、車のバッテリー上がりを防ぐためにエンジンを回したほうがいいだろう。だが、ガソリンの残量が乏しい。そして、いつになったらガソリンを入れられるのか見当がつかない。できるだけガソリンを節約しておきたいところだが……。

そう考えたものの、最後尾には並ばずに、再び歩き始めた。列の動きがあまりに遅く、さっぱり進んでいないように見えたからだ。

行列を避けるために、車道側に寄って歩いていた時だった。

「聡太！　聡太じゃない？」

自分の名前を呼ぶ声が、列の中から聞こえてきた。

聞き覚えはない、ような気がする。

誰だろう？　と思いながら、携帯電話会社の玄関前に並ぶ人の列に視線を巡らせていると、

「ここ、ここ！　あたし！」という声がして、頭上で手を振っている長身の女性が列の後ろのほうにいるのが見えた。

「奈津子《なつこ》！」

顔を見て女性の名前を口にできたのは、彼女が仙河海中学校時代の同級生だったのに加え、四、五年前にも仙河海市で同級生が集まる機会が二度あり、そこで顔を合わせていたからだ。中学卒業以来一度も会っていなかったとしたら、たぶん、すぐにはわからなかっただろう。

同級生で集まる機会というのは、「物故祭《ぶっこさい》」及び「年祝い」のことだ。

仙河海市では、女の厄年、男の厄年、そして還暦の計三回、それぞれの前年のお盆

に、卒業した年度の中学校単位で同期生が集まり、地元の寺院で物故者の法要を行ったあとで同窓会を開く風習がある。正式には、「物故者慰霊法要」と言ったはずだ。さらに物故祭の年が明けた正月にも再び同級生たちで集まって年祝いを行うのだが、聡太の時には、仙河海市内の大きなホテルで宴会が催された。

社会人となって東京で暮らし始めるまでは、全国共通の行事だと思っていた。だが、どうも、そうでもなさそうだ。

物故祭があった当時、聡太はまだ亜依子とつきあっていた。前年の暮れに彼女と出会い、年が明けてから本格的な交際が始まったので、つきあいだしてから半年くらいが経ったころだ。

ある日、夏休みの計画を二人で相談していた時に、聡太から聞いた亜依子が「えっ、何それ？」と首をかしげたことで、あれ？　もしかしたら、と思った。どんな行事なのか詳しく話して聞かせると、東京で生まれ育った亜依子には初耳であり、彼女が厄年だった前後に中学校の同級会が持たれたこともなかったという。それで気になって、会社の同僚たちにも尋ねてみたのだが、地方出身者には、うちの田舎にも似たような風習があるなあ、と答える者もいるにはいたが、仙河海市のように続けざまに二度、同級会が持たれる地域は、聡太が聞いた範囲ではなかった。物故祭の話を聡太からされた時に「ほんと、濃いよねー」と漏らした亜依子の反応は、無理からぬものだったようだ。

「ちょっと、通してください。すいません」

そう口にしながら人込みを搔き分け、同級生、上村《うえむら》奈津子の前に立った。すると奈津子は、聡太が口を開く前に、

「あんた、何で仙台にいるわけ？　出張中に地震に遭ったの？」かなり驚いた顔をして、挨拶抜きで訊いてきた。彼女とは、四、五年ぶりに会っても挨拶を省略できるくらいには、よく知った間柄だ。家が近所なので幼稚園から中学まで学校が一緒だった。同じクラスになったことが小学校で二度、中学校では三年生の時に一度ある。奈津子の父親も船乗りだ。しかも、聡太と奈津子が小中学校に通っていた十年ほど、聡太の父が漁労長として乗っていた船の船長を務めていた。

震災直後の混乱の真っ只中のこと、杓子定規《しゃくしじょうぎ》な挨拶を省略するのはむしろ自然なのだが、奈津子がびっくりした顔で訊いてきたのには理由がある。三年前、東京から仙台に越してきたことを、奈津子だけでなく、中学時代の同級生には誰にも教えていなかった。もう少し正確に言うと、自分のほうから連絡を絶っていた。

しかし、顔を合わせてしまった以上、適当な作り話をしたり嘘をついたりしても仕方がない。

「いや、今は仙台で暮らしている」と答えると、

「嘘っ。いつから？」と奈津子。

「今年で三年になるかな」

「転勤?」

「というわけではないんだけど……」

聡太が言葉をにごすと、

「何か、訳あり?」

こんな状況下だというのに、なんでこいつ、そっちの話題に振るんだ? と思った聡太は、話が面倒になるのを避けるために、

「それより、おまえの実家、無事なのか?」と訊いてみた。

「地震の直後に一度だけ携帯が繋がった時は、お父さんもお母さんも、家のほうも大丈夫だって言ってたんだけど、すぐに繋がらなくなった。メールもさっぱりだったから、そのあとはツイッターをやりながら、携帯のワンセグで夜のニュースを見てた。でも、無事かどうか確認できないでいるうちに、電池がゼロになっちゃったの。聡太のお父さんやお母さんは?」

「俺も直接は連絡が取れていない。静岡にいる姉貴が、津波から逃げてる途中の親父たちと話をしているけど、それっきり。でも、俺のところもおまえのところも、家はたぶん駄目だろうな。あの場所じゃあ、流されるか焼けるかしていると思う」

「だろうなあ──」眉根を寄せて漏らした奈津子が、

「問題なのは、避難が間に合ったかどうかだけど……」といっそう表情を曇らせる。

「どっちも長年船乗りをやってきたんだから、それはたぶん、大丈夫だよ。ちゃんと逃げているはずだ」

根拠としては若干頼りないと思ったものの、励ますように聡太が言うと、

「うん、絶対そうだよね」自分に言い聞かせるようにうなずいた奈津子が、

「ところで、お姉さんとは、電話で話をしたの？」と訊いてきた。

「いや、メールで」

「そのあと、何も着信してないの？」

「俺の携帯も電池の残量がやばいんで、昨日の夜に繋がらないのを確認したあとは電源を切ったままだ」

「でも、ゼロじゃないんでしょ？」

「うん」

「じゃあ、電源を入れてみなよ。充電が終わった人たちの携帯、そろそろメールが繋がり始めてるみたいだから」

「わかった、やってみる」

ポケットから携帯電話を取り出した聡太は、電源をオンにして起動を待った。

ディスプレイの待ち受け画面が表示されると同時に、続けざまにメールの着信音がし

た。

「あ、着信する」

今までサーバーに溜まっていたメールは、二十件近くになっていた。そのうち七件が静岡の聡美からのメールだった。最も新しいメールを開いてみると、

〈聡太はその後も無事ですか？　何度もメールを送っているんだけど、さっぱり返信がないので心配しています。このメールを見たら返信ください。仙河海の友達と少しずつメールができるようになっていますが、父さんも母さんもメールはやっていないので、直接連絡は取れていません。メールが繋がった友達に母さんたちの安否を確認してもらえないかお願いしていますが、向こうも大変みたいで、まだ安否は不明です〉という文面が出てきた。

聡美からの最新のメールの送信時刻は、今から一時間ほど前だった。それ以前の六件のメールにざっと目を通したあとで、自分の状況を伝える簡単なメールを打ったあとで、残りのメールをチェックしてみる。

その様子を見ていた奈津子が、

「同級生とか、仙河海からのメールは来てない？」じれったそうに尋ねる。

「来てない」と答えると、

「誰からも？」信じられない、という顔をした。

一仙台に越して来た直後に、前に使ってた携帯を水没させちゃったんだよね。その時、携帯の電話会社を替えたんだけど、前の携帯、メモリーが完全に駄目になってデータが取り出せないうえに、連絡先のバックアップも取っておかなかったもんで」

「あんた、馬鹿じゃないの？　それで、よくIT企業に勤めているわよね」呆れたように奈津子が宙を仰ぐ。

「いや、ITじゃなくて、ICなんだけど」

「似たようなものじゃない」

「いや、だいぶ違う」

「って、そんなこと、どうでもいい――」と口にした奈津子が、ふと思いついたように、

「そうだ。聡太の携帯の電池、あたしの携帯に合わないかな？　メールとツイッターがチェックできれば、何かわかる可能性があるから」と言った。

「おまえの携帯、見せて」

とりあえず言ってはみたが、案の定、

「駄目だな。この機種じゃ、バッテリーパックが合わない」横に首を振ると、

「残念。この列、さっぱり動かないんだもん。これじゃあ、いつになったら充電できるんだかわかんない」と顔をしかめた。

「あ、やばい。俺のも切れそうだ」

バッテリーがほとんどエンプティになりかけている携帯電話の電源を切ってポケットに戻したあとで、

「充電を急ぎたいなら、できないことはないけど」と奈津子に言ってみた。

「どうやって？」

「家に戻れば車から電気を取れる」

「聡太、車持ってるんだ」

「十年落ちのシビックだけど、とりあえず」

「それなのに、自分の携帯は充電していないわけ？」

「車で使える充電器を持っていなかったんだ。でも、さっきコンビニでゲットできた。ガソリンの残量が少ないんで、あまり長くはエンジンをかけたくないけど、でも、三十分くらいアイドリングさせる程度なら問題ない。それに、携帯のバッテリーが少しでも回復すれば、充電器に繋いだ状態で試せるし」

聡太が説明すると、

「家はどこ？」奈津子が首をかしげた。

「最寄り駅は、ＪＲ仙山《せんざん》線の北山《きたやま》駅なんだけど――」と答えて、アパートのおおよその場所を教えると、

「なんだ　あたしの家と方角が一緒だ」

「そうなの？」住所を訊いてみると、奈津子の家のほうがだいぶ街の中心部に近いものの、方角的には同じだった。

「どうする？」

「うーん、微妙だなあ……」と奈津子。

確かに微妙だ。並んでいる列がさっぱり進まないとはいえ、時おり思い出したように、少しずつ動いてはいる。ざっと見た感じでは、一時間くらい待てば順番が回ってきそうな様子だ。一方、ここから聡太のアパートまで歩いても一時間弱と、それほど変わらない。

少しうつむき、下唇を軽く嚙んで考え込んでいた奈津子が、しばらくしてから顔を上げた。

「やっぱり借りようかな。かまわない？」

「いいよ。俺も、何でもいいから情報が欲しいから。それに、奈津子の家に送るくらいなら車を動かしてもいいし、充電したついでに送っていくよ」

「助かる」

「じゃあ、行こうか」

うながして行列から離れた聡太は、一昨日も歩いた通りを、奈津子と肩を並べて歩き始めた。

「おまえの自宅、被害はどうだった？」

歩きながら尋ねると、

「けっこう滅茶苦茶。水道もガスも電気も全部駄目なんで、昨日と一昨日は、夜だけ避難所に行ってた。でも、だいぶ片付いてきたから、今夜から自分の家で寝るつもり」と答えが返ってきた。

「アパート？」

「ううん、古い賃貸マンション」

「えーと――」と、奈津子の左手の指に視線を送ってから、

「まだ、独身？」と尋ねてみると、

「そうです。まだ、独り身です」と、まだ、という部分を強調して奈津子は答えた。

「ごめん、余計なことを訊いちゃったかな」

機嫌を損ねたのだとしたら悪いことを口にしたな、と思いながら言うと、

「いいよ、別に。聡太だから」と返ってきた。

「その言い方、なんかひっかかる」

「だって、聡太だし」

思わず苦笑を誘われたが、奈津子がそんな言い方をするのも、わからないではない。

思い出してみれば、幼いころ、幼稚園までは、いや、小学校の二、三年生あたりまではいつも一緒に遊んでいた典型的な幼馴染《おさななじ》みどうしだ。父親が同じ船に乗っていたこともあり、家族ぐるみのつきあいをしていた。そのせいだろう。中学卒業後、奈津子とは数えるくらいしか会っていないとはいえ、こうして話をしていると、あっという間に距離が縮まっていく感じがする。

しかし……と、聡太の気分が少々暗くなる。

他の同級生は、奈津子と同じようにはいかないだろうな、特にあいつらとは……と、歩きながら考えていたところで、

「ところでさ、さっきの話の続きだけど」奈津子が聡太の二の腕を突っついてきた。

「さっきの話って？」

「聡太が仙台に越してきた話」

「ああ、それ……」

「転勤というわけじゃないって言ったよね」

「そうだっけか」

「うん、そういう意味のことを言った——」と、うなずいた奈津子が、

「ということは、転職？」

「まあ、そんなようなものかな」

かなり、歯切れが悪い答え方だったかもしれない。自分で答えていながら、まずったかな、と思ったら、案の定、

「わかった」と口にした奈津子が、

「リストラに遭ったんでしょ」遠慮もせずに言う。

一瞬、立ち止まり、

「おまえなあ――」と漏らしたあとで、

「いや、いい」と首を横に振り、止めていた足を動かしながら、

「俺が勤めてた会社、三年前に会社更生手続きを申請したの、知らなかったか？」と、会社名を口にして訊いてみる。

「知らなかった」

「けっこう大きなニュースになったんだけどな。覚えてない？」

「覚えてない」

あまりに奈津子があっさり言うので、少々拍子抜けする。

「まあ、いいか。奈津子だし」

「何よ、その馬鹿にしたような言い方」

「お互いさまだろ――」と、苦笑してみせたあとで、

「とにかく、事実上の倒産をしたわけ」

「でも、一流企業だったはずよね」

「今の時代、何が起きてもおかしくないさ」

「確かにそうかも」

「というわけで、当然のごとく大規模な人員整理があって、残念ながら俺が座れる椅子は残っていなかった、ということ」

「その言い方、ちょっとかっこつけてない？」

「奈津子。おまえさあ、もう少し同情とかできないの？」

「聡太の性格からして、安易に同情されるのは嫌だと思って――」と笑った奈津子が、

「で、今は仙台で何をしてるわけ？」と質問を重ねる。

「受験予備校の講師。大学の時の同級生に、企業に就職せず、教員になって実家のある仙台に戻っていたやつがいるんだ。そいつの伝手《つて》で今の仕事を紹介してもらったわけ」

と付け加えた。

ふーん、とうなずいた奈津子の、「その予備校、どこにあるの？」という問いに、予備校名と住所を教えると、

「えーっ、それって、うちのジムのすぐそばじゃん！」と声を上げた。

奈津子がスポーツインストラクターをしているのは知っていた。四年前の年祝いの時、ある程度のことは本人から聞いていた。仙台の専門学校を出たあと、何年か東京の

トレーニングジムで働いていたのだが、同じグループのジムが仙台にもあり、そこの経営者から声がかかって仙台に戻って来たと、確かそういう話だったはずだ。

「奈津子の勤めているジムって？」

「国際ホテルのそばにあるフィットネスクラブ」

「あ、なんだ、そうだったの」

「そうだったのって、年祝いで会った時に教えたと思うんだけどな」

「悪い、忘れてた」

「まあ、いいよ。聡太だし」

一本取り返した、とでもいうように満足げに言った奈津子が、

「そんな近くに職場があって、今まで、よく会わなかったよねえ」呆れた声を出す。

北仙台駅に辿り着いたところで裏通りに入り、近道になるＪＲ線の線路沿いを歩いていく。

表通りから奥まった位置にあるかなり古い住宅街で、道幅も狭い。震災後、この界隈を歩くのは初めてだったが、老朽化している家屋が多いせいか、あちこちにブルーシートが目立つ。完全に倒壊している建物は見られないものの、ダメージを受けている家が多そうだ。

一度線路から離れたあと、再びレールを間近に見ながらしばらく歩いたところで、行

く手に陸橋が見えてきた。

陸橋の手前で表通りへと出たあと、ゆるい坂を下ってからもう一度裏路地に入り、ほどなく聡太のアパートの前に到着した。

「こっち側の二階の角部屋が俺の部屋」と奈津子に教えたあと、駐車場のシビックのドアロックを解除して運転席に身体を滑り込ませた。

内側から助手席のドアを開け、

「いいよ、乗って」と奈津子に声をかけてやる。

「お邪魔しまーす」

そう言って腰を屈《かが》め、車に乗り込んできた奈津子に、

「携帯、貸して」と言いながら、充電器をシガレットライターのソケットに接続する。

受け取った携帯電話にコードをセットしてから、祈るような気持ちで車のキーをひねった。

かなり苦しげなセルモーターの音がしたあと、何とかエンジンが始動してマフラーからの排気音が車内に届いてきた。それと同時に充電器のLEDランプがブルーに灯り、一瞬遅れて、充電中を示す携帯電話のランプが赤く光りだした。

エンジンが掛かったことにほっとしながら、

「電源をオンにするの、ちょっと待ったほうがいい――」奈津子に注意したあとで、

「エンジンをかけっぱなしにしても煩くない場所まで移動する」と言って、クラッチを踏み込んだ。五速あるギヤを一速に入れ、サイドブレーキを解除してからクラッチを繋ぐと、乾いた排気音とともにシビックは動きだした。

3

「この車、クッション硬いね。乗り心地、あまりよくない。それに、今どきマニュアルって、かなり珍しくない？」

先ほどまでの気まずさを忘れたみたいに、奈津子が遠慮のない感想を口にした。

「見た目は普通だけど、一応、これでもホンダのスポーツカーだから。それに、サスペンションも換えてあるんで、低速だとゴツゴツするのは仕方がないから我慢して。そのかわり、飛ばすと気持ちがいい」

「聡太にこんな趣味があるなんて知らなかった、というか、なんか、昔とはイメージが違う感じ」と別な感想を口にした奈津子が、

「どこ行くの？」と尋ねた。

「開いていれば、近くのパチンコ屋の駐車場」

そう答えたものの、表通りに出て少し走ったところにあるパチンコ店の駐車場の入り

口は、ロープが張られて閉鎖されていた。

　そのかわり、その先にあるホームセンターの駐車場に車を停めることができた。

　時刻は午後二時を少し回ったところ。たぶん、昼くらいまでは営業していたのだろうが、ホームセンターのガラスのドアは閉ざされていた。駐車場も閑散としており、聡太のシビック以外には、ニッサンのミニバンが一台と、ワゴンタイプのトヨタの商用車が一台停まっているだけで、どちらの車にもドライバーの姿はなかった。

　周囲を見回したあとでギヤをニュートラルに入れ、サイドブレーキを引いてから、フットブレーキに乗せていた足を外した。

　始動直後は高めだったアイドリングが今は毎分八百回転前後で落ち着いており、それにともなって、若干、排気音も小さくなっている。

「ここなら迷惑がかからないな」

　自分に向かって言ってから奈津子のほうに顔を向け、

「電源、オンにしてみていいよ」と言うと、うん、とうなずいた奈津子が、電源スイッチを押し込んだ。ほどなく携帯のディスプレイが明るくなり、それと同時に、次々とメールが着信し始める。操作ボタンを何度か押し込んだ奈津子は、メールのチェックはせずに、携帯電話を耳に押し当てた。その姿勢のまま、しばらくじっとしていたあとで、

「やっぱり、通話はまだ無理」眉間に皺《しわ》を寄せて、小さく横に首を振る。

通話をあきらめた奈津子が、

「メール、チェックしてみる」と言って、携帯電話のキーを慣れた手つきで操作し始めた。

少ししてから、同級生の名前を三人ほど口にして、

「とりあえず無事みたい――」聡太に向かってうなずき、再びキーを操作し始める。

「返信できそう？」

一心に携帯をいじっている奈津子に尋ねてみると、

「なんか、うまく送信できない――」首を横に振りながらも指は動き続けている。

「あ、こっちは大丈夫だ……」

奈津子の呟きに、

「こっちは、って？」と訊くと、聡太には顔を向けず、

「ツイッター」と答えただけで、再び携帯の操作に没頭しだした。

しばらくして、ふう、と小さく息を吐いた奈津子が、運転席に顔を向けた。

「まだ、たいしたことはわからないけど、のんちゃんは仙河海中に避難して無事だったみたい」

「のんちゃん？」

「早坂希《はやさかのぞみ》さん。覚えてるでしょ？」

「ああ、なんだ。中三の時に転校してきた元ヤンの」

「彼女、別にヤンキーじゃないよ」

ちょっとむっとしたように奈津子が言ったことで、中学時代の早坂希の顔を思い出した。というか、実は幼稚園に入るか入らないかのころはわりと近所に住んでいて、一緒に遊んだこともあるはずなのだが、その当時の彼女はほとんど覚えていない。いったん仙河海市を離れて再び戻ってきた、いわば出戻りの転校生だったのだが、彼女のせいで学校中が大騒ぎになった。というのも、今となっては懐かしい、と言うしかないのだが、始業式の日に早坂希が登校した時、短く詰めたセーラー服と踝《くるぶし》までのロングスカートという、見事なまでのスケバンファッションだったのである。

不思議なのは、そんなやつだったのに、いつの間にかクラスの女子と仲良くなっていたことで、服装もまあまあ普通に――それでも今度は逆にスカートがかなり短かったのは覚えている――なったばかりか、奈津子と同じ陸上部に入って、長距離選手として活躍したはずだ。

「あいつ、物故祭とか年祝いに出てたっけ？」

「出てない。そのころは彼女、仙河海じゃなくて東京に住んでいて、お盆とか年末年始に簡単に休めない仕事をしてたし」

なるほど、だから早坂希の顔をすぐには思い出せなかったんだ、と納得した聡太は、

「早坂さんとは最近会ってるの？」と訊いてみた。

「最近では、去年の暮れに仙台で会ってるかな」

「仙河海市に戻った理由は聞いてる？」

「お母さんの調子が悪くなって、その面倒を見なくちゃならなくなったからよ」と答えて、奈津子は表情を曇らせた。

「まだそれほどの歳じゃないよね。ていうか、かなり若いお母さんじゃなかったっけか」

「あたしも根掘り葉掘り聞いたわけじゃないから詳しくはわからないけど、膠原病《こうげん》で入退院を繰り返しているみたい」

「そうかあ、早坂さん、大変なんだ。彼女、結婚はしてないの？」

「してない。あたしと同じで独身組。今ではすっかり少数派になっちゃったけど」

「仕事は？」

「スナックのママさん。というか、戻って来た時はお母さんの店の手伝いをしてたんだけど、自分で切り盛りするようになってからは、むしろ、ショットバーみたいになってる」

そこでもうひとつ思い出した。家庭環境がなかなか複雑な子で、母子家庭だったはずだ。

「早坂さんのお店、行ったことあるの？」

「実家に帰った時に、何回か行ってる」

「場所、南坂町《みなみさかまち》だっけ？」

仙河海中学校の校舎が建っている高台から港に向かって真っ直ぐ下りると出てくる、小さいながらも夜になるとそこそこ賑わう飲食街だ。

「そう。先生には内緒にしてたけど、部活の帰りに、時々お店に寄ってさ、ナポリタンをご馳走になってた。ほら、昔ながらのケチャップ味の」

「おまえ、そんなところで道草を食ってたのかよ」

「まあね」と言って、ぺろりと舌を出してみせた。だがすぐに、

「でも、あの場所じゃあ、お店はもう駄目ね」と沈痛な面持ちになる。

「でも、本人は無事だったんだからさ――」と声をかけたあとで、

「早坂さんが仙河海中に避難してるんだったら、彼女に聞けば、現地の状況がいろいろわかるんじゃないか？」と言ってみた。

「それが駄目なの。のんちゃんが無事なのをツイートしたのは、のんちゃん本人じゃなくて仙台にいる知恵《ちえ》なのよね」

「知恵って誰だっけ」

「隣の六組の陸上部の」

「あー、あの長距離が強くて、早坂さんのライバルだった？」

「そう。知恵、車持ってるから、あたしの携帯がバッテリー切れになったあとも、これと同じようにして――」シガーライターのソケットに繋がっている充電器を指差し、「携帯はずっと生きてたみたい。でも、仙台と違って、仙河海市内では、簡単には充電できないんだと思う。車を持っていても流されちゃった人が多いだろうし」

「それに、中継局の被害も仙台の比じゃないだろうしな。いくらバッテリーが残っていても、電波が繋がらないんじゃどうしようもない」

「でも、少しずつ安否情報は集まってきてる――」と言った奈津子が、ふと思い出したような顔になって、

「聡太。あんたツイッターとかSNSって、やってないの？　やってるんだったら、そっちのネットワークで何かわかるかも」と訊いてきた。

「いや、やってない」

「マジ？　それで、よくIT企業に勤めていたよね」

「だから、ITじゃなくてICだって、さっき言っただろ」

「それ、どう違うのよ」

「ITは、インフォメーション・テクノロジー、ICはインテグレイテッド・サーキットの略」

「それじゃわかんない」

「要するに、あの会社にいた時にしていた仕事は、集積回路の開発と設計。たとえば、ほら——」と、聡太は奈津子の携帯電話を指差した。

「その携帯に使われてるＩＣはうちの会社で作ったやつで、俺も設計にかかわっている」

「えっ、これ、聡太が作ったの？」

「まあ、一番大事な部分の設計は」

そう答えてうなずくと、目を丸くした奈津子が聡太の顔をまじまじと見つめた。

じいっ、と奈津子に見つめられ続け、落ち着かなくなって、

「おまえ、何でそんなに人の顔じろじろ見てんだよ」と顔をしかめると、

「聡太。あんたって凄い仕事をしてたんだね。ちょっと、ううん、かなり尊敬した」本心からそう思ったらしく、真顔で答えが返ってきた。

親父から同じようなことを言われたのはいつだっけ……と、ふと聡太の意識が過去へと飛ぶ。

会社に就職して五、六年が過ぎたころだった。お盆の時期に仙河海市の実家に帰省した時、たまたま親父が家にいた。聡太の父はその前年に遠洋マグロ船の漁労長を引退していた。引き続き回航員として船に乗っていたとはいえ、家にいる時間が格段に長くな

っていたのだ。

その親父が、携帯電話を最新の機種に替えたと言って、自慢げに見せてくれた。海で仕事をする漁師のあいだでは、一般人よりも携帯電話の普及が速かった。初期のころのアナログ電波は沿岸近くの海上でも使えたので、漁師たちに重宝がられたからだ。とはいえ、親父の年齢で携帯電話を持っている年配者は、さすがに少ない時代だった。

「時代」という言葉を頭のなかで転がしてはみたものの、十年も経っていない。むしろ最近のことだと気づく。時代などという言葉で表すような昔ではない。それなのに、アナログ電波の携帯を使っていた当時が大昔のように感じられるのは、電子機器の急速な発達と普及が、人々の思考回路に深い影響を及ぼしている証拠かもしれない。

ともあれ、親父が見せてくれたｉモード対応の携帯電話を手にした聡太が、

「ああ、これ。俺がいる開発チームで作ったＩＣが入ってる機種だ」と言って返してやると、親父は、先ほどの奈津子と同じような顔をして、

「聡太。おめえ、たいしたもんだな。自分の息子がよぉ、こったに最先端の仕事をしてるとは、正直、思わながったっけ。いやいや、素晴らしいもんだ」そう言って、真新しい携帯電話をしげしげと眺め続けていた。

昔の父とのやりとりに飛んでいた意識が、

「でも、やっぱりねえ――」という奈津子の声で現在へと引き戻される。

「そんな最先端の仕事をしていた聡太が、ＩＴ機器を使いこなしていないっていうのは、やっぱり、なんか変」

「そうは言うけどさ――」と、とりあえず反論を試みてみる。

「仕事はすべてパソコンでやっていたし、プライベートも携帯電話での通話とメールで間に合っていた。まあ、仕事が営業職だったら違っていたかもしれないけれど、研究者としての仕事や生活にＳＮＳやツイッターは必要なかったし、煩《わずら》わしそうなものにわざわざ手を出して、時間を無駄に費やすのは意味がないと思っていたから」

「いかにも理系人間の発想よねえ」

「でも、今回の震災で、ちょっと違うのかな、とも思い始めてる」

「あら、そう？」

「なんか、さっきの奈津子を見ていて、ちょっと羨《うらや》ましい気がした。必要な時にすぐに人と繋がることができるツールを持っておくのも悪くないと思う。というか、いざという時に大きな力を発揮するのも事実だから、頭から嫌う必要はないんじゃないかなと」

「ほらあ。何かの時に役に立つとか有効だとか、そういう判断基準で物事を考えるのが、やっぱり理系人間の特徴。あたしなんかは、そんな理由でツイッターをやってるわけじゃないんだけどなあ。今はさ、たまたまこんなふうに役に立ってるけど」

そう言って奈津子は、あらためて自分の携帯電話のディスプレイに視線を落とすと、何かをチェックし始めた。たぶん、ツイッター上で新しい情報を探しているのだろう。

しばらくしてから顔を上げた奈津子が、

「充電、これくらいでそろそろいいかも。助かった、どうもありがとう」と礼の言葉を口にした。

「まだ満タンじゃないだろ」

携帯のディスプレイを覗き込んで言うと、

「大丈夫。あのビル以外にも、県庁とか何ヵ所かで充電できるのが、ツイッターでわかったから――」と答えた奈津子が、

「悪いけど、そろそろ家に送ってもらってもいいかな。明るいうちに、もう少し部屋の片付けをしておきたいから」と言った。

「オーケー。だいたいの場所はわかるけど、近づいたら案内して」

そう言って車を発進させた聡太は、ホームセンターの駐車場から出て奈津子の自宅のある方角へとハンドルを切った。

JR線の高架橋をくぐり、狭い道を少し走った先で、市内の中心部へと続く大きな通りに出た。

地震の発生から丸二日が経とうとしているというのに、信号は消えたままだ。途中、

通りかかった二軒のガソリンスタンドも閉鎖が続いている。そのせいなのか、あるいは日曜日——曜日は意味がない状況ではあるのだが——のせいなのか、通りを行き交う車の数は極端に少ない。

かわりに、ふだんはそれほどでもない自転車の数が増えている。地下鉄をはじめとする公共の交通機関の復旧の見通しが立たず、ガソリンもすぐには手に入らないとなれば、なるほど、移動の足としては自転車が最も重宝する。

「奈津子、自転車は持ってるの？」

「ううん、持ってない。聡太は？」

「持ってない」

「私は仕事場までいつも歩きだから問題ないけど、聡太の家から予備校までだと、歩きではちょっと大変ね」

「確かにそうだけど、普段使わないのにこれから自転車を買っても無駄になるし——」

と答えたあとで、

「職場のほう、明日はどういうことになってるの？」と訊いてみた。

「女性スタッフは、出勤の指示があるまで自宅待機でいいことになってる——」と答えた奈津子が、

「聡太は？」と問い返した。

「とりあえず明日は出勤する。その先どうなるかは、行ってみての情況次第だろうね」

「仙河海には？」

「まずはガソリンを確保しなくちゃ」

「ガソリンが手に入ったら、すぐに行くつもり？」

「その前に親父たちの安否がわかればいいんだけど、今のところは、こっちも状況次第、と言うしかないな。奈津子はどうするつもり？」

「行きたいけど、あたし車を持ってないし――」と呟くように言ったあとで、ううん、と首を振り、

「聡太だから言うけどさ、本音では行きたくない、っていうか、見るのが怖い。壊滅した自分の故郷なんか見たくない、っていうのが正直な気持ち。たぶんあたし、耐えられなくなると思う……」そこで奈津子の声が途切れた。

車内に沈黙が満ちたまま大通りを南へと進み、大きな交差点に差し掛かったところで、

「どっちに行けばいい？」徐行しながら尋ねる。

「あ、ごめん――」目尻を拭った奈津子が、

「真っ直ぐでいい。その先に出てくる最初の十字路の手前で停めてもらえば、あとはすぐだから、そこで大丈夫」と答えた。

「了解」とうなずき、慎重に交差点に進入していく。車の数が少ないからだろうが、この交差点でも行き交う車は互いに譲り合い、大きな渋滞は起きていない。停まってくれた右手方向のドライバーに手を挙げて挨拶をし、無事に交差点を通過した。

「ここでいいよ」

「オッケー」

奈津子の声にブレーキを踏んだ聡太は、ハザードランプを点滅させて、シビックを路肩に寄せた。

充電器から携帯電話を外して手渡すと、

「どうもありがとう、すごく助かった――」と言った奈津子が、

「聡太の携帯の番号とメルアド教えてくれる？」と訊いてきた。

「ちょっと待って。俺の携帯、充電器に繋いで赤外線通信使うから」

自分の携帯電話を充電器に繋いで電源を入れ、赤外線通信を使って互いの情報を交換したあとで、車から降りようとした奈津子を呼び止めた。

「奈津子」

「なに？」

「いつになるかは別として、俺が仙河海に行く時、車に乗せて行ってやろうか？　見たくないっていう気持ちもわかるけどさ」と訊いてみた。

すぐには返事がなかった。

少し考え込む仕草をしてから、奈津子は聡太のほうへ顔を向けた。

「お父さんやお母さんの安否がわからないうちは、ごめん、何とも言えない」

「行く日が決まったら、とりあえず連絡するよ」

「うん、ありがとう」

口許を弛めた奈津子が、ドアを開けて車から降りた。ドアを閉める前に屋根に手を置いて屈み込み、

「聡太の実家の安否、あたしのほうで何かわかったら連絡するね」と言ってドアを閉じた。

助手席のパワーウィンドウを下ろし、

「じゃあ、また」と声をかけると、

「うん、またね」奈津子は微笑んだものの、どこか力のない笑みだった。

小さくクラクションを鳴らして車を発進させた。

バックミラーの中で小さくなっていく奈津子を見ながら考える。

壊滅した自分の故郷なんか見たくない、と言った奈津子の気持ちは痛いほどよくわかる。聡太にしてもそれは同じだ。

という以上に、仙河海市が津波に呑まれ、炎に焼かれたという事実を認めたがらない

自分がいる。起きてしまった事実を信じたくない自分がいる。本当は以前と変わらない姿の街並みが今も静かに佇んでいるのではないかと、信じたがっている自分がいる。しかし、実際に自分の目で破壊された街を見てしまったら、どうしたって事実だと認めざるを得なくなる。その事実を受け入れる覚悟が、奈津子も聡太も、まだできていないのかもしれなかった。

4

奈津子を自宅近くまで送ってやり、自分のアパートに戻る途中、近所の集会所に人の列ができているのが目に留まった。

徐行しながら確認してみると、集会所の水道は生きているらしく、水をもらいに集まってきた人たちの列であるのがわかった。

急いでアパートに戻り、自分も水をもらいに行こうとしたものの、適当な容器がなくて困った。一度に持てるのは薬缶《やかん》と鍋を一個ずつがいいところだ。ペットボトルにしても、空いているのは、五百ミリリットルの容器が二本だけ。灯油用のポリタンクには半分近く灯油が残っていて使えない。いや、たとえ灯油を他の容器に移したとしても、飲料水にするのは無理だろう。

そこで妙案を思いついた。まずは、資源回収に出すために畳んでおいた段ボール箱を組み立て直した。ガムテープを使って箱の内側に仙台市指定のゴミ袋を貼り付けると、二十リットル程度の容量のある簡易水槽が出来上がった。その水槽を二つ作り、アパートから五十メートルほどの距離にある集会所とのあいだを二往復した。水が入った段ボール箱を抱えて運ぶのはけっこうな重労働だったものの、ある程度の量の水を確保できたことで、かなり気分が楽になった。

炊き出しで手に入れたお握りで遅い昼食を摂ったあと、部屋の片付けを再開した。キッチンとリビングはほぼ元通りになっていたが、寝室の床が、乱雑に積まれた本で足の踏み場もない状態だった。さすがにこれでは生活がしにくい。

片付けを始めてから一時間ほどが経ち、夕方が近づきつつあったものの、戸外がまだ明るいうちだった。FAX兼用になっている固定電話がふいに音を立てた。一息つくためにリビングに戻っていたので気づいたのだが、寝室で本と格闘していた最中であれば、気づかなかったかもしれない。インクリボン用のプリンターが電話機の内部で動く音だった。と同時に、留守電がセットされていることを示すランプが赤く灯り、液晶の表示部分に、「しばらくお待ちください」の文字が浮かび上がった。

急いで蛍光灯の紐《ひも》を引いてみた。グローランプの紫色の光がちらついた直後、蛍光灯の真っ白な光で部屋が満たされた。

「点いた！」

蛍光灯を見上げながら、聡太は、思わず歓声を上げていた。

仙台市内のどのくらいのエリアで電気が復旧したのかはわからなかったものの、その夜、聡太のアパートがある周辺には、二日ぶりで電気が戻ってきた。

電気が戻ったといっても、ガスと水道は止まったままだし、固定電話も携帯電話もいっかな繋がらない。

それでも、ようやくと言うべきか、意外にも早くと言うべきかは別として、夜に明かりがあるのがどれだけ心強いか、電気の存在に対してこれほど感謝の気持ちでいっぱいになったことはなかった。

さらに、テレビが見られるようになったのも大きい。地震でひっくり返ったテレビだったが、スイッチを入れてみると、何事もなかったように映像が映し出された。

最初に見たのが、大津波に襲われる瞬間の沿岸部の映像、というのには、気分的に穏やかでいられなかったものの、テレビを点けっぱなしにしておけば、受身の形で情報が得られる。どの局も震災関連の特別番組を流しているので、アナウンサーやニュースキャスターがリアルタイムでしゃべっている。報道内容は別として、人の声を聞いていられること自体が心強い。

ただし、肝心の仙河海市の状況は断片的にしかわからなかった。仙河海市に限らず沿岸部の被災地には、十分な数の取材スタッフや中継車を送り込めないでいるらしい。そのせいで、災害現場における今現在の生の映像や声がなかなか届いてこない。津波に襲われたのが仙河海市だけでなく、東北から関東にかけての太平洋沿岸全域なのも大きいようだ。対象地域があまりに広範にわたっていて、一ヵ所から発信できる情報量が、どうしても限られるのだろう。

もどかしく感じながらもテレビの前から動けずにいた聡太に、仙河海市の詳細な状況を最初に届けたのは、テレビではなくインターネットだった。

午後九時を回ったところで、奈津子から携帯電話にメールが着信した。

情報の発信源はツイッターだった。奈津子がフォローしていた中に、〈仙河海に行って戻って来たN吉《エヌきち》さんからの現地レポです〉というツイートがあり、N吉というハンドルネームの人物がアップしているブログのURLが紹介されていた。それを奈津子は、自分のメールに貼り付けて聡太に送ってきてくれていた。

固定電話での通話はまだできない状態だったが、パソコンからのインターネットへの接続は可能になっていた。

携帯電話のディスプレイを見ながら、奈津子が貼り付けてきたURLのアドレスをパソコンに打ち込む。

エンターキーを押した直後に表示が切り替わり、N吉氏のブログに問題なくアクセスできた。

　プロフィールから、彼が仙河海市の出身者であることや、今は仙台市内に店を構え、自家製無添加手づくりのクリームチーズを販売していることがわかった。昨日、三月十二日の午後に仙河海市入りをして一泊。今日の夕方、仙台に帰ってきてからすぐ、ツイッターとブログの両方で情報を発信し始めたようだ。

「地震後の仙河海の状況」とタイトルがつけられたブログは、〈ツイッターにてURLをコピーして流してください〉という呼びかけで始まっていた。

　仙台市から仙河海市に行くには、大きく分けて三つのルートがある。

　一つ目は、三陸自動車道と国道四五号線を使って沿岸部をひたすら北上するルートだが、今現在、このルートの通行が不可能であるのは、考えるまでもない。

　二つ目は、東北縦貫自動車道を使って岩手県の一関《いちのせき》市まで行き、そこから国道二八四号線で東に向かって仙河海市に到達するルート。距離的には遠回りになるものの、高速道路を走る距離が長いので時間は稼げる。実際、このルートで仙台と仙河海市を行き来するドライバーも多く、順調であれば二時間ちょっとで到着できる。ただしそれは、あくまでも高速道路が使えれば、という話である。

　三つ目は、県道を何本か乗り継ぎながら北上して、登米《とめ》市近辺で国道三四六号線に入り、そこから北東方向に走って、旧、沢吉町《さわよしちょう》で国道四五号線に合流するルートだ。仙台市と仙河海市を直線的に結ぶので距離的には最も短いのだが、カーナビを使ってもなかなか上手にルートを選んでくれないので、土地勘のある者でないと難しい。

高速道路が全面的にストップしているうえに一般道の状況もはっきりしない今、自分が行くとすれば三つ目のルートを使うだろうと聡太は考えていたのだが、ブログで報告をしたN吉氏も、どうやらこのルートを選んだようだ。

N吉氏のブログによれば、今は仙河海市に合併された旧沢吉町の中心部、津川《つがわ》地区にまで、河川を遡《さかのぼ》った津波が押し寄せているという。

あのあたりの様子は聡太もよく知っている。国道三四六号線と国道四五号線がぶつかるポイントなのだが、一見すると山間《やまあい》に佇む静かな街並み、といった感じだ。

その周辺の写真を二枚、N吉氏は載せていた。どこかの沼地にしか見えない写真が一枚と、道路なのか沢なのか判然としない場所が大量の流木で覆いつくされている写真が一枚。どちらも聡太の記憶とは程遠い光景で、何度も車で走っている町なのに、具体的な場所がさっぱり思い浮かばない。

国道三四六号線と国道四五号線の接続は絶たれていて、沿岸部の低い場所は全滅らしく、〈海岸沿いはすべてなくなりました〉と述べたN吉氏は、海岸線に出る手前で山側へ折れ、迂回路を繋いで仙河海市に辿り着いたようだ。

N吉氏本人が、〈バタバタしているので思い出した順にアップします〉と断っているように、時間の前後ははっきりしないものの、彼は、行ける範囲で市内を動き回ったみたいで、避難所となっている仙河海小学校と仙河海中学校の様子もレポートしていた。

中学校のほうは聡太の母校でもある。ブログでは触れていないが、N吉氏の実家が学区内にあるのだと思う。自分の実家が無事なのか、親戚や友人の安否はどうなのか、まともな情報が得られないなか、自らの目で確認するために、震災発生直後の仙河海市へ向かったに違いない。

市内の様子を伝えるN吉氏の報告は、簡潔な箇条書きにもかかわらず、いや、だからこそかえって、ぐさぐさと心に突き刺さり、胸を抉《えぐ》るものだった。

〈街の中は粧内坂《しょうないざか》まで津波の跡があり、二日町《ふつかまち》、五日町《いつかまち》は瓦礫だらけ〉

〈フェリー乗り場付近は仙河海小から見ましたが、鉄筋以外は全壊といっていいと思います〉

〈NTTの下まで瓦礫がありました〉

〈大島《おおしま》の状況は誰もわかりません〉

〈泰波山《たいばさん》トンネルは通行止め、鹿又方面には行けない感じです〉

〈一般の人を含め中学生や高校生も所在不明者がたくさんいます〉

〈仙河海に行ったことのある方や故郷の方には、街の面影がないと言っても過言ではありません〉

〈沿岸も大変です〉

〈この状況を全国の皆様も知って下さい！〉

そこでいったんN吉氏のブログは終了していたが、一時間ほど空けて午後八時ごろに、「続仙河海」として、次の報告をアップしている。たぶん、仙台の自分の家で優先すべき何かが他にあって、パソコンの前から離れたのだろう。


前と同様、〈ツイッターでURLをコピーして流して下さい！〉と呼びかけてから、

N吉氏の簡潔な報告が続く。


〈親戚が松石崎浜《まついしさきはま》にいたのですが、あの辺りは全壊です〉

〈仙河海小と中学校には被災者がたくさん〉

〈校庭がヘリポートになっています〉

〈公衆トイレは汚物であふれています〉

〈瀬波多《せのはた》中が避難所と遺体安置所になっています〉

〈各学校の避難所には今朝から避難者の名簿を張り出しています〉

〈基幹農道、瀬波多の45号線は通行可能〉

〈重油の海上火災は鹿又の辺りだったそうです〉

〈魚市場の辺りではないらしいとのこと〉

〈今日は煙はあまりなかったようです〉

そこで再び三十分ほど中断したあと、「続仙河海２」がアップされていた。

〈街中に防災スピーカーから情報が流れています〉

〈午前八時半の放送では、昼までに各消防団の情報を集めるように呼びかけていました〉

〈配給は一人におにぎり一個な感じ〉

〈食料もですがガソリンも不足しています〉

〈高台に避難しているお年寄りたちには足がありません〉

〈避難所の学校の職員の方も一生懸命やっています〉

〈でも限界があります。一刻も早い支援を願います〉

〈乳幼児のオムツやミルク、おしりふきなども避難所に備蓄はありません〉

〈なんとか各避難所に水や食料が届くことを願います〉

〈充電がないのでまた明日、思い出したぶんをアップします〉

それを最後にN吉氏の報告は終わっていた。

ディスプレイがぼやけて、よく見えない。

パソコンの前で固まっている聡太の目から、次々と涙が溢れ出て止まらなくなっていた。

何で俺、こんなに泣いてんだろう……。

洟《はな》をすりながら、涙で滲《にじ》むパソコンのディスプレイを見つめて聡太は考え込む。

今までに見たカーナビのワンセグの映像、新聞の写真、そして、電気が復旧してからテレビで目にした映像は、どれもが衝撃的で呆然とするものばかりだった。見るにつけ、身体の一部がもげていくような喪失感に襲われた。それに加えて、両親の安否がわからないことに対する不安と焦燥感はつのる一方だった。

しかし、これまでの三日間、こんなふうに涙が込み上げてくることはなかった。

周囲の状況があまりに目まぐるしく動きすぎ、息つく暇もなかった、ということはある。あるいは、水道とガスは駄目でも電気が復旧して室内の片付けも進み、ある程度生活環境が整ったことで、張り詰めていたものが緩んだ、ということもあるだろう。

けれど、決定的なのは、N吉氏の生の声に触れたことだと思う。津波で破壊された自分の故郷を目の当たりにしてきた彼の悲痛な叫びが、直接、胸に突き刺さった。たどたどしい、とさえ言えるような言葉のひとつひとつが、極限の中で発せられたものだった。

N吉氏の言葉からは、報道の映像以上に、避難所にいる人々の状況が切迫して伝わってきた。命からがら津波から逃れた人々が、すべてを失いながらもなお、互いに支え合い、励まし合って生きようとしている姿を鮮明に想像することができた。

茫然自失の大人たち。寒さに震える子どもたち。無言で黙り込む年寄りたち。それでも自分よりも困っている人がいれば、乏しい食料を分け与えたり、毛布を貸してやったりしている人々。自ら被災しながらも、避難所を懸命に維持しようとしている人々。

さらには、避難所に避難することさえ叶《かな》わなかった人も沢山いるはずだ。リアス式海岸の複雑な地形は、数え切れないほどの集落を孤立させているに違いない。いったい、どれだけの人々が何の助けも得られないまま、ただじっと我慢して生き延びようとしていることか……。

そんな中に自分の父と母がいるかもしれない。子どものころに遊んだ同級生たちがいるかもしれない。いや、そうじゃない。いてほしい。生き延びていてほしい。それを切実に願う涙が、聡太の頬を伝っていた。

壊れた街

1

翌朝は強めの余震で目が覚めた。

あまりに頻繁に余震があるので、少しくらいの揺れは気にも留めなくなっていたのだが、やはり寝ている時に揺さぶられるのは気持ちがよいものではない。

昨日と同じで、起き抜けの頭にまず浮かぶのは、すべてが夢だったのではないか、という淡い期待だ。しかし、たいして考えるまでもなく現実だったことを思い出し、ため息を吐きながらベッドから抜け出すことになる。同じような朝が、いったいいつまで続くのだろうか……。

手を伸ばして目覚まし時計を確認すると、朝の四時半を少し回ったばかりだった。

戸外はまだ暗い。しかし、電気が来ているおかげで、寝る時に点けておいたオレンジ色の常夜灯は灯ったままだ。

　ベッドの傍らに立って紐を引く。室内が蛍光灯の白色光で満たされる。

　普通なら熟睡している時刻であるが、起きて活動を始めることにした。二度寝したくてもできるような気分ではない。

　昨日の夜も、聡太は衣服を着たまま寝た。靴下も履いたままだし、ベッドの脇に敷いた新聞紙の上には、スニーカーを一足、置いている。いつ大きな余震が来てもすぐに動けるように備えてのことではあるが、服を脱いだ無防備な状態で寝る気になどなれない、というのが正直なところだ。

　衣服の下の下着は昨日と同じものを身につけている。下着くらい毎日取り替えたいのだが、水道が復旧していないのでは洗濯機が使えない。かといって、手洗いで洗濯するのも水がもったいない。

　少し考えてから、よほど汗をかかない限り、下着の取り替えは三日に一度で我慢しようと決めて、朝食に取り掛かった。

　床に落ちた電子レンジが無事だったのは、ゆうべのうちに確認できていた。電子レンジが使えるのはありがたい。街の炊き出しで手に入れたチャーハンを温め直し、やはり、電子レンジで沸かしたお湯でインスタントコーヒーを淹《い》れる。

　食事が終わりかけたあたりで、バイクの音が近づいてきた。郵便受けに新聞を投じる音がして、すぐにバイクは走り去る。

新聞を取りに表へ出ると、かなり肌寒くはあるものの、昨日に引き続き天気はよかった。誰もが、このまま本格的な春になってくれればいいと願っているだろう。

昨日の朝刊では乏しかった生活関連情報が、今朝の朝刊では、見開き二ページにわたってびっしり載せられていた。

二杯目のコーヒーをすすりながら、まずは交通状況を確認してみる。

宮城県内のJR線は、今日も終日、全線で運転を見合わせるらしい。「地下鉄きょう一部再開」の見出しの記事に目を通してみると、富沢《とみざわ》駅と台原《だいのはら》駅の区間で運行が再開されるとあった。富沢駅は南方面の終点で、台原駅は仙台駅から北に五つ目の駅だ。それより北は、コンクリートの高架橋にひびが入ったり、レールが歪《ゆが》んだりと、かなりダメージが大きいらしい。地下鉄に乗る時に聡太が使っている北仙台駅は台原駅のひとつ南なので乗車可能だ。だが、時間的な余裕はあるので、今日は徒歩で予備校に行くことにした。自分の足で街を歩いて得られる情報は、思いの外大きい。

ほかの記事にもくまなく目を通し、コーヒーを飲み終えたところで時刻を確認してみる。

まだ六時前だ。アパートを出るのは八時くらいとして、二時間程度時間がある。

そのあいだに、水の確保をしておいたほうがいいかもしれない。段ボール箱でこしらえた簡易水槽にふたつ分、水の汲み置きはある。しかし、水洗トイレを流すのに使うと、あっという間になくなってしまう。飲料用以外の水を風呂場の浴槽にできるだけ溜めておいたほうがいい。

そう決めた聡太は、片方の水槽の水を空になっていたバスタブに移してから表へと出た。

自分ではあまり意識していなかったものの、この三日間を振り返ってみると、今この瞬間は何を優先すべきか、いちいち考えてから行動するようになっていた。自分だけではなく、たぶん、皆がそうなのだろう。裏返せば、日々の日常生活がいかにオートマチックに流れていたか、ということだ。

しかし優先すべき水汲みは、かなりの重労働だった。水道が生きている集会所までいったい何往復したことか。丸々二時間かけてバスタブに水を張り終えたときには疲労困《こん》憊《ぱい》して、背中の筋が痛くなっていた。

小学生のころ、社会科の授業で、発展途上国では今でも水汲みが重労働になっています、と習った記憶があるが、確かにその通りだ。それでも、近所のマンションの高層階の住人よりはずっと楽なのが救いだった。

2

月曜日の通勤時間帯の仙台市内では、あちこちで渋滞が起きていた。とはいえ、車の渋滞自体は朝の光景としていつものことなので、それほどの違和感はない。いつもと大きく違っているのは、昨日とは比較にならないほど、街の中に自転車が溢れていることだった。大通り沿いの歩道を歩いていると、通勤途中の自転車が、かなりのスピードでひっきりなしに追い越していくので危なっかしくて仕方がない、というより、怖いくらいだ。

北四番丁通りと呼ばれる国道四八号線に出たあとしばらく東に歩き、途中から旧国道四号線である東二番丁通りを南に向かって歩いていく。

しばらくそのまま歩き、左手に勾当台《こうとうだい》公園と県庁、右手に市役所と市民広場のある大きな交差点を渡ったところで、歩道上に連なる大行列にぶつかった。横四列の行列は、行く手のアーケード街へと続いていた。どこが先頭なのだろうと、アーケードを横切りながら覗いてみると、スーパーマーケットの開店を待つ人々の群れであるのがわかった。昨日も同じ場所を歩いているのだが、こんな大行列は目にしていなかった。

そういえば、アーケード内にあるこの先のスーパーマーケットが九時半に開店予定だと、生活関連情報に載っていた。それを見た市民が、続々と集まり始めているのだった。今朝は並ばなかったが、聡太のアパートの近くにあるスーパーにも、長蛇の列ができていた。

一時間ほど歩いて到着した予備校には、家庭を持っている女性スタッフ二人を除いて、全員が出勤した。といっても、通常の業務はまだ無理で、終日、片付けに追われた。授業再開の見通しはもちろん立たず、しばらくは休講するしかない状況だ。それは仕方がないとして、最大の問題は、新年度の受講生の募集をどうするかだった。しかしそれは、校長や理事長、事務長らの経営陣が検討、決定することであって、結論を待つしかない。結局この日は、先の見通しが立たないまま、全員が明るいうちに自宅に戻れるようにと、午後四時を過ぎたところで退勤となった。

携帯電話は、自分のほうからは発信できない状態が続いていたものの、予備校にいるあいだ、一度だけ、姉からの電話に出ることができた。聡美の声は沈痛なままだった。姉のほうでも、いまだに実家の安否がつかめないでいた。

予備校で同僚たちと一緒に復旧作業に当たっている時はよかったが、一人になると、再び仙河海のことが頭に浮かんで離れなくなる。

携帯メールの送受信は普通にできるようになっていたので、アパートに戻る途中で奈津子にメールをしてみた。一分も待たないうちに着メロが鳴ったものの、彼女のほうでも特に進展はないという返信だった。

がっかりしても始まらない。気を取り直した聡太は、真っ直ぐアパートは目指さずに、北仙台駅のほうまで遠回りしてから帰ることにした。駅の周辺には飲食店が多いので炊き出しをしている可能性があったし、アパートに戻る途中のバス通りにはコンビニが何軒かと、八百屋や肉屋もある。

しかし、結局、何も手に入れることはできなかった。スーパーも個人商店も、午後になると早々に営業を終了してシャッターを下ろしているようだ。必要な物資を調達するためには、やはり朝早くから行列に並ぶ必要がある。

結局何の進捗《しんちょく》もないまま一日が終わってしまうのか、と思っていたところで、ひとつ進展があった。

アパートに帰りつく直前だった。夕方になり、日も沈んで薄暗くなっていたものの、念のため近所も一回りしようと思って、アパートがある路地には折れずにバス通りをそのまま歩いてみた。そうすると、向かい合わせで二店舗あるガソリンスタンドのうち片方に、車の列ができているのが目に入った。

だが、よく見てみると、ガソリンスタンドの出入り口にはロープが張られたままで、車の運転席にも人影がない。

どういうことなのか、ガソリンスタンドに近づいて確認してみる。

店舗内には誰もおらず、貼り紙らしきものもないので正確なことはわからないが、この先の交差点のほうまで路肩に寄せた車の列が続いていた。ざっと見ただけでも二十台くらいにはなる。だが、どの車にも人は乗っていない。

明日、このスタンドが開く。状況からいってそうとしか考えられない。それを聞きつけたドライバーが、今夜のうちから順番待ちをするために車を並べ、いったん自宅に戻ったのだろう。

ただし、今の状況にあっては、デマということもありうる。ガソリンスタンドの前に佇んだ聡太は、どうしようかと考え始める。

あれこれ考えた末に、ガソリンスタンドの順番待ちに、夜のうちに自分の車を並べるのはやめにした。路上駐車をしている無人の車列は、どう見ても車上荒らしの恰好の標的になるように思えてならない。かといって、一晩中、車中で過ごす気にもなれない。

列に並べておいても、たぶん大丈夫だろうとは思う。標的になりやすいカーナビもステレオコンポも、車体と同様に旧式なので、車上荒らしの食指は動かないと思う。しかし、万一のことを考えると、ここは安全策を選んでおいたほうがいい。明日の朝、早い時刻に列に並べば、確実にガソリンは入れられるだろう。

だが、甘かったみたいだ。

前日の夕方は二十台ほどしかなかった車の列が、一夜明けてみると、午前六時前だというのに延々と延びていた。ガソリンスタンドの先の交差点を右に折れると、そこから先は少々きつい上り坂になる。左右には雑多な店舗や事務所が並んでいる古くからの商店街で、一キロメートルほど上ったところで終わりとなる。その上り坂の三分の二以上まで車の列は延びている。

列の前のほうにはドライバーのいない車がずいぶん見られた。聡太がアパートに戻ったあと、夜になってから車を並べに来たドライバーが、けっこうな数いたようだ。一方、後方に停まっている車にはすべて人が乗っている。朝になってから並んだドライバーたちなのだろう。

その列を横目で見ながら、まいったな、と舌打ちしたものの、最後尾に並ぶしかない。太平洋沿岸部の石油貯蔵施設はことごとく被災している。今後、ガソリンの供給はいっそう厳しくなるはずだ。このガソリンスタンドも、停電のために営業をしていなかったのだろう。地下の貯蔵タンクに備蓄しているガソリンを放出してしまったら、またしばらくはゲートが閉ざされるに違いない。

一度列を通りすぎ、途中の路地を利用してUターンしたあと、列の最後尾にシビックをつけてエンジンを切った。息つく暇なく、聡太の背後でどんどん車列が延びていく。

先頭からここまで、およそ一キロメートルとして概算すると、並んでいる車の数は、百五十台程度だろう。少々時間がかかってもガソリンタンクを満タンにできるはずだ。

そうすれば、仙河海市までの往復が可能になる。

スタンドが開いて給油が開始されれば、どんなに時間がかかっても、二、三時間くらいでガソリンを入れられるだろう。ガソリンスタンドは、たいてい朝の七時とか八時とか、かなり早い時刻から開いている。十時までに給油ができれば、遅刻ではあるけれど、とりあえず午前中のうちに仕事場に行ける。

そう考えていたのだが、スタンドが開くはずの時刻が過ぎても、車列はまったく動かなかった。のろのろとでも動いているのであればいい。しかし、ぴくりとも動かないというのはどういうことか……。

このところ、行列に並ぶのには慣れっこになっていたものの、じきに三時間が経過するとあっては、さすがに焦《じ》れてくる。そうしているうちに、しばらく前から我慢していた尿意が限界に近づいてきた。

建物の陰で立ち小便をしようかと思案していた時に、少し下りたところにあるスーパーマーケットにトイレがあるのを思い出した。

車列が動き出して順番を抜かされるのを覚悟で用を足してきた。ところが、一向に列は動いていない。

もしやデマだったのか？　と疑念が濃くなってきたところで、ようやく列が動きだした。

やれやれ、やっとだ……。

エンジンはかけずに、サイドブレーキを外して坂を下る。と思いきや、十メートルも進まないうちに前の車が止まって再び動かなくなる。それから先は、延々とその繰り返しだった。

それでも少しずつ列は進んでいき、ようやく順番が回ってきて給油を終えた時には、並んでから六時間が経過して正午になっていた。

これほど待つことになるとは思ってもいなかったものの、ガソリンタンクが満タンになったことで、生き返った心地になった。これで、いつでも仙河海市に行くことができる。

そして、まるでそのタイミングを計ったように、奈津子の家族の安否がわかったことを知らせるメールが着信した。

メールが着信したのは、給油を終えたシビックをアパートの駐車場に戻し、徒歩で予備校に向かっている途中だった。

奈津子の両親は無事だった。詳細はわからない。しかし、二人そろって仙河海中学校に避難しているのを、仙河海市にいる友達がメールで教えてくれたとのことだった。そして、奈津子からのメールの最後は、〈――聡太のご両親の安否は確認中です〉という文章で終わっていた。

歩道の端に寄り、返信を打ち込んでいく。

出来上がったメールを送信する前に、自分で書いた文面を読み返す。

しばらく考えてから削除した。もう一度、今度は用件のみに絞って打ち込み直し、送信ボタンを押した。

〈車のガソリンが確保できました。親父とお袋の安否確認ができてもできなくても、明日、仙河海に行ってみます。よかったら奈津子も一緒に行きませんか？〉

送ったメールに、すぐには返信が来なかった。予想はしていたが、かなり迷っていたのだろう。奈津子からメールが来たのは、勤務――といっても、職場の復旧作業しかすることがなかったのだが――を終えて、アパートに戻ったあとだった。

〈返信がおそくなってゴメン。聡太のお父さんとお母さんの安否は、残念ながらまだわかっていません。わかり次第、メールします。仙河海行きに誘ってくれてありがとう。でも、ごめんなさい。また今度にします。実は、わたしのお父さんからの伝言を友達が送ってくれました。避難所におまえが来ても周りがかえって大変になるだけだから来なくていい、と言っているそうです。お父さんの強がりかもしれないけど、実際その通りだと思うし、行くのはもう少し時間が経ってからにします。それに、今は自分のことで精一杯で、精神的に余裕がない感じです〉

壊滅した自分の故郷を見たら耐えられなくなると思う、と漏らしていた奈津子を思い出す。一昨日会った時にはそこそこ元気そうに見えたが、気丈を取り繕っている部分もあったのだろう。

無理もないと思う。電気が復旧したのは大きいものの、ガソリンを筆頭に物流が途絶えているせいで、仙台市民の生活状況はまだまだ厳しい。事実、コンビニの棚からは商品が消えてすかすかだ。普段は便利なコンビニがさっぱり役に立たないという皮肉な状況に陥っている。

沿岸部の津波の被害があまりにも甚大なうえに原発事故が重なり、普通だったら間違いなく被災者であるはずの仙台市民は、自分は被災者じゃないぞ、と無理に言い聞かせている感じだ。延々とスーパーの行列に並ばなければ食料品や日用品が手に入らなかったり、いつになったら風呂に入れるのかわからなかったり、トイレの水さえ流せなかったり、という状況は、よく考えてみれば立派な被災地である。辛くないわけがない。けれど、もっと大変な人たちのことを思うと、人前で辛さを訴えたり愚痴をこぼしたりすることなどできない。

だから、元気そうに見えていても、今は自分のことで精一杯、という奈津子の気持ちはよくわかる。彼女の両親が無事だったのがわかって、張り詰めていたものが切れそうになってしまった、ということもあるのだろう。

〈了解です。明日はとりあえず一人で現地に向かってみます〉

あえて簡単なメールを打ってから三十分くらいしたところで、また奈津子のほうからメールがあった。

親父とお袋のことが何かわかったのだろうか、と期待してメールを開いたものの、そうではなかった。

〈明日、何時ごろ仙台を出発する予定ですか？〉という質問だった。

どうするか、とりあえず考えてあったので、

〈親父とお袋が見つからなくても誰かの役には立つと思うので、食料品とかの支援物資を調達してから向かいます。なので、午前中のうちに出発したいのですが、たぶん昼近くになると思います〉とすぐに返信した。

今度は、奈津子の返信は早かった。

〈聡太のご両親の安否がわからないのにこんなことを頼むのは厚かましいのですが、仙河海中学校に寄るようでしたら、わたしの両親に荷物を渡していただけないでしょうか？〉

〈もちろん、オッケーです！〉

そう返信すると、

〈よかった、ありがとう！　助かります〉という、安心したようなメールが返ってきた。

3

震災の発生から六日目の三月十六日は、昨日に引き続き天気が悪かった。気温もかなり低く、車に積んでいく物資を買い求めるために聡太が近所のスーパーに並んでいる最中、明け方の雪が雨になり、その雨が霙《みぞれ》に、少しすると吹雪《ふぶ》いているような雪になって、再び霙まじりの小雨にと、目まぐるしく天気が変化した。

そんな悪天候の中にもかかわらず、スーパーマーケットに並ぶ人の列は、前日以上に長くなっていた。原因は、昨日までは店頭での販売しかしていなかったスーパーが、一人当たりの点数制限があるとはいえ、この日から、人数を区切って店内に入れるようにしたからだった。そのせいなのか、子どもと一緒に家族連れで行列に並ぶ人たちの割合も増えていた。

自分の順番が来て、渡された買い物籠を手に店内に入った者が真っ先に目指すのは、調理をせずに食べられるパンの売り場だ。だが、品数そのものが少なく、あっという間に売り切れになってしまう。それでも、早くから行列に並んだ甲斐があって、六個入りのロールパンを一袋、手に入れることができた。

次に聡太が向かったのは、ハムやソーセージのコーナーである。これまた運よく、常温でも保存が利く魚肉ソーセージが残っていて、三本セットになった束を二つ、手に入れた。

次いで、インスタント麺のコーナーに足を運んでみたものの、カップ麺はすべて売り切れていたので、お湯が沸かせない状態でもその気になればそのまま食べることも可能な袋麺を四個、買い物籠に放り込んだ。

お菓子のコーナーで板チョコを二枚、できるだけ大きな袋に入った煎餅を一袋手にしたあと、二リットル入りのミネラルウォーターのペットボトルを二本入手した。

一人当たりの制限は十五点ということだったので、籠の中身を確認してみると、あと三点、買い物が可能だった。

缶詰のコーナーに移動して鮭缶と鯖缶を一個ずつ選び、もう一缶籠に入れかけたところで棚に戻した。周囲を見回してから、化粧品や医薬品が陳列されている場所に向かう。

棚に目を走らせていると、探していたものが見つかった。円筒形のプラスチック容器入りのウエットティッシュを籠に入れたところでもう一度確かめてみると、ちょうど十五点の品数になっていた。

スーパーで調達した品物を手にアパートに戻ったところで、固定電話の留守電の録音を示す赤いランプが点滅しているのに気づいた。インターネットだけでなく通話も可能になったようだ。再生してみると、静岡の姉、聡美からの電話だった。折り返しかけてみると、すぐに受話器が上げられた。

専業主婦の聡美は、どうやら、家事をしながら一日中テレビの前に張り付いているらしい。仙河海市内の様子を映したニュース映像に、知り合いの顔を何人か見つけることができ、その中には、聡太の同期生の両親で、聡美もよく知っている米穀店の夫婦もいたという。

「――避難所の様子をもっといっぱい映してくれればいいのにさぁ、原発のニュースばかりなんだもん――」

会話の中で、聡美は不満を漏らしたが、それは聡太も同感だった。姉と同様、家にいるあいだはテレビをつけて震災関連の報道番組にチャンネルを合わせているのだが、昨日あたりから、福島の原発事故の報道一色になった感がある。

原発がかなり深刻な状況になっているのは事実だろう。それはわかる。けれども、望遠カメラで捉えた原発施設の映像を延々と見せられても仕方がない。姉が言うように、その時間の半分でもかまわないから被災した沿岸部の避難所の様子を映してもらえたほうが、はるかに助かるし、ありがたい。

いや、それだけならまだしも、昨夜のニュースを見ていた時、あまりに腹が立って、というか、虚しくなって、テレビを消した。

東京では、放射能に怯えた人たちがミネラルウォーターの買い溜めに走り、極端な品薄状態になっているらしい。

ニュースの報道だから、部分的な現象を取り上げているだけなのだろう。いくらなんでも、すべての東京都民が右往左往しているわけじゃないと思う。けれど、聡太が暮らす仙台を含めて、被災地にあってはどうでもいい話だ。水の買い溜めなんて、つまるところ、東京のローカルな話題にすぎない瑣末なものだ。放送したいなら、東京のローカルニュースで流せばよいではないか。それをわざわざ全国ニュースで放送されても、はっきり言って迷惑だ。という以上に、腹が立って仕方がない。

腹立ち紛れにテレビを消したあと、静かになった部屋に残ったのは、結局は自分が一番大事なのが人間なんだ、という虚しさだけだった。

これから仙河海に向かう旨を伝えて姉との電話を終えた聡太は、出発の準備に取り掛かった。

スーパーで入手した十五点の品物は、支援物資としてはあまりに頼りなく見えた。しかし、もう一度列の最後尾に並んだり、別のスーパーに足を運んだりする時間の余裕はない。仙河海市では一晩、車中泊するつもりでいたものの、明るいうちに到着するためには、余裕を持って午前中のうちに出発したほうがいい。

スーパーで買い求めたものと自分のアパートに残っていた食料品を一緒に詰め込んだ

段ボール箱を梱包《こんぽう》したあとで、クロゼットから適当に選んだ衣類——トレーナーやセーター、ソックスなど——を、使っていないスポーツバッグに詰め込んだ。

自分用の食料と飲み物、車で寝る時のための毛布と枕を別に分けてシビックに積み込み、奈津子にメールを打ってからアパートをあとにした。

奈津子は、自分のマンションの玄関先で、段ボール一箱と大きな紙袋を二つ抱えて聡太の到着を待っていた。

後部のハッチを開けて、受け取った荷物を収めたあと、自分の身体を抱くようにしてマンションの軒先に佇んでいる奈津子に、

「やっぱり、一緒に行く？」と尋ねてみた。

しばらく迷っている表情を見せたあとで、

「ううん、やめとく。向こうもこっちも、もう少し落ち着いてからにする。ごめんね」

奈津子がすまなそうに答えた。

「いや、全然」

「聡太のお父さんとお母さん、向こうで見つかるといいね——」と口にした奈津子が、「それにしても、なんで何も情報が入ってこないんだろ——」そう言って首をかしげてから、

「あ、ごめん。悪い意味で言ったわけじゃないからね」と付け加えた。

「気にしない、気にしない」

そう言いながらも、不安を伴った疑念が、胸の底ではざわついていた。親父とお袋は、どこかでぴんぴんしているはずだとは思うのだが、最悪の場合も覚悟して仙河海市に向かったほうがいい。

自分に言い聞かせてシビックの運転席に乗り込んだ聡太は、

「じゃあ、行ってくる」

「気をつけて」

短い言葉を奈津子と交わしてクラッチを繋いだ。

4

高速道路は、いまだに一般車両は通行できない状態が続いている。なので聡太は、ブログでいち早く仙河海市の状況を報告していたN吉氏が走ったのと同じルートを使うことにした。ただし、最初から県道を繋いで最短距離を行くのではなく、途中までは幹線道路である国道四号線を使って北上することにする。

仙台市中心部の信号機は、ほぼ復旧して正常に作動するようになっていた。しかし、国道四号線に出て、仙台の北側に隣接する富谷町《とみやまち》を過ぎたあたりから、点いていない信号がぽつぽつと出現し始め、東北自動車道の高架橋をくぐったところにある三本木大橋《さんぼんぎ》から先は、生きている信号機は皆無となった。

交通量が少ないせいもあり、信号が作動していなくても、大きな混乱は起きていない。それに、どのドライバーも速度をかなり抑えて車を運転している。というのも、橋の継ぎ目にはことごとく大きな段差ができていて、スピードを上げたくても上げられないのだ。

その状態は、古川《ふるかわ》を過ぎたところで農道に入っても変わらなかった。いや、さらに酷くなっていた。大崎平野に連なる田圃の真ん中を走っていくのだが、田圃に水を引くための用水路が張り巡らされているため、あちこちに小さな橋が出てくる。そのたびに段差を越えなければならないのだが、不思議なことに、必ず橋の部分が道路よりも盛り上がっている。

なぜ橋が道路よりも高く持ち上がってしまったんだろ、と首をひねりながら越えているうちに、それは逆なんじゃないかと思いが至って、背筋がざわりとした。橋が持ち上がったのではなく、平野の地盤全体が沈んだのではないのか……。

太平洋の沿岸部は、今回の大地震により、場所によっては七十センチから一メートル近くも地盤沈下を起こした、との話だが、内陸部でもいくらか同じことが起きて、そのせいでこうなっているのだとしたら……。

理系とはいえ、土木や建築については素人なので、単なる憶測にすぎないが、いずれにしても、呆れるほどの地震のエネルギーの凄まじさだ。

慎重にハンドルを握り締めながら聡太は思う。人間がいくら対抗しようとしても、自然の力には太刀打ちできないことを、今回の震災は教訓として教えているに違いなかった。

国道四号線から農道に入ったあたりから、少し天気がよくなってきた。といっても空には灰色の雲が厚く垂れ込め、路面は濡れたままで、時おりワイパーで水滴を拭う必要がある程度に、小雨がぱらついている。

沿岸部へと出る国道三四六号線には、登米市迫町《はさまちょう》の佐沼《さぬま》の街並みを抜けて入るのだが、その手前にある南方町《みなみかたまち》の道路が一番酷かった。

黄色いセンターラインに沿って亀裂が入り、数十メートルにわたって道路の右側と左側で三十センチほど高さが違っている区間が、何ヵ所か出てきた。まるで、センターラインに沿って包丁で切れ目を入れたような正確さである。うっかり片方の車輪を低いほうに落としてしまったら、乗用車だと腹がつかえて走行不可能になってしまうだろう。

それでも、そういう場所には、工事用の赤いコーンが注意をうながすために置かれているので助かる。

そうして通過した佐沼の街には、ところどころに地震の爪痕が刻まれていた。数は多くないものの、完全に倒壊した古い建物が何軒か認められる。電気自体がまだ復旧していないようだ。

信号はひとつも点いていない。どうやらここでも、
どんよりとした空の下に、人工の明かりは皆無だった。通りを走る車の数が少ないうえに、天気がよくないせいだろう、人の姿がほとんどないので、息絶え絶えで病床に臥《ふ》せっている街のように見えてしまう。

津波に襲われることのなかった内陸部であっても、宮城県内のすべての地域が被災地であることを、あらためて実感する。仙台市の中心部以外は、いまだに電気すら復旧していない場所が大半であるに違いなかった。

国道三四六号線に入り、北上川を渡って山間部に入ると、周囲は震災前とほとんど変わらない風景になった。平らな平野部よりも地盤が強いのだろうか。地震によってできた道路の起伏も、それほど酷いものではない。

一瞬だけ県境を越えて岩手県を走り、再び県境を通過して宮城県に戻ったあと、長い下りが出てきて、道路がゆるやかに左にカーブする。

あと少しで国道四五号線と接続する旧沢吉町の津川の街並みに辿り着く。

いつ、津波の傷跡が目に飛び込んでくるのかと緊張しながら、聡太はシビックのハンドルを握り続ける。

今か今かと身構えながらハンドルを握っているのだが、いつかな風景は変わらず、国道の左右は深い緑の杉林が続いている。

N吉氏のブログを読んでかなり悲惨な状況を予想していたけれど、実際には、それほど被害は大きくなかったのでは……。

そう期待をかけたところで、

「あ……」と声が出て、つかの間、思考がストップした。

あまりに唐突に、周囲の光景が一変した。

山の緑が消えていた。木々の緑に代わってあたり一面を覆い尽くしているのは、茶色い泥とともに流されてきた倒木や木材だった。

国道沿いの田圃の中には、ひしゃげた車が何台となく転がっている。船外機付きのボートが畑の真ん中で取り残されている。車やボートだけでなく、家も流されてきていた。ほとんど残骸と変わり果てた家屋もあれば、二階部分だけが水田の畦道《あぜみち》に引っ掛かっている家もある。そして、あたり一面、元は何だったのかわからない布切れだらけだ。布団やシーツや毛布、衣類やカーテン等々、およそあらゆるものが、紙吹雪みたいに散乱し、残った木々の枝に絡みついている。

それなのに、フロントガラス越しに見える行く手には、低い山並みが連なっているだけで海がまったく見えない。海が見えないのに津波にやられているのは、リアス式海岸に特有の地形によるものだ。

前方の小高い山を南側で迂回するように、川が一本通って太平洋に注いでいる。その川筋には、沢と呼んだほうがいいような小さな支流がいくつも流れ込んでいるのだが、その谷間を縫って、一気に津波が遡上してきたのだ。とりあえず海水が引いた今、山間の盆地に佇む小さな集落が洗濯機の中で掻き回されたかのような一種異様な光景が、聡太の目の前には広がっているのだった。

テレビの映像や新聞の写真で、津波に襲われた沿岸部の様子を嫌になるくらい見ていたはずなのに、実際に目の当たりにした現実の光景は、メディアが伝えるどんな映像をもはるかに上回って、聡太に衝撃をもたらした。

言葉を失う、という本当の意味が、初めて実感を伴ってわかった気がする。言葉を失うというよりは、思考が停止して、言葉の存在そのものが意味を失くしている。

N吉氏のブログで、この沢吉町の津川地区も津波に襲われて甚大な被害を受けているのはわかっていたので、それなりに心の準備はしていた。そのはずだったのだが、何の役にも立っていなかった。圧倒的に暴力的な光景に打ちのめされるだけだ。

それでも車を停めることはせずに、アクセルを踏み続けた。が、ほどなく、このまま真っ直ぐは進めそうにないのがわかった。今、聡太が車を走らせている国道は、川を渡ったあとで右手にJR線の駅が出てきて、その先でバイパスができる前の旧国道四五号線とぶつかるのだが、川に架かった橋を渡るのは瓦礫が山となっていて無理そうな感じだ。

徐行程度まで速度をゆるめてあちこちに視線を巡らせたあとで、橋に差し掛かる前に左手に折れ、町の体育館のそばを通ることにした。たぶん、N吉氏も同じ道を行ったのだと思うが、問題なのはその先だ。

N吉氏のブログには、海岸沿いの国道四五号は通行が不可能で、山越えのルートを使って仙河海市に入ったと書いてあった。森の中を縫う林道を少しだけ拡張して舗装した典型的な山道で、仙河海市の西のほうから市街地に入る形になる。確かに、津波被害とは無縁の山中であるから、崖崩れさえ起こしていなければ、最も確実なルートだと思う。

だが、可能であれば沿岸部を通って仙河海市まで行きたかった。自分がよく知っている海岸線がいったいどういうことになっているのか、こうして足を運んだ以上は見ておきたかった。

行けるところまで行ってみて、駄目なら途中で引き返せばいい。

そう決めて海のほうへとハンドルを切る。

国道四五号線には問題なく出ることができた。津川の街並みを北側に抜けたあたりは標高が高くなっているので、津波に襲われた気配はどこにも見られない。

　しかし、海岸線を北上し始めてまもなく、標高が下がったところで様相は一変した。道路の両脇は建物の残骸をはじめ、あらゆる種類の瓦礫だらけになった。いや、ちょっと前までは、道路そのものが埋まっていたのだと思う。それをブルドーザーなどの重機を使って道路脇に寄せ、とりあえず車両が通行できるように切り開いたばかり、という雰囲気だ。事実、車一台通るのがやっと、という道幅の場所も多く、もしかしたら、一般車両はまだ通行してはいけないのかもしれない。

　それでも、道が残っているところはまだいい。アスファルトがすっかり剝がれて、応急的に砂利を敷いた場所もあれば、道路自体が崩れたり流されたりして大きくえぐれ、土嚢《どのう》を積んで道の代わりにしている箇所もある。そんな場所を通過するたびに、若干車高を下げていることもあり、シビックの腹が地面に擦れて嫌な音を立てるので気が気じゃない。

　白い砂浜が綺麗な海水浴場がある大井《おおい》海岸の付近は、見る影もない悲惨な状況になっていた。道の駅の建物を含め、周辺は完全に津波に呑まれていた。重機を使って道路だけは確保してあるのだが、壊れた家や潰れた車が、元は何だったのか判別のつかない残骸と一緒に、あたりかまわず散乱している。

　そんな光景の中で最も異様なのは、本来は海側にあったはずのＪＲの線路がねじ切れ、道路を越えた陸地側で蛇みたいにのたくっていることだった。時おり出てくるＪＲ

線の陸橋も、爆撃を受けたように破壊され、コンクリートの土台がぼろぼろになっている。

　それなのに、道路の標高が上がり、津波が届かなかった場所に到達すると、何事もなかったように家屋も道路も無傷だ。そしてまたすぐ、徹底的に破壊され尽くした無残な光景が出現して言葉を失う。

　そんな光景を目にしながら車を進めているうちに、次第に感覚が麻痺したようになってきて、何を見ても無感動に近い状態に陥っていく。

　仙河海市の中心部から直線距離で七、八キロメートルほど手前にある瀬波多《せのはた》地区を通過しようとしたところで、「この先通行止め」の看板が出てきた。

　ここから先は、少しずつ標高が下がっていくとともに海岸線にも近くなる。かなりの被害が出ているのは間違いない。ＪＲの線路沿いに国道が通っており、次の駅を過ぎたあたりで線路から離れ始めて上りに差し掛かる。そこを越えると再び下り坂になるのだが、その先に開けているのが、元々の仙河海市の市街地だ。

　通行止めの看板が出されているとはいえ、道路は確保されているのだろう。しばらく前から聡太のシビックの前を走っているのは、荷台にリフトが装備された電話会社のトラックだったのだが、特に気にする様子もなく看板の脇を通過していく。

　そのトラックには続かず、看板の手前で歩道に車を寄せて停車させた。

車内に留まったまま様子を見ていると、台数は多くなかったが、地元の一般車両も走っており、看板を避けながら両方向とも行き来している。

とりあえず進んでみよう、と決めて車を発進させ、徐行しながら反対車線に出て通行止めの看板をあとにする。

瀬波多小学校の校舎を左手に見ながらゆるい坂を下りきったところで、周囲の様相はまたしても一変した。道路の両側は、ここまで以上に文字通りの瓦礫の山と化しており、脇道に車を乗り入れるのは不可能な状態だ。

それでも国道は何とか確保されていた。場所によっては片側車線が完全に塞がれているものの、対向車とのすれ違いに神経を使う程度で、通行そのものは可能だ。

大井海岸付近でもそうだったが、消防や自衛隊の車両がところどころに停まっていて、レスキュー隊員や自衛隊員が捜索活動を行っているのが目についた。しかし、地震の発生から今日ですでに六日目だ。彼らが捜索しているのは生存者ではなく遺体だという現実が、雨でくすんだ光景の中で生々しく迫ってくる。

通行止めの区間といっても、結局、誰からも制止されることはなく通過できた。やがていったん海岸線から離れた道路は上りに差し掛かった。それと同時に急に瓦礫の量が減る、いや、消えるので、奇妙な感じがして仕方がない。ほどなく、旧国道とバイパスの分岐点に立つ信号機が見えてきた。

もちろん交差点の信号は消えている。Y字の形をした分岐を右折して下っていくのが旧国道で、そのまま仙河海市の中心部に到達する。

一方、信号をそのまま直線で行くのがバイパスだ。街の西側をゆるやかにカーブしながら長短五つのトンネルを抜けたあと、再び旧国道と接続して唐島《からしま》半島の付け根をかすめ、岩手県へと抜けていく。

右手側、旧国道のほうは通行止めになっていた。さきほどの通行止めとは違い、本当に通行不可能なのが車中からでもわかった。ここまで以上に、あたり一面が瓦礫で覆われているのが遠目でも見て取れる。

旧国道の東側には仙河海湾に臨む平地が開けていて、比較的新しい住宅地となっているのだが、ほとんど海抜ゼロメートル地帯といってよい低地である。全滅しているのは間違いなく、津波で壊され、流された家の残骸が混沌と絡み合い、幾重にも折り重なっているようだった。

そういえば、と思い出す。聡太が中学一年生の時の担任で、部活の顧問でもあった先生と物故祭で久しぶりに会った時、聡太たちが卒業したあとでその地区に家を新築したと話していた。定年にはまだ何年かあるはずなので、津波が来た時には現在の勤務校――どこの学校かはわからないが――にいただろうから、命は無事だと思う。しかし、家のほうは跡形もなく流されているに違いない。

具体的な顔と名前を瓦礫や残骸と結びつくことで、麻痺していたような感覚が目を覚まし、それに伴って胸の奥に痛みと焦燥が戻ってくる。

駄目だ。今はとにかく、やるべきことを、今できることを、余計なことは考えずにこなしていくだけ。

そう自分に言い聞かせた聡太は、バイパスのどこから市内に入るか、ハンドルを握りながら考え始めた。ゆるやかなS字を描いた仙河海バイパスは、潮見川《しおみがわ》の支流の陣内川《じんないがわ》に架かる橋を渡ったところ、町田《まちだ》トンネルの手前で、一度市街地の西の外れに差し掛かる。仙河海市の内陸側に作られた新しい街並みで、家電量販店やホームセンターなどの大型店舗が点在しており、青果物流通市場もその界隈にある。湾からは遠いのでさほど大きな被害は受けていないと思うのだが、そこでバイパスを下りたとして、街の中心部に辿り着けるかが問題だ。

カーナビに手を伸ばし、地図の縮尺を変えて仙河海市の市街地全体がちょうどディスプレイに収まるように調整した。

生まれ育った街なので土地勘はあるのだが、あらためて地図上で全体を確認してみて、町田トンネルの手前でバイパスを下りて街に入るのはやめにしよう、と決めた。

奈津子の両親が避難しているのがわかっている仙河海中学校は、聡太や奈津子の母校でもある。最初に仙河海中学校に行くつもりなのだが、ここから街に入ろうとすると、どこを通っても下流のほうで瀬見川を越えなければならない。津波で橋が流されたり落ちたりしている可能性もあるし、そうでなくても瓦礫で埋め尽くされているのではないかと思う。

ほどなく、陣内川沿いにある条畠《じようはた》中学校の校舎とグラウンドが右手前方に見えてきた。グラウンドには、幌付きのトラックを中心に、かなりの数の自衛隊の車両が停められているのが見えた。沿岸部被災地の救援活動がどのように進んでいるのか、メディアによる報道だけではよくわからない部分があるものの、こうして自衛隊の車両が集結しているのを見ると心強い。

バイパスの交差点を通過する際、徐行しながら確認してみると、ここから街に入ろうとしても、通行止めになっていて無理そうなのがわかった。このあたりは、津波による直接的な建物被害はあまりなかったようだ。ここまで見てきたような、大量の瓦礫や残骸は目につかない。ただし、陣内川を遡った津波が土手を越えたのだろう。冠水した水がまだ引ききっていないようで、大通りのアスファルトは泥で覆われ、先に行くほどぬかるんでいるように見えた。

大通りの交差点を通過した聡太は、左手にホームセンターと家電量販店を見ながら先へと車を進めた。どちらの店舗も営業はしていないようだ。駐車場に何台か車が停まっているものの、敷地内には人影がない。

家電量販店の前を通過した直後、全長が七百メートルほどの町田トンネルに入った。普段は車のヘッドライトを点けなくても平気なくらい明るい照明が点いているのだが、真ん中あたりまで進むと真っ暗に近い状態になって息苦しさを感じる。

暗いトンネルを抜けて再び明るくなったバイパスを一キロ半ほど走ったところで、松《まつ》尻沢《じりさわ》インターチェンジに差し掛かる。ここまで走ってきた国道四五号線のバイパスから仙河海市内に下りるポイントであると同時に、岩手県の一関市に通じる国道二八四号線との接点にもなっている。そのため、インターチェンジ付近の道路の接続が少々複雑だ。土地に馴染《なじ》みのないドライバーだと、目的とは違う方角にハンドルを切ってしまいかねない。

位置的には潮見川の河口から五キロメートルほど北西方向にさかのぼったところにある。さすがに津波の影響は皆無で、インターチェンジから下りてすぐに出てくる街並みは、以前と変わらない佇まいである。

いや、まったく無傷、ということはなかった。地震の揺れによる被害はさすがにあったようで、それほど多くはないものの、家並みの中にブルーシートが見かけられたり、建物の壁からタイルが剝がれたりしているのが目に留まった。

ＪＲの仙河海線と大船渡《おおふなと》線が合流して並行に走る線路を陸橋で越えると、仙河海駅の駅前通りになり、古くからの商店街が出てくる。

どの店舗もシャッターが下りて静まり返り、人の気配が感じられない。とはいえ、このあたりは、しばらく前から、いわゆるシャッター通りになってきていた界隈なので、それほどの違和感は覚えない。

駅前通りから旧国道に左折したあたりから、人の姿が目につくようになってきた。ほとんどの人がゴム長靴にリュックサックという出で立ちで、うつむき加減に歩いている。東西に五百メートルほど真っ直ぐ続くこの道路が仙河海市の目抜き通りで、市役所の庁舎もこの通り沿いにある。

最初に市役所に寄ってみようか、と一瞬浮かんだものの、奈津子の両親のほうを優先して中学校に向かうことにした。車の速度をあまり上げられなかったので、仙台を出発してからかなりの時間を費やしていた。ここからだと、仙河海中学校には郵便局の手前のT字路を右に折れ、狭くて急な坂を上っていくことになる。

そのT字路のところで二日町から五日町へと町内会が変わるのだが、海に近いほう、市役所が建っている五日町あたりまで水没したようだ。海水はほぼ引けていたが道端には瓦礫が寄せられ、アスファルトにはヘドロまじりの泥が残っている。さらに先の方へと目を向けると、右に直角に折れる通りの突き当たり周辺には、建物の残骸が大量に散乱しているのが認められた。

T字路の交差点を右に折れたとたん、乗用車どうしのすれ違いがやっと、というほどまで道幅が狭くなり、それに加えて途中から急な上り坂となる。

リアスの入り江に抱かれているだけあって、仙河海市は坂の多い街だ。その市街地のほぼ中央に位置する高台に、仙河海中学校と仙河海小学校が並んで建っている。高台に上る道は何本かあるのだが、魚市場の方角から上ってきて、中学校のすぐ下にある市民会館前のロータリーを回り込んで到達するルート以外は、どの道も狭い。

聡太がシビックを走らせている郵便局から上っていく道も、対向車があると、どちらかが停まって道を譲らないとすれ違うのが難しい。

幸い、坂道を上り切るまで対向車はなかった。上り切ったところに現れる小学校の校舎と校庭を、反時計回りに回り込むとすぐに、中学校の校舎の裏側に出る。

とりあえず、裏門から中学校の敷地内に車を乗り入れてみた。給食の搬入口のある裏庭にはアスファルトが敷かれていて、教職員の自家用車の駐車場になっている。先生方の車だけかどうかはわからないが、駐車スペースがすぐには見つからないくらい、車が停められていた。

かなり奥のほうに空いているスペースを見つけてシビックを停め、エンジンを切った。

助手席に手を伸ばし、ダウンジャケットを携えて車外に降り立つ。ずっと降り続いていた雪混じりの雨は、ほぼ、やんでいた。だが、吐く息が白く見えるほどに寒い。防寒具なしでは凍えてしまうような気温だ。

湿った空気の中に異臭が混じっているような気がする。高台にいるのでさほど強くは感じないものの、ヘドロの臭気なのかもしれない。それに何かが焦げたような臭いがかすかに混じっている感じだ。いずれにしても、子どものころ、当たり前に漂っていた潮の香りとは違う、異質な臭いが、聡太の鼻の粘膜を刺激した。

行方を求めて

1

ダウンジャケットに袖を通した聡太は、少し考えてから、奈津子から託された荷物はシビックに残したまま、まずは彼女の両親を捜すことにした。

生徒として中学校に通っていた時は、グラウンド側に面した表側の昇降口を使っていたのだが、そちらから入ろうとすると、校舎をぐるりと回り込まなければならない。なんとなく気が引けたが、裏門のそばにある職員玄関から校舎内に入ることにした。

それにしても静かだ。かなりの数の避難者が中学校に身を寄せているはずだが、授業中の校舎のように静まり返っている。

それでも職員玄関の内側に入ると、人の声や物音が、廊下の壁に反響しながら届いてきた。

簀の子の上でスリッパに履き替えようとしたのだけれど、スリッパがどこにも見当たらない。というより、考えてみれば当然なのだが、避難してきた人たちをそのまま校舎に入れたようで、リノリウムの床には泥靴の足跡が無数についている。

とりあえず、上がり口に敷かれている雑巾でできるだけ丁寧に靴底を拭ってから校舎に入った。

職員玄関から入ってすぐのところに、校庭に面した表玄関があり、玄関の右手に事務室と校長室、左側に職員室がある。

表玄関から覗き見えるグラウンドには、バイパスから目にした条畠中学校ほどではないものの、自衛隊の車両が停められているのが見えた。

久しぶりに訪ねた仙河海中学校の校舎内は、一階の廊下に立って見渡した限りにおいては、以前の記憶通りで変わっていない。なのに、まったく違う場所にいるような印象を受けてしまうのは、目にした自衛隊の車両や、天井の蛍光灯が灯っていない薄暗さのせいもあったが、廊下の壁一面に貼られた、おびただしい数の紙片のせいだった。

目にしてすぐ、それが何かわかった。仙河海中学校に避難している人々の氏名と、居住していた地区が記入された票が、廊下の壁一面にところ狭しと貼られていた。

印刷されたものではなく、フェルトペンやマーカーによる手書きだった。筆跡もすべて違うので、避難してきた人たちに自分で書いてもらったのだろう。

よく見ると、氏名と被災前に居住していた地区を書き込んだ票は、身を寄せている教室ごとに分けられて掲示されているようだった。

なるほど、これなら目当ての名前さえ確認できれば、校舎内を片っ端から当たってみなくても、どこにいるか捜し当てることが可能だ。

ざっと数えてみると、一教室に入っている避難者の数は、四十人前後のようだった。避難者を収容するには普通教室だけでは足りなかったようで、特別教室も使っているらしい。使われている教室数から概算して、七百名あまりの人々が中学校に避難しているのがわかる。

さっそく聡太は、一番端のほうから、一枚一枚、避難者の氏名を確認し始めた。

聡太が見入っているあいだ、掲示板の前に立ち止まって目を向ける人はいたものの、それほど多くはなかった。震災直後はもっと混乱していたと思うのだが、ある程度時間が経っているせいだろう。

震災当日は、避難してきた順に教室に入ってもらったようだ。町内会ごとに教室が割り当てられているわけではないので、一人一人確認していくしかない。

確認している途中で、学区内の住民だけが仙河海中学校に避難しているわけではないのに気づいた。居住地が市内の他の学区、しかも、旧沢吉町や旧唐島町など近隣の町になっている人も多いし、中には仙台市や白石《しろいし》市、さらには北海道の住所を記載している人もいた。

　聡太の実家があった南仙河海小学校の学区は、漁業関連の会社や工場が多い地区だ。そうした会社関係の従業員、さらにはたまたま仙河海市を訪れていた旅行者も、ここに避難してきた人々にまじっていて当然である。公共の交通機関が復活していない今の状況下では、帰りたくても帰ることができず、避難所に留まっているしかないのだろう。

　端から順にチェックを始め、真ん中くらいまで進んだところで、奈津子の両親の名前を見つけた。二人が二年三組の教室に身を寄せているのも確認できた。同じ教室に、三年生の時の同級生で、本人の無事を確認できて奈津子が喜んでいた早坂希の名前も見つけることができた。

　しかし、自分の両親の名前が見つからない。奈津子の両親に訊けば何かわかるかもしれなかったが、その前に、貼り出されている名前をすべて自分の目で確認しておきたかった。

　しかし、掲示されている避難者の中に、聡太の両親の名前は発見できなかった。見つかることを期待していただけに、さすがに落胆が大きい。

　しかし、ここで見つからなかったからといって、助からなかった、ということにはならない。姉の聡美が最後に電話で話をした時、車で逃げている途中で渋滞に遭っている、と言っていたのが事実だとすれば、逃げようとしていた先は、仙河海中学校の方角とは限らない。他の避難所に身を寄せている可能性は大いにある。

とりあえず、奈津子の両親に会いに行こう。

そう決めて掲示板から離れた時、職員室から出てきた女の先生が、一度、聡太のほうをちらりと見て歩き去ろうとしたところで何かを思い出したように立ち止まった。

慌てたように振り返った女性教師が、

「聡太？　聡太くんだっちゃ!?」と声を上げた。

「相川《あいかわ》先生！」

ほとんど同時に聡太も声を上げていた。

駆け寄ってきた相川先生が聡太の手を取り、

「あんだ、何時《いづ》来たの？　お父さんとお母さんに会いに来たんでしょ？　それにしても、東京からこんなに早く、よく来れだっちゃねえ。いったい、どうやって来たの？」

畳みかけるように訊いてきた。

教科は国語で、二年生の時に担任をしてもらった先生である。聡太たちが入学してから卒業するまでの三年間、学年を持ち上がって面倒を見てもらった数少ない先生の一人だ。とても気さくな元気のいい先生で、物故祭で会った時から五年近く経っているから五十歳くらいになっているはずなのだが、もっとずっと若く見える。ただ、震災直後とあって、さすがに疲れの色が見えるけれど、それは誰でも同じだろう。

――相川先生、仙中に勤めていたんですね。知らなかったです――」と口にしてから、「実は俺、今、仙台にいるんです。で、さっき車で着いたばかりで――」と答えたところで、

「あんだ、お父さんとお母さんにはまだ会ってないの？」と相川先生が尋ねた。

「会っていないです。というか、掲示板を見ましたけど、ここにはいないみたいです」

「そしたら、聡太。お父さんとお母さんの安否は……」相川先生の表情が曇る。

「まだわかりません――」と答えてから、ここまでの経緯をかいつまんで説明すると、相川先生は、

「そうだったんだ――」辛そうな目をしてうなずいたあとで、

「絶対無事なはずだから大丈夫なんて言ってもさあ、ただの気休めにしかならないのはわかってっけど、早ぐ見《め》っかるように先生もお祈りしてっからねえ」と言って、聡太の肩を優しく叩いた。

お気遣いありがとうございます、と口にしてから、

「あの当時の先生方は、皆さん無事なんですか？」と訊いてみる。

「今のところは悪い知らせは入ってないよ――」と答えたあとで、相川先生は、当時、仙河海中学校にいた先生が自分の他にも三人、一緒に勤めていて、そのうち一人が校長先生になっており、避難所運営の陣頭指揮を執っていることを教えてくれた。

「先生方が避難所を運営しなくちゃならないんですか？　市役所の職員じゃなく？」

驚いて聡太が尋ねると、

「一応、市からは二人派遣されていてっさ、一生懸命頑張ってもらってはいるけど、人手が全然足りないのよね。それでも、うちには学校現場がわかってる人に来てもらっているからいいけど、そうじゃない避難所は大変だと思うよ」事情を教えてくれた。

そうですか、とうなずき、

「生徒はどうだったんですか？」と訊いてみると、

「次の日が卒業式だったからっさ。ほとんどの生徒を家に帰したあとだったんだけど、今のところ、駄目だったのがわかってるのは一人だけ」そう答えながらも、相川先生の表情は沈痛だった。

学区の半分が津波に呑まれている学校である。それですんでよかったと考えるしかないのだろうが、一人でも犠牲者がいる以上、自分が教員だったら全く喜べないだろうと聡太も思う。

若干気詰まりになり、

「すいません。俺、そろそろ奈津子の両親に会いに」と言って階段のほうを指差すと、

「あ、ごめんねえ、引き止めて――」と口にした相川先生が、

「そんで、聡太。お父さんとお母さんの安否がわかるまでこっちにいるの？」

「そうしたいんですけど、状況次第ですね。この時刻だし、とりあえず、今夜はこっちで一泊するつもりで来ました」

「あんだ、寝るところあんの？」

「車の中で寝られる準備はしてきました」

「なんだったら、あだしの家に泊まってもいいんだよ」

相川先生の家は、確か、仙河海高等学校に近い山の斜面の住宅地にあったはずだ。

「いや、大丈夫です。食料も含めて車中で一泊しても平気な準備はしてきていますから」

「遠慮すること、ないからねえ」

「いや、ほんと、大丈夫です」

安心させるように相川先生に笑いかけてから、

「じゃあ、先生も無理しすぎないようにしてください」と言い残して、校舎の二階へ向かった。

2

学級数が減っているので、昔と教室の配置は違っていたが、二年三組の教室は出入り口の表示ですぐにわかった。

一階には避難所に割り当てられた教室がないため、わりと閑散としていた。一方、二階の廊下は、教室内から運び出された机や椅子が重ねてあったり、段ボールの箱が置かれていたりと、汚れているわけではないのだが、どことなく乱雑で生活感のようなものが漂っている。

後ろ側の出入り口から二年三組の教室内を覗いてみると、パーティションのような仕切りはなかった。段ボールを仕切り代わりに立てているのも数ヵ所だけで、ビニールシートや段ボールで区分けをしている生活スペースに布団を敷き、厚着をした人たちがうずくまるようにして身を寄せ合っていた。ざっと見た感じ、救援物資は少しずつ運ばれているようだが、布団類や毛布などが足りていない印象だ。

どこかに出かけているのか、この教室を使っている避難者が全員いるわけではないようで、人の姿がないスペースもあちこちに見られた。しかし、顔を知っていたこともあり、教室の前方、通常なら教卓が置かれている場所の近くで、奈津子の両親を見つけることができた。

おじさんっ、おばさんっ、と声をかけながら奈津子の両親のほうへ近づいていくと、ん？　という顔を聡太に向けた奈津子の父が、

「ありゃ、聡太くんでねえのか？　何故《なして》ここに居んの？」布団の上で胡坐《あぐら》をかいたまま

身体をねじり、驚いた顔をした。

　白いものが混じった無精ひげで覆われ、疲れの色が滲んだ顔ではあったが、声だけは元気そうに聞こえる。

「昼ごろ仙台を出発して、今、こっちに着いたばかりなんです」

「道路は大丈夫だったのかい？」

「はい、なんとか――」とうなずき、国道四五号線がかろうじて通行できる状況になっているのを教えると、

「そうすか。いやいや、ここでじっとしてると、何がどうなってんだか、さっぱりわからなくてっさ。せめて車が流されなかったら、車のラジオで少しは状況がわかるんだろうけどなあ」残念そうに言う。

「おじさんの家は、やっぱり駄目だったんですか？」

「それがさ、最初はすっかり流されたと思っていたんだ。そんで、次の日、行けるところまで行ってみた時は、流されないで残っているのが確認できたんだよ。ところが、昨日もう一回見に行った時には、残骸しか残っていなかった」

「ほら、立ってないで、座らいん」と奈津子の母に勧められ、靴を脱いで布団の上で胡坐をかくと、

「火事だよ火事。あのあたり、土台がしっかりしている家は、案外、流されずにすんだ

ようなのっさぁ。ところが、そのあとの火事で、さっぱどやられてしまったみたいなんだよなあ」と奈津子の父が説明した。

カーナビのワンセグテレビで見た海上火災の映像を思い出しながら、

「なるほど。それじゃあ、当然、うちも駄目でしょうね」聡太が相槌を打つと、

「まず、駄目だべな――」とうなずいたあとで、

「ほんで、武《たけ》ちゃんと道子《みちこ》さんは、今どこにいるんだ？」と訊かれた。

奈津子の父が口にした、武ちゃん、というのは聡太の父親の武洋のことで、道子は母の名前だ。が、二人の所在を尋ねたということは、奈津子の父にも聡太の両親の安否がわからない、ということを意味している。

「うちの姉貴に、車で逃げている途中で渋滞に捕まっているのを電話で伝えてきたきり、まだ連絡が取れていないんです」事情を話すと、奈津子の両親の顔が曇った。

うーむ、と唸った奈津子の父が、

「市役所の新庁舎に、安否確認の伝言板や避難所の名簿があって、新しい情報が随時集約されてるようだから、行けば何かわかるかもしれない。そっちのほうには寄ってみたすか？」と尋ねる。

「いえ、どうしようか迷ったんですけど、まずはおじさんとおばさんに会おうと思って、最初にここに」と答えると、

「あいや、聡太くん。何でわだしたちがここに居ることがわかったの？」おばさんが訊いてきた。

「奈津子に教えてもらったんです」

「そうだったの？　この前、家に帰ってきた時は、聡太くんのことは、何も語《かだ》っていなかったのに」

「ああ、実は――」街で偶然再会してからの経緯をかいつまんで話したあとで、「というわけで、奈津子から荷物を預かってきてるんです。車から取ってきますから、ちょっと待っててください」

そう言って腰を上げようとした聡太を、おばさんが引き止めた。周囲をぐるりと見回したあとで、

「どれくらいの量があるの？」声を潜めて訊いてくる。

「えーと、これくらいの段ボールが一つと――」箱を抱える仕草をしてみせてから、「衣類とか毛布とかが入っている、大きめの紙袋が二つですけど」と答えると、

「お父さん、どうする？」おばさんは相変わらず声を潜めたまま、夫の意見を求めた。

「まあ、いいんでないか。背に腹は代えられないしな。それに、せっかく聡太くんが運んできてくれたものを、いくらなんでも、持って帰れとは言えねえべ」

そうねえ、とうなずいたおばさんが、

「いえね、ほら。今の避難所、この通りなわけでしょ？　配給はあっても微々たるものだし、みんなが最低限のもので我慢しているところに、自分らだけが救援物資を手にするのは気が引けるわけよ」わかるでしょ？　という顔をした。

奈津子の母の懸念を聞いて、それは考えすぎだろう、とか、気の遣いすぎじゃないのか、などと決めつけることはできなかった。

今の時点で、どれくらいの支援や救援の物資が仙河海市に届いているのかはわからない。けれど、震災の発生から五日が経っても足りないものばかり、というのは、避難所に足を踏み入れた瞬間に感じられた。

どう見ても、毛布や衣類が足りていない。三月の中旬だとは思えない天候と寒さが、暖房が使えない中、被災した人々を必要以上に痛めつけている。

布団を背負って徒歩で逃げてきたという、奈津子の両親はずいぶんましなほうだ。布団やマットを敷かず、段ボールや茣蓙《ござ》の上に直接寝転がっている人があちこちにいる。着ているものも同様だ。重ね着で何とか寒さをしのごうとしている姿が多い。

この状況下で自分たちだけが、と遠慮する奈津子の母の気持ちはよくわかるのだが、手渡さずに持ち帰ることなどできるはずがない。

「じゃあ、すぐ戻りますので」

二人に言って車へと戻った聡太は、奈津子から預かった荷物を抱えて、再び教室に戻った。

奈津子の両親がいる場所に近い、前方のドアから教室に入る。

段ボール箱と紙袋を抱えている自分に視線が集まるのを感じたものの、ちらりと盗み見る程度で、すぐに目を逸《そ》らす。意識して知らないふりをしてくれているような雰囲気だ。

「とりあえず、この辺に置いときます」

できるだけ目立たないように、黒板の下の壁に寄せるようにして荷物を置いたのだが、何を思ったのか、奈津子の両親は、荷物を布団のほうに引き寄せて、梱包を解き始めた。

そんな見せびらかすようなことをしちゃったら……と焦る聡太をよそに、二人は取り出したものを布団の上に並べ始めた。

と思ったら、奈津子の母が、周囲の人たちに取り出したものを配り始めた。

娘が送ってくれたみたいで、ええ、ええ、そうなんですよ、おかげさまで仙台にいて無事のようで、そう、こちらのお兄さん、娘の同級生でね、わざわざこうして車で運んできてくれて、などと言いながら配り歩くものだから、受け取った人たちから、どうもありがとうございます、と聡太まで感謝される始末である。

どうやら荷物を取りに行っているあいだに、届けられたものをどうするか、二人で相談していたようだ。

結局、奈津子の両親の手元に残ったのは、毛布が一枚とTシャツが二枚にティッシュボックスが一箱、それから小分け袋に入った煎餅が二枚だけで、あとはすべて周囲の人たちに配ってしまった。

これは奈津子本人には言えないな、と思っていると、

「聡太くんよぉ。このことは、あいづには内緒だぞ」奈津子の父が目配せしてきた。

わかりました、とうなずいたあとで、気になっていたことを訊いてみる。

「ところで、一階の掲示板で、中三の時に僕や奈津子とクラスが一緒だった、早坂希さんがこの教室にいるのがわかったんですけど、姿が見当たらないですよね。どこかに行ってるんですか」

「ああ、希ちゃん――」うなずいた奈津子のお母さんが、

「希ちゃんなら、市役所に行ってるわ。もうそろそろ、帰ってくるころだと思うけど」

と教えてくれた。

「市役所には何の用事で？」

聡太が訊くと、

「それなんだけどさあ――」と眉根を寄せたあとで、

「希ちゃんのお母さん、まだ、見つかってないんだよねえ。それで毎日、伝言板や名簿

を確認しに市役所に出かけているんだけど、果たして今日はどうだか……」気の毒そうに言った。

そういえば、希が仙河海市に戻ったのは病気の母親の面倒を見るためだと、奈津子が言っていた。

「津波が来た時、早坂さんはお母さんと一緒じゃなかったんですか？」

「なんかねえ。ちょうど前の日に、市立病院から退院したばかりだったらしいの。希ちゃん、お母さんを家に置いて、早めに仕事場に行ってたんだって。それで結局、家に戻る余裕がなかったようなの」

「早坂さんの家って、どこだったんですか？」

「南小のすぐそば」

「それじゃあ……」

「退院したばかりだし、一人で家にいたとしたら、逃げられたかどうだか……」

奈津子の母が言った南小というのは、聡太や奈津子が通っていた、南仙河海小学校のことだ。逆流しながら海水が押し寄せた潮見川の川沿いに校舎がある。

あの場所で家に留まっていたのだとしたらどうなるかは、考えるまでもなかった。健康であれば一人ででも逃げているだろうが、前日に退院したばかりの病み上がりの身では……。

聡太と同じことを考えていたのだろう。奈津子の母が、

「退院があと二日遅ければ、絶対、助かっているのにねえ――」と口にしたあとで、

「希ちゃんも、内心ではお母さんのこと、諦めてはいるみたい。でも、そうは言ってもねえ。諦めきれるものではないからっさ。毎日、夕方近くに市役所に行って、新しい情報がないか、確かめてるのよね」沈痛な面持ちで言った。

聡太が何と答えたらよいのかわからないでいると、

「希ちゃん、自分を責めてるの。いつもより早くお店に出かけたうえに、助けに戻ることもできなかったわけでしょう？　表には出さないけど、すごく辛いんだと思う。希ちゃん、母子家庭の一人っ子だったでしょう？　頼れる親戚もいないみたいだし、見ているだけで、可哀相で可哀相で……」そう言いながら、奈津子の母がしきりに目尻を拭い始めた。

うんうん、と隣で奈津子の父がうなずく。

「でもなあ。そういう人だぢ、いっぱいいるのっさ。助かった命は大事にせねばなんねってのはわかっていても、何で自分だけ助かってしまったんだべやあって悔やんでる人が、山ほどいる。さすがになあ、津波がこんなに恐ろしいものだとは、誰も思っていなかったものな」

そう言ったあとで、

「俺も甘く見てたものな。ほら、津波って言えば、どうしたって、昭和三十五年のチリ沖地震の津波だもの。あの時も津波が来て、それなりの被害はあったのさ。んでも、建物の一階が水さ浸る程度だったものな。まあ、二階さ上がっていれば大丈夫だろうって、最初はそのつもりでいたんだ。んでも、母ちゃんが――」ちらりとおばさんのほうを見て続けた。

「逃げっぺし、逃げっぺしって喧《やかま》しくてさ。それほど言うならとりあえず、と思って避難したらこれだものな。家にいるのが俺一人だけだったら、たぶんやられていたと思う」

本当に人の運命なんて紙一重だ、と奈津子の父は、最後にしみじみとした口調で言った。

奈津子の両親から話を聞くにつれ、いっそういたたまれなくなる。自分の両親の安否も確認できていないのだから、なおさら他人事《ひとごと》ではない。

ここにいるようだったら早坂希にも会って、避難所での様子を仙台に帰ってから奈津子に伝えよう、と思っていたのだが、自分の両親の安否確認を急ぎたくなった。もしかしたら、市役所に行けば希に会えるかもしれないし。

そう考えながら、

「おじさん、おばさん――」と声をかけ、

「とりあえず、俺、暗くなる前に市役所に行ってみます。親父とお袋のこと、何かわかったら知らせに来ますんで」と言うと、奈津子の両親は、

「なんもなんも。こっちのほうは気にせんでいいから」

「ほんとにありがとねえ。奈津子に会ったら、わだしたちは元気だから、心配しないでいいからって伝えておいてね」

二人そろって、今日初めての笑顔を見せてくれた。たとえ無理に作っている笑顔だとしても、その気遣いはありがたく、荷物を届けに来てよかったという気持ちになる。

「じゃあ、寄れるようだったら、また寄ってみます」

そう言って、脱いでいた靴を履いていると、

「あっ、希ちゃん」おばさんが声を上げた。

入り口に目をやると、スプリングコートなのだろう、淡いベージュ色の薄手のコートを羽織った小柄な女性が、教室へと入ってくるのが見えた。長めのショートカットのあいだに覗く、うつむき加減の顔立ちは、確かに、中三の時にクラスが一緒だった早坂希だった。

布団の上に座っていた奈津子の母が腰を上げ、近づいて来た希の手を取って、

「どうだった？」と尋ねる。

希は、横に首を振ったあとで、

「避難者名簿にも伝言板にも、名前、ありませんでした――」と答えてから少し間を置き、

「明日、遺体の安置所にも行ってみようと思います」と口にした。

「希ちゃん……」

名前を呼んだきり、言葉を継げなくなった様子のおばさんは、希の身体を強く抱きしめる。

「さあ、座らいん」と、おばさんにうながされた希が、コートと靴を脱いでから、奈津子の両親の隣に敷かれている布団の上で膝を抱えた。

母親の安否がいまだ不明なことに加えて、かなり寒いのだろう。希は、抱えた膝を引き寄せて身を丸めた。少し、震えているように見えなくもない。コートの下はブラウスにカーディガンという薄着なので無理もない。

その様子がいたたまれなくて声をかけることができないでいると、

「ほれ、これ使って。外、寒かっただろ」

奈津子の父が、手元に残していた毛布を、希の肩からかけてやった。

「すいません、ありがとうございます」

小声で言った希の視線が聡太に向けられた。こちらを見たまま訝《いぶか》しげな表情をする。

聡太が口を開く前に、

「希ちゃんや奈津子と同級生の聡太くん。覚えてない？」奈津子の母が言うと、ああ、と思い出したような声を、希は出した。

ご無沙汰してます、だとか、お久しぶりです、などと挨拶するのも場違いな気がして、

「どうも」とだけ言って顎を引いてから、

「早坂さんが無事だったのを知って、奈津子、安心していた」他に言葉が思い浮かばなかったので口にする。

すると希は、抱えていた膝を戻して横座りになり、

「奈津子と会ったの？」と訊いてきた。先ほどの、心ここにあらず、という心許なさが、少し消えた感じがする。

「うん。偶然、街で会って――」奈津子の両親に先ほど話した内容を繰り返した。

そのあとで、ちょっと待ってて、と希に言い残して、いったん教室をあとにした。

駐車場に停めてあるシビックまで走り、救援物資として自分で持ってきたものの中から、セーターとダウンジャケット、マフラーを選び出し、紙袋に詰め直して教室に戻った。

「早坂さん、サイズ、合わないと思うけど、これ使って。ないよりはずっとマシだから」と言って、紙袋を希に押し付けた。

「え？　でも……」

戸惑っている希に、

「その薄着じゃ、いくらなんでもちょっとまずいでしょ」と笑いかけてやる。

「あの、ほんとに借りていいの？　誰かのために持ってきたものなんじゃないの？」

戸惑いを隠さない希に、

「うちの親父とお袋に会えたら渡そうと思って持ってきたものではあるんだけどさ、衣類は多めに持ってきたんで大丈夫。気にしなくていいから使って」あらためて言うと、

「ありがとう。じゃあ、遠慮なく――」とうなずいてから、

「聡太くんのお父さんとお母さんも、安否がわからないの？」と確認するように尋ねる。

うん、とうなずき、

「早坂さんのお母さんのこと、さっき、おじさんとおばさんから聞いたけど……」そこまで言ったところで言葉が繋がらなくなる。

たとえば、無事だといいね、という言葉は、あまりに白々しくて口にできない。かといって、見つかるといいね、と言えば、遺体が見つかるといいね、という意味と一緒だし、ふだんは社交辞令的に使っている言葉が、ことごとく使い物にならない感じだ。

聡太の戸惑いを、希は鋭く察知したようだ。

「遠慮しなくていいよ。うちのママ、一人でどこかに外出できる状態じゃなかったし、津波の時、家にいたのは間違いないと思う。あれから五日がすぎてるんだから、生きていれば避難者名簿で確認できているはずだもの。だから、明日は、遺体安置所に行ってみるつもり。今までどうしても足が向かなかったけれど、そろそろ気持ちを切り替えなくちゃ。身元不明の遺体もずいぶんあるみたいだから、そこでママが見つかればラッキーかな。それ以上は望んでいない。だから余計な気遣いはしないで。気を遣われると、かえって辛いから」と言って、口許をわずかに弛めてみせた。

「遺体安置所って、どこにあるの？」

「市役所の掲示板には、四ヵ所書いてあった。えーと、高城《こうじょう》小学校と緑山《みどりやま》小学校に瀬波多小学校。それから津川高校の四つ――」と答えた希が、

「見つかるとすれば、地理的には高城小か緑山小だと思う」と付け加える。

「それにしても、けっこう遠いよね」

希が口にした高城小は、仙河海の市街地の真西に位置する山の中にある。もう一つの緑山小も、今度は街の北側、鹿又川をかなり遡った、これまた山中にある小さな小学校だ。

「早坂さん、どうやって行くつもりなの？」と訊くと、

「どうやってって、歩いていくしかないでしょ」当然という口調で希が答える。

「無理っぽくない？」

「そうでもないと思うけど」

近いほうの高城小学校でも片道四キロくらい、緑山小学校にいたっては七キロ近くあるのじゃないかと思う。

と考えたところで、希は長距離ランナーだったのを思い出した。距離感がたぶん、普通の人間とは違うのだろう。

とはいっても、平常時とは違うこの状況下ではさすがにちょっと……と、考えた聡太は、

「明日、時間はまだわからないけど、俺の車で乗せていってやるよ。普通の時じゃないからさ、近所ならまだしも、長時間、女性が一人歩きなんかしないほうがいいと思う」

「でも、そんなにお世話になってばかりでは——」と希が言ったところで、

「希ちゃん、せっかく聡太くんが言ってくれてるんだから、遠慮しないでそうしなさい。そのほうがおばさんたちも安心だし」と口を挟んだ奈津子の母が、おじさんに向かって、

「ねえ」と同意を求める。

「んだ、そうしろ。そうしたほうがいい——」うなずいた奈津子の父が、聡太を見やり、

「聡太くんには面倒をかけるけどさ。うん、そうしてやってけろ。よろしく頼むわな」

と言って顎を引く。

「おじさんとおばさんもこう言ってるし、ね、早坂さん」

聡太が言うと、しばらく思案顔をしていた希は、

「それじゃあ、お言葉に甘えさせてもらいます。自分のことだけでも大変なのに、ほんとにごめんなさい」すまなそうに頭を下げた。

「お互いさまだから、気にしないでいいって――」と返してから、

「じゃあ俺、とりあえずこれから市役所に行って、避難所の名簿に親父とお袋の名前がないか確認してみます」と言って布団から腰を上げたところで、

「聡太くん、ところで、今夜はどこで寝んのっしゃ？」と奈津子の父に尋ねられた。

「車で寝ます」

そう答えると、奈津子の父が、

「大っきな車なのすか？　ミニバンとかの」と重ねて尋ねる。

「いえ、普通の乗用車ですけど」

「窮屈だべえ。それよか、ここで寝たほうが、足が伸ばせて楽だぞ。ちょっと詰めればスペースはあっから、無理しないでこごさ嵌《は》まらいんや」

「そうそう。ほら、何て言ったけ？　エコ、えーと、エコノミー症候群？　そうなって

しまったら大変だっちゃ？」

　奈津子の両親にそろって言われ、それもそうだな、というほうへ気持ちが傾く。一応、シビックの車内で寝る覚悟はしてきたのだが、震災直後のあの一晩を思い出すと、可能だったら車中泊は回避したい。

「ありがとうございます。じゃあ、そうしようかな。実際、俺の車、シートが狭くて寝にくくて仕方がないんで、助かります」

「毛布とかはあるのか？」

「あります」

「ほなら、寝床を作っておいてやっから」

「配給があるようだったら、余分にもらっておいてやっからね」

「食料は大丈夫ですよ」

「いやいや。もらえるものは、遠慮なくもらっておいたほうがいいっちゃね」

　あれこれ世話を焼こうとし始めた奈津子の両親を見ているうちに、子どものころに家族づきあいをしていたころの情景が甦り、思わず泣きそうになってしまう。

　込み上げかけた涙を呑み込み、教室をあとにした聡太は、薄暗くなってきた校舎内を歩いて、入ってきたのと同じ職員玄関から表へと出た。

　霙まじりの雨はやんでいたが、日没時刻が近づき、冷え込みがきつくなってきている。

職員玄関から出たところで校舎のコンクリートの壁を見やりながら、一晩だけならまだしも、この寒さでこの避難所に何日間もいるのは本当に辛いだろうなと、あらためて思う。

いや、何日どころではない。仙台市内の避難所とはまったく異なり、ここに避難している人たちのほとんどが、奈津子の両親や希と同様、帰る家そのものを失っているのだ。いつまで続くことになるのかわからない避難所生活が、今始まったばかりだった。

3

市役所へはさほどの距離ではないので、車を使わずに徒歩で向かった。

来る時にシビックで上った坂を下りきり、バス通りを横断してすぐの左手側、有料駐車場の先に仙河海市役所がある。地理的には、標高が二百メートルちょっとの泰波山《たいばさん》の南側の裾野に当たり、通りから奥まった本庁舎は少し高い場所に建っている。

市役所の本庁舎は電気が点いていた。が、周辺の家屋では点いている様子がない。庁舎のほうへ近づいてみて、電力会社の給電車が建物に横付けにされているのがわかった。

また、市役所の駐車場には、携帯電話会社の移動基地局の車両が停められていて、天蓋《がい》から空に向かって高くアンテナを伸ばしていた。市役所の入り口に並んでいる二十人ほどの人の列は、携帯電話会社による充電サービスの順番待ちをしている行列のようだ。

電話会社が違うのでたぶん駄目だろうとは思ったが、ポケットから携帯電話を取り出してディスプレイを確認してみる。アンテナは一本も立たない。試しに、父親の携帯の番号と静岡の姉の固定電話に、続けて発信動作を行ってみたものの、やはり繋がる気配はなかった。

「あんだの携帯、会社はどこっしゃ？」

充電待ちの列に並んでいた中年の男性が聡太に声をかけてきた。

聡太が質問に答えると、

「んだったら、防災センターの近くさ行けば、繋がるっつう話だど」と教えてくれた。

男性が口にした防災センターは、仙河海市の消防署に併設されている。市役所から旧国道を三キロほど南下したあたりの、小高いというほどではないが、比較的海抜の高い位置に建物がある。立地条件から考えて、津波の被害は受けていないはずだ。

「ありがとうございます」

親切に教えてくれた男性に言って列のそばから離れた聡太は、道路側にある新庁舎へと足を運んだ。鉄筋コンクリート造り四階建ての、仙河海市にあっては比較的大きな建物で、一階には観光課をはじめとした街づくり関連のフロアが主に入っている。二階には市民の交流広場的なフロアが多い。その上にはフロアがない。桟橋のあるアクアポートの駐車場もそうだが、土地の狭い仙河海市には、スロープを使って上り下りする多層階の駐車場が何ヵ所かあって、新庁舎の三階と四階も駐車場になっている。

バス通りに面している新庁舎は、一階部分は水没したようだ。それとわかる痕跡が窓ガラスに残されている。内部の様子はあまりよくわからない。大きく破壊されてはいないように思えるが、すぐには使えない状態なのが明らかだ。

奈津子の父が言っていたように、安否確認用の伝言板は、本庁舎ではなく新庁舎の二階のロビーに設置されていた。

ロビーの壁を背にして、パーティションが並べられている。すべてのパーティションには、フェルトペンを使って手書きで書き込まれたA4サイズのコピー用紙が、びっしりと貼り付けられていた。掲示板に収まりきらない用紙は、壁に直接貼り出されている。

見た目だけは仙河海中学校の廊下に貼られていたものに近い感じだが、記入されている内容がまったく違っていた。貼られている伝言のほとんどは、誰を誰が捜していて連絡先はここです、という安否確認を求める内容のものだった。

たぶん市役所の職員が手書きで書いたものをコピーしたのだろう。「さがしています」のタイトルの下に「誰を」「誰が」「連絡先」と三つの項目が入ったコピー用紙が主に使われていた。使用されているフェルトペンは赤と黒だ。全部が統一されているわけではないものの、名前が赤で、住所やその他の連絡事項が黒で書き込まれているものが多い。

ロビーに足を踏み入れて伝言板を前にした聡太は、一枚一枚の確認をすぐに始めることができなかった。ずらりと並べられた掲示板に視線を向けたまま、半ば呆然として立ち尽くす。

貼られている用紙の枚数は、ざっと眺めただけでも、数百枚を軽く超えていそうだ。一枚の用紙に複数の氏名が記入されているものも多いので、千名を超える人々の所在が不明な状態に陥っていることになる。それでも、市役所まで来られた者しか伝言板を利用していないのだから、いったいどれだけの人が連絡のつかない状況になっていることか……。

名前が漢字で書かれているものもあれば、片仮名のものもある。年齢の数字が入っているものもあれば、ないものもある。そんな中に、自分の無事と居場所を知らせるものがまじっていたり、会社の従業員の安否を確認しようとしている伝言がまじっていたりと、津波がもたらした直接的な破壊とはまた違った意味合いを持つ混沌と混乱が、目の前にはある。

時刻が遅くなってきているからだろう。電気がまだ復旧していない新庁舎のロビーに人影は少ない。何人か、伝言板に見入っている人はいるものの、ほとんど無言で視線を這わせているだけで、奇妙なほどに静まり返っている。

気を取り直した聡太は、端から順に伝言板を確認し始めた。

二枚目のパーティションの前に立ったところで、疑問が頭をもたげた。親父とお袋は、果たしてこの掲示板を利用して誰かの安否確認をしようとするだろうか、と思ったのである。

聡太の父の実家があるのは、交通が遮断されたままになっていると思われる唐島半島である。一方、母の実家があるのは、宮城県の内陸の町だ。掲示板の利用は、連絡を取る手段としてさほど有効ではないと思う。

とはいえ、利用している可能性はゼロとは言い切れないし、自分の無事を知らせる伝言を貼っている可能性もある。

どうしようか、としばし迷ったあとで、伝言板の確認は後回しにして、避難所ごとに分けられた避難者名簿のほうからチェックしてみることにした。どちらかといえば、こちらのほうで両親の名前を発見できる可能性が高い。それは最初からわかっていたのだが、見つからなかった場合のことを想像して、最初に名簿に手を伸ばすことができずにいたのである。しかし、よく考えてみれば、避難者名簿のほうから確認するのが合理的だ。

どうも、自分の判断力が鈍っているような気がしてならない。この数日間の肉体的な疲れに加え、津波に襲われた故郷に一人で帰ってこの惨状を目の当たりにしたことで、精神的に参りかけているのかもしれなかった。

避難者名簿は、A3サイズの用紙を縦に使って作成されていた。たぶん、パソコンのエクセルを使ってまとめたのだろう。氏名や年齢、現住所が印字された表が、数枚から十数枚、避難所ごとにホチキスでまとめられ、紐をつけて壁に画鋲で留められていた。

全部を丁寧に確認しようとすると、かなり時間がかかりそうだ。最初にこちらに手が伸びなかったのは、枚数の多さもあったからである。

父と母が仙河海中学校に避難していないのは確認済みだったので、まずは二人が避難している可能性が高そうな、仙河海小学校の避難者名簿からチェックすることにした。

避難者名簿は、パソコンを使って印字されたものが多かったが、中には手書きのものもあった。それにしても膨大な避難者の数だ。市内の小学校や中学校、高等学校をはじめ、総合体育館などの市の関連施設、地区の会館や公民館、さらには寺社やホテルまで、まとまった人数を収容できる規模の建物で無事だった場所は、ほとんどが避難所として使われているみたいで、全部をあわせると、九十ヵ所を超えていた。名簿一枚あたりの記載人数から概算すると、避難者の総数は二万人近い数に上っていそうだ。

その名簿にしても、この混乱の中で避難者の移動を正確に把握するのは不可能な話だろうから、重複したり記載漏れがあったりするのは仕方がないだろう。それに、友人や知人、あるいは親戚の家に避難している場合には、当然ながら名簿には記載されないわけで、それを考えると、やはり、伝言板の確認も必要だということになる。

ロビーの片隅に置かれた長机を使って名簿を確認していた聡太だったが、たいして進まないうちに、暗さのせいで文字を追うのが困難になってきた。

「駄目だな、こりゃ……」

声に出して呟き、名簿を元に戻したあと、窓の外に目を向ける。

天気がよくないのもあって、戸外はかなり暗くなってきている。仙台の場合、地震直後の電気が途絶えた夜であっても、通りを行き交う車のヘッドライトが頼りになった。しかし、ここではそうはいかない。完全に暗くなる前に中学校に戻らないと、足下が見えなくて歩くのも難しくなりそうだ。

明日、明るくなってからもう一度ここに来て、名簿と伝言板の確認をしよう。

そう決めてロビーから出ようとしたところで、見覚えのあるシルエットが伝言板の前に立っているのに気づいた。背丈はそれほどないものの、横幅がかなりあるがっちりした体形の男が、伝言板を見ながら何かをメモしている。

向こうはこちらに気づいていない。

このまま立ち去ろうかとも思ったのだが、さすがにそうもいかないだろうと思い直し、男の背中に、

「和生《かずお》」と声をかけた。

その声に振り返ったのは、やはり、中学の時の同期生の宮間《みやま》和生だった。

「聡太――」驚いたように名前を口にした和生が、

「おまえ、こんなところで何してんだ？」と訊いてきた。

「親父とお袋を捜しに来た」

聡太が答えると、その説明だけで納得したらしく、和生は、

「そうか」と言ってうなずいた。

「おまえは？」

「従業員の安否確認に来ていた」

「本社と自宅は？」と尋ねてみると、

「駄目に決まってるだろ。全部流された」という素っ気ない答えが返ってきた。和生の仕事はタクシー会社の社長である。本社の住所は港を目の前にした南坂町《みなみさかまち》だ。無事であるわけがない。

和生の家、宮間家の本家は船主《せんしゅ》だったらしい。確か祖父の代で分家となって魚屋を始

め、水産関係のトラック運送の会社を興したあと、父親の代でタクシー会社に転身を図ったはずだ。若い和生が現社長なのは、最近、父親が急逝《きゅうせい》したからだ。もっともその話は、母から聞いていただけで、本人や同級生から直接聞いたわけではない。

「おまえ、東京から来たのか？」

和生に訊かれた聡太が、

「いや、仙台からだ。三年前から仙台にいる」と答えると、

「なんだ、そうだったのかよ」何かを含んだような口調で和生がうなずく。

和生と会ったのは、物故祭翌年の正月にもたれた年祝い以来だ。幼稚園から始まって、小、中、高とずっと学校が一緒だった仲ではあるのだが、それ以後一度も連絡を取り合っていない。年祝いの宴席で、喧嘩別れした形になっていたからだ。

ここで聡太は、東京にいたころにつきあっていた亜依子との会話を再び思い出してしまう。

4

今のあなたは、本心では東京ではなく、古里の仙河海市で暮らしたがっているように、どうしても見える、と亜依子は言った。そのあとで、仕事のあるなしや恋人の存在

と関係のないところで、それを邪魔しているものがある、と続け、それは何なのかが最大の問題だ、という設問を、聡太に投げかけた。

東京を去ることに未練はなかった聡太が、仙河海市には戻らなかったのはなぜか、という回答がここにある。もちろん喧嘩別れをした同級生が街に残っているから、などという子どもじみた話ではない。

喧嘩のきっかけとなった和生との会話は、酔っていたわりにはかなり鮮明に覚えている。

市内のホテルの宴会場で年祝いを行ったあと、ホテル内にあるラウンジに移って二次会をしていた時だ。

最近の携帯電話の急速な発達の話がきっかけで、携帯端末に埋め込まれているICチップの話題になり、その設計に聡太もかかわっている、ということを知った和生が、

「すげーな、聡太。おまえ、マジで俺らの出世頭だ。元々頭がいい奴は、やっぱり違うもんだな」と感嘆の声を上げた。その時聡太は、

「いや、そんなことないって――」横に首を振ったあとで、

「本当に頭がいい奴は、勉強しなくてもできるからな。そこへいくと俺なんか、ただの凡人。必死こいて勉強してようやく入った大学と会社だし」社交辞令的な謙遜を口にした。

和生は、単純に真に受けただけだったのかもしれない。

「そうだよなあ——」とうなずいたあとで、

「ガキのころって、聡太。おまえ、けっこう面白くてつき合いもよかったはずなのに、中学に入ったあたりから、ガリ勉になっちまってよ、すっかりつき合いが悪くなったもんなあ。実は俺、内心では、なんだよ、つまんねえ人間になりやがって、とさ。残念というか、かなりがっかりしてたんだぜ」昔を懐かしむような口調で笑った。

「いやあ、つまんなくて悪かったな」苦笑しながら返したところまではまだよかったのだが、和生の言葉に少々かちんときたのも事実で、酔いの勢いが手伝ったのかもしれない。気づくと、

「俺がガリ勉だったわけじゃなくてさ、おまえらが勉強しなさすぎだったんだよ。というか、あらゆる物事に対して努力しなさすぎ」皮肉を込めた口調で言っていた。

それで和生の表情が変わった。

「努力のしなさすぎって、それ、いったいどういうことだよ」手にしていた水割りのグラスをテーブルに置いて、聡太のほうに詰め寄ってきた。

喧嘩になるのを望んでいたわけではない。しかし、大人気ないと思いつつも、

「何に対しても適当っていうか、とことん追求する姿勢に欠けてるんじゃないですか、ということを言いたかったわけ。まあ、気を悪くしたら謝るけどさ」と和生に言った。

するとと和生は、

「確かに、俺ら――」と、俺らという言い方をあえてしたように、その時の聡太には聞こえたのだが、

「学校の勉強は好きじゃなかったよ。それは認めるけどさ、だからって、努力をしてないとか、何に対しても適当ってことにはならないだろ。俺らは俺らなりに目いっぱい努力して、この街を盛り上げようとしてるんだ。街から出て行った奴に、そこまで言われたくはねえな」むすっとした顔つきで言った。和生のほうも明らかに酔っているようで、話の論点が若干ずれていた。なので、

「そういうことを言ってるわけじゃないだろ。おまえの話、論点がずれかかってるぞ」

と指摘したものの、和生は、

「いや、ずれてなんかいねえって。そういうふうな、偉そうというか、上から目線の言い方が、マジ、むかつくんだよな。聡太、おまえ、内心では俺らのことを小馬鹿にしてんだろ」と言って、いっそう詰め寄ってくる。

このあたりから、周りにいた同級生たちが、「おい。やめろよ、おまえら」だとか、

「まあ、まあ、二人とも」などと言いながら、あいだに割って入ろうとし始めたのだが、すでに手遅れだった。売り言葉に買い言葉の典型で、

「あのなあ。そういうのを、田舎者のコンプレックスって言うんだよ。結局、自分らの

努力不足を棚に上げてるだけじゃないのか？　俺から言わせれば、和生。おまえとか靖《やす》行《ゆき》みたいに――」諍《いさか》いを止めようとしていた同級生を指差し、不意を衝《つ》かれて「え？　俺？」と声を上げている靖行を無視して、

「自分の家でやってる会社を継げば将来安泰、みたいな恵まれた環境にいる奴らに限ってそうなんだよ。勉強でも何でも、俺はさ、おまえらと違って自力で自分の将来を切り開くしかなかったの。そのための努力をしなくちゃならなかったわけ。それを捕まえて、ガリ勉とかつき合いが悪くなったとか、そういうのってありかよ。内輪で足の引っ張り合いばかりしてるような奴らに言われたくないね」と吐き捨てていた。

「おい、聡太。酔っ払っているからって、いくら何でも言い過ぎだぞ――」と言いながら、睨《にら》み合っている聡太と和生のあいだに、巨体と言っていいほどの大きな身体を割って入れた靖行が、和生のほうに向き直り、

「和生、言い過ぎなのはおまえもだぞ」と宥《なだ》めようとする。

この時、大人気なかろうと、仲裁を無視してつかみ合いの喧嘩にでもなっていたほうが、むしろよかったのかもしれない。

聡太も和生も、中途半端に大人気なかった。

黙って席を立った聡太に、和生も声をかけようとはしなかった。凍りついたようになっている同級生たちに背中を向けた聡太は、無言のままホテルをあとにした。

その後、和生たちとはそれっきりとなって四年と少しが過ぎていた。

いくら諍いがあったとはいえ、酒の上でのことだし、互いに子どもでもない。機会があればいつでも和解ができていたはずだ。しかし、そうはならなかった。ならなかった原因は、和生ではなく自分にあると、聡太は思う。

聡太が勤めていた半導体メーカーが倒産したのは、年祝いからちょうど一年後の二〇〇八年一月であったが、実際には、そのだいぶ前から業績が怪しくなりだしていた。研究開発部門にいる聡太でさえ、これはちょっとまずいのではないかと感じていたくらいだ。

それに対する焦りが自分の中にあったのは確かだ。何のことはない。和生や靖行を羨《うらや》み、コンプレックスを抱いていたのは、自分のほうだったのだ。

聡太の父親が長年やってきた遠洋マグロ船の船頭は、仙河海市においては花形の職業である。腕のいい船頭だった父は、引退したあとも周囲から尊敬されている。しかしそれは、あくまでも親父が一代で築き上げた名声で、息子に引き継がれるわけではない。そしてまた、聡太が中学生になったころは、マグロ船の船員は儲《もう》かる職業ではなくなっていた。自《おの》ずと、父とは違う生き方を選択する必要に迫られた。

中学と高校時代は、和生や靖行のような同級生たちよりも勉強ができることが、自分の唯一の拠《よ》り所だったのだと思う。それが大人になってからは、グローバルな企業の中枢部分で仕事をしている、という事実が、それに取って代わっていただけの話だ。

勤めていた会社の倒産、そして人員整理によるリストラによって、結局、聡太には、胸を張って誇れるものが皆無になってしまった。

つまらないプライドだと思う。実にくだらない自尊心だと、自分でも思う。それに加えて、いずれは結婚することになるのだろうな、と思っていた亜依子と別れることになり、きわめて下世話で簡単な言葉で言えば、どの面下げていまさら田舎に帰るのだ？あるいは、和生たちと顔を合わせられるのだ？という状況になっていたにすぎない。

そんな聡太の自尊心など自然の猛威の前ではいとも容易《たやす》く粉砕され、結果として、喧嘩別れのようになっていた和生と、こうして偶然なのだか必然なのだか自分でもよくわからない再会をしているのだった。

その和生が、

「おまえの携帯の番号とアドレス、前と変わってるよな――」と確認するように言ってから、

「ちょっと教えてくんないか。おまえの父ちゃんと母ちゃん、俺のほうで何かわかったら連絡するから」と付け加えた。

「お、おう……」

そう口にして携帯電話を取り出し、和生にならって赤外線通信ができる状態にする。

互いの携帯電話の赤外線ポートを向かい合わせ、電話番号とメールアドレスを交換した。

通信が上手くいったのを確認した和生が、

「父ちゃんと母ちゃんの名前、何だっけ？」と訊いてきた。

「親父は武士の武と太平洋の洋と書いて、武洋。お袋は、道路の道と子どもの子で、道子」

わかった、とうなずいた和生が、

「いつまでこっちにいる？」と尋ねた。

「明日いっぱいか、遅くても明後日には、一度仙台に戻る」

「じきに携帯が繋がるようになると思うけど、繋がらなかったら、俺、昼間はたいてい前町田《まえまちだ》の営業所のほうにいるから」

「わかった。どっちにしても、帰る前に一度寄ってみるよ」

「そうしてくれ。じゃあまた」

そう言って背中を向けた和生の名前を呼んで、「悪いな。恩に着る」と口にすると、振り向いた和生が、

「なに。同級生じゃん」軽く頬を弛めて建物から出て行った。

5

避難所になっている仙河海中学校で一夜を過ごした翌朝は、外が明るくなり始めたころに、上空を飛び回るヘリコプターの音で目が覚めた。というより、ほとんど一晩中、落ち着いて眠ることができなかった、としたほうが正しい。

睡眠を妨げる最大の原因は、底冷えのする寒さだった。各教室には石油ヒーターが設置されてはいるのだが、とうの昔に灯油が切れていた。冷え切った手足がさっぱり温まらず、うとうとしかけては目を覚ます、という繰り返しだった。

ただし、寒さだけなら車で寝ても大差はなかっただろう。もう一つ、容易に眠れない原因を作ったのは人間の声だった。

真っ暗な教室内に、悪夢にうなされる声が、ひっきりなしに響いた。あるいは、怖い夢を見たのだろう、子どもの泣き声が耳についた。すると、泣き声がやむまでまったく眠れなくなった。

近くで寝ている奈津子の両親や希は、たまに寝返りを打つ気配は届いてきたものの、この環境にも慣れてきているのか、聡太よりは睡眠を取れているようだった。

ともあれ、上空をヘリコプターが飛び交い始めると、さすがに寝続けるのは無理なようで、かなり早い時刻にほとんどの人が起きだした。

といっても、周囲の人たちと雑談をする以外特にすることはないため、手持ち無沙汰な様子だ。


避難所の大きな問題の一つは、どこも同じだと思うのだがトイレだった。仙河海中学校の場合、水を落としていないプールがあるので、かなり助かっているようだ。それでも、ふんだんには水を流せないので、衛生状態は決してよいとは言えない状況である。

一人につきおにぎり二個と、五百ミリリットルのペットボトル入りのお茶が一本の配給があったのは、午前八時半ごろだった。結局昨日の夕方は、期待していた配給はなく、腹を空かしたまま寝るしかなかった。シビックに戻れば若干の食料はあったのだが、自分だけ食べに行くのは気が引けて、何も食わずに寝た。聡太の睡眠不足には、空腹も一役買っている。どうなるかわからないものの、配給された二個のおにぎりだけで今日いっぱいをすごさなければならない可能性も、避難所の人々には大いにあった。

そんな中で迎えた震災発生から七日目の朝は、昨日と同様に冷え込みが厳しい朝だった。


市役所で名簿を確認したあとで迎えに来るから、と早坂希に言い置いて仙河海中学校を出た聡太は、昨日とは違うルートを使って市役所に向かってみることにした。

昨日、市内に入った時には、仙河海中学校に無事に到着することを最優先にしたので、津波の傷跡を間近では見ていない。自分が生まれ育った街が実際にどうなったのか見ておきたかった。聡太にそうさせたのは、半分はこのような時でさえ消せない好奇心によるものであったが、残り半分は、自分の目でしっかり見ておかなくてはならないという、義務感めいたものだった。

仙河海中学校の表玄関のほうから外に出てグラウンドを斜めに横切り、中学校のすぐ下に建っている市民会館へと続く階段を下りた。さらに市民会館の前のロータリーから港へと続く坂を下りていく。このあたりはまだ十分に標高があるので、津波とは無縁の場所である。見た目は以前と変わっていない。

数十メートルほど歩いてＮＴＴの建物の先まで下り、変則の交差点に差し掛かったところから街の様子は一変した。小さな商店と一般家庭が混在して建ち並んでいる界隈である。道路は何とか確保されていた。しかし、玄関のガラスが割れたり、アルミサッシが捻じ曲がったり、シャッターがひしゃげたり、あるいは津波で運ばれてきた車が店先に突っ込んで横転したままになっていたりする家々の軒下には、建物や家具、什器や備品の残骸が瓦礫となって寄せられている。

途中で立ち止まり、下りてきた坂を振り返ってみた。市内に入る前の国道四五号線沿いでも同じだった。ほんのわずかの標高の差が明暗を分けている。明暗を分けた境界線の上に家があって流されずにすんだ住人にしても、自宅が無事だったことを素直には喜べないに違いない。そんな残酷な光景が聡太の目の前に横たわっている。

身体の向きを変え、再び魚市場がある港の方角を目指して歩いていく。

ゆるくなっていく坂を下っていくほどに、ヘドロなのだろう、鼻につく異臭が強まり、それに伴い破壊の爪跡がいっそう深くなる。いともたやすくコンクリート製の電柱が折れ、内側の錆びた鉄筋が剝き出しになっている。斜めになって家屋に倒れ掛かっている電柱からは、引き千切られた電線が何かの触手のように垂れ下がっていた。

道の両側に寄せられた瓦礫は、単なる残骸ではない。つい一週間前まで、この街でごく普通に生活していた人々が使っていた日用品が汚泥にまみれて散乱している。

電気炊飯器や電子レンジ。目覚まし時計。鍋やポット。プラスチック製の食器や台所用洗剤のボトル。DVDやCD、あるいはそうしたディスクの収納ケース。清涼飲料水のペットボトルやビール缶。ページが千切れた雑誌や本。バインダーに綴《と》じられた帳簿。スナップ写真が綴《つづ》られたアルバム。文房具やノートパソコン。リムがひしゃげた自転車。ほとんど無傷に見える子供用の三輪車。ぐしゃぐしゃに潰れたベビーカー。誰のものとも知れない靴やサンダル。およそあらゆるものが、巨大なミキサーにかけられたように、混沌として瓦礫のあちこちに埋もれている。

湾が近づくにつれ、いまだに水が引けていない場所があちこちに出現し始めた。方角によっては、あたり一面が沼地のようになっていて踏み入るのが無理な場所もある。

周囲の風景が混沌を通り越して殺伐としたものになってきた。木造家屋で無事だった建物は皆無に近い。家そのものが流されて、あるべき場所ではないところに鎮座していたり、だるま落としのように一階部分が綺麗に消滅して二階部分だけが取り残されていたり、家そのものが横転して隣の家と絡み合っていたりする。あるいは、何でこんなところに？　と首をかしげたくなるような場所、たとえば、ビルの屋上に自動車が載ったり、逆立ちして壁に寄りかかったりしている。

そんな光景の中、何隻もの船が陸上に取り残されたままになっているのがとにかく異様だ。

船なのだから水に浮かぶのは当たり前である。だが、海や川に浮かんでいるべき船が陸上にあるのは、奇妙な光景としか言いようがない。

それでも、五トン未満の小型漁船ならば、陸にあってもまだ理解できる。しかし、十トン程度の船となると、トラックほどの大きさがある。それが道路の真ん中に取り残されている光景は理解しがたい。しかも、聡太の目の届く範囲でも、少なくとも二隻、排水量が百トンを優に超える巨大な船が陸に打ち揚げられている。ドックに入渠《にゅうきょ》している船ではないのだ。完全に理解の範囲を超えている。その光景には、言葉を失って呆然と見ているしかない。

とりあえずこの光景を携帯のカメラで撮っておこうか……。

そう考えた聡太は、ジーンズのポケットから携帯電話を取り出してカメラモードにした。

遠くに見える大きな船がディスプレイに入るようにレンズを向け、親指で撮影ボタンを押すと、カシャリという電子擬似音がした。

撮影した画像を覗き込んで首をひねる。

少しアングルを変えてもう一度撮影してみた。

二枚とも、目の前の光景を写してはいる。

しかし、現実の光景とは違うものに見えてしまう。変な言い方だが、携帯のカメラで写した画像には全然迫力がない。臨場感が抜け落ちていて、現実の肌触りが何も伝わってこない。

所詮《しょせん》は携帯のカメラだからこうなってしまうのだろうか……。

あらためて周囲を見回してみて、そうじゃないな、と聡太は納得した。

聡太の周囲には三百六十度、津波で破壊され尽くした風景が広がっている。カメラのレンズはそのほんの一部を切り取っているにすぎない。どんなに性能のよいカメラで、たとえプロのカメラマンが撮影したとしても、フレームで切り取ることができる空間はあまりに限られている。

同じことは、仙台にいた時に見た新聞の写真やテレビの映像にも言える。それらの映像は確かに衝撃的ではあったけれど、現実を十分に伝えるものではなかったのだと、今だから言える気がする。今自分がいるこの場の空気感や手触り、肌触りを、そのまま伝えることは、現代のどんな技術をもってしても不可能だろう。

撮影をあきらめた聡太は、携帯電話を畳んでポケットに戻したあとで、もう少し岸壁のほうへ近づけないかと、歩けそうなルートを探してみた。魚市場のほうに行くのは瓦礫に阻まれているだけでなく、海水が浸水していて容易ではなさそうだった。長靴を履いてきていればよかったのだが、仙台を出る時、そこまで頭が回っていなかった。というより、長靴そのものを持っていない。履いてきたスニーカーでも、魚市場の手前にある三階建ての市民市場のあたりまでは行けそうだった。水溜まりに気をつけながら、そちらへと向かってみた。

瓦礫や水溜まりを迂回したり越えたりするのに苦労したものの、普段なら遠洋マグロ船やサンマ船が停泊している岸壁まで何とか到達できた。

岸壁に立った聡太は、陸に打ち揚げられている船と同様に、いや、それ以上に違和感を覚えた。

違和感の原因は、港の岸壁全体が海水に浸りそうになっていることだった。

海面から岸壁の縁まで、以前は人の背丈くらいの高さがあった。それが今は、数十センチほどまで低くなり、場所によっては海面下に沈んでいる。

ニュースで報じられていた地盤沈下の結果であるのが、頭では理解できた。三陸の沿岸部を中心に、七十センチから一メートルも地盤が沈んでいるのだから、こうなるのは当然だ。しかし、聡太が受ける印象は違っていた。地盤が沈下したのではなく、海が膨張したようにしか見えない。

複雑に入り組んだ入り江になっている仙河海の内湾は、いつも穏やかだ。岸壁の近くにいても、潮騒が耳に届いてくることはない。外海がどんなに荒れていても、岸壁に寄せる波は優しい。だからこそ、九州や四国のカツオ船をはじめとした各地の漁船の寄港地として栄えてきた。

今も海そのものは静かで穏やかだ。しかし、優しさを感じることは、どうしてもできなかった。膨れ上がったように見える海は、あからさまではないものの、少し怒っているようにも思え、聡太の気持ちを落ち着かなくさせる。

その海を眺めていて、ふと思った。

これまで、人と海とで作ってきた関係が、この震災で一度壊れたのかもしれない。擬人的すぎるかもしれないが、海の側からリセットを要求されたのかもしれない。

だとすれば、我々の何が間違っていたのだろうか……。

そう考えたところで、いや、それは考えすぎだと思い直した。海は、人間の意思や思惑をはるかに凌駕《りようが》したところで存在しているに過ぎない。だから、人々が海に見るすべてのものは、海が映し鏡となって、自分たち人間の姿を見せてくれているだけなのだろう。

人が海を憎めば海は人を憎む。人が海を恐れれば、海も人を恐れる。人が海を愛すれば、海も人を愛してくれる。

6

違和感を覚えてならない海の前から離れた聡太は、市役所へ向かうことにした。

高台に建っている市内で最も大きな温泉ホテルを左手に見ながら海岸沿いを行ってみようと思って歩き出したのだが、道が塞がっていてまだ開かれていなかったので途中であきらめた。

NTTのビルの近くの交差点までいったん引き返し、その交差点から南坂町へ通じる坂を下っていく。

カーフェリーや観光船が発着する桟橋に近い南坂町は、仙河海市随一の夜の飲食街である。居酒屋や寿司屋、スナックにまじって、ジャズ喫茶や喫茶店、さらには、少々高級な割烹《かっぽう》などが、さほど広くない一角に集まっている。

といっても、聡太の場合、高校卒業と同時に仙河海市を離れていたので、この界隈はあまり詳しくない。だから、馴染みの店と言えるような場所はないのだが、それでも、目にする光景に胸が痛んだ。

何本か並行している通り沿いの店舗は、ほぼ全滅といっていい感じだ。海に近い通りに並んでいる建築物は、鉄筋コンクリート造りの建物以外は、ほとんどすべて破壊されるか流されるかしていた。

海から最も離れている通り沿いでは、建物自体は無事であっても、二階部分まで浸水したようだ。ガラスが砕け散り、外枠だけになった窓が津波の勢いを物語っている。どの店も、店舗内がぐしゃぐしゃになっているのが、外から見ただけでもわかった。

しかし、人気《ひとけ》がほとんどなかった岸壁付近とは対照的に、このあたりでは人々の活動があった。パワーショベルやブルドーザーなどの重機が動いていて、瓦礫の撤去作業がなされている。たぶん、二、三日前までは瓦礫で覆いつくされて通行が不可能だったに違いないと思われる通りが、人だけでなく、バイクや車も通れるまでに復旧していた。あるいは、数は少ないものの、いくつかの店舗では、めちゃくちゃになった店内の片付けが始まっていた。とはいえ、ちらりと垣間見える店内の様子は凄まじく、泥の掻き出しがようやく始まったばかりという感じだ。その光景を見ていると、果たして同じ場所での店舗の再開が可能なのかと、疑問を挟まざるを得ない。黙々と復旧作業に励んでいる人たちにしても、聡太と同様の疑念を覚えながらも、今できることはそれ以外にないのだろう。

昨日、仙河海市役所の新庁舎内に足を運んだ際、わりとひっそりしていたのは、夕方のかなり遅い時刻だったからだろうと思っていた。しかし、一夜明けた今朝も、庁舎を訪れている人々の数はそこそこ見られるものの、おしなべて静かだった。

昨日に引き続き、各避難所の避難者名簿を閲覧しようとしたところで、ロビーの壁に、亡くなられた方の名簿は会議室で閲覧できます、と書かれた紙が貼られているのに気づいた。

この貼り紙、昨日はあったっけか？　と記憶を探ってみたものの、どうだったか覚えていない。

その貼り紙を見ながら、しばし聡太は考え込んだ。そちらの名簿から確認しようか、それともやっぱり……と、迷いだしたのだ。

避難者名簿に記載されている膨大な名前をすべて確認するよりは、ずっと短い時間で閲覧を終えられるはずだが、死亡者名簿の中に両親の名前を発見した場合の落胆を想像すると、見たくない気がする。しかし、そこで名前が見つからなかったら、父と母はどこかで生きている可能性がずっと増すわけで……と考えたところで、いや、と思い直した。

死亡者名簿に記載されていないのと、生存していることはイコールではなかった。どれくらいの数になるのかは想像もつかないが、かなりの数の行方不明者が出ているに違いない。それに、収容された遺体の身元がすべて確認できているわけでもないだろう。本人の身元がわかる所持品と一緒に発見されない限り、安置所に運ばれた遺体は身元不明者として扱われることになる。

本人に確認してはいなかったが、希は安否情報や避難者名簿だけでなく、亡くなった人々の名簿もここで見ているはずだ。そのどれにもいまだに母親の名前が見つからないので、直接、遺体安置所を訪ねることにしたのだと思う。それはつまり、生存の可能性はほとんどないと、希自身があきらめていることを意味する。

昨日の希は、母親の死を覚悟していることを、わりと落ち着いた口調で語っていた。そろそろ気持ちを切り替えなくちゃ、とも言っていたはずだ。彼女の淡々とした口ぶりのせいで気詰まりにならずにすんだが、遺体安置所に足を運ぶ決断ができるまで、この場所でどれだけ大きな葛藤と闘ったことか……。

希は、たった一人の肉親である自分の母親の安否が不明であるにもかかわらず、避難所のお年寄りの世話や子どもたちの相手を自分から買って出ている。

あいつに比べてまったく俺は……と、聡太は自分で自分を叱りつける。

まずは最悪の場合を覚悟すべきだ。覚悟ができていたつもりではいたのだが、実際は、全然できていなかった。死亡者名簿を最初に確認するのを躊躇《ちゅうちょ》したのはそのせいだ。父や母の名前がそれで見つかれば、次にすべきことがはっきりする。無駄に時間を費やさずにすむ。見つからなかった場合は、予定通り避難者名簿と安否情報の確認に移ればいい。

そう考えながら聡太は、貼り紙に記された矢印に従って会議室へと足を向けた。

会議室には、ロビーとは違い一人だけだが市役所の職員がいて、訪れた人への対応に当たっていた。

名簿を閲覧する前に、自分の氏名と連絡先、そして捜している肉親や知人の名前の記入を求められた。

聡太が必要事項を記入しているあいだに、名簿の中に家族の名前を見つけたのだろう、憔悴《しょうすい》しきった様子の四十代半ばくらいの女性が、市役所の職員にこれからの手続きや届け出について尋ね始めた。

盗み聞きするつもりはないのだが、自然に会話が届いてくる。

名簿に載っていたのは彼女のご主人のようだ。津波に襲われた時は、港のそばにある会社で仕事中だったらしい。市の職員は、まずは遺体が安置されている安置所に行って、本人かどうか直接確認をするようにと、指示をしていた。確認ができた場合の死亡届は、市役所でも遺体安置所でもどちらでも可能とのことだ。

淡々と説明を続ける市役所の職員に、夫を亡くしたばかりの女性に対してあまりに事務的過ぎるんじゃないかと、文句の一つや二つ言いたくなった聡太であるが、職員の顔をちらりと見て、言葉を呑み込んだ。

四十代初めくらいの男性職員だった。対応に当たっている女性以上にやつれ切った顔をしており、目の下には濃い隈ができている。左手の薬指には結婚指輪があった。年齢からいって、小学生くらいの子どもがいて普通だろう。

彼の家族は全員無事だったのだろうか……。

ふとそう浮かんだところで、こういう場面でいちいち感情を露わにしていたら身が持たないはずだと思いが至る。説明を受けている女性にしても、事務的に対応されたほうが、むしろ心が乱れないですむだろう。そういえば、希も昨日、気を遣われるとかえって辛いので気遣いは無用だと言っていた。

仙河海市内に足を踏み入れた時からずっと感じ続けていた、極限状態にもかかわらず街を覆っている、奇妙なまでの静けさの原因はこれなのかもしれない、と聡太は思った。

被災した人々が自分たちで意識しているのかどうかはわからない。被災した人たちの、想像していた以上に物静かで落ち着いた振る舞いは、それそのものが、津波で犠牲になった人々への鎮魂なのではないだろうか……。寒くて不便でひもじい避難所生活の中、無用に騒ぎ立てずにじっと耐え続けることで、生き延びた人々は死んでいった人々に祈りを捧げ、赦《ゆる》しを請うているのかもしれない。

時間が経てば状況が変わり、街を覆う雰囲気も空気感も変わってくるだろうし、聡太が見ているのは、ほんの断片の情景に過ぎない。しかし、あながち的外れの推論ではないように思う。

ともあれ、まずは名簿の確認だ。

必要事項を書き入れたノートを職員に渡した聡太は、別の机のほうに行ってパイプ椅子に腰を下ろし、机の上に載せられていた名簿をめくり始めた。

避難者名簿と同様、パソコンの印字と手書きの文字がまじった名簿が、遺体安置所ごとに作成されていた。

昨日、希からは四ヵ所あると聞いていた安置所だったが、二ヵ所増えていた。一つは仙河海市の中心部と瀬波多《せのはた》地区の中間の柳瀬《やなせ》地区にある柳瀬小学校である。

増えている二ヵ所の安置所が、今日になって追加されたものなのか、市役所への名簿の集約が遅れたのかどうかは、もちろんわからない。たぶん体育館が遺体の安置所になっているのだと思うが、市内で六ヵ所も必要になるくらい犠牲者が出ているということだ。

聡太は、まずは最も可能性が高そうな高城《こうじょう》小学校の名簿から確認を始めた。見落としがないように、一人一人、指でなぞりながら名前を追っていく。

ひどく息苦しい。震えこそしないものの、氏名をなぞる指先がおぼつかない感じがしてならない。名簿に記載されている人数は、百名弱といったところだ。ほとんどの者が漢字を使ってフルネームで記載されているが、時おり平仮名や片仮名の名前もまじっている。

確認している途中で、名前と一緒に記載されている住所が、昨日途中まで確認した避難者名簿と違っているのに気づいた。

避難者名簿にはその人の居住地が記載されていた。しかし、この名簿に記載されているのは、遺体が発見された場所だった。最初はそうと気づかず、居住地だと思い込んで文字を目で追っていた。ところが、宿泊施設の名称の次に「客間」と記載されている犠牲者もいて、ようやくそれに気づいた。

気づくと同時に、一人一人の死が生々しく迫ってきた。記載されている住所や地名、施設名から、どの場所かは容易に想像がつく。中には周辺の風景を鮮明に脳裏に描くことのできる場所もある。名簿に記載された人々が、最後の瞬間に生きていた場所かもしれないし、津波に流されて最終的に辿り着いた場所かもしれない。

思わず止まっていた指を、もう一度、名簿の先頭まで持っていき、あらためてなぞり始める。

自分と同じ川島という苗字が出てくるたびに、ドキリとしてどうしても指が止まる。

その都度、自分の父母の名前でないのを念入りに確認してから先に進めているうちに、昨日現在で高城小学校に遺体が安置されている最後の一名に到達した。最初の名簿の中に、川島武洋・道子という名前はなかった。

ふう、とひとつ息を吐いてから、聡太は次の名簿の確認に取り掛かった。

結局、六ヵ所のどこの遺体安置所にも両親の名前は記載されていなかった。念のために二度確認したから、見落としはないはずだ。

まったく暑くないのに、手のひらだけでなく額にまで汗が滲んでいる。

脂っぽい額の汗をハンカチで拭った聡太は、名簿を元の位置に戻して、パイプ椅子から腰を上げた。

父と母の名前がなかったからといって、無事だとわかったわけではない。しかし、安堵は大きかった。亡くなった方々には申し訳なかったし、遺族には気の毒だったが、名前が見つからなくて嬉しかったというのが、偽りのない本音だ。両親の名前を探しながらも、それとなく確認していたのだが、中学や高校の同級生の名前も名簿にはなかった。それも聡太の安堵を大きくさせる要因になっていた。

これで避難者名簿のほうで見つかる確率が高くなった。会議室からロビーに戻った聡太は、意を強くして避難者名簿の確認に当たり始めた。

が、こちらも空振りだった。膨大な人数の名簿をかなり丁寧にチェックしたのだが、どこにも父と母の名前は記載されていなかった。

少し焦りだした。

気持ちを落ち着かせながら、今度は壁際に並べられたパーティションの前に移動して、手書きの伝言板を端から順にチェックし始める。

しかし、こちらにも父や母からの伝言はなかった。

いったいどういうことだ、と眉をひそめたものの、可能性はいくつもあって、これだと結論づけることはできない。

二人とも津波に呑まれて行方不明となり、遺体が見つかっていないのかもしれない。遺体は発見されたものの身元が確認できず、いずれかの遺体安置所に横たえられているのかもしれない。あるいは、避難者名簿から単純に記載が漏れているだけで、どこかの避難所でピンピンしているのかもしれない。でなければ、知り合いの家に避難しているだけとか……。

いずれにしても消息不明が続いているということで、客観的には、希の母親と同じ状況になってしまった。こうなると、次にすべきことも希とまったく同じだ。市内に六ヵ所設けられた安置所へと足を運び、自分の父母の遺体が身元不明者として安置されていないかどうか、確認して回るしかなかった。

祈りの海

1

名簿の確認には思った以上に時間がかかり、聡太が仙河海中学校に戻った時には、すでに正午を過ぎていた。

その仙河海中では、ささやかだが温かいニュースが待っていた。ボランティアの手で豚汁の炊き出しが行われていたのである。

食材を満載したミニバンで駆けつけてきたのは、今は仙台市内で居酒屋を経営している仙河海中学校の卒業生だと、学校の玄関口で偶然会った悦子《えつこ》先生が教えてくれた。昨日会った相川先生と同様、聡太が中三の時に教えてもらった小柄な元気のいい先生で、確か和生のクラスの担任だったはずだ。炊き出しに来ている卒業生も悦子先生が担任をした主走で、聡太の学年の三つ下とのことだった。個人でやってきたボランティアゆえ、限界があって十分な量の炊き出しは難しそうだという話ではあったが、避難所にいる人たちにとっては、こうしていち早く救援活動に駆けつけてくれるボランティアの姿そのものが、大きな励ましになる。

聡太自身は、当然だが炊き出しの列に並ぶのは遠慮して、シビックに積んできていた魚肉ソーセージとロールパンだけで昼食を済ませ、奈津子の両親と希がいる教室に戻った。

「如何《なじょ》だった？」

奈津子の父に訊かれた聡太が、

「避難者名簿や伝言板には名前がありませんでした」と答えると、

「だからといって、駄目だってことにはならないからね。諦めんすなよ」奈津子の母が励ますように言った。

ええ、とうなずき、教室内を見回しながら、

「早坂さんは？　これから安置所に出かけようと思うんですけど」と尋ねると、

「希ちゃん、炊き出しの手伝いに行ってるはずよ」

「彼女、炊き出しを手伝ってるんですか？」

驚いてそう口にすると、

「あの子、ほんとにいい子だっちゃねえ。うちの奈津子にも見習ってほしいくらいだわ

あ――」と笑ったあとで、

「でも、何もしないでいるより動いていたほうが、ちょっとでも気が紛れるんだべねえ――」少し沈鬱《ちんうつ》な表情になり、

「聡太くん、少しでも希ちゃんの力になってあげてね。わだしら、このありさまだから、何にもしてやれなくてさあ」と無念そうに言った。

炊き出し場所に足を運んでみると、ちょうど炊き出しが終わり、後片付けが始まろうとしているところだった。

「早坂さん！」

発泡スチロールのどんぶりや割り箸をゴミ袋に集めていた希に声をかけ、

「遅くなってごめん。そろそろ安置所のほうに行ってみようと思うんだけど、もう少しあとのほうがいいかな？」と尋ねると、一緒に作業をしていた、年齢のわりには恰幅のよい青年が、

「希さん、安置所って何ですか？」手を休めて首をかしげた。

「何でもないから気にしないでいいよ――」と答えた希が、

「こちら、友達を連れて炊き出しに来てくれた上村寿雄《うえむらひさお》さん。で、こちらは仙河海中であたしとクラスが一緒だった川島聡太くん」と言って、それぞれを紹介した。

「ボランティア、お疲れさまです」

「いや、たいしたことはできませんで」

互いに挨拶を交わしていると、

「寿雄さん、幸雄《ゆきお》くんの弟さんなんだって。クラスが違ってたから、あたし、幸雄くんのことは顔しか知らないんだけど、聡太くんは知ってる？」と訊いてきた。

「もちろん。小学校の時も南小で一緒だったから」

聡太がうなずくと、

「そうだったんすか。いや、兄貴が大変お世話になりました」驚いた顔になった寿雄に、

「確か幸雄のやつ、三年の時は二組だったはずだから担任は悦子先生で、えーと、ということは……」と顔を向けると、

「そうなんですよ。偶然なんですけど、俺と兄貴、二人とも三年の時に悦子先生にお世話になっているんですよね。俺、中学の時はけっこうやんちゃしてたから、ほとんど毎日、相談室行きで――」と苦笑してみせたあとで、

「なもんで、悦子先生にはかなり迷惑かけましたが、とてもいい先生でした。で、まさか、仙中で会えるとは思ってもいなかったんで、いやあ、驚いたというか、こんな時なもんだから、思わず泣いちゃいましたよ」と言って、鼻の下を擦《こす》った。そこでふと思い出したような顔になり、

「さっきの安置所って、希さん、もしかして家族の誰かが……」と表情を曇らせた。

隠しても仕方がないと思ったのだろう。希が自分の母親が見つかっていないことを教えると、

「そんな大変な時に炊き出しの手伝いなんかさせてしまって、ほんとに申し訳ないっす。勘弁してください！」真剣な顔で寿雄が腰を折り、

「気にしなくていいから」と言った希が手にしていたゴミ袋を奪い取るようにして、

「いやいや、ほんと、申し訳なかったです。あとは大丈夫ですから、どうぞ、早く出かけてください」とうながした。

聡太と顔を見合わせた希が、寿雄に向き直った。

「じゃあ、悪いけど、出かけさせてもらうね。今日は、遠いところご苦労さまでした。みんな、温かいものを食べられて、ほんとに嬉しそうな顔をしてた。あらためてお礼言うわ。ありがとう」

「いやあ、そんな――」照れくさそうに頭を掻いた寿雄が、

「たいしたことはできないですけど、来週、また来ますんで」と声に力を込めてうなずいた。

片付けに戻った寿雄を残し、希と一緒にシビックを停めてある駐車場へと向かう。

「市役所のほう、どうだった？」

歩きながら、希のほうから訊いてきた。

「名前、二人とも、見つけられなかった。安置所の名簿も確認したけど、そっちにもなかった——」と答えたあとで、

「早坂さんも、安置所の名簿は閲覧したんでしょ？」と確認してみる。

うん、とうなずいた希が、

「うちのママは、身体が身体だったからほぼ諦めているけど、聡太くんのお父さんとお母さんは、お二人とも元気だったんでしょ？」と尋ねる。

「ぴんぴんしている」

「だったら、無事だと思うよ。避難所の名簿とか、実際のところ、かなり混乱していて、あまり当てにできない感じだから」

「だといいんだけど——」と答えたあとで、

「奈津子ん家《ち》のおばさんから聞いたんだけど、早坂さんのお母さん、病院から退院したばかりだったんだって？」と訊いてみたものの、直後に後悔した。あまり触れてほしくなかった話題だったみたいで、希は、ええ、と言葉少なにうなずいただけだった。

一度口をつぐんだ希だったが、車で高城小学校に向かっている途中、自分のほうから母親のことをしゃべり始めた。

「うちのママ、スナックを経営していたのは聡太くんも知ってるよね。今は、あたしが引き継いだ形になっているんだけど」

「知ってる。早坂さんがお店をやっているのも、この前、奈津子から聞いた」

「うちのママがやっかいなタイプの膠原病で倒れたのが、四年前のちょうど今ごろだから、二〇〇七年の三月かな。うちって、ずっと母子家庭だった上に親戚とも完全に没交渉だったから、あたし以外に誰も面倒を見てやれる人がいなくてさ。それでもって、東京の会社を辞めて仙河海に戻ってきたのが翌年の秋。でも、戻るタイミングがちょっと悪すぎたんだよね。リーマンショックの真っ只中だったから。というのは、うーん、言い訳に過ぎないかな。結局、仕事が見つからないまま、最初は軽い気持ちで手伝っていたママの店を、あたしが続けるしかなくなったわけ――」と説明した希が、

「でも、それはそれでいいの。案外、気に入っている仕事だし――」自分に言い聞かせるようにうなずいたあとで、

「問題なのは、あたしたち親子が、昔から折り合いが悪かったこと。うちのママ、可愛いところがないわけじゃないんだけど、基本的にわがままで、それだけならまだしも、男にだらしがなくて最悪。その上、高校生の娘にスナックの手伝いをさせるなんてさ、いくら水商売をしているっていっても、あんなひどい母親、めったにいるもんじゃないよ。あたしが陸上に打ち込んだのも、ママみたいには絶対になりたくなかったから」

と、うんざりした口調で言った。

「でも、結局は、お母さんの介護のためにこの街に帰ってきた」

「なんだかんだ言って、たった一人の肉親だし――」と答えた希が、「それに、あたしももう子どもじゃないしね。あの人なりに苦労して娘を育てたことは理解している。もっと言えば感謝もしているし、それにうちのママ、まだ五十五歳なのよ。その若さであんな病気になっちゃって、可哀相だと思う。もっと優しくしてあげなくちゃと、嘘じゃなく思う。でもねえ、直接顔を突き合わせていると、ストレスが溜まってくるというか、憎たらしいほうが先に立っちゃって」と言って眉を寄せた。

少しだけ間を置いた希が続ける。

「津波の前の日の午後、市立病院から退院したママをアパートに連れ帰って、最初はこれでも甲斐甲斐しく面倒を見てあげてたんだよ。だけど、病み上がりのくせに、言うことがいちいち憎たらしくてさ。一緒にいると喧嘩になりそうだったから、いつもよりずっと早めにお店に行っていたわけ。津波の日も同じ。お昼にママをお寿司屋さんに連れて行ったんだけど、そこでちょっと喧嘩みたいになっちゃってさ。あたしがお店に到着したのは二時前だった。あの地震のあと、アパートに戻ろうとはしたんだけど、お店の中もめちゃくちゃで、そのままにしているわけにもいかず、そうこうしているうちに――」そこで再び言葉を切った希が、

「やだ、あたし。中学時代、聡太くんとはほとんど話なんかしたことなかったのに、自分のことをこんなにぺらぺらしゃべっちゃって、かなり迷惑だよね。ごめんなさい」自

分でもちょっと驚いたように言って謝った。

「いや、全然――」ハンドルを握りながら首を横に振った聡太は、

「というか、俺、早坂さんのことをずっと誤解したままだったから、聞かせてもらえてよかった」と口にした。

「誤解？　何をどう？」

「あー、まあ、なんというか……」

聡太が言葉をにごしていると、

「そうか。転校してきた時のあのスケバンルックじゃ、誤解もされるよね――」と笑ったあと、

「でも、あのころのあたし、かなりすさんでいたのは事実なんだ。神奈川の学校にいたままだったら、実際どうなっていたかわかんない。だから、奈津子をはじめ、部活や同級生のみんなには凄く感謝している。この街にもね。大人になって戻ってきてから、あたしの古里ってやっぱりここだって、最近、素直にそう思えるようになってきていたんだ。なのにこんなことになっちゃってさ。津波はあくまでも自然の出来事だから恨んでも仕方がないし、恨むべきでもないんだけど、やっぱり、津波のバカヤローって言いたくなる。ずっとここで育ったわけじゃないからだと思うけど、正直言って海が怖い。海辺の街にはもう住めないかもしれない。それがまた情けないというか、古里を見捨てよ

うとしている自分が嫌になるの」苦しげな口調で言って再び黙り込み、遺体安置所に到着するまで自分から口を開くことはなかった。

2

実際に足を運んでみるまでわからなかったのだが、遺体の安置所では、身元不明の遺体を直接確認するのではなく、最初は写真を見せられる仕組みになっていた。写真というのは、遺体の顔写真だ。それを見て自分の家族だと申し出ると初めて直接対面でき、本人に間違いないことを最終的に確認する、という手順になっていた。

担当の職員からそれを聞いた時、一瞬、何でそんな面倒なことを？　と思ったのだが、すぐに、それはそうだよな、と納得した。自分の捜している家族や知人が安置されているかどうかわからない状態で、津波によって亡くなった、おそらくは見るのが辛い遺体を、一人一人直接確認していくのは神経にこたえすぎる。それに対する配慮なのは説明されるまでもなくわかった。

遺体は、やはり小学校の体育館に安置されているとのことだった。応対に当たっている職員に連れられて、まずは、写真の確認のために校舎内の別室のほうへ向かった。

写真の閲覧申請用の用紙に必要事項を書き終えたあと、手渡された写真を一枚ずつ確認し始める。写真の台紙には、遺体が発見された場所と日付、発見された時の服装や所持品が記載されていた。

ある程度覚悟して閲覧を始めたからだろう。思ったほどには動揺せずに、写真を見ることができた。とはいえ、幼い子どもの写真が出てきた時には、胸が詰まり、正視できなかった。

聡太と希が確認している一枚一枚の写真に収まっているのは、つい一週間前には普通に生きていた人たちだ。いつもと変わらない明日がやってくると、何の疑念も抱かずに、仕事をしたり、勉強をしたり、くつろいだり、趣味を楽しんだり、泣いたり笑ったり怒ったりしていた人たちだ。そうした人々のそれまでの日常が、巨大地震と大津波によって、突如分断されて、彼ら彼女らの時間を止めてしまった。いや、時間が止まっているのは、亡くなった人たちだけじゃない。いまだに家族の消息が不明な希や自分も、あの時点で時間が止まったままなのかもしれない……。

そんなことを頭の隅でぼんやり考えながら写真の確認を続けていた聡太だったが、最後の一枚も、父や母の顔ではなかった。

頭の芯が痺《しび》れたような感覚を抱きながら、ふう、と深く息を吐き出した時だった。

「あった……」

希の声が隣から届いてきた。

声のほうへと身体をねじると、希が一枚の写真を見つめていた。

長めのショートカットの横顔に、はっきりした表情は読み取れない。頬に涙が伝っていることも、唇が震えていることもなかった。といっても、呆然としているような雰囲気でもない。母親の写真と静かに向き合いながら、事実を事実として受け入れようとしているようにも見える。

姿勢を変えずに、一分近くじっと見つめていた希は、写真から視線を外すと、聡太のほうに顔を向けた。

「あったよ――」あらためて口にしたあとで、

「聡太くんのほうは？」と尋ねる。

黙って横に首を振ると、希はわずかに眉を寄せて悲しげな目をした。そのあとで彼女は、

「母で間違いないと思います」しっかりした声で担当の職員に告げた。

うなずいた職員が、

「ご案内します」と言って希をうながした。

椅子から腰を上げた希に、

「一人で大丈夫？　心細かったら一緒に行くよ」と声をかけると、少し考える仕草をしてから、

「ありがとう。でも、一人で大丈夫。心配しないで」と微笑みながら答えた。

「わかった。じゃあ、体育館の前で待っている」

「ごめんね」

そう言って、希は職員とともに教室から出て行った。

自分の家族の写真が見つからなかったことを職員に伝えた聡太は、彼女が口にした「ごめんね」の意味を考えながら、校舎の外へと出た。

一緒に安置所へ行こうか、という聡太の申し出を断ったことに対する「ごめんね」なのだろうか。それとも、一人で大丈夫なのかと聡太を心配させたことへの「ごめんね」だろうか。あるいは、自分の母親だけが見つかったことへの「ごめんね」なのか……。

母親の遺体の写真を見つけても、まったく取り乱すことなく、落ち着いた振る舞いの希であるが、さっき「ごめんね」と口にした時のひどく切なげな目の色が、聡太の胸に深く突き刺さる。

校舎の外へ出た聡太は、遺体安置所になっている体育館の正面玄関前に移動して、希を待ち始めた。

昨日の夕刻まで降っていた霙まじりの雨は、今のところ上がっていた。しかし、空はどんよりとしている。午前中に一度は晴れ間があったものの、昼前ごろから雲が厚くなり始め、いつまた降り出してもおかしくないような空模様である。気温は相変わらず低い。もしかしたら、昨日より低いかもしれない。降り出したら確実に雪になりそうな寒さだ。

　体育館への人の出入りはそれほど多くはなかったものの、沈痛な表情で遺体の確認に向かう姿や、家族に支えられながらふらつく足取りで体育館から出てくる姿が、聡太が待っているあいだにも、何人か見られた。それだけでなく、新たな遺体の搬入なのだろう、体育館の裏口のほうが騒がしくなる気配が届いてきて、そちらを覗いてみると、自衛隊員が担架を体育館に運び込んでいる様子が目に入った。

　ずいぶん長い時間待っていたような気がしたのだが、玄関口に希が姿を見せた時に腕時計で確認してみると、待ち始めてから十五分ほどしか経過していなかった。

　うつむき加減で表へ出てきた希に、

「間違いなかった？」と声をかけると、うん、と彼女はうなずいた。

　かけてやる言葉が見つからない。

「思ってたよりも、綺麗な顔だった」

　希のほうから口を開いた。

「最期、苦しまずにすんだのかも」

　聡太が言うと、

「だったらいいんだけど……」と漏らした希の瞳がふいに潤み始めた。

「早坂さん……」

潤んでいた希の瞳から大粒の涙が溢れ出した。顔をくしゃくしゃにした希が、赤く泣き腫らした目で聡太を見つめる。

「あたしがママを殺した。あたしのせいでママが……」

唇を震わせながら言った希が両手で顔を覆い、嗚咽《おえつ》を漏らし始めた。

小刻みに震える肩を抱き寄せるしか、希にしてやれることがなかった。

聡太の胸に顔を埋めた希が、激しく泣きじゃくり始める。彼女の華奢《きゃしゃ》な身体を支えながら、聡太は涙をこらえるので精一杯だった。

3

川島聡太の目の前には、ほぼ快晴の真っ青な青空と、空と同じように青い太平洋の大海原が開けている。

目を閉じていれば、潮騒が耳に心地よい。

しかし、閉じていた瞼を開けると、異様な光景が飛び込んでくる。

少し赤茶けた感じの黄土色に染まった海岸線が、松林や砂浜などの緩衝地帯もなしに、いきなり海と接している。

膨張した海が、聡太の足下まで迫っていた。いや、地形変化と言ってよいくらいに陸が沈んで、太平洋に面した東北のすべての沿岸では、海の支配する領域が増えていた。

その光景以上に異様なのは、海辺に佇んでいるのに、磯の匂いがまったくしないことだ。息を吸い込むたびに鼻腔にまつわりつくのは、ざらついた土の匂いだった。生まれてこの方、これほど強く土の匂いを嗅いだ経験はない。埃っぽい土の匂いがあたり一面に充満している。

聡太が佇んでいるのは、仙河海市から直線距離にして八キロほど南下した位置にある瀬波多地区の海辺だった。大島とともに仙河海湾の入り口を形作っている小さな半島の浜辺である。

海の眩しさに目を細めながら聡太が視線を送った先、半島の突端の岩根崎《いわねざき》には、灯台を中心に公園が設けられていて、旅館や民宿が点在している。小学生のころ、友達と一緒に自転車を飛ばして遊びに来た磯辺だが、今はすべて津波に呑まれているはずだ。

事実、聡太が立っている場所からだと、以前は認められなかったはずの水産高校の校舎が、遮るものがなくなったせいで丸見えになっている。距離があるので陽光に白く反射する校舎は無傷のように見えるものの、近づけば津波の傷跡が生々しく刻まれているだろう。その水産高校は、すでに移転が決まっているという話だ。

震災後、ちょうど三週間が経過して月が替わり、今日から四月になっていた。新年度のスタートの日ではある。

しかし聡太の新年度は、スタートが切られていない。比喩《ひゆ》ではなく、本当に新年度を迎えられないでいた。ついこのあいだ、二度目の失業をしたばかりだった。勤務していた予備校の再開の目処《めど》が立たず、解雇を言い渡されたのである。最大の原因は、校舎として使っていたビルが、倒壊の恐れのある建物として危険判定を受け、一切使用できなくなったことだった。

地震直後、大規模な火災や建物の倒壊がなかった仙台市の市街地ではあるが、思っていた以上にダメージは深刻だった。仙台市内において倒壊の恐れがあるビルやマンションの数は八百五十棟あまりに達している。聡太の勤務先もそのうちの一棟だったのだが、すぐには代替の校舎が見つかりそうもなかった。経営体制を立て直すまでのあいだ、休職扱いで雇用を維持してもらう選択肢もあったものの、聡太はそれを選ばなかった。それで解雇となったのだが、解雇というのはむしろ経営側の温情だ。とりあえず、失業保険でしばらくのあいだは食い繋げる。

三十代で二度も失業する人生なんて、まったく予定になかったことなのだが、どうしようもない。あえて前向きに考えるならば、これからの人生をどう生きていくか、腰を据えてゆっくり考えるチャンスかもしれない。やせ我慢でも何でも、そうとでも思わないことには前へ進めなくなる。しかし、具体的な設計図は、今の聡太にはまったく描けていない。仙台のアパートは引き払っていない。他に住めるところがないので当面はあのアパートにいるしかないだろう。

その聡太が年度の替わり目に仙河海市に向かっているのは、父と母の死亡届を出すためだった。正確に言うと、聡太の両親は行方不明者のリストに入ったままである。あれから二度、仙河海市に足を運び、新たに見つかった身元不明者の遺体の確認をしていた。しかし、父と母の遺体は、いまだに発見されていない。これだけ時間が経っているからには、どこかで生き延びている可能性は皆無だ。

今後、二人の遺体が発見される可能性はもちろんある。震災から三週間が経過した今も、自衛隊員が懸命の捜索活動を続けていて、毎日新たな遺体が見つかっている。

静岡の姉は、死亡届を出すのは遺体が発見されてからにしたいと言っている。昨夜《ゆうべ》もその件で、三十分以上も電話でやり取りをした。それから一晩経った今朝、ベッドから抜け出すと同時に、今日の日付で死亡届を出すことに決めた。親父とお袋には申し訳ないが、何かの区切りをつけなければ、次の一歩が踏み出せそうもない。

親父、お袋、許してくれ……。

繰り返し浜辺に寄せる潮の音に耳を傾けながら、両親が眠っているかもしれない海に向かって瞑目《めいもく》した聡太は、深い祈りを捧げ続ける。

第二部

見えない海

1

小学三年生になるまで、呼人《よひと》は海を見たことがなかった。

海が何かはもちろん知っている。エニーさんに頼めば、いつでも好きな時に海の景色を見せてくれる。

エニーさん、というのは、クラウドノートにインストールされているコンシェルジュ、つまりお世話係のことだ。いつでもどこでも、を意味する英語から来ていると、エニーさんが自分で言っていた。

エニーさんは、たいてい何でも知っている。パパやママよりも物知りだ。でも、時々何も答えなくなる。答えを知らなくて答えないのではないと思う。エニーさんを作った人が、呼人のその質問には答えちゃいけないよ、と指令を出しているのだと思う。

たとえば幼稚園の年長組だった時だから、今から三年くらい前のこと。

「僕はどうやって生まれてきたの？」と呼人が訊《き》いた時、エニーさんは答えなかった。

少し考えてから、以前エニーさんに読んでもらった絵のページをクラウドノートのディスプレイに呼び出して、

「僕はコウノトリが運んできたの？」と言って、描かれている絵を指差してみせた。

するとエニーさんは、

「違います。それは童話の中の作り話です」と答えてくれた。だから、エニーさんは呼人の質問を聞いていなかったわけではないのだ。

もう少し考えた呼人は、虫かごの中でスイカの切れ端を舐めているカブトムシを指差して、

「このカブトムシはどうやって生まれてきたの？」と訊いてみたら、オスのカブトムシがメスのカブトムシの背中の上に乗っかって——交尾というそうだ——やがてメスが卵を産んで、卵から幼虫が孵《かえ》り、その幼虫が蛹《さなぎ》になって羽化《うか》して成虫になるまでのダイジェストを、クラウドノートで見せてくれた。

なるほどと思った呼人は、

「それじゃあ、僕のママとパパも交尾をしたんだね？」と訊いてみたら、エニーさんは何も答えなくなってしまった。

うーん、でも、きっと交尾をしたんだと思う。どうやってするのかはわからないけど。

というように、時々質問に答えなくなってしまうエニーさんだけど、たいていのことは、すごく丁寧に教えてくれる。

呼人が両親と一緒に暮らしている街の名前は仙河海《せんがうみ》市だ。呼人の祖父母は、今年の三月にお祖父《じい》ちゃんが仕事を退職したので、この四月から山の中腹にあるシルバータウンで暮らしている。二人とも元気なのだけれど、今までみたいにしょっちゅうは会えないので、少し寂しい。

仙河海市が日本のどこにあるかも、呼人は知っている。東北州の太平洋側、ちょうど真ん中くらいに位置する街で、人口は四万人ほど。

四万人という人口がどれくらいなのか、具体的に想像するのは難しい。でも、思っていたほど凄い数じゃなさそうだと、この前思った。

パパが生まれた翌年にあったという東京オリンピックで使われた国立競技場の収容人数が八万人なのを、エニーさんと一緒に調べてわかった。

なぜそんなことを呼人が調べたのかというと、今からちょうど十年後にある二〇七〇年のサッカーワールドカップの開催地が、ついこの前、日本に決まったからだ。お祖父ちゃんとお祖母《ばあ》ちゃんが子どものころにあったワールドカップは、韓国と一緒に開催したという話だけれど、今回は日本の単独開催だと、サッカー好きのパパが、ニュースを見て少し興奮していた。

そんなだから、同級生たちの関心ごとは自分が日本代表選手になることだ。二〇七〇年といえば、呼人たちは十九歳になる。頑張れば、誰にでも代表入りの可能性はあると思う。

クラスメイトがサッカーの日本代表を夢見るのは当然ではあるけれど、運動があまり得意でない呼人の関心ごとはちょっと違っていた。

サッカーのワールドカップが日本で開催されることに決まって、全国のスタジアムで最大の競技場がどこなのか気になりだした。

時おり呼人は、変わった奴だと言われることがある。パパやママにもそう言われるし──ただし、変わった子ねえ、と言いながらもママはどこか嬉しそうだし、パパもまんざらでもなさそうだ──友達や先生にも言われる。

どこがどう変わっているのか、自分ではよくわからないのだけれど、みんなが口をそろえて言うのだから、たぶんそうなのだろうと思う。

ともあれ、全国のスタジアムの収容人数が気になりだし、エニーさんと一緒にクラウドノートで一覧表を作った結果、収容人数八万人の国立競技場が、今のところ国内最大であるのがわかった。今のところ、というのは、今度のワールドカップにあわせて、十万人規模のスタジアムが新しく建設されることに決まったからだ。

八万人という数は仙河海市の人口の二倍である。つまり、仙河海市の全住民が入っても、席が半分しか埋まらないわけで、それを考えると、街の人口が四万人というのは、ちょっと寂しい数なのかもしれない。

パパが子どものころはどうだったの、と訊いてみたら――ママに訊かなかったのは、パパと違って仙河海市生まれでないからだ――今とほとんど同じだったと思う、という答えが返ってきた。その前はどうだったのだろ、と気になってクラウドノートを使ってシルバータウンにいるお祖父ちゃんに問い合わせたら、七万五千人程度だったはずだよ、と返信が来た。

八万人には届かないけれど、今のほぼ二倍の人口だ。そこで呼人は、あれ？ と思った。日本の人口が徐々に減っているのは知っている。五十年前は一億二千万人を超えていた人口が、今は八千五百万人くらい。仙河海市の人口が同じように減っているのなら、暗算してみると、現在は五万三千人程度いなくちゃいけないことになる。それなのに四万人しかいない。しかも、減り方がちょっと変だ。パパとお祖父ちゃんの話が間違いないとすると、お祖父ちゃんが子どものころからパパが子どものころのあいだに、すごい勢いで人口が減って、その後はあまり変わっていないことになる。

お祖父ちゃんが子どものころからパパが子どものころのあいだというのを、呼人は切りのいいところでそれぞれが十歳のころとして計算してみた。すると、西暦二〇〇五年から三〇年までの二十五年間ということになる。その二十五年間――四半世紀という呼び方をするのをこの前知ったばかり――で街の人口が半分近くに減り、その後はあまり変わっていないというのは、何か変だ。なぜだろう、とかなり真剣に考えてみたものの、さすがにもやもやして、答えには到達できそうもなかった。

困った時のエニーさん、ということで、クラウドノートにエニーさんを呼び出して質問してみた。そしたらエニーさんの回答は、

「それについては、呼人が中学生になったら社会の授業で勉強します」というものだったので、あきらめるしかなかった。

カブトムシの交尾の時と違い、エニーさんが黙り込んだり曖昧な返事をしたりせず、こんなふうに時期を明確に言う時は、その時がやってくるまで、エニーさんも学校の先生も、パパやママも絶対に教えてくれない、ということを意味している。それまで子どもが知っちゃいけないことだからだ。

普通の子どもはそこで納得する。物心がついてから、いや、生まれたときからずっと一緒にいて自分の世話をしてくれているエニーさんを、すごく信頼しているからだ。呼人もエニーさんを信頼してはいる。けれど、時々、鬱陶《うっとう》しくなることがある。

小学校に入学してしばらく経ったころ、エニーさんを家に置き去りにして遊びに出か

けてみたことがあった。クラウドノートも、クラウドフォンも、クラウドウォッチも、エニーさんが入っているものを何ひとつ持ったり身につけたりせずに、外へ遊びに行ったのだ。そんなことをする子どもはいないのだけれど、どうなるのか試してみたかった。そんなだから呼人は、変わった奴、と周りから言われちゃうのだろう。

しかし、その呼人の試みは、すぐにばれてしまった。家に置き去りにされたエニーさんが警察に通報して、呼人が家を出た三十分後には保護されてしまったのである。その晩、パパとママにきつく叱られたのは言うまでもない。

海の話も、仙河海市の人口の話と一緒なのかもしれない。

海が何かは知っていて、自分たちの街が海のそばにあることを知っているにもかかわらず、呼人がこれまで海を近くで見たことがなかったのは、仙河海市に住む子どもたちは、小学校三年生の春の遠足まで、直接地元の海を見てはいけない決まりになっているからだ。というか、「小学校三年生の遠足の時に、担任の先生と一緒に防潮堤に登って海を見ることができます。それまでお行儀よく待っててくださいね」と、エニーさんに言われれば、うんわかった、と素直にうなずくしかないし、たいていの子は疑問を抱かず、むしろ、海を見ることができる日を楽しみに待つ。待つしかない、と言ったほうが、より正確だろう。海を見るためには、海沿いに張り巡らされている防潮堤の上に登らなくちゃならない。けれど、認証コードを持っていない子どもは、防潮堤には登れない仕組みになっているのだ。

2

クラスメイトたちと一緒に呼人が海を見たのは、今からちょうど二ヵ月前のことだ。担任の麻須美《ますみ》先生に連れられて防潮堤に登り、生まれて初めて、間近で直接、海を見た。

海は、空と同じ色をしていた。

快晴の空と同じようにどこまでも青く広がっていた。空と少しだけ違っているのは、キラキラ、キラキラと、太陽の光線を反射してあちこちで眩《まぶ》しく輝いていることだった。

そして、海は空と同じくらい広かった。呼人が目を凝らすはるか彼方で、空と海は接していた。ちょっとだけ湾曲しているようにも思えるその境界線が水平線だ。

海を見たことがなかった呼人だけれど、水平線のことはクラウドノートで予習してきたのでよく知っていた。水平線は、いつも見る人の目の高さにある。地球が丸いからだ。だから、高いところに登れば登るほど水平線までの距離が長くなる。つまり、より遠くまで見渡せる。

そんなふうに、海や地球のことについて、遠足の日までに沢山予習してきてかなり物知りになったつもりでいた呼人なのだが、実際に目にしたとたん、予習してきたことなんかどうでもよくなった。クラウドノートやテレビで見る海とは全然違っていた。海そのものが生きているみたいに、呼人の目には映った。

海から吹きつけてくる風が呼人の髪をさわさわと揺らした。風が心地よいと思ったのは初めてかもしれない。呼人だけでなく、クラスのみんなも気持ちよさそうに目を細めている。

麻須美先生が、

「この風を海風というのですよ――」と言ったあとで、

「今日のようにお天気がよいと、昼は海よりも陸の温度のほうが高くなります。温度が上がると空気は軽くなるの。すると、陸の空気が空に向かって昇っていって、そこに海からの風が吹き込むのよ」と教えてくれた。

麻須美先生が説明したことを、すでに呼人は知っていた。けれど、クラスの他の子と同じように、へえー、と感心してみせた。そうすると、麻須美先生は機嫌がよくなり、もっといろんな話をしてくれる。たとえば、夜は昼とは逆のことが起きて陸風が吹き、二つあわせて海陸風と呼ぶのだとか、朝晩に温度が釣り合って空気が動かなくなる時間帯があり、それを凪《なぎ》というのだとか、そんなことを優しく教えてくれる。

「みなさん、海を見てどう思いましたか？」

麻須美先生に訊かれたクラスメイトたちが、

「綺麗！」

「すげー、大っきい！」

「空がふたつあるみたい！」

目を輝かせて口々に歓声を上げている。

こんな綺麗なものを今まで見ないでいたなんて……と、呼人は少し、いや、かなり損した気分になった。

さて、と咳払いした麻須美先生が、

「お天気がいいので、今日はここで授業をしましょう」と言って、呼人たちをコンクリートの上に座らせた。

「では、最初に先生から質問をしますね――」静かになるのを待って前置きをした麻須美先生が、

「みなさんが今いるこの場所の、正しい名前を知っている人」と言って、挙手をする仕草をしてみせた。

一斉に「はーい！」と手が挙がり、一人の男子が先生に指名されるのを待たずに、

「防潮堤っ」と声を上げた。

フライングしたのは、いつものように拓人《たくと》だ。けれど拓人は、クラスメイトから向けられる、あーあ、またかよ、という視線がまったく気にならないらしく、えへん、とふんぞり返っている。

「発言は指されてからにしましょうね」

拓人に注意した先生が、

「そうです、防潮堤と言います――」とうなずいてから、

「では、防潮堤は何のために造られたのでしょう」ふたつ目の質問をした。

はい、はいっ、とまた一斉に手が挙がる。左手で自分の口を押さえながら懸命に右手を挙げている拓人が、なんだか可笑《おか》しい。

「では、南《みなみ》さん」先生が指名すると、見るからにがっかりした様子の拓人の隣で南が発表する。

「津波から街や人を守るためです」

「はい、よくできました」

うなずいた麻須美先生が、

「みなさんもお父さんやお母さんから聞いて知っていると思いますが、防潮堤と津波について少し復習しましょう」と微笑んだ。

3

「まだみなさんが生まれるずっと前、みんなのお祖父さんやお祖母さんが子どものころのお話です。わたしたちが暮らしている宮城県の沖を中心にした海底で、とても大きな地震が起きました。そういえば、おととし、みんなが小学校一年生の時にも大きな地震がありましたよね。覚えていますか？」

訊かれた呼人たちは「はいっ」とそろって返事をした。いつもなら、その時は何をしてた、だとか、どれだけ凄かった、だとか勝手にしゃべり始める元気のいい男子たちも、余計な口を挿《はさ》まずに先生の次の言葉を待っている。

「あの二倍も三倍も揺れるような、地球が壊れてしまうのではないかと心配になるくらいの、大きな大きな地震だったそうです」

時おり口を結び、呼人たちの表情を確認しながら、麻須美先生が話を続ける。

「その大きな地震の直後、津波がやってきました。海が何メートルも何十メートルも盛り上がるような巨大な津波がやってきて、わたしたちの街をあっという間に呑み込んだのです。その津波によって、仙河海市では千人を超える人の命が失われました」

そう。そんな悲劇を二度と起こしちゃいけないということで、太平洋に面した海沿いの街に防潮堤が建設されたのだ。

「そうして造られることになった防潮堤ですが、最初に造られた防潮堤よりも、今の防潮堤のほうが高いのをみなさん知っていますか？　知っている人は手を挙げて」

さっきまでと違って、挙げられた手の数は半分くらいに減った。もちろん呼人の手は挙がっている。呼人の近くでは、南の手は挙がっているけれど、拓人の手は挙がっていない。当てられる前に勝手に発言する癖のある拓人だが、知ったかぶりをするような奴ではないのだ。

手の挙がり具合を確認した先生が、

「それじゃあ、なぜ途中から防潮堤が高くなったのか、その理由も知っている人はいますか」と、次の質問をする。

この質問で、手を挙げているのは、呼人と南だけになった。他の子たちは、互いに顔を見合わせたり、手を挙げている二人をちらちら盗み見したりしている。

「それじゃあ、今度は呼人さん。答えてみてください」先生が呼人を指名した。

立ち上がった呼人は、少し緊張しながら答えた。

「もう一度、同じように大きな津波が来て、最初に造られた防潮堤では、津波を上手く防げなかったからです」

「はい、正解。呼人さんの発表した通りです」

麻須美先生が笑顔で言うと、周りから、おーっ、という感心したようなどよめきが起きた。みんなの賞賛を浴びて、かなり恥ずかしいけれど、気分はいい。

発表を終えた呼人がコンクリートの上にお尻を戻すと、麻須美先生は詳しい説明をし始めた。

防潮堤が造られるきっかけになった津波が押し寄せてきたのは、西暦二〇一一年の三月十一日。次の大津波が来たのは、それから十七年後の二〇二八年。呼人のパパが八歳のころの出来事だ。その二度目の津波は、東日本大震災と名前がつけられた地震による津波と無関係ではなかった。海底で巨大地震が発生すると、それからしばらくして、もう少し陸から遠い海底でもう一度大きな地震が起きることが多いそうで、アウターライズ地震という種類の地震だと、呼人でも知らなかったことを麻須美先生は教えてくれた。震源地が陸から遠くなるぶん地震の揺れは小さいけれど、津波自体は最初の時と同じような規模で発生する可能性が大きい。実際、二〇二八年の津波の高さは、二〇一一年の津波より一割程度低いだけだった。

その二度目の津波の時、仙河海市では、防潮堤があるにもかかわらず再び大きな被害が出た。津波を防ぐことができた場所もあったのだが、防潮堤の低い場所に波が集中して、かえって津波の勢いが強くなったのだった。

唯一よかったのは、前の津波ほど犠牲者が出なかった点である。といっても、防潮堤のおかげで助かったというよりも、以前の津波を経験したことのある人たちがほとんどだったので、いち早く高い場所に避難して助かったのだ。

それでもやっぱり犠牲者は出たし、街も津波で大打撃を受けた。

その反省の下に防潮堤が造り直され、今の形になったのだという。仙河海市を津波から守る今の防潮堤の高さは平均して十八メートル。一番低いところでも十二メートルの高さがある。そんな巨大な防潮堤なので、仙河海市に暮らしている呼人たちは、普段の生活で海を直接見ることはないのである。

麻須美先生が、眉のあいだに皺《しわ》を寄せ、

「わたしたちの命や街を守ってくれる防潮堤ですが、残念ながら、よいことばかりがあるわけではありません――」と言ったあとで、

「そのよくないことって何か、それがわかる人はいますか」と首をかしげてみせた。

呼人を含めて、手は一本も挙がらない。

うーん、これは手ごわい質問だ、と呼人は考え込む。今日は遠足の日だけれど、ここで授業をしましょう、とさっき麻須美先生が言った。ということは、今は授業中なわけで、先生の許可なしにクラウドフォンの中にいるエニーさんと相談することはできない。

もしかして……と、呼人は思う。

きっと、この前から悩んでいる人口の問題だ。仙河海市の人口が変な減り方をしたのは、たぶん防潮堤と関係があるのだと思う。どう関係があるのかはわからないけど、きっとそうに違いない。中学生になってから勉強することを、麻須美先生は内緒で教えてくれるつもりなんだ。やっぱり麻須美先生っていい先生だ。

そう思った呼人は、発表内容をあまり考えないまま手を挙げた。まだ誰も手を挙げていなかったので、麻須美先生に誉められたい一心で。

「はい、呼人さん」

先生の指名で立ち上がった呼人は、少しつっかえながら発表し始めた。

「えっと、たぶんだと思うんですけど、仙河海市の人口が変な減り方をしたのは、えーと、防潮堤ができたことと関係があるかもしれないので、それが、えーと、あれ？　えーと……」

途中から何を言いたいのかわからなくなってきて頬っぺたが、かあっと熱くなる。

「どうしたのかな――」と呼人に声をかけた麻須美先生が、

「まだ考えがまとまっていなかったの？」

「あ、はい。まだ考え中でした」

「じゃあ、もう少し考えがまとまってからにしましょうね」あくまでも優しい麻須美先生だったが、呼人は恥ずかしくてたまらなかった。

何が恥ずかしいって、南の前でめちゃくちゃかっこ悪いところを見せてしまって、穴があったら入りたいというのは、こういうことを言うんだろうな、と思いながら呼人は腰を下ろした。

恥ずかしさのあまり呼人が顔を上げられないでいると、

「はいっ、わかった！　先生。俺、わかった！」拓人のキンキン声が防潮堤のコンクリートに響いた。

そちらを見ると、半分腰を浮かした拓人が、空に向かって真っ直ぐ手を挙げている。

僕が答えられなかった質問に拓人が答えられるとは思えないけど……。

きっと的外れなことを言ってみんなに笑われるに違いないと思って、拓人が気の毒になる。おしゃべりでおっちょこちょいな拓人ではあるけれど、個人的には嫌いじゃない。

「はい、それでは拓人さん」

麻須美先生に指名された拓人が、勢いよく立ち上がって発表する。

「危ないからです。危ないから防潮堤には近づくんすなよって、父ちゃんや母ちゃんからいつも言われています！」

あーあ、やってしまった……。

そんなのはどの家でも言い聞かされていることで、拓人の家が特別なわけじゃない。

それに、拓人は先生の質問の意味を取り違えている。危ないから近づいちゃいけないなどという当たり前のことを、わざわざ先生は質問しないと思う。案の定、クラスメイトたちのあいだに、なんだよ、そんなのいまさら言うことじゃないだろ、という白けたムードが漂う。

しかし呼人が驚いたことに、拓人の答えを聞いた麻須美先生は、

「はい、そうです。よくできました。拓人さん、ありがとう」と言って笑顔でうなずいた。

先生に誉められて満面の笑みになった拓人が、周りに向かって胸をそらしてみせてから腰を下ろした。そこで再び表情を曇らせた麻須美先生が、

「二度目の大津波のあとで新しい防潮堤が造られてすぐのころ、みなさんもお家の人から聞いていると思いますが、当時、幼稚園に通っていた男の子と女の子が、この防潮堤の上で遊んでいて、海に転落して亡くなるという悲しい事故が起きました」と話し始めた。

4

ともに五歳の、同じ幼稚園に通っていた男の子と女の子が防潮堤から転落して幼い命

を落としたのは、アウターライズ地震が引き起こした津波から七年後の、二〇三五年の夏だった。

三陸のリアス海岸という平地が少ない立地条件の下に造られたため、仙河海市の防潮堤のコンクリート壁は、海側だけでなく陸側も傾斜がきつくなっている。四つん這いになっても登るのは不可能だ。そのかわり、ところどころに階段が設けられていて、防潮堤の上まで登ることができるようになっていた。ただし、真っ直ぐ登る階段では急すぎるので、斜めに登っていくようになっている。

直接の目撃者がいなかったので、詳しいことはわかっていない。だが、状況からして、防潮堤の上で遊んでいるうちに誤って海側に転落したのは明らかだった。二人が行方不明になった翌日、男の子のほうは防潮堤の外側に投じられている消波ブロックの隙間から無残な遺体で発見された。女の子のほうは、その二日後、仙河海湾内を捜索していた漁船によって遺体が引き揚げられた。

それまでも転落事故の危険性は懸念されていたのだが、安全対策を施すためにはそれなりの費用が必要になるため、なかなか予算がつけられずにいたらしい。それがこの痛ましい事故を受け、急遽《きゅうきょ》対策が講じられることになった。すべての階段の上り口が鉄のゲートで塞がれた上、鍵がつけられた。つまり、許可なしには一般市民が防潮堤に登ることができなくなった。それによって困る者はいないだろうということで、全面的に封鎖されることに決まったのである。

　実際、わざわざ防潮堤の上に立って海を眺めようとする者は、新しい防潮堤ができる前からほとんどいなくなっていた。魚市場や漁業に関係した施設は、以前からある第一防潮堤と新しく建設された第二防潮堤のあいだに集約されている。だから、直接海に出る仕事をしていない限り、日々の生活に海の存在を感じることはないし海を必要ともしていない、というのが普通の仙河海市民の感覚である。

　しかし、少数とはいえ、そうでない人たちがいるのも確かで、防潮堤の全面封鎖はさすがにやりすぎだ、という意見が市民から寄せられた。海を見たい時に海を見る権利は誰にも等しくあるはずだ、という主張であった。

　防潮堤の全面封鎖に反対したのは、当時はまだ活動を続けていた「仙河海の海を取り戻す会」という市民団体だった。その市民団体は、今はもう存在しない。呼人が生まれる六年前に解散していたからだ。解散したというより解体されたとしたほうが、より正確だろう。防潮堤の爆破計画を企てたとして一斉検挙を受けて、その後、実質的に消滅したのだ。

　年月とともに次第に活動が過激になった「仙河海の海を取り戻す会」であったが、最初のころはもっと穏やかな団体で、防潮堤全面封鎖に対する撤回要望も、部分的に聞き入れられた。

元々は、小さな子どもの転落事故を防止するために講じられた対策だったこともあり、大人及び中学生以上の子どもについては制限が撤廃された。さらにその後、年齢制限が緩和されて、小学校三年生以上であればゲートの開錠に必要な認証コードを持てるようになった。

そこまで規制が緩和されたのは、呼人が生まれたころにはすでに使われるようになっていたエニーさんの存在が大きい。エニーさんは、子どもたちの世話係であると同時に監視役でもあるのだ。

まだ認証コードをもらっていない子どもが防潮堤に近づくと、エニーさんは「それ以上防潮堤に近づいてはいけませんよ」と、最初は優しくたしなめる。それを無視してさらに近寄ろうとすると、「危険です。防潮堤に近づいては駄目です」と強い口調で警告し始める。それも無視して、たとえば防潮堤のゲートによじ登ろうとしたりすると、エニーさんは、子どもが持っているクラウドフォンかクラウドウォッチの警報音を鳴らすと同時に、学校と警察、そして保護者の端末に通報するのだ。

そうして、まだ分別のつかない年齢の子どもの命を守る一方、学校の授業で防潮堤の学習をきちんとしたうえでゲート開錠の認証コードを与えましょう、ということになり、現在に至っている。その実地での最初の授業が、麻須美先生の引率のもと、呼人がクラスメイトたちと一緒に参加している今日の遠足なのだった。

呼人が生まれるずっと前、防潮堤からの転落事故で二人の子どもが亡くなったのは、パパやママから聞いて知ってはいた。けれど詳しいことは教えてもらえていなかった。事故やその後のことをここまで詳しく呼人が知ったのは、今日が初めてだった。

麻須美先生の話を、誰もが神妙な面持ちで聞いていた。常に落ち着きのない拓人でさえ、じっと聞き入っている。

やがて話し終えた先生が、

「先生からは以上ですが、何か質問のある人はいますか？」みんなに向かって尋ねた。

しーんと静まり返っている。聞こえるのは防潮堤にぶつかって砕ける波の音だけだ。

コンクリートの上で膝を抱えて体育座りをしたまま、呼人は周りの顔色を窺《うかが》ってみた。みんながどう思っているのか、表情を見ただけではよくわからない。その中で、なぜか呼人の気分はすっきりしていなかった。麻須美先生の話はいつものようにわかりやすくて、とてもためになった。今まで知らなかったことを知ることができてよかったと思う。

けれど、もやもやしたものがどうしても残っていて、完全にはすっきりしていないのだ。中途半端でトイレを済ませてしまったみたいな、そんな感じがして仕方がない。しかし、何がそう感じさせるのか自分でもわからないので、質問のしようがなかった。

結局、質問の挙手をした者は誰もいなかった。

「はい。それでは質問がないようなので、防潮堤での授業はこれで終わりにします――」と言った麻須美先生が、

「学校に帰ったら、防潮堤のゲートを開けるための認証コードを申請するパスワードをみなさんのクラウドノートに入れてあげます。前にも言ったように、申請するかしないかは、基本的にはみなさんの自由です――」そこで一度しゃべるのをやめてクラスのみんなを見回したあと、

「基本的には、と言ったのは、みなさんが小学生のうちは保護者の同意が必要だからです。つまり、自分では認証コードがほしいと思っても、みなさんのお父さんやお母さんが許可しなければ、認証コードは発行されません。ただし、みなさんが中学生になれば、全員に自動的に認証コードが発行されます。ですから、今は特に要らないと思う人は、無理をして申請する必要はありませんよ。わかりましたか？」と確認した。

はーい、とみんなと声をそろえて返事をする。

「それじゃあ、そろそろバスに乗って学校に戻りましょう。階段は駆け下りちゃ駄目ですよ」

麻須美先生の指示で腰を上げた呼人は、防潮堤から下りる前に、もう一度、空と同じ色の青い海へと視線をやった。

要塞の街

1

　呼人が遠足で初めて間近に海を見てから二ヵ月とちょっとが経過して、明日から学校が夏休み、という日になっていた。呼人の祖父母が子どものころは夏休みに入る時に一学期の終業式があり、通知表をもらって帰ったらしいのだが、今は前期と後期の二学期制になっている。だから、帰りの会が終わった今日の午後から、思う存分好きなことができる。

「呼人もサッカーする?」

　さようなら、をしたあとで拓人が訊いてきた。

「今日はいい。他に用事があるから」

「何の用?」

「あれこれちょっと」

「あ、そう。わかった。じゃあ、また今度な！」

拓人は余計な詮索をせず、ドアの近くで待っていた男子たちと一緒に、教室から飛び出していった。

忘れ物がないか机の中を確認したあと、ランドセルを背負ったところで、帰る方角が同じ女子たちと一緒にいた南が、

「呼人さんはサッカーに行かないの？」と訊いてきた。

「うん、今日は断った」と答えると、

「じゃあ、わたしたちと一緒に帰らない？　晴海《はるみ》さんの家で、みんなでマンガを読むことになったの」と南が誘ってきた。

「マンガって、紙のマンガ？」

呼人が訊くと、南の隣にいた晴海が、

「そう。呼人さんだったら、拓人みたいに――」と、拓人を呼び捨てにして、

「汚したり破っちゃったりは絶対しないからさ。遠慮しなくていいよ」とうなずいた。

うーん、どうしよう、と思わず迷ってしまう。紙に印刷されたマンガはそう簡単に読めるものではない。しかし、一瞬「行く」と出かかった返事を呑み込んで、

「ごめん。せっかく誘ってもらったのに、悪いんだけどさ。今日は別に用事があるか

ら、また今度」と、二人に向かって答えていた。

「何の用事？」南ではなく晴海のほうが呼人に尋ねてきた。

「ちょっと、いろいろ」と答えたものの、さっきの拓人とは違い、晴海はあっさり解放してはくれなかった。

「ちょっとって何よ」少し機嫌を損ねたような口ぶりで迫ってくる。

それはそうだろうと思う。晴海の家にある昔のマンガのコレクションは、今ではお宝と言っていいくらいの貴重本になっている。それをただで読めるチャンスを見逃す奴なんか、普通はいない。というより、普通だったら尻尾を振ってついていくと思う。

「いや、そんなにたいした用事じゃないんだけど……」と口にしたところで、この前知ったばかりの古臭い言い回しで言うと、墓穴を掘ったことに気づいた。

「たいした用事じゃない？　それなのに？」

まずい、完璧に怒らせてしまった、と呼人が焦っていると、

「そういえば呼人さん、お家の人とシルバータウンに出かけるとか言ってたよね。ごめん、すっかり忘れて誘っちゃったよ」南が助け舟を出してくれた。

さすが南である。シルバータウンに行く予定なんかまったくないのに、機転を利かせて呼人の窮地を救ってくれた。

シルバータウンに行くと聞いた晴海の表情が、なーんだ、という感じで和らいだ。

「それならそうと、最初に言ってくれればいいのにぃ――」と言った晴海が、「じゃあ、また今度誘うね。あ、拓人とかには内緒だよ」と笑顔になり、南たちと連れ立って教室から出ていった。教室から出る間際、南が呼人のほうを振り返って、意味ありげに目配せした。ひとつ貸しができたからね、という意味であるのは間違いない。

気づくと、南たちを最後に、教室には誰もいなくなっていた。

助かった、と軽く息を吐く。

サッカーとマンガ、両方とも呼人が誘いを断ったのは、一昨日から行き先を決めていたからだ。天気がよければ、という条件付きではあったのだけれど、学校から帰る途中、少し道草を食って防潮堤に寄ってみようと決めていた。

そのつもりで迎えた今日は、朝から青空一杯の夏空だった。

子どもたちの遊び場として、防潮堤の人気は低い。というより、わざわざ遊びに行く子はいない。なぜかというと、禁止されていることが多すぎるのだ。

まずは、ボールやフリスビーなどの道具を使った遊びは全面的に禁止されている。ドロケイをはじめとした鬼ごっこやダルマさんが転んだのように、集団で走る動作を伴った遊びも禁止。もちろん、馬跳びなどはもってのほか。縄跳びやゴム跳びも禁止などなど、およそあらゆる子どもの遊びが禁止されている上、犬の散歩や釣りもできない。それだけじゃなくて、仙河海ホルモンを焼いたり芋煮会をしたりといった、火を使う行為も禁止。だから当然、花火もしちゃいけない。

防潮堤に出かけて行ってできることといったら、海を眺めるか昼寝でもするか、でなければ、せいぜい散歩か読書くらいだ。それに時々、巡視員のおじさんが見回りに来る。

そんな具合なので、春の遠足で防潮堤に登ったあとで認証コードの申請をした子は、呼人のクラスでは二十九人中、十人しかいなかった。その内訳は、男子が八人で女子が二人。女子の二人というのは、さっき遊びに誘ってくれた南と晴海だ。

自分たちだけで最初に防潮堤に遊びに行ってみたのは、遠足から十日くらい経った日曜日だった。認証コードをもらった十人で誘い合って行ってみたのだけれど、することがなくて全然面白くなかった。つまらなかったのは、天気が悪かったせいもある。遠足で行った時は快晴に近い青空でぽかぽか陽気だった。けれど、その日はどんよりとした曇り空で気温も低く、肌寒いくらいだった。みんなで防潮堤の上から海を眺めてみたものの、拓人の「帰ろうぜ」の声で、五分もしないうちにぞろぞろとそろって階段を下りた。

二度目に行った時には、人数が四人に減っていた。呼人のほかには拓人と南、そして晴海の四名である。言い出しっぺは呼人だった。他の三人は、しぶしぶというか、付き合いで一緒に来てくれた感じだった。その日は、前の時よりも天気はよかった。けれど風が凄く強い日だった。海から吹きつけてくる風で、晴海の帽子が危うく飛ばされそうになり、やっぱりすぐに防潮堤から下りることになった。それ以来、誰も防潮堤に登っていない。

他の子たちが興味を失ったあとも、もう一度くらいは防潮堤に登ってみたいと呼人は思っていた。けれど、誘っても誰もうんとは返事してくれそうになかったし、普通の日の放課後は新聞委員の仕事があって忙しかったし、委員の仕事がない時は学校の図書館にしか置いていない貴重な紙の本を読みたいし、などということが重なって、何となくそのままになっていた。

学校が休みで、家の人と一緒にどこかへ出かける予定もない日、一人で防潮堤に行ってみようかと思うこともあったのだけれど、そういう日に限ってお天気が悪くてあきらめた。どうせ登るのなら、遠足の時のようにお天気のよい日に登りたかった。

他の子はどうだかわからないけれど、呼人は、その日の天気によって海の色が変わることに気づいていた。これまでに合計三度登った防潮堤から見た海は、いつも色が違っていた。空が青ければ海も青い。空が灰色に曇っていると、海も同じように色を失う。

もう一度、真っ青で綺麗な海を見たかった。そして、時間を気にせず、ゆっくり海を眺めてみたかった。その自分の希望を叶《かな》えるには、夏休みを待つのが一番だ。

ということで、何日か前から天気予報が気になって仕方がなかったのだけれど、明日から夏休みという絶好のタイミングで、空がからりと晴れ渡った。しかも、今日いっぱいは大気の状態が安定しているという。つまり、夏になると毎日のように見舞われるゲリラ豪雨の心配をしなくてすむ。こんなチャンスを逃す手はない。

危うくマンガの誘惑に負けそうになったけれど、やっぱり海のほうが、呼人の中では優先順位が高かった。

クラスメイトが誰もいなくなった教室をあとにした呼人は、昇降口で外靴に履き替えて校舎の外へと出た。

グラウンドでは、六年生と五年生の上級生たちが、すでにサッカーを始めていた。拓人たちの姿は見えない。放課後のグラウンドは早い者勝ちが原則なのだが、三年生が大きな顔をしてグラウンドを占領するのは、さすがに無理だ。たぶん、いつものように潮見川の河川敷のグラウンドに行っているのだろう。その潮見川にも防潮堤みたいな高い土手があって川面は見えない。それを誰も気にしない、というか、ボールが川に落ちる心配がないので、むしろ助かっているのだが。

2

呼人が通う仙河海小学校は、街の真ん中の小高い丘の上に、中学校と隣り合わせで建っている。丘の上の学校なので、昔は校舎の屋上から仙河海湾を見ることができたらしい。しかし今は、防潮堤が邪魔になって海を見ることができない。

街の北側、市役所の裏手にある泰波山《たいばさん》に登れば、防潮堤の先に、少しは海を望むことができる。でも、景色はよいのだけれど、かなり距離があるので海を見ているという実感が湧かない。一度、パパの車に乗せてもらって、子どもだけでは立ち入り禁止になっている泰波山の山頂近くの公園に行ってみたことがある。子どもが立ち入り禁止になっているのは、泰波山周辺にしょっちゅうツキノワグマが出没するからだ。

ともあれ、あれが海だよ、とパパに言われても、ふーん、と思う程度で、この前の遠足の時のような感動はちっともなかった。やっぱり海は、間近で見ないと海を見たという気分になれない。

どこから防潮堤に登ろうかと考えた呼人は、小学校から真っ直ぐ麓《ふもと》に下りずに、中学校のそばを通って下りることにした。そちらからの登り口のほうが魚市場に近い。

中学校のグラウンドでは、どこか別の中学校とのサッカーの試合が始まろうとしていた。細い道路を挟んだもうひとつのグラウンド、市民運動公園では、野球部の人たちが練習している。

呼人のクラスの男子の半分は、ワールドカップのせいもあると思うのだが、中学生になったらサッカー部に入ると言っている。残りのさらに半分が野球部を希望していて、もう半分がバスケ部希望。実際に中学に入学する時には、希望が変わっているだろうけれど、今のところはざっとそんな感じだ。

　呼人が生まれるよりずっと前は、もっと沢山の種類の部活動があったらしい。けれど今は、小学校も中学校も児童生徒数が減っているので、運動部は男女とも三種類くらいの部活動しかない。運動部じゃない文化部は仙河海中学校では吹奏楽部と美術部だけみたいだ。

　呼人の祖父母が小さいころは、仙河海小学校も仙河海中学校も、どちらも市内で一番大きな学校だったみたいだ。けれど今は違っていて、小学校では仙河海高校よりももっと内陸側の三条《さんじょう》小学校が、中学校ではバイパスのそばにある条畠《じょうはた》中学校が最も大きい。

仙河海中学校のすぐ下にある市民会館のそばから電話会社のビルのほうへと下る坂道を歩き、そのまましばらく真っ直ぐ歩いていくと、呼人の目の前に防潮堤のゲートが立ち塞がる。

　ここから防潮堤に登るのは初めてだ。遠足の時はバスに乗り大井海岸まで遠出をして防潮堤に登った。防潮堤ができる前までは砂浜が綺麗な海水浴場があって、夏になると海水浴客で賑わったそうだ。と言われても、海水浴そのものをしたことのない呼人には、なかなかピンとこない話だ。呼人のお祖父ちゃんは子どものころに大井海岸で海水浴をしたことがあると、この前シルバータウンに遊びに行った時に教えてくれた。でもパパは、大井海岸で一度も海水浴をしたことがないと言っていた。パパが子どものころは、すでに海水浴場がなくなっていたという話だ。

学校の水泳の授業の時と同じように、水着を着て海に入るのが海水浴だということは、呼人にも理解できる。けれど、それで何が面白いのだろう。海には波がある。泳ぐのに邪魔になって仕方がないと思うのだけれど、実際はどうなのだろう。

どっちにしても自分が海で泳ぐことはないだろう、と呼人は思った。体育の授業で水泳は習っているけれど、いまだに呼人は泳げないでいる。どうしても、息継ぎがうまくできないのだ。だから、体育の授業で水泳のある日は、朝から憂鬱になる。海は眺めるだけで十分だ。

「エニーさん」

ゲートの前に立って呼ぶと、

「何かご用ですか？」腕に嵌《は》めているクラウドウォッチから声がした。

「ゲートを開けて」

「了解しました」

エニーさんが返事をする。

自宅のドアと違って認証コードの確認に少し時間がかかり、呼人が五つ数えたところで、ゲートにつけられているＬＥＤランプが緑色に光り、それと同時にカシャリとロックが外れる音がした。

ノブに手をかけて手前へと引くと、重たい手応えとともにゆっくりとゲートが開いた。大人だったらもっと楽に開閉できるのだが、九歳の子どもの力だとなかなか大変だ。

開けたゲートから防潮堤の階段に続く登り口に呼人が入ると、ウィーンというモーター音がして、ゲートが自動的に閉まってロックが掛かった。これで外からは認証コードがないと開けられなくなるのだが、防潮堤の内側からはエニーさんを呼び出さなくてもノブを回しただけでゲートが開く。防潮堤に登る時のほうが面倒になるように、わざとこういう仕組みにしているのだろう。

ゲートを背にした呼人は、はやる心を抑えて一段ずつ階段を登っていく。海のある右手側はコンクリートの壁に遮られて何も見えないものの、左手側には階段の手すりの向こうに仙河海市の街並みが見え始める。

小学校と中学校がある丘の麓よりも少し高い場所に、巨大なアンテナを備えた電話会社のビルがあって、そのビルの前に変則的な形の交差点がある。住宅が建っているのは、その高さから上のエリアだ。下のエリアにも建物はあるのだが、一般住宅は建てちゃいけない規則になっている。並んでいるのはお店や事務所だけで、そのエリアには建物自体が疎《まば》らだ。

呼人の祖父が子どものころは、丘の麓のほうにも家が建ち並び、商店街もまあまあ賑やかだったという。そもそも、二度の大津波と人口の減少によって、今の仙河海市からは、商店街と呼べるような賑わいのある通りは消滅している。食料品や日用品は街外れにあるショッピングモールに行けばすべてそろう。というより、ショッピングモールくらいしかまともに買い物ができるお店がない。

たとえば、呼人が通う仙河海小学校から神社の脇を通って真っ直ぐ麓に下りた南坂町《みなみさかまち》には、昔はずいぶんいろいろなお店があったらしいのだが、飲食店以外のお店となると、今はお茶屋さんをやっている同級生の研人《けんと》の家くらいだ。それだけでなく、市役所の前の通りも、ほとんどのお店のシャッターは下りたままか、青空駐車場になっている。昔の街の様子を知っている祖父は、寂しい街になったなあ、と遠い目をして懐かしそうに呟くものの、呼人は今の街しか知らないので何とも言えない。

そんな感じなので、丘の麓から防潮堤にかけての平らな土地の多くが、何にも使われていない空き地になっている。その中で一番目立つ建物といえば、魚市場の近くの高台にそびえるように建っている温泉ホテルだ。ホテルの上層階の窓からだと、防潮堤の先に仙河海湾を見ることができるらしいのだけれど、自分が暮らしている街のホテルにわざわざ泊まるわけはないので、呼人はホテルから海を眺めたことはない。

そのホテルの真北の、岸壁に近い位置にもう一軒、同じように大きなホテルが、やはり高台に建っている。ただし、そちらのホテルは、現在は営業しておらず廃墟になっている。敷地には鉄条網のバリケードが張り巡らされ、立ち入り禁止になっているのだが、幽霊が出るという噂《うわさ》のそこそこ有名な心霊スポットだ。

ということは、立ち入り禁止にもかかわらず侵入した人間がいるわけで、いったい誰なのだろうと少し羨ましく思いつつ、呼人は首をかしげる。つまり、見つからないのだったら、呼人も廃墟を探検してみたい。チャンスがあったら廃墟の中に、と常々思ってはいるのだが、現実的には無理だ。バリケードを越えようとしたとたん、エニーさんが警報を発するからだ。

防潮堤の階段を三分の二くらいまで登ったところで立ち止まった呼人は、身体の向きを百八十度変えて、南側に広がる街並みに視線を向けてみた。

予想はしていたことだけど、この高さでも目ぼしい物は目に入ってこない。やはり、防潮堤の上に立たなければ視界は開けない。

肩をすくめた呼人は、踵《きびす》を返して残りの階段を駆け登り、最後は一段抜かしで防潮堤の上に立った。

そして、あれ……？

期待していた光景とは違う海を目にして、呼人は戸惑いを隠せない。

何でだろ？

首をひねりながら海を見やった呼人は、一度空を見上げたあと、再び視線を海に戻した。

こんなに空は青いのに、海はさほどではない。青いことは青いのだけれど、遠足の時に大井海岸で目にした太平洋の、どこまでも澄み渡った眩しい青には程遠い。

「エニーさん」

「何ですか」

「海があまり青くない。何でだろ？」

エニーさんに訊いてみたものの、返事がない。

どうも質問の仕方が悪かったみたいだ。

質問の順番をよく考えてから、もう一度エニーさんを呼び出した。

「エニーさん」

「何でしょう」

「海は何色？」

「海水は無色透明です」

「でも、晴れていると青く見えるよね。それはどうして？」

「空の色が海に映るからです」

「じゃあ、お天気が悪いと海が青く見えないのは、空が青くないから？」

「そうです」

「でもさ、エニーさん」

「お呼びですか？」

「呼んでるんじゃなくて、質問の続き」

「どうぞ」

「今は晴れていて空が青いんだけど、海はあまり青くない。それはなぜなのかな」

「仙河海湾においては、海が青く見える条件が完全にはそろっていないからです」

「どういうこと？」

「海にぶつかり、跳ね返って人間の目に入ってくる太陽光線には三種類あります。海面からの反射、海中の浮遊物からの反射、海底からの反射の三種類です。それらが複雑に組み合わさって海の色になります。今日の仙河海湾があまり青く見えないのは、仙河海湾の狭さと浅さが主な原因となっているものと思われます。さらに、風による海面の状態や海中の浮遊物の種類によっても、海の色の見え方が変化します」

「エニーさん、ちょっと難しすぎる。もう少し簡単に言って」

「簡単には言えません」

「じゃあ、難しくてもいいから、もっと丁寧に説明してくれないかな」

「今の呼人には理解不可能です。説明するだけ無駄なので説明は省略します」

ちぇっ、と呼人は舌打ちした。呼人のエニーさんは、時々こんな具合に失礼な奴になる。他の子はどうかというと、ここまで失礼なエニーさんはいないみたいだ。たぶん、呼人がしつこく質問をしすぎるのだろう。

もっとも、別な意味で失礼なエニーさんはいる。拓人のエニーさんがいい例だ。たとえば拓人が、「おい、エニーっ」と呼び出すと、「何か用か?」だとか、「何だよ」などと、返事をする。幼稚園のころはそうじゃなかったのに、最近になって言葉遣いが乱暴になってきた。

現代の子どもは、エニーさんの助けで成長するのだが、エニーさんのほうも相手とともに成長する、というか、いろいろ学習して独自の人格みたいなものを形成していくのだ。だから子どもたちは、いつの間にか、エニーさんと一心同体のような、分かちがたい関係になっていく。しかし、それも永遠に続くわけじゃない。やがて悲しい別れがやってくる。小学校卒業と同時に、例外なくエニーさんとは別れなければならない規則になっている。つまり、お世話係としての役目を終えたエニーさんは、クラウドに蓄積された子どもたちのプライベートなデータとともに自動的に消去されるのである。

その時のことを想像すると、いつも胸が痛くなり、涙がこぼれそうになってしまう。実際、小学校の卒業式では、卒業生たちがエニーさんとの別れの辛さに、わんわん泣きじゃくるという話だ。呼人たちも、四年生に進級する来春から先輩を送る側として卒業式に参加できるのだが、参加するのがちょっと怖い気がする。

3

仙河海湾の海は、呼人が期待していたほど青くはなかったが、かわりに太陽光線をきらきら眩しく反射させていて綺麗だった。

でも、クラウドノートで見て知ってはいたものの、大井海岸や岩根崎から見る太平洋とは全然違っている。仙河海湾はとても狭くて海を見ている実感があまりしないのだ。予備知識がなかったとしたら、大きな川だよ、と言われても素直に納得してしまいそうだ。

その湾を挟んで向こう岸は唐島《からしま》半島の付け根の部分である。こちら岸と同じようにコンクリートの防潮堤が張り巡らされているのだが、一ヵ所だけ口を開けている場所が見えた。船を造ったり修理したりするドックの出入り口だ。大昔は十社近く造船所があったらしいのだけれど、ドックへの出入り口が一つしかないということは、船を造る会社が一社しかないということなのだろう。

背負っていたランドセルを下ろし、クラウドノートを取り出して、

「仙河海湾の地図を見せて。あ、３Ｄのほうね」とエニーさんに頼む。

「わかりました」の返事のあとで、すぐに仙河海市の市街地から唐島半島にかけての3Dマップが表示された。

ディスプレイにタッチして、真上から見下ろした状態で表示されている3Dマップの角度を動かし、防潮堤からの眺めに合わせてみる。

実際に見えている景色とディスプレイの地図を見比べながら、身体の向きを南のほうへと動かしていく。視線の先に、呼人が立っている側の防潮堤が延々と続いている。ランドセルを背負い直した呼人は、クラウドノートに時おり目をやりながら、南の方角に向かって防潮堤の上を歩き始めた。

数十メートル歩いたあたりから、防潮堤は緩い登りになりつつ、二股に分かれ始める。海沿いの防潮堤が古いほうで、内陸側のコンクリート壁がアウターライズ地震のあとで造られた第二防潮堤だ。その第二防潮堤が大きな弧を描きながら第一防潮堤から離れていき、だいぶ先で再び合流している。その半月に近い楕円形の内側のエリアが魚市場や水産加工場、漁業関連の会社が集まっている「フィッシャーマンズエリア」だ。防潮堤が登りになっていたのは、そのエリア全体が、アウターライズ地震のあと、さらに五メートルほど土が盛られているからだ。

かさ上げされた土地に張り巡らされている防潮堤なので、フィッシャーマンズエリアの海側、古くからあった防潮堤も、以前よりもかなり高く補修された。その結果、このエリアの防潮堤の海面からの高さは、二十メートルにも達している。そのエリアのさらに南側の、ずっと以前からある埋立地は、だだっ広い原野みたいになっていて、今は何もない。最初の大津波のあと、一度は商工業エリアとして使われたらしいのだが、二度目の大津波のあとで放棄され、荒地になってしまったという話だ。

防潮堤の二股の分岐点に立った呼人は、手前に視線を戻して、フィッシャーマンズエリアの景色をあらためて眺めてみた。

ちょっと不思議な光景だった。こうして防潮堤の上から見ると、すり鉢状の巨大なスタジアムの内側にフィッシャーマンズエリアがあるように見えてしまう。でなければ、火山の噴火口の内側にあるみたいだ。やっぱり、クラウドノートで見るのと実際に見るのとでは、海と同じで、受ける印象が大違いである。

確かに要塞みたいだ……。

足下に広がるフィッシャーマンズエリアを見下ろしながら呼人は納得した。

実は、「フィッシャーマンズエリア」と正式な名称で呼ぶ人はあまりいない。麻須美先生をはじめ、学校の先生たちはさすがに正しい名前で呼ぶけれど、大人も子どもも、たいていの人は単に「要塞」と呼んでいる。今日は要塞に用事があってね、だとか、うちのママは要塞でパートをしていて、だとか、まあ、そんな感じだ。

クラウドノートの３Ｄマップを、再び真上から見下ろす角度に調整し直した呼人は、

「エニーさん、マップを住宅地図に変えて」と頼んだ。

「わかりました」の声が終わらないうちに、3Dだった地図が2Dに変換され、会社名や商店名とともに次々と建物が表示される。表示されているのは、呼人が立っている位置に近い魚市場の周辺だ。

「リアスフーズ・コーポレーションはどこ?」

呼人が訊くと、画面がスクロールされるとともに、住宅地図の一点が赤く点滅した。指先で地図の縮尺を変えると、その建物が要塞内部のどのあたりにあるか、おおよそわかった。要塞の中心部よりもかなり海に近い場所にある。

呼人が口にした「リアスフーズ・コーポレーション」というのは、パパが勤めている会社の名前である。主に養殖マグロの餌を扱っている会社だ。そこでの呼人のパパの具体的な仕事は何かというと、いろいろな種類の養殖用の餌を開発することで、その研究をしているのだと、自分で言っていた。二年生の時に「お父さんやお母さんの仕事」という授業があって、その際に、パパの仕事を詳しく聞くことができたのだ。

マグロの完全養殖が実用化され、全国的に普及し始めたのは、パパが高校生のころだったという。そのころになると地球の温暖化と海流の変化で、仙河海の近海でもマグロの養殖が可能になったそうだ。で、パパが大学を出て就職をしなければいけなくなった時に、仙河海で最初のマグロの養殖施設が完成して、最初はその養殖場を経営している水産会社に就職したのだという。その時期には、天然マグロの漁獲は世界的に厳しく制限されるようになっていて、一般家庭の食卓に天然のマグロはほとんど上らなくなっていた。

ところで、呼人にはまったく想像もできないことなのだが、昔の仙河海市には、太平洋の海を駆け巡って天然のマグロを獲ってくる船、つまり、遠洋マグロ船に乗るのを仕事にしている人が沢山いたそうだ。一度出航すると一年以上、長い時では一年半から二年近くも航海を続け、そのあいだは一度も日本に帰らずにマグロを獲り続けていたというのだから、想像を絶するような仕事である。

パパが今勤めているリアスフーズ・コーポレーションは、養殖場を経営している親会社から途中で独立してできた会社だ。最初、呼人のパパは、その会社で世界中からイワシの買い付けをしていたという。

イワシが安定して手に入らないとマグロの養殖が難しいことは、呼人でもわかる。そのためには餌になるイワシを養殖すればいいじゃないか、となりそうなのだが、イワシ自体が回遊魚なので、実際には不可能に近いくらい難しいことなのだそうだ。それに、高級魚じゃないのでマグロみたいには儲《もう》からない、という現実もある。

実際、マグロの養殖に使われている餌は、イワシだけじゃなくコウナゴやサバなど、いろいろな種類の魚が使われている。最近では配合飼料のペレットが主流になってきていて、その研究開発を呼人のパパはしているのだ。

パパが言うには、食卓に上る魚のほとんどが今では養殖魚になっているので、養殖用のペレットの開発は重要な仕事だ。上手くやれば大儲けは確実なのだと、パパは楽しそうにうそぶいていた。

といっても、今の仙河海市では、呼人のパパのように水産関連の会社や施設で働いている人は、どちらかというと少数派になっている。昔のことをよく知っているお祖父ちゃんによれば、以前のようにはサンマやカツオが獲れなくなってきていることが大きいとの話だ。

お祖父ちゃんが若いころは、遠洋の天然マグロと並んで、サンマやカツオの水揚げが仙河海市の漁業を支えていたという。それが乱獲による資源の減少と海水温の上昇が重なって、以前のような水揚げが期待できなくなった。そのせいで、一時期、廃業する漁業者が続々と出て、仙河海市の漁業は衰退していったのだよ、とお祖父ちゃんは教えてくれた。

事実、呼人の学級でも、家の人が要塞、つまりフィッシャーマンズエリアで働いているクラスメイトとなると、呼人の他にはたった三人しかいない。その三人が、拓人、南、そして晴海なので、何だかんだ言っても互いに連帯感があって仲がよいのだ。

ともあれ、クラウドノートの地図と照らし合わせてみて、パパが勤めている会社の建物かどれかはわかった。呼人が、他の誘いを断ってもここの防潮堤に来てみたかったのは、それもあってのことだった。

パパの会社の場所が確認できて満足した呼人は、フィッシャーマンズエリアから仙河海湾の対岸へと、再び視線を上げてみた。

湾の向こうには、南のほうまでずっと唐島半島が連なっているように見える。しかし、実際に見えている稜線と防潮堤は、陸続きの半島ではなく、途中から島に変わっている。大島という名前の、文字通り大きな島で、以前は人が住んでいてそこそこの人口があったらしいのだが、今は無人島になっている。その大島と唐島半島のあいだの水路の向こう、呼人が立っている位置からは見渡せないあたりに、この周辺の海岸線で唯一、防潮堤が造られていない場所がある。クラウドノートに航空写真を表示させてみると、確かにその一帯だけ海岸線が白いコンクリートで縁取りされていないのが確認できるので、本当に防潮堤がないのがわかる。

なぜそこだけ防潮堤が造られなかったのか不思議だったので、遠足が終わって一週間ほど経ったころに、ふと思い出して、エニーさんに訊いてみた。けれど、エニーさんは何も答えてくれなかった。なので、パパやママ、それから麻須美先生にも訊いてみた。

返ってきた答えは、当時、その地区に住んでいた住民が防潮堤の建設に強硬に反対したから、というものだった。当然ながら、なぜ反対したの？　と呼人は重ねて質問した。ところが、三人が三人とも、さあ、と首をかしげるか肩をすくめてみせただけで、ちゃんとした答えは得られなかった。

パパもママも、麻須美先生も、自分が生まれる前のことなので、本当に知らないのかもしれない。でも、知っているけど誤魔化しているような気がしないでもない。第一、エニーさんがだんまりを決め込んでることからして怪しい。

こういう場合、一番頼りになるのは、昔のことは何でも知っているお祖父ちゃんだ。ということで、シルバータウンに遊びに行った時に同じ質問をしてみたのだけど、お祖父ちゃんまでもが、どうだったっけなあ、と首をかしげるばかりで、やっぱり何もわからなかった。

たぶん、と呼人は思う。子どもにはあまり話したくない何かがあって、それを大人たちは隠しているのだ。

さらに、たぶんきっと、と呼人は考える。遠足で防潮堤に初めて登った時の授業で抱いた疑念のことだ。防潮堤ができてよくなかったことって、拓人が発表したような、単純に危ないから、なんかではないと思う。もっと別なものがよくないことの本当の正体で、それは、仙河海市で一ヵ所だけ防潮堤が造られなかった場所があることと無関係ではないような気がしてならない。

この辺まで考えると、いつものことだけれど、かなり混乱してしまって、その先に進まなくなる。自分の頭が悪いからなのかなあ、とも思うのだけれど、解決のヒントがどこかに転がっていないかと、一人になると最近はそればかり考えている感じだ。

手にしていたクラウドノートをスリープモードにしてランドセルに戻した呼人は、難しいことを考えるのはやめて、防潮堤の上を歩いてみることにした。フィッシャーマンズエリアの周りをぐるりと一周してみるのも面白そうだ。

4

海を眺める以外は遊べるものが何もなくてあまり面白くないかも、と思っていた防潮堤だったが、フィッシャーマンズエリアを見下ろしながら歩くのは、思いのほか楽しい体験だった。

特別に何かが起きたり、面白い光景が目に飛び込んできたりするわけではないのだけれど、自分のパパを含め、沢山の大人たちが一生懸命働いている場所を防潮堤の上から悠然と眺め下ろしている、という自分の立場が、何と言うのだろう？　妙にくすぐったい感じがして愉快だ。

もしかして、神様はいつもこんな感じで人間世界を見下ろしているのじゃないだろうか。そう考えると、自分が神様になったみたいに思えて、優越感を覚えてしまう。

これだったら夏休みのうちに、拓人、南、晴海の三人をもう一度防潮堤に誘ってみてもよいのじゃないかと思う。きっと楽しんでくれるに違いない、と考えたところで、大事なことを思い出した。

あくまでも僕、菅原《すがわら》呼人は、周りの子たちから見ると、いや、大人から見ても変わった奴なのだった。だから、自分が楽しいとか面白いと思うものは、他の子と一致していないことが多いのだった。うっかりそれを忘れそうになっていた。

冷静に考えてみれば、真夏の太陽がぎらぎら照りつける、陽炎《かげろう》が昇りそうなコンクリートの上を何するでもなくぶらぶらしたって、面白いことなど何もないはずだ。

その証拠に、防潮堤の上を散歩している人なんか、自分以外には誰もいない。防潮堤の散歩が面白かったり楽しかったりするのなら、猫の子一匹いないなんてないはずだ、と自分に言い聞かせかけたところで、あれ？　と呼人は首をひねった。

しばらくのあいだ、ゲートのある登り口に背を向けて歩いていたので気づかなかったのだけれど、フィッシャーマンズエリアを半周しかけたところで、防潮堤の上に人がいるのに気づいた。ただし距離があるせいで、麦藁《むぎわら》帽子を被った男の人だということ以外は、顔立ちも年齢もよくわからない。最初は巡視員のおじさんかと思ったのだけれど、海のほうを向いてじっと佇んだままなので、どうも違うようだ。

呼人が見守っていると、防潮堤の上にじっと佇んでいた人影が、ふいに動きだした。

腰を屈《かが》めて棒切れのようなものを拾い上げ、何やらいじり始める。

しばらく見ているうちに、棒切れに見えたものは、絵を描く際に使うイーゼルであるのがわかった。この距離だとスケッチブックなのか違う画材なのかよくわからないが、組み立てたイーゼルに絵をセットしたあと、折り畳み式の椅子を広げて腰を下ろした。佇んでいた時には海を眺めていた男の人は、今は呼人のほうに身体の正面を向けている。

なるほど、フィッシャーマンズエリアの絵を描くために防潮堤に登ってきたのか、と納得する。

ここに立っていたら絵の邪魔にならないかな、と少し心配になる。

さっき登ってきたのとは別のゲートがもうちょっと南側にあって、そこから下りたほうが近い。しかし呼人は、少し考えてから、残りの半周をそのまま歩いて元のゲートまで戻ることにした。どんな人が絵を描いているのか、確かめてみたくなった。

右手側にフィッシャーマンズエリアを見ながら、時計回りに防潮堤の上を歩いていく。

近づくにつれ、絵を描いている男の人がお年寄りであるのがわかってきた。麦藁帽子の下から覗く日に焼けた顔には深い皺《しわ》が刻まれ、頬っぺたは白い無精《ぶしょう》ひげで覆われている。何歳くらいなのだろう。呼人の祖父よりもずっと年寄りなのは間違いなさそうだ。

絵描きのお爺さんは、近づいてくる呼人にはとっくに気づいていた。時おり呼人のほうに視線を向ける。けれど、ちらりと見やるだけでそれ以上の反応は何も見せない。

年長者には自分のほうから挨拶をするのが礼儀である。呼人のお祖父ちゃんに言わせると、自分たちが子どものころより、現代の子どもたちは、エニーさんのおかげでずっと礼儀正しいらしい。

なので呼人は、絵を描いているお爺さんの前で足を止め、

「こんにちは。いいお天気ですね」と挨拶した。電子メールでも手書きの手紙でも、最初に時候の挨拶を入れればより丁寧になることを、国語の授業で習ったばかりだ。

「よすぎだな。暑くてかなわん」

嗄《しゃが》れた声でお爺さんが言った。ぶっきらぼうな返事なので機嫌が悪いのかと思ったのだけれど、麦藁帽子の下の目は笑っているので、そういうしゃべり方をする人なのだと思う。

「何の絵、描いているんですか?」

呼人が尋ねると、

「見りゃわかる」とお爺さんが顎をしゃくったので、イーゼルを回り込んで覗いてみた。

呼人の予想通り、フィッシャーマンズエリアの絵だった。布のキャンバスを使った油

絵だ。ただし、描きかけだからかもしれないけれど、あまり上手には思えない。とはいえ、見せてもらったのに感想を述べないわけにはいかないので、

「色使いが独特でいいですね」と言ってみた。

お爺さんがじいっと呼人を見つめてくる。

何かまずいことを言っちゃったかな、と思っていると、

「なかなかませたことを言う坊主だな」と言って、お爺さんがにっと笑った。

それで何となく打ち解けた感じがしたので、

「ここでいつも絵を描いているんですか？」と訊いてみた。

「しょっちゅうじゃないが、たまにな」

「お爺さんは絵描きさんなの？」

呼人が尋ねると、

「この絵を見てそう思うか？」と訊き返されたので、

「思わないです」と答える。答えた瞬間、今度こそ失言だったかも、と思ったのだけれど、そうでもなかったようだ。

「正直でよろしい――」うなずいたお爺さんが、

「絵は趣味というやつだ。私の連れ合いが、絵が好きでな。連れ合いが描くのを見ているうちに、自分でも描いてみたくなって始めたのがきっかけだ」と答える。

「連れ合いって何ですか？」

呼人が訊くと、

「伴侶《はんりよ》のことだ」とお爺さんが答えた。しかし、それでも意味がわからない。聞いたことがあるような気はするのだけれど。

エニーさんに訊けばすぐに教えてくれるはずだ。しかし、目の前のお爺さんを無視するようなことをするのはまずいだろう。そう考えて、

「すいません。伴侶って何ですか？」ともう一度、尋ねてみた。

「妻、家内、女房、ワイフ。要するに私の奥さんのことだ」

奥さんのことを連れ合いとか伴侶とか言ったりする人に会ったのは初めてだ。かなり古い言葉遣いのような気がするのだけれど、お爺さんの年齢からすると普通なのかもしれない。その年齢が気になり、

「お爺さんは、今、何歳なんですか」と尋ねると、

「一九七五年生まれだからな。とすると、今年で八十五歳になるのか。なるほど……」

自分の年齢に自分で驚いたようにお爺さんが言う。

「奥さん――いえ、連れ合いの人は元気なんですか？」

「とっくに死んでる」

「いつ？」

「質問の好きな坊主だな」

「あ、それ、よく言われます」

呼人が首を縦に振ると、一度口許《くちもと》を弛めたお爺さんが、

「九年前。二〇五一年だな」と教えてくれた。

「それって、僕が生まれた年と一緒です」

「すると坊主は、今年で九歳か」

「そうです。小三です」

「どこの小学校だ？」

「仙河海小です――」と返事をしてから、

「お爺さんも仙河海市生まれなの？」と尋ねてみると、うむ、とうなずいたあとで埋立地の一角を指差し、

「子どものころに住んでいた家はあの辺にあったんだが、最初の津波の時に流された」

と、少し寂しそうに答えた。

「今はシルバータウンにいるんでしょ？」

「違う」という返事にちょっと驚く。このお爺さんくらいの年齢で、シルバータウン以外で暮らしているお年寄りって、呼人の知る範囲では一人もいないからだ。

「じゃあ、お爺さんは、今どこに住んでいるんですか？」

呼人の質問に、「舞森《まいもり》」という答えが返ってきたので、思わず、

「えっ」と声が出てしまう。

「どうした、坊主」

「舞森って、あの――」仙河海湾のさらに先を指差して、

「あの向こうの、舞森地区のことですか？」と訊き直してみる。

「そうだ。それがどうかしたのか？」

「あそこ、人が住んじゃいけない場所だったはずだと思うんですけど」

「浜辺のほうはそうだ。しかし、高台は規制されていない。だから、住もうと思えば誰でも住める」

「でも、あそこには今、誰も住んでいないですよね」

「私が住んでる」

「ということは、お爺さんは、たった一人だけであそこで暮らしているんですか？」

「そうだ」

「寂しくないの？」

「寂しくはないいな。いや、連れ合いに死なれた時は寂しさも感じたが、今はもう寂しくない」

それは強がりじゃないのだろうか、とも思うのだが、亡くなった奥さんのことをそれ以上聞くのは悪い気がしたので、別な質問をしてみた。

「お爺さんは、なぜ舞森に住んでいるんですか？　すごく不便だと思うんですけど」

その質問にすぐには答えず、少し間を置いてから、

「坊主は舞森に行ったことはあるのか？」とお爺さんのほうから尋ねてきた。

「ないです」

呼人が首を横に振ると、そうか、とうなずいたお爺さんが、

「答えは簡単だよ——」と言ったあとで、

「いつでも海が見えるからさ」麦藁帽子の下で片方の眉を上げてみせた。

お爺さんが独り暮らしをしている舞森というのは、最近の呼人が気になって仕方がない防潮堤が造られなかったあの場所である。

どうしようかと迷った呼人は、思い切って、

「あのー」と切り出してみた。

「あそこに防潮堤が造られなかったのはどうしてなのか、お爺さんは知っていますか？」

「当時の舞森の住人が防潮堤の建設に反対したからだ」

「それは知っています——」と言ったあとで、

「なぜ反対したのか、理由を知りたいんです。訊いても誰も教えてくれないので、もしかして、お爺さんくらいのお年寄りなら知っているかと思って……」と付け加える。

お爺さんはすぐには口を開かなかった。

やっぱり、わからない、という答えが返ってくるのだろうか、と呼人が思っていると、

「それを知ってどうするんだ？」ちょっと怖い口調でお爺さんが尋ねてきた。

「あの、どうするわけでもないんですけど、知らないことが、えーと、何というか、落ち着かないというか、居心地が悪いというか……」

呼人がしどろもどろになっていると、お爺さんが、ふっと表情を弛めて、

「変わってる坊主だな」と言った。

「あ、それもよく言われます」

呼人が頭を掻《か》いていると、

「坊主の名前は？」とお爺さんが尋ねた。

「呼人です。呼ぶ人と書いて、菅原呼人」

「呼人か。いい名前だな」

「そうですか？　何か変な名前だと思うんですけど。おまえって名前からして変だもんなって、よく言われます」

「いや、悪くない。いい名前だ」

お爺さんがあまりにきっぱり言うので、少し照れくさくなる。

「誰がつけてくれた名前だ？」

「パパとママです」

「それじゃあ、ご両親には感謝しなくちゃな」

「はい」と答えたところで、お爺さんはこっちの質問をはぐらかそうとしているのじゃないかという疑念がよぎった。

「お爺さん」

「なんだ？」

「さっきの僕の質問ですけど」

呼人が言うと、

「覚えていたか」と、お爺さんが苦笑した。

やっぱりだ。この話になると、なぜか大人たちは話したがらない。

「知っているんなら、はぐらかそうとしないで教えてください」

呼人が口を尖《とが》らせると、わはは、と笑ったお爺さんが、一度呼人の目を覗《のぞ》き込んでから、

「いいだろう――」とうなずいたものの、

「ただし、条件がある」と付け加えた。

「条件って何ですか？」

「私から聞いた内容を誰にも話しちゃいけない。家の人にも友達にも、学校の先生にも、それから、知らない人にもだ。その約束を守れるかな？」

「はい、守れます！」

勢い込んで呼人はうなずいた。なんだかＲＰＧで遊んでいるみたいで、興奮を覚えてくる。

「それから、坊主が使っているエニーさんにも話しちゃだめだ」

お爺さんの言葉に、

「えー」と思わず不満の声が漏れてしまう。

「エニーさんに話したら、結局は家の人や学校にばれてしまうだろ」

確かにお爺さんの言う通りではある。しかし、新しく知ったことをエニーさんに教えたり相談したりできないというのは、かなり辛い。うっかりして口を滑らせてしまうことだってあり得る。

「約束、守れるかな？」

あらためて訊かれた呼人は、

「守れます」今度は、ゆっくりうなずいた。

「よろしい。それでは、明日、お昼を済ませたらまたここに来るといい」

「え？　今教えてくれるんじゃないの？」

「これから話をしていたら、この絵が進まなくなる。せっかく絵を描きに来たのに、それでは困る」

ケチ、と思ったものの、異論を唱えられる立場じゃないのは明らかだった。

「わかりました、明日また来ます」

そう答えつつも、すっぽかされるんじゃないかという疑念がよぎる。

「坊主」

「何ですか」

「私が約束をすっぽかすんじゃないかと疑っているんだろ」

図星をお爺さんが口にした。

うん、と呼人がうなずくと、

「大丈夫だよ。約束は守るから心配しなくていい。明日もここで絵を描いている」

「明日、雨が降ったら？」

「その時は明後日だな」

「明後日も雨だったら？」

「その次の日。晴れるまで雨天順延だな」

　全面的には信用できなかったものの、お爺さんの言う通りにするしかなさそうだった。

　しぶしぶながらも呼人が同意すると、

「ところで、呼人。おまえは何で防潮堤にいるんだ？　こんな場所に一人で遊びに来てもつまらないだろうに。遊んでくれる友達がいないのか？」とお爺さんに尋ねられた。

　あ、最初から呼び捨てだし、おまえだし、それに、友達がいないのか、だなんて失礼な……と思いながらも正直に答える。

「海を見たかったからです。それと、僕のパパがフィッシャーマンズエリアで働いているので、会社がどこにあるか確かめたくて」

「なるほど、おまえの親父さんは要塞族か……」と、お爺さんが小さくうなずいた。

　要塞族、というのは、フィッシャーマンズエリアで働いている人やその家族を指す通称である。別に差別されているわけではないのだが、特殊な職業に就いている人々、というニュアンスが込められていないとは言えない。

　特に何か言うでもなく、休めていた絵筆を握り直したお爺さんが、キャンバスに向かって制作を再開する。

「あのー」

　呼人の声に、首だけねじったお爺さんが、

「何だ？　もう用は済んだだろ。気が散るから声をかけないでくれ」煩《うる》さそうに言う。

ここまでのやりとりで、ひどくぶっきらぼうだったり怖そうだったりしても、別に機嫌が悪いわけではなく、ひるむ必要がないのはわかっていた。なので遠慮せずに、

「お爺さんの名前、何ていうんですか？」と尋ねると、

「私を知ってる連中からは、マチドの爺さんと呼ばれてる」という答えが返ってきた。

「マチドって？　どんな字？」

「待つ人と書いて、待人」

「変わった名前ですね」

「おまえと同じだな」

「それ、本名なんですか？」

「本名なわけないだろ。元々はマチンドという渾名《あだな》で呼ばれていたんだが、それが縮まったらしい」

「本当の名前は？」

「別に知らなくてもいいだろ。それに、おまえは呼ぶ人。私は待つ人。どうだ？　この組み合わせ、なかなか洒落《しゃれ》ているじゃないか」と言って、待人の爺さんは愉快そうに笑った。

待ち人の森

1

翌日、ママが作り置きしてくれたお昼ご飯――チキンピラフと玉子スープ――を早めに済ませた呼人は、気もそぞろ、という状態で防潮堤に向かっていた。会う約束はしたけれど、昨日のお爺さんが本当に防潮堤で待ってくれているかどうかは、正直なところ半信半疑だ。

それにしても、あの年齢でシルバータウンに移住せずに誰も住んでいない舞森なんかで独り暮らしをしているなんて変わった人だ。

昨日、家に帰ってから、クラウドノートで舞森地区がどんなところなのか調べようとしてみた。けれど、浜辺に防潮堤がないという以外、詳しいことは何もわからなかった。航空写真にも森しか写っていなかった。鬱蒼《うっそう》とした樹木に隠れているだけかもしれないけれど、建物がある痕跡は見つからない。そもそも、写真自体が呼人の生まれる前の古い写真で、十年以上も更新されていなかった。人が住んでいないので、更新の必要がないのだろう。そもそも、大島と同様、唐島半島にも今は誰も住んでいない。

実は昨夜、待人の爺さん本人のことについても調べようとしてみた。誰にも話しちゃいけないと約束したのは、あくまでも、待人の爺さんから聞くことになる話の内容だ。待人の爺さんそのものについては口止めされてはいない。呼人の中ではそういう解釈になっている。

なので、まずはエニーさんに、

「待人の爺さんって知ってる？」と訊いてみた。

「知らないです」と、エニーさんはあっさり答えた。そこで、寝る前にママに同じ質問をしてみた。期待は全然していなかったのに、

「知ってるわよ」という返事だったので、かなりびっくりした。

「防潮堤でいつも絵を描いているお爺ちゃんのことでしょ？」とママが言うので、呼人は勢いよく首を縦に振った。

「それがどうかしたの？」

ママに訊かれた呼人は、

「今日、会ったんだ。その人に」反射的に答えていた。言ってしまってから、まずかっ

た。

「どこで会ったの？　防潮堤？」さほど気にする様子もなくママが尋ねるので安心しつつ、

「そう。パパの会社がどこにあるか確認したくて防潮堤に登ったら、そこで」

ふーん、とうなずいたママがさらに質問する。

「待人のお爺ちゃんとは、何か話をしたの？」

おっと、これは微妙……と思った呼人は、

「挨拶しただけ。その時に名前を教えてもらった――」と答えたあとで、

「どこに住んでいるか知ってる？」自分のほうから尋ねた。

「シルバータウンでしょ」

わかりきったことをいまさら、みたいな口調でママが答えた。どうやらママは、待人の爺さんの住み処《か》を知らないようだ。そこで今度は、

「元々は何の仕事をしていた人だったの？」と質問を変えてみた。これは自分でも関心があるし、ママが知っているんだったら聞いておきたい。

「さあ、何かしらねえ――」呟きながら首をかしげたママは、

「そういえば、最近はどうだかわからないけど、紙の本の保存活動をしていたことがあったかも――」と教えてくれたあとで、

「でも、それってお仕事じゃないわよね」と付け加えた。

その後は「他に何か知ってる？」と呼人が訊いても肩をすくめるばかりだったので、ママもたいしたことを知らないのがわかった。

パパにも訊いてみたかったのだけれど、パパが帰ってきたのは呼人が寝たあとで、朝も早い時刻に会社へ出かけてしまったので、訊くことはできなかった。

というくらいしか待人の爺さんについての情報が得られないまま、しかも半信半疑で到着した防潮堤だったのだが、約束通り本人がいて、昨日とまったく同じ場所にイーゼルを立て、油絵の制作に励んでいた。

キャンバスを覗き込んで、ちょっと驚いた。昨日は、うーん、と首をかしげてしまった絵が、かなりよくなっていたのだ。どこがどう、と具体的に言うのは難しいのだけれど、立体感が増した感じがする。

「どうだ、昨日よりもよくなってるだろう」

待人の爺さんが得意げに言う。

「すごくよくなってます。お世辞じゃなくて」

呼人が答えると、まんざらでもなさそうにうなずいた待人の爺さんが、

「どれ、今日はここまでにするか。約束は約束だからな」と言って、道具を片付け始めた。

「どこか別なところで話を聞かせてくれるの？」

呼人が訊くと、ビンに入った透明な液体で筆先を洗いながら、

「こんな炎天下でじっとしていたら、あっという間に熱中症になってしまう」文句めいたことを口にする。

その炎天下で長時間、平気でキャンバスに向かっていたはずなのに、昨日もそうだったけれど、言うことがけっこうちぐはぐだ。

イーゼルと折り畳み式の椅子の運搬を手伝って防潮堤から下りると、

「こっちだ」と言って、待人の爺さんが公園のほうに歩いていく。仙河海市の元の埋立地には、あちこちに小さな公園がある。

それにしても元気なお爺さんだな、と感心しながらついていく。八十五歳といえば呼人のお祖父ちゃんより二十歳も年上だ。それなのに、背筋もピンと伸びているし足取りもしっかりしている。木陰で話をするつもりなのかな、と思っていると、公園の脇に停められていたオートEVの前で待人の爺さんが立ち止まった。街で当たり前に見かける二人乗りの電気自動車だ。

後部のハッチを開けた待人の爺さんが、自分で持っていたキャンバスや道具類をトランクルームに収めたあと、呼人が運んできたイーゼルと椅子を受け取った。それもトランクに収納したあとで、

「乗りなさい」と言って、助手席に向かって顎をしゃくった。

「えっ、どこかに行くの？」驚いて呼人が尋ねると、

「舞森の私の家」待人の爺さんが、当たり前のように言った。

待人の爺さんの家に行く、と聞いた呼人の腰が文字通り引ける。

「ん？　どうした、呼人。おしっこでもしたいのか？」

油絵や道具類を放り込んだオートEVの後部ハッチを閉じた爺さんが、呼人を見下ろしながら訝《いぶか》しげな顔をする。

「いや、あの……、これから舞森に行くんですか？」

上目遣いに呼人が訊くと、

「そう言ったじゃないか――」とうなずいた待人の爺さんが、

「何か問題でもあるのか？」少し不機嫌そうな顔をする。

どうしよう……。

街の北のほうの外れ、鹿又《しかまた》地区の先には遊びに行ってはいけない決まりになっている。そちらのほうには、一般人が立ち入り禁止になっている大島に通じる道路と橋があるからだ。

「あのう――」と呼人がそのことを説明すると、

「家のある場所は、立ち入り禁止区域からはだいぶ離れている。何も問題はないだろ

う」

「でも、去年クラスの子が鹿又地区のちょっと向こうまで遊びに行ったら、学校ですごく先生に叱られて、だから、ちょっと……」

「そうなのか?」

「はい。危険だから子どもだけで行ってはいけませんって、先生に言われています」

「私が一緒じゃないか」

「あ、すいません。正確には、保護者が一緒じゃないと駄目、ということです。お爺さんって、僕の保護者じゃないですよね」

「前はそれほど厳しくなかったはずだが、いったい、いつからそんなに厳しくなったんだ?」

「さあ……」

困ったなあ、と呼人が思っていると、

「まあ、でも、私の家に行ったことを誰にも言わずに黙っていればいいだけのことだ」

待人の爺さんが、他人事《ひとごと》だと思ってあっさり言う。

「駄目ですよ。僕がどこにいるか、エニーさんがいつも見張ってるから、内緒にしておくのは無理です」

「なるほど」いったんは納得したように呟いた待人の爺さんが、少ししてから、呼人のほうを見てにっと笑った。

　何？　その笑い。なんかやだなあ、と呼人が不安を覚えていると、

「よし、わかった」と、うなずいた待人の爺さんが、オートEVの座席に置いてあった鞄から、旧型のノートパソコンを取り出した。

「ちょっとこっちへ来なさい」と呼人に命じて、公園のベンチのほうへ歩いていく。

　そう言われても……と及び腰になっている呼人に、

「何してる。ぐずぐずしてないで、さっさと来なさい」公園のベンチに座った待人の爺さんが、じれったそうに手招きする。

　うーん、どうしよう、と思いながらも、待人の爺さんが何を始めるつもりなのかへの興味のほうが勝った。

　セミが煩く鳴いている木立の下に置かれたベンチの前まで歩いていくと、

「隣に座りなさい」待人の爺さんがうながした。

　言われるままに呼人が腰を下ろすと、爺さんが、畳んであったノートパソコンのディスプレイを開いて電源を入れた。数秒ほど無反応だったパソコンの画面が、ブーンという低い音とともに明るくなった。

　ブーンというのは、たぶんハードディスクが回転する音だと思う。しかも、入力キーがタッチパネルじゃなくてボタン式だ。骨董品といってもよいような、ずいぶん古いパ

ソコンである。まあでも、年寄りの待人の爺さんが触ってるぶんには、それほど違和感はない。

八十五歳のお年寄りとは思えない速さでパソコンのキーを操作していた待人の爺さんが、

「呼人のエニーさんのシリアルナンバーは？」と質問した。

「えっ？　シリアルナンバーを聞いてどうするんですか？」思わず口を衝《つ》いて出る。

エニーさんのシリアルナンバーは、パスワードとセットじゃないと意味がないので秘密でも何でもないのだけれど、積極的に他人に教えるようなものでもない。

呼人が考えていることを読んだかのように、

「パスワードも教えろと言っているわけじゃないんだから、かまわないだろ」待人の爺さんが先回りをして言う。

「それはまあ、そうだけど……」と口ごもったあとで、呼人は、

「パスワードは教えないからね」と念を押した。

「シリアルナンバーだけでいい」

待人の爺さんがそう言うので、ポケットからクラウドフォンを取り出して、

「エニーさん」と呼び出す。

「何でしょう？」

返事をしたエニーさんに、

「エニーさんのシリアルナンバー、教えて」と頼むと、エニーさんは、アルファベット四桁とそれに続く数字が十二桁のシリアルナンバーを読み上げ始めた。

それに合わせて、待人の爺さんがシリアルナンバーをパソコンに打ち込んでいく。

何が目的なのかはわからないけれど、絶対に怪しいことを企んでいるに違いない……。

呼人のその予想は当たっていた。しばらくパソコンを操作していた待人の爺さんは、やがて満足そうに、

「よしっ、これでオッケーだ」と口にして、キーボードの上で舞っていた指を休めた。

「あのー、何がオッケーなんですか？」

おずおずと質問した呼人に、

「呼人のエニーさんのGPS機能に、少しばかり細工しただけだ」顔色一つ変えずに待人の爺さんが答える。

「細工って……」

「これからしばらくのあいだ、おまえのいる場所は、この公園とあそこの――」と言って防潮堤を指差した待人の爺さんが、

「上を行ったり来たりということでデータに残ることになる。だから、私と一緒に舞森

に行ったことは誰にもばれないですむ。どうだい、これならいいだろ？」と悪戯《いたずら》っぽい顔をした。

その顔をまじまじと見つめた呼人の頭が、一瞬のあいだに目まぐるしく回転する。

待人の爺さんがしたことは、間違いなくハッキング行為の一種であって、つまりは違法行為になるわけで、ということは、この人、本当は犯罪者で、えっ？　もしかしたら誘拐犯？　だとしたら、こんなところにいちゃまずい、かも……。

「おまえ、逃げようとしてるだろ」

げっ、図星！

考えていたことを先回りして読まれた。さっきもだけど、この前も似たようなことがあった。急に怖くなってきて、膝から力が抜けた。浮かしかけていた尻がベンチに引き戻されてしまう。

言葉が出ずに口をパクパクさせている呼人に、

「なあ呼人。自分の行動範囲が常に監視されているのって、とても窮屈なことだとは思わないか？」落ち着いた声で待人の爺さんが訊いてくる。その声が穏やかだったのと、呼人自身がいつも感じていること――だからこそ以前、エニーさんを家に置き去りにして遊びに出かけてみた――でもあったので、陥りかけていたパニックからかろうじて脱出することができた。

それでもまだ声が出ないでいる呼人に、

「私が怖くなったのなら、無理しないで自分の家に帰りなさい。さすがにこの歳では、呼人に走って逃げられたら追いつくのは無理だ。だが、おまえを誘拐しようなどとは考えていないよ。舞森になぜ防潮堤が造られなかったのか、実際におまえの目で見てもらったほうが、話がわかりやすいと思っただけだ。夕方の五時には、またここに連れて帰ってあげるつもりだ。そもそも、呼人。おまえを誘拐したとして、私にどんないいことがあるというのだ？　身代金が目当ての誘拐犯なら、こう言っちゃ悪いが、もっと金持ちそうな子どもを狙うに決まってる」そう言って、待人の爺さんは、ははは、と笑った。

確かに僕を誘拐してもたいした身代金は取れないよなあと、ちょっと悔しいけれど思う。しかしまだ油断はできないぞ、と警戒心を完全には解くことができずにいると、

「これからどうするかは呼人次第だ。さっき施したエニーさんへの細工は、午後五時になったら自動的に解除されるから心配はいらない」と言った待人の爺さんが、ノートパソコンをぱたんと閉じて立ち上がった。

「どこに行くんですか？」

ベンチを離れて歩き出した待人の爺さんに声をかける。

「どこって、家に帰るだけだ」

「あの、一緒に行ってもいいですか?」

つかの間迷ったあとで、呼人はそう言っていた。不安がすべて消えたわけではないけれど、待人の爺さんの言うことは筋が通っているように思える。

呼人に訊かれた待人の爺さんが、

「遠慮はいらない」と言って、オートEVの助手席側のドアを開けた。覚悟を決めて車に乗り、自分でドアを閉めた。炎天下に停めていたせいで、車内は蒸し風呂みたいになっていた。呼人の家の車は柑橘《かんきつ》系の芳香剤の香りがするけれど、この車は油絵の具の匂いが充満している。

車体を回り込んだ待人の爺さんが運転席に乗り込んで来た。ドアを閉じると同時に、

「エンジン、スタート」車のマイクに向かってしゃべった。

電気自動車のスイッチを入れてスタンバイ状態にする時は、「スイッチオン」とか「イグニッションオン」と言うのが普通だ。「エンジン、スタート」という合図は初めて聞いた。まあ、どんな言葉をキーワードにするのかは、運転手の自由だけれど。

ともあれ、待人の爺さんの合図で、メーターパネルのディスプレイが明るくなり、エアコンの送風口から涼しい風が吹きつけ始めた。

「じゃあ、行くとするか」

呼人をちらりと見やった待人の爺さんが、ハンドルに手を添えた。直後に、するする

と車が動き出したので

「えーっ、嘘！」ほとんど無意識に声を上げてしまう。ガクンと車が止まり、

「どうした、いきなり大声なんか出して」運転席で待人の爺さんが眉間に皺を寄せた。

「どうしたって、あ、あの、自動運転じゃなくて、じ、自分で運転するんですか？」

「当たり前だ。車は自分の手足で運転するからこそ面白いんだ。それっ、行くぞ！」

そう言って笑う待人の爺さんを見て、やっぱり乗るんじゃなかったと、呼人は激しく後悔していた。

2

生きた心地がしないというのは、まさにこのことだと、呼人は思った。

待人の爺さんが運転する電気自動車――手動運転なのでオートEVとはとても言えない――に乗っている時間は、実際には三十分そこそこだった。しかし、呼人には倍以上の長さに感じられた。

手動運転の車には、パパが運転する水素電池自動車に乗ったことが、あるにはある。それでも半自動運転で、百パーセントの手動運転ではなかった。というか、自動車レースでもない限り、出発から到着までずっと手動で運転する人なんか、今の日本にはいな

いと思う。

なぜかって、人間の運転って、乱暴な上に危なっかしくて仕方がないからだ。自動運転の車だったら、カーナビの「到着しました」の声が聞こえるまで好きなことをしていられるし、寝ててもいい。運転がすごくスムーズで安全なので、安心して身を任せられる。

ところが、待人の爺さんの運転ときたら、ブレーキを踏むと前方につんのめりそうになってシートベルトが肩に食い込むし、アクセルを踏むと首がガクンと仰《の》け反《ぞ》ってしまうし、一番怖いのはカーブを曲がる時で、このままだと道路脇のガードレールに突っ込んじゃう、と思わず目をつぶった直後に身体がシートから外れそうになり、同時に、床下からタイヤが悲鳴を上げるキキーッ、キキーッ、という不気味な音が届いてくるしで、正直、死ぬかと思った。

もちろん呼人だって、ただ黙っていたわけではない。

「怖いよう。お願いだから、もっとスピードを落としてよう!」と、必死になって懇願した。なのに待人の爺さんは、

「どうだ! スリルがあっていいだろ! この車、電圧をアップして改造してあるからな。その気になれば、パトカーだって振り切れる!」とか言って、まったく聞く耳を持たなかった。それどころか、途中から深い森に入って曲がりくねった狭い山道になった

と思ったら
「よーし、この先は車なんぞ一台も走っていない。いよいよ、これからだ。そーれっ、ドリフトだあ！」などと叫んで、アクセルを床まで踏み込むものだから、その直後、呼人はあまりの恐怖に、危うくおしっこをちびりそうになる。

もう駄目だ、この爺さん、やっぱりちょっと普通じゃないや、とスピードへの恐怖とは別の不安が膨れ上がってきたところで、ふっと車の速度が落ちた。

「そろそろ到着だ」

その声を聞いて心の底からほっとする。それもつかの間、目の前に開けた光景に、呼人は寸前までの恐怖を忘れた。

「海？」

「そうだ」

徐行している車の中で、待人の爺さんがうなずく。

フロントガラスの向こうには、防潮堤に遮られていない海があった。といっても、海のようには見えない。むしろ、湖でも見ているみたいだ。

さっきまでの乱暴な運転が嘘だったみたいに静かに車を停めた待人の爺さんが、

「降りてみるか？」と、呼人に訊いてきた。

「うん」

シートベルトを外してドアを開け、車の外に出た。

山から下ってきた道路は車を停めた十メートルほど先で右と左に分かれ、T字路になっている。その突き当たりの先がすぐ海だ。海と陸との境界は堤防になっているものの、道路側からの高さは呼人の腰の辺りまでしかない。

その堤防に待人の爺さんと一緒に登った呼人は、

「ほんとに海なの？」と、念のために訊いてみた。

そう呼人が訊いたのは、足下の堤防に波がぶつかることもなく、目の前の海があまりに穏やかだったからだ。街の防潮堤の上から見る仙河海湾の海も穏やかだけれど、それ以上に穏やか、いや、静かだと言ったほうがいいような水面だった。

「そう、海だ。この入り江は、複雑に入り組んだ海岸線の最も奥まった場所にあるのに加えて、目の前には大島があるからな。今日のように天気がよくて風がない日は、だいたいいつもこんなものだ」と待人の爺さんが教えてくれた。

そういえばと、この前クラウドノートで確認した舞森地区周辺の地図を、呼人は思い描いてみた。けれど、海面とほとんど変わらない高さから海を眺めているからだろう。地図上の地形と目の前の景色がなかなかうまく重ならない。

「後ろを振り返ってごらん」

待人の爺さんに言われた呼人は、堤防の上に立ったまま、身体の向きを百八十度変えて海を背にした。

「何が見える？」

「何って、お爺さんの車」

「そうじゃなくて、景色のことだ」

「えーと、今走ってきた道路と山」

「他には？」

「森と原っぱ」

「山を下りきったところからここまで、少し土地が平らになっているだろ？」

「はい」

「ここには昔、小さな集落があったんだ。全部で四、五十軒くらいの家が建っていた」

「ほんとに？」

「嘘だと思うなら、あの藪《やぶ》を掻き分けてみるといい。ぼろぼろになっていると思うが、それでも、家の土台跡が少しは見つかるはずだ――」草木がぼうぼうの山裾を指差して
そう言った待人の爺さんが、

「二〇一一年の大津波の時に、集落内の八割以上の家が流されてしまった」と教えてくれた。

「それで集落が消えてしまったのか……」

呼人が呟くと、いいや、と首を横に振った待人の爺さんが、

「ここの住民たちは、みんなで話し合いをして、全部の家が近くの高台に移転することに決めたんだ。で、その際、計画されていた防潮堤は造らないでくれと、自分たちから申し出た。まあ、正確に言えば、防潮堤の建設に猛烈に反対したわけだ――」そこで一度言葉を切って、

「呼人は、ここの住民たちがなぜ反対したのか、その理由を知りたいんだろ？」確認するように、尋ねてきた。

「はい、そうです」

大きくうなずいた呼人に待人の爺さんが言う。

「そもそも防潮堤の最大の目的は、人の命を守ることだろ？　ということは、全員高台に移り住めば、わざわざ防潮堤を造る必要はない」

「でも――」と呼人は、思い浮かんだ反論をぶつけてみた。

「せっかく防潮堤を造る計画になっていたんだから、造ってもらってもよかったじゃないですか。別に防潮堤があっても困ることは何もないし」

「ところが、あったんだな、困ることが」

「何ですか、困ることって」

ふむ、とうなずいた待人の爺さんが、再び海のほうに身体を向けて、陽射しを浴びて

きらきら穏やかに輝いている海を指差すと、

「昔、この湾内には、牡蠣《かき》の養殖筏《いかだ》がたくさん並んでいた――」懐かしそうに目を細めたあとで、

「当時の住民たちは、防潮堤のせいで牡蠣の養殖に悪影響が出るのを心配したんだ」と言って説明を始めた。

すごく簡単にまとめると、海の生物が生きていくための栄養源は、川の流れや地下水によって陸から運ばれてくる。そのバランスが崩れると牡蠣が上手く育たなくなる。海岸に防潮堤が張り巡らされてコンクリートで固められると、十分な栄養が海に運ばれなくなる恐れがあった。

「実際には、何事もバランスが大事だ。栄養が減りすぎるのも困るが、無闇に増えすぎると富栄養化と言ってだな、今度はプランクトンが大量に発生して赤潮の被害が出てしまう。まあしかし、それまでの養殖が上手くいっていたのは、そのバランスがいい状態で保たれていた証拠ではある。防潮堤の建設はそのバランスを崩す恐れがあった」

「だから、舞森の人たちは強く反対したんですね？」

「簡単に言えばそういうことだが、この綺麗な海をいつでも見られるということも、海の漁師にとっては大事なことなんだよ」

それについては、呼人にはよくわからない。確かに、今日のような穏やかで綺麗な海

だったら見ていて気持ちがよいけれど、毎日見ないと生きていけないということはないし……。

目の前の湾内に養殖用の筏が並んでいる光景を想像してみた呼人は、そこで肝心なことに気づいた。

「防潮堤が造られなかったのはいいとして、結局、牡蠣の養殖はどうなったんですか？ここにあった集落が今はないということは、上手くいかなかったのかな……」

「いや、上手くいかなかったわけではなかった」

「じゃあ、どうして人が住まなくなっちゃったの？」

呼人が訊くと、

「どうしてだと思う？　質問してばかりいないで、自分でも考えてごらん」と、たしなめられてしまった。

うーん、と考え込む。しばらく考えたところで、あっ、とひらめいた。

呼人の表情の変化に気づいたらしく、

「お、わかったのか？」と待人の爺さん。

うん、とうなずいた呼人は、

「アウターライズ地震だ。二〇二八年の二度目の津波で養殖筏が全滅して駄目になったんだ。そうでしょ？」

「残念」

「えー、正解じゃないんですかあ。絶対当たっていると思ったのにぃ」

呼人が口を尖らすと、

「まあ、おまけをして、半分は当たりで半分は外れということにしておこうか——」慰めるように言った待人の爺さんが解説を続ける。

「確かにアウターライズ地震による大津波で、ここの養殖筏は全部流されて、またしても壊滅状態になった。しかし、全住民が高台に移り住んでいたおかげで、家を流された者は一人もいなかった。つまり、二〇一一年の一度目の津波の時と比べれば、状況は決して悪くなかったし、実際に、それくらいでへこたれるような人たちじゃなかった。もう一度、一から養殖の再開に向けて動き出して、実際に水揚げにまで漕ぎつけることができた」

「じゃあ、なぜ……」

「その先は家に行ってからにしよう。いくら海辺が気持ちいいと言っても、この暑さでは参ってしまうからな。呼人も何か冷たいものでも飲みたいだろう？」

言われてみれば確かにそうだ。頭のてっぺんが焦げてしまいそうになるくらい、真夏の太陽がじりじりと照りつけている。

待人の爺さんにうながされて堤防から下り、オートＥＶのドアを開けたところで、ここに来るまでの車中でひどい目にあったばかりだったのを思い出す。

「あのぉ、お爺さんの家って、ここからだと近いんですよね？」

開けたドアから車内には乗り込まずに呼人が訊くと、

「すぐそこの高台だから、三分もかからない――」と答えた待人の爺さんが、

「どうかしたのか？」と尋ねる。

「あのぉ、車に乗るのは好きなんですけど、できればもっとゆっくり走ってもらえると……」

「少し飛ばし過ぎたかな？」

待人の爺さんのその言葉に、本人にもその自覚はあるのだとわかった。

「少しじゃなくて、かなり」

上目遣いに呼人が睨《にら》むと、

「いやあ、悪かった。久しぶりに人を乗せて走ったもんで、運転の腕前を見せてやりたくなって、ついアクセルを踏みすぎた」待人の爺さんが笑いながら頭を掻いた。子どもの立場でこんなことを言うのは生意気だと思うけれど、こっちの十倍近い年月を生きてきているはずの年寄りのくせに、妙に子どもっぽいというか無邪気というか、まったくもってやれやれ、である。

「あんなに飛ばすなんて、お爺さんは、昔レーシングドライバーか何かだったんです

か？」

「まさか——」と否定しながらも、まんざらでもなさそうに頬を弛めた待人の爺さん
が、

「まあしかし、プロのドライバーだったことはあるな」と答えた。

「どんなプロ？」

「若いころ、何年かタクシーの運転手をしていたことがある」

「なんだ」

「なんだはないだろ」

むっとした顔をした待人の爺さんに、

「すいません——」と謝ったあとで、

「若いころって幾つぐらいの時だったんですか？」と尋ねてみる。この前から疑問だった待人の爺さんの過去の職業を訊き出せるチャンスかもしれない。

「三十代の真ん中あたりから何年かだな」

「えーと、それって——」八十五歳という本人の年齢をもとに計算した呼人は、

「最初の大津波のあとっていうことですか？」と確認してみた。

「ほう。なかなか計算が速いやつだ——」感心したように目を丸くした待人の爺さん
が、

「そうだよ。二〇一一年の秋から五年ほど、この街のタクシー会社でハンドルを握っていた」

「その前は何をしていたんですか？」

「震災前は仙台で――」と説明しかけた待人の爺さんが、

「いや、そんなことはどうでもいい。それより早く車に乗りなさい。立ち話ばかりしていると、五時までに街に戻れなくなるぞ」とうながして、オートEVの運転席に身体を滑り込ませた。

ちぇっ、もうちょっとだったのに……と思いながらも、おとなしく従うことにして助手席に乗り込んだ。

すぐに車が動き出す。相変わらずの手動運転だったものの、今度は自動運転と変わらないような滑らかな運転だった。

なんだ、普通に運転ができるじゃん、と待人の爺さんの顔を横目で見ているうちに、あっという間に目的地に到着する。

車が停められたのは文字通りの高台だった。たぶん山の中腹を切り開いたのだと思う。仙河海小学校のグラウンドの三分の一くらいの面積が平らに均《なら》されていて、何軒か家が建っている。

ただし、秤人の祖父母が暮らしているシルバータウンとは違い、鬱蒼とした雑木林こ家が埋もれているうえに、最も手前に建っている一軒以外は、よく見ると今にも朽ち果てそうなボロ家で、人が住んでいる気配はなかった。

「それが私の家だ。前はもっと家があったんだが、今はすっかり寂しくなってしまった——」と言った待人の爺さんが、

「しかし、この眺めだけは他の場所に住んでいたら拝めない」満足そうな顔をして、家とは反対側に人差し指を向ける。

待人の爺さんが指し示した先には、美しい、としか言えないような光景が広がっていた。

先ほど車を停めた、以前の舞森地区の集落跡が、高台の足下に広がっている。その先では、複雑な形をした入り江に抱かれるようにして、穏やかな海が陽光を浴びて輝いていた。この高さから眺めると、呼人から見て左手側に続いているのが唐島半島の海岸線で、右手側が大島であるのがわかる。御伽噺《おとぎばなし》か童話の世界から抜け出てきたような光景のさらに向こうには、真っ青な太平洋の海が開けていた。

春の遠足で大井海岸に行った時、防潮堤の上から初めて見た海もよかったけれど、この高台から見る海もすごく素敵だ。

大井海岸の海は、目の前にいきなり太平洋の大海原が開けた。とにかく海が大きくて、地球そのものを見ているような迫力があった。その海を見て、星空を眺めて宇宙に

思いを馳《は》せている時みたいに、人間なんてすごくちっぽけな存在に過ぎないんだなと、謙虚な気持ちを抱いたのを覚えている。

その一方、舞森の海からは、人間の存在そのものをあたたかく包み込んでくれるような優しさが感じられる。

晴れた日の星空は、いつ見ても同じだ。季節によって見える星座は変わるけれど、常に変わらない宇宙があって、それが安心をもたらしてくれる。

それに対して海は、お天気によっても時刻によっても、見る場所によっても、様々に表情を変える。

舞森の海を眺めながら、星空も海もどちらもいいな、と呼人は思う。

3

「どれ、車をガレージに戻したら私の家を案内しよう。車をしまうまでここで待ってなさい」

海の景色に見とれていた呼人に言った待人の爺さんが、オートEVに乗り込んだ。

ほとんど無音で車が動き出し、シャッターの下りたガレージへと近づいていく。

車内からのリモコン操作でガラガラとシャッターが巻き上げられ、ガレージの中が丸見えになった。

　ガレージには、もう一台車が入っていた。それだけなら特別驚きはしないのだけれど、目にした車が想像もしていなかったクラシックカーだったので、かなりびっくりした。

　ガレージへと駆け寄った呼人は、待人の爺さんがオートEVから降りてくるのを待って訊いてみた。

「このクラシックカー、お爺さんの？」

「そうだ」

「動くんですか？」

「もちろん――」とうなずいた待人の爺さんが、

「ただし、今は純粋なガソリンがなかなか手に入らないし、買えたとしても目玉が飛び出るような値段がするからな。たまにエンジンをかけてやるくらいがせいぜいだ」と、しかめっ面をした。

「これ、シビックという名前の車でしょ？」

「ほう。よく知ってるな。呼人はクラシックカーが好きなのか？」

「はい。でも、写真でしか見たことがないので、実物を見るのはこれが初めてです。すごいや――」偽りのない感想を漏らしたあとで、

「触ってみてもいい？」と訊いた呼人は、待人の爺さんがうなずく前に、シビックのボディに触れていた。コンコンとフロントフェンダーを軽く叩いたあとで、

「すごい！　ほんとに鉄でできてるんだ」待人の爺さんのほうを振り向いて感嘆の声を上げる。今の自動車のボディは、軽くて丈夫なグラスファイバー製かカーボンファイバー製が普通だ。

「乗ってみたいと顔に描いてあるな」

うんうん、と呼人がうなずくと、

「さっきまではあれほど怖がっていたくせに現金なやつだ――」と笑ったところまではよかったのだが、

「まあ、そのうち機会があったらな」と言われてがっかりする。

「さあ、おいで」

手招きをした待人の爺さんと一緒にガレージを出た呼人は、母屋の玄関の前で肩を並べた。

母屋は丸太を組んで造ったログハウスだ。建ててからずいぶん経っているのだろうけど、手入れが行き届いているみたいで、それほどくたびれては見えない。

ドアの前に立った待人の爺さんが、ポケットから鍵を取り出して鍵穴に差し込んだ。手首がひねられると同時に、カチャリという音がしてロックが外れる。自動ロックじゃ

なくて原始的な錠がついた家を見るのも初めてだ。

待人の爺さんに続いて入った室内には、木の香りと油絵の具の匂いが漂っていた。玄関の鍵と同様、家の中も過去にタイムスリップしたみたいな雰囲気に満ちていた。広いリビングの真ん中に置かれたテーブルや椅子も、壁際に置かれた本棚やテレビも、骨董品と言ってもよいような雰囲気を漂わせている。

「冷たいジュースを持ってきてやるから、ここに座って待っていなさい」

テーブルの下から椅子を引き出して呼人に言った待人の爺さんが、対面式になっているキッチンのカウンターを回り込み、奥に置かれた冷蔵庫の扉を開けて飲み物の準備を始める。

椅子に腰掛けた呼人は、落ち着かない気分で室内をきょろきょろ見回した。

待人の爺さんが暮らしているログハウスのリビングには、どこかちぐはぐさがあった。

原始的な錠がついた山小屋風の家なのに、その外観とは違って、室内はエアコンが利いていて、最初から涼しかった。普通の住宅と同じように、待人の爺さんが運転する車が自宅に戻る直前にハウスコンピュータが作動して、オートエアコンが働きだしたようだ。

けれどこれは、よく考えてみれば驚くようなことではないだろう。電子機器やロボットの助けなしでは、こんな奥地で年寄りが独り暮らしをするのは無理だ。実際、部屋の片隅ではお掃除ロボットが待機しているし、家の外回りや庭もロボットがメンテナンスしているはずだ。

ちぐはぐさを感じさせる最大の原因を作っているのは、部屋の東側の窓のそばに置かれた机の周辺だった。装飾品らしい装飾品が一つもない殺風景な部屋の中で、そこだけが浮いていた。普通のサイズの倍くらいの大きさの机の上に、一般家庭では見かけることのないデスクトップ型のパソコンが載っていて、ディスプレイが三台、キーボードを中心にして扇形に並んでいるのだ。しかもよく見ると、待人の爺さんが持ち歩いている旧式のノートパソコンと違って、わりと最近の機種のように思える。いや、もしかしたら最新の機種かもしれない。だとしたら、ものすごい処理能力を持っているはずだ。

何でこんな高性能なパソコンを持っているんだろ、と呼人が胸中で首をひねっていると、

「冷たい飲み物はオレンジジュースしかなかった。それでかまわないか」そう言いながら、ジュースのグラスを手にした待人の爺さんが、キッチンの奥から出てきた。

「はい、ありがとうございます」

お礼を言って受け取り、冷たいグラスに口をつけながらも、呼人の視線はパソコンのほうに行っていたみたいだ。

「あれが気になるのか？」待人の爺さんがにやにやしながら訊いてくる。

机に載っているパソコンを見やりながら、呼人がうなずくと、

「こんな辺鄙《へんぴ》な場所に住んでいる年寄りが、あんなものをいったい何に使うのだろうと、怪しんでいるんだな？」待人の爺さんの笑みが、いっそう大きくなる。

「別に怪しんでいるわけじゃ……」

「嘘は吐《つ》かなくていい」

わはは、と笑った待人の爺さんが、

「ジュースを飲み終えたら、椅子を持ってこっちに来なさい」と告げて立ち上がり、机のほうへと移動するとパソコンに向かった。

慌ててオレンジジュースを飲み干した呼人は、自分が座っていた椅子を抱えて、待人の爺さんの隣に腰掛けた。

すでにパソコンは起動していて、三つの画面が明るくなっていた。中央のディスプレイには三次元の日本地図が、右には様々なグラフが、左には刻一刻と数字の変わる何種類もの表が映し出されている。パソコンだけ見ていると、どこかの研究所にいるみたいだ。あるいは、ＮＡＳＡの司令室とかそんな感じ。

最初に会った時は、ただの絵描きのお爺さんにしか見えなかったのだけれど、こうしてパソコンの前に座ってキーボードを叩いている姿を見ると……。

「待人のお爺さんは、もしかして、何かの研究者なの？」

「当たらずとも遠からず、というところかな。それより、真ん中の画像を見ていなさい」

言われた通りに目を向けていると、日本地図内の東北州が拡大され、画面の片隅に表示されていた数字が変わりだした。徐々に数字が減っていくのを見て、時刻をカウントダウンしているのだとわかる。

その数字がゼロになった瞬間、三陸沖の一ヵ所が赤く光り、その直後に日本列島に向かって波動が広がり始めた。特に説明がなくても、海底地震によって発生した津波のシミュレーションであるのがわかる。

呼人が息を呑んでディスプレイを見つめていると、

「時間は六十倍に速めてある」と待人の爺さんが説明した。

その直後に最初の波が沿岸部に到達した。津波の高さによって、激しく動く線が色分けされているのがわかる。

最初の大きな津波のあと、第二波、第三波と続いた津波がやがて落ち着き、線の動きが収まってきたところで、

「今のが、二〇一一年三月十一日の巨大地震と大津波を再現したシミュレーションだ――」と説明した待人の爺さんが、

「津波の到達直前まで時間を戻してみるぞ」と言いながらパソコンのマウスを操作すると、日本地図の一部が拡大されて表示された。

拡大されたのは呼人たちが暮らしている仙河海市の街並みだった。しかも、街にある一つ一つの建物の輪郭までもが精密に描かれていて、まるでジオラマを見ているみたいだ。

けれど、街の様子が変だ。いや、変なのではなくて、現在とは違う街並みになっている。今は野原が広がる中、ところどころ公園が点在しているだけの埋立地エリアに、大小様々な建物が建っている。それに、防潮堤らしきものがどこにもない。

「もうわかっていると思うが、このCGは、津波に襲われる直前の仙河海市内を忠実に再現したものだ。なかなか大変な作業だったがね」

そう言った待人の爺さんが、

「さっきよりも時間を遅くして津波を再現してみるから、よく見ていなさい」と言って、パソコンのエンターキーを押し込んだ。

実際の時間の進み方よりは速いものの、どんなふうに津波が押し寄せて、どうやって一つ一つの建物を破壊したり流したりするのか、手に取るようにわかるシミュレーションだった。

言葉を失って見ているしかなかった。息をするのを忘れるくらいの、凄まじい光景だった。パソコン上で再現されているシミュレーションは、実写の映像ではなく、建造物の輪郭はあくまでも線によって描かれているだけなのだけれど、建物が破壊されていく様子が、むしろ実写映像よりもよくわかる。

瓦礫《がれき》をまきこんだ津波が街中を覆い、海水に浸った街が静かになったところで時間を止めた待人の爺さんが、

「このあとで海上火災が発生して、津波に流されずにすんだ家も、かなりの数、火事で焼けている。だが、津波による直接的な被害状況を再現するのが目的のシミュレーションだからな。これでいったん二〇一一年の津波は終わりにして、今度は二〇二八年のアウターライズ大地震の時の津波を再現してみる」と、呼人に告げた。

新たにディスプレイ上に表示された仙河海市は、やはり現在の街とは違っていた。全体的に防潮堤の高さが低いし、部分的には半分くらいしかない場所もある。それに、埋立地に建っている建物が、住宅を含めて今よりもずっと多い。最も違うのは魚市場の近辺で、城壁に囲まれたようなフィッシャーマンズエリアがなかった。

さて、と言って咳払いした待人の爺さんがマウスを操作すると、カメラが引いていくように縮尺が変わり、再び日本列島の画像になる。

先ほどと同じように、カウントダウンが始まり、減っていく数字がゼロになった瞬間、二〇一一年の地震よりもさらに沖のほうの一点が赤く浮かび上がった。二〇二八年

のアウターライズ大地震の発生だ。

「これ以前にも何度かアウターライズ型の地震は起きていたんだが、いずれもマグニチュードは最大でも七クラスで、大きな津波被害はもたらさなかった」

ディスプレイ上で伝播《でんぱ》していく津波の波形を眺めながら待人の爺さんが言う。

「しかしやはり、多くの地震学者が言っていたように、二〇一一年のマグニチュード九・〇からマイナス一の規模に相当するマグニチュード八・〇級のアウターライズ地震が、十七年後になって発生したわけだ」

その間にも、最初の一波が太平洋沿岸部に到達していく。それに合わせるようにして、待人の爺さんがマウスを操作し、仙河海市全体がちょうどディスプレイ上に浮かび上がるように縮尺を変えた。と同時に、時間の進み方がだいぶゆっくりになる。一つ一つの建物の細部がわかるほどには拡大されていない画像なのだが、そのかわり、津波が街に襲いかかっていく様子が克明にわかった。

ただし、さっき再現されたばかりの二〇一一年の時の津波と比べて、波高自体が高いのか低いのか、あまりよくわからない。というのも、海岸沿いに張り巡らされた防潮堤が津波を受け止めているからだ。

しかし、防潮堤で受け止めている津波の高さが刻一刻と増してきた。シミュレーションだとわかっていながらも、このまま防潮堤が持ちこたえて街が無事でありますようにと、無意識のうちに呼人は神様に祈っていた。

しかし、呼人の祈りも虚しく、アウターライズ大津波は街を呑み込み始めた。しかも、二〇一一年の大津波よりも破壊力が凄まじいように思える。

その原因になっているのは、明らかに防潮堤の存在だった。まずは、津波の到来とともに海の水位がどんどん上がってきた。ただし、その段階では、街はまだ無傷だ。行き場のない海水が潮見川沿いを逆流し始めたものの、以前よりもずっと高くなっている土手と堤防に阻まれて、街には襲いかかれないでいる。しかし、しばらくすると、他の場所よりも防潮堤が低くなっている箇所で、津波がコンクリートの高さを越え始めた。すると、狭い出口を求めるように、その場所にいっせいに海水が集まり、雪崩《なだれ》のような勢いで防潮堤を乗り越え始めた。その波が、普通の住宅だけでなく、鉄筋コンクリートの建物までも破壊していく。

「当たり前の話だが、防潮堤で受け止められたことで、津波が持っている位置エネルギーが増大したわけだ。それでも防潮堤が津波を押し止めてくれれば街は無事だった。だが、結局そうはならなかった。アウターライズ地震が引き起こす津波の規模を甘く見ていたんだな。結局、溜まりに溜まった位置エネルギーが短時間で解き放たれることになって、かえって破壊力が増してしまったわけだ――」と言った待人の爺さんが、一度シミュレーションの時間を止めて、

「今の位置エネルギーの説明はわかったか？」と尋ねてきた。

「死ぬほど我慢したあとのおしっこがすごい勢いで出るのと一緒？」

呼人が言うと、待人の爺さんが、

「なんだ、そのたとえは――」一度は呆れ声を出したものの、

「まあしかし、まったく的外れというわけではないな」と納得した顔になって話を続ける。

「防潮堤のおかげで無事だったエリアももちろんあったんだが、そのエリアでも津波による直接的な破壊とは違う被害に悩まされた」

「どんな？」

「防潮堤が邪魔になって、なかなか海水が引かなかったのさ」

そう答えた待人の爺さんが、シミュレーションの時計を進めてみせる。確かに、丸一週間以上、仙河海市の中心部は水浸しのままだった。

「今のシミュレーションって、実際に起きたことと同じなんですか？」

水浸しの仙河海市の画像を見ながら呼人が尋ねると、そうじゃよ、と待人の爺さんはうなずいた。

「このパソコンは、五十年前のスーパーコンピュータを上回る演算能力を持っている。そのコンピュータを使って、私が十年以上かけて改良を重ねてきたシミュレーションプ

ログラムを走らせている。今はほぼ完璧な仕上がりになってるから信用していい」

「何でそんなにコンピュータに強いの？」

「若いころは、コンピュータそのものを作る仕事をしていた」

それを聞いて、なるほど、と便秘が治ったようにすっきりした。といっても、その待人の爺さんがなぜここで独り暮らしをしているのかは相変わらずの謎だ。けれど今の呼人には、それ以上に知りたいことが次から次へと出てきて止まらなくなっている。

「それじゃあさ。アウターライズ地震の前、防潮堤がどこも同じ高さに造られていたら津波の被害には遭わずにすんだわけ？」

浮かんだ疑問の一つを口にすると、いや、と待人の爺さんは首を横に振った。

「それもシミュレーションしてみたんだが、二〇二八年のアウターライズ地震の津波を防ぐのは無理だった」

「じゃあ、今の高さの防潮堤だったら？　それもシミュレーションしたの？」

「もちろんしてみたに決まってる」当たり前だろうとでも言いたげに待人の爺さんが答える。

「で、どうだったの？」

「何とか持ちこたえた。街は津波被害には遭わずにすんだ」

待人の爺さんの回答に、思わず、

「やった！」という喜びの声が漏れてしまう。

「そんなに嬉しいか？」

「うん。最初から今みたいに高い防潮堤を造っておけばよかったのに」

呼人が言うと、ふっ、と小さな笑いを漏らした待人の爺さんが、

「物事はそれほど単純なものではないのだよ――」と諭《さと》すように目を細めたあとで、

「さてと。それではもう一つ、今までのとは違う、ちょっと面白いシミュレーションを見せてあげよう」もったいぶった口調で言った。

4

待人の爺さんがパソコンを操作すると、ディスプレイには再び仙河海市の昔の街並みが浮かび上がった。建物が壊れずに並んでいるので、津波に襲われる前の街であることは確かなのだけれど、ちょっと様子が違うような……。

「今までの街との違いがわかるかな？」

待人の爺さんに訊かれた呼人は、

「ちょっと待ってね」と答えて目を凝らした。

ここまでに待人の爺さんが見せてくれた仙河海市は二種類ある。二〇一一年の巨大地

震の直前の仙河海市と、二〇二八年のアウターライズ地震の前の仙河海市だ。

しかし、今見せてもらっている街は、そのどちらでもない。防潮堤がない画像なので二〇一一年の街かと最初は思ったのだけれど、街自体が少し小さくなっているように思える。それに、建物の数や並び方も違っているし、ちょっと変わった形の建物が多い。どう変わっているかというと、そう、社会の授業の時にクラウドノートで見たことのある、弥生時代の高床式倉庫みたいな形の建物があちこちに建っている。

それを待人の爺さんに指摘してみると、

「その通り、よく気づいたな――」満足そうにうなずいてから、

「この街は、これまでの歴史の中で現実にあった仙河海市ではない。種明かしをすれば、二〇一一年の大津波で一度壊滅状態になったバーチャル空間の中に私が造ってみた、いわば仮想の仙河海市だ。で、何が街造りのポイントになってるかというと、全部で四つある」と言って、呼人の顔を見た。

「一つめは何？」

「まずは、今あるような巨大な防潮堤は造っていない。そのかわり、内陸に行くにしたがって徐々に高くなるように、街全体をかさ上げしている。湾に面した一番低い部分でも、魚市場の岸壁以外は、満潮の時の海面から二・八メートルほどだ。当時実際に行われたかさ上げ工事よりも、平均して一メートルほど高くしてある」

「かさ上げって、土を盛ること？」

「そう」

「その土、どこから持ってくるの？」

「なかなかよい質問だ――」と頬を弛めた待人の爺さんが、

「実は、そこが二つめのポイントなのだよ」と、意味ありげにうなずいた。

「まずは、今のシルバータウンが造られている山を削った土を使うわけだが、体積を計算してみると、それだけではどうしても足りない。その足りない土をどこから持ってくるかということになるのだが、ちょっと、地図を見ててごらん」

待人の爺さんに言われ、呼人がパソコンのディスプレイに視線を向けると、3Dだった画像が真上から見る2Dの平面図になった。地図上の海岸線から少し離れた海上に点線が描かれ、点線の内側部分が黒から黄色に変わる。

「点線になっている海岸線までが元々の埋立地だ。つまり埋立地の三分の一くらいを海に返してやるわけだ」

「それって、今は原っぱになって使われていないところだ！　そこの土をかさ上げに使うんだね」

呼人が声を上げると、

「そう。当時はとにかく元に戻すことを優先した復旧が行われたわけだが、結局、こう

して五十年も経ってみると、使い道のない原野になっているだけだ。もったいない話だろ？」と言った待人の爺さんが、

「それと、海に返した部分の海底を遠浅の海にして、干潮の時は自然に干潟《ひがた》になるようにしてある」

「なんで？」

「ふだんは家族連れや子どもたちの遊び場になるし、津波の時には、波の勢いを徐々に和らげるためのちょうどいい緩衝地帯になる」

「そんなに上手くいくのかな……」

「子どものくせに疑り深いやつだな——」と苦笑した待人の爺さんが、

「確かに簡単じゃなかった。しかし、何度もシミュレーションをして最適な解を求めることができた」と胸を張る。

えーと、と、呼人はここまでの話を胸の中で整理した。

一つめのポイントは、巨大な防潮堤を造らずに街全体のかさ上げをすること。二つめは、埋立地だった土地の一部を海に返してやること。

うん、わかった。ここまでは理解できた。

「三つめは何？」

「さっき、おまえが自分で気づいたことだ」

「何だっけ？」

呼人が首をひねると、

「地図をもう一度3Dに戻す」と待人の爺さんが言った。

3Dに戻され、さらに拡大された画像の上をポインターの矢印が動いていく。

「これも、これも、それからこのビルも、さっき呼人が言ったように、建物の主要部分は、弥生時代の高床式倉庫のような構造になっている。このエリア、つまり、津波の際に浸水が予想される範囲は商工業用エリアなので、一般住宅は建っていない。一階部分が車のガレージや駐車場になっている建物は、だいたいがレストランや飲食店だ。同じように二階から上が事務所になっている建物も多い。そのほうが駐車場を別に作るよりも土地が有効に利用できる。もちろん、小売店の場合は店舗が二階にあるのでは不便だからな。一階にお店があってもいい。ただし、少しくらい面倒でも、大事なものは二階とか三階に置くことにして、一階に居住空間を造らないようにしておく。で、どの建物も、費用は若干かかるがしっかり基礎工事をしておく。これらはすべて、津波が来た時の被害や損害を最小限にするための対策というわけだ――」そこで一度言葉を切った待人の爺さんが、

「さて、それでは最後の四つめのポイントが何か、呼人にはわかるかな？」と質問してきた。うーん、と考えたあとで、

「ヒント、ないの？」と言ってみる。

「ヒントは、そうだなぁ――」と呟いた待人の爺さんが、

「海だな」と口にした。

「海？」

「海の中にヒントがある」

そう言われても……。

「駄目、わかんないです」

しばらく考えてから呼人が降参すると、ふむ、とうなずいた待人の爺さんが、

「ちょっと古い映像になるが、左の画面を見てみなさい」と言って動画を再生し始めた。

仙河海市ではないどこか違う港の湾内の映像だった。曇り空だけれど風はないみたいで、海は静かだ。カメラのレンズは、何もない海面に向けられている。

と思ったら、水面に波紋が広がり、次の瞬間、海中から巨大な構造物が出現し始めた。最初、潜水艦でも浮上してくるのかと思ったけれど違っていた。立てた茶筒を横一列に並べたような壁が、ぐんぐん海面上に浮上してくる。

何だこれ？

そう思いながら呼人が見守っていた動画は、二分程度で再生が終わった。

何もなかったはずの海面上には、海中から浮かび上がってきた鉄の壁ができていた

「もう、何かはわかっただろ。浮上式防波堤というやつでね、ふだんは海中に沈んでいる。津波警報の発令があると、自動的に浮上して高さが七メートルほどの防波堤になるわけだ」

「どうやって浮いてくるの？」

「あの一本一本が中空の筒になっていて、圧搾空気を送ると、浮力がついて自動的に浮くようになっている。元に戻す際には、筒の上の空気弁を開けばいいだけだ――」と答えた待人の爺さんが、

「この浮上式防波堤と同じものを仙河海湾の入り口に設置する。その上で巨大地震を発生させるとどうなるか、これからシミュレーションプログラムを動かしてみるからよく見ていなさい」たぶんウィンクのつもりなのだろう、呼人に向かって顔をしかめてみせた。

「まずは、真ん中のディスプレイ上に二〇二八年のアウターライズ地震を再現する。次に、右側のディスプレイで二〇一一年の巨大地震を再現して比べてみよう」

少し待っていると、さきほどと同じように三陸沖の一点が赤く光って海底地震が発生し、日本列島に向かって津波が押し寄せ始めた。

津波が近づくにつれ、全体の縮尺と3Dの角度が自動で調整される。

すでに浮上式防波堤は海面上に姿を現していた。さあ、いつでもかかって来なさいと、まるで津波の到来を待ち構えているみたいで、ちょっと頼もしい。

ところが、である。津波は防波堤を乗り越えてしまった。浮上式防波堤を乗り越えた津波が街のほうへと押し寄せていき、結局、街は津波に呑み込まれてしまった。

続いて再現された二〇一一年の津波も同様だった。大津波が仙河海の市街地を次々と呑み込んでいく。

二つのシミュレーションが終わったところで、

「なんだよ。全然、駄目じゃん」呼人は、待人の爺さんに向かって非難の声をぶつけていた。

津波が防げなかったというのに、なぜか待人の爺さんは余裕の顔で、

「津波のあとの街の様子を、よーく見てごらん」落ち着いた口調で言った。

待人の爺さんからパソコンに視線を戻した呼人は、少ししてから、

「あっ……」と声を漏らした。

二〇一一年と二〇二八年のどちらの津波でも、街はほとんど無傷だった。もちろんまったく無傷というわけではない。路上には瓦礫が散乱したり、車がひっくり返ったり、船が打ち揚げられたりはしている。

けれど、前のシミュレーションとは違って、ざっと見た感じ、九割以上の建物が流さ

れずにそのまま残っている。

「そういうわけだ」

耳の近くで聞こえた声に顔を向けると、待人の爺さんがゆっくりとうなずいた。

「ようするに発想の転換というやつだ。津波そのものを止めようとするのではなく、津波を上手くやり過ごすわけだ。いなす、という言葉があるだろ？　攻めてくる相手を軽くあしらってかわすことだ。無理に押しとどめようとすると、限界を超えたとたんよけい酷いことになる。それと同じで、どんなに科学技術が発達しても、人間は自然の力に勝つことはできない。勝とうとするから負けるのであって、最初から戦うつもりがなければ、相手は肩透かしを食わされる」

そう言った待人の爺さんが、

「肝心なのは、津波のエネルギーをどうやっていなしてやるかだ。浮上式防波堤も埋立地跡に造った干潟も、津波を止めることはできないが、そこで津波のエネルギーを分散して吸収してくれる。その上で、陸地のかさ上げをしておき、さらに建物の構造を工夫しておけば、結果的に津波の被害は小さくなるわけだ。何もあのような巨大で醜い防潮堤を造る必要はなかった」最後のほうで、かなり残念そうに言った。

待人の爺さんが残念がるのも無理はないと思う。呼人とは違い、二度の大きな津波を自ら経験しているのだ。

そこで呼人は、もしかして……と思った。今まで考えてもみなかったけれど、待人の爺さんは、故郷の街が壊れていくのを二度も目撃しただけでなく、大事な人を津波で亡くしているのかもしれない。

「お爺さん」

「何だ？」

「あのー、お爺さんは、えーと、あのー……」

「何を遠慮してる。はっきり言いなさい」

「津波で誰か、たとえば、家族とか死んでるの？」

恐る恐る尋ねてみると、隣の椅子から待人の爺さんが、じいっと見つめてきた。

「あ、あの、変なことを訊いちゃってごめんなさい……」

もじもじしている呼人に、

「別にかまわない――」と言った待人の爺さんが、

「二〇一一年の大津波で両親が行方不明になったきり、結局、見つからなかった」と教えてくれた。

そうだったのか……と、複雑な思いを抱きながらも、どうしても気になったので、

「それなのに、どうして海が見える場所に住んでいるんですか？　僕だったら、そんなことがあったら、二度と海なんか見たくないと思う」正直な気持ちを口にしてみた。

すると待人の爺さんは、

「もちろんあのころ、そういう気持ちになった人は沢山いた。肉親を奪った海が憎いとか、津波で街を呑み尽くした海が怖いとか。実際あのあと、海のそばから離れて暮らし始めた人も大勢いたのは事実だ――」遠くを見ているような目をしたあとで、

「だがな、私もそうだが、たいていの人は海を恨んではいなかった。確かに、海は時に恐ろしい存在になる。しかし、ふだんは自分たちに恵みを与えてくれている。誰に言われなくても、それがわかっていたからね。やはりこれからも海を見ながら海とともに生きて行こうと、多くの人が考えていた」と付け加えた。

「じゃあ、海が見えなくなるのに、何で防潮堤を造ったの？」

「問題はそこなんだが――」と口にした待人の爺さんが、

「おっと、そろそろ時間だ――」自分の腕時計を指差したあとで、

「ここから先はまた今度にしよう。そろそろ家に帰らないとまずい時間だろ？」と言って椅子から腰を上げた。

確かに、気づいたら、いつの間にか午後四時を過ぎていた。

「この続き、また話してくれるんだよね？」

「心配しなくていい――」と言った待人の爺さんが、

「明日はちょっと別の用事があって無理だが、あさっては暇だ。あさって、呼人は何か

予定があるのか?」と尋ねる。

「えーと、あさってはちょっと……」

その日は、子ども会でシルバータウンに行くことになっている。

「そうか――」とうなずいた待人の爺さんが、

「なら、その次の日だな。その日なら、午前中のうちにまたあの公園に迎えに行ける。それでどうだ?」と提案した。

「しあさってだね? うん、それなら大丈夫」

「では、朝の九時ごろ、公園に来なさい」

「雨だったら?」

「そのころには、絵は完成しているはずだ。呼人がかまわないのなら、雨でも迎えに行くことにしよう」

「明日の別の用事って、絵のことなの?」

「そうだ。もう少しで完成なんだが、今日は午前中しか絵が描けなかったからね。明日のうちに完成させたい」

そんなの後回しでいいじゃん、と思いながらも、機嫌を損ねて話の続きをしてもらえなくなると困るので、素直に引き下がることにした。

「わかりました、じゃあ、しあさっての午前九時に、あの公園で待っています。必ずですよ」

念を押すように呼人が言うと、

「すっぽかしたりしないから、心配するな」と笑った待人の爺さんが、

「それじゃあ、送っていこう」と言って机の前から離れた。

「あのー」

「何だ？」

「帰りはゆっくり走ってほしいんですけど」

「わかってる。任せなさい」

「できれば、自動運転で」

「それは嫌だ」

「えー」

「なら、歩いて帰るしかないな」

やっぱりこの爺さん、ちょっと変だ。コンピュータの天才かと思えば、突然こんな具合に駄々《だだ》っ子みたいになる。はあ、と胸中でため息を吐いた呼人だったが、

「送ってください」とお願いするしかなかった。

シルバータウンとアトムタウン

1

しあさって、と約束したその日、心配していた雨は降らず、朝から天気がよかった。

朝ごはんを食べたあと、待人の爺さんと待ち合わせをしている公園に向かった呼人だったが、少し気が急いていたかもしれない。約束の午前九時よりも一時間以上早く到着してしまった。当たり前だけれど、待人の爺さんの姿はどこにもない。どうしよう、と考えた呼人は、せっかく早く到着したし、朝が早くてまだそれほど暑くはないし、ということで、約束の時刻まで、防潮堤の上から海を眺めて過ごすことにした。

エニーさんを呼び出してロックを外してもらい、階段を登っていく。

今日の海も、この前と同じようにきらきら輝いていた。ただし、輝き方がちょっと違う。まだ時刻が早いせいだろう。海は、柔らかい光に溢れている。それに、湾内を行き来する船の数も多い。どれも、それほど大きな船ではない。目にしている船の半数くらいは、養殖マグロの生簀《いけす》とフィッシャーマンズエリアを往復している船だと思う。もしかしたら、船のどれかにパパが乗っているかも、と思いながら目を凝らしてみるが、もちろんそこまではわからない。

今は大きな船が入ることがめったにない仙河海港であるが、呼人の祖父が子どものころは、世界中の海で漁をする遠洋マグロ船という大きな漁船が、何隻も港に並んでいたという話だ。

昨日シルバータウンで会ってきた呼人の祖父、優人《ゆうと》祖父《じい》ちゃんはまだまだ元気だ。といっても昨日は、パパやママと一緒に遊びに行く時とは違って、お祖父ちゃんやお祖母《ばあ》ちゃんに会いに行くのが目的ではなかった。

仙河海市内の小中学生は、夏休みのあいだ、一週間に一度の割合で、ボランティア活動をしにシルバータウンへ行かなければいけないことになっている。学校の授業がある時期は、月に一度、先生に引率されてボランティアに行っているのだけれど、夏休みは一週間に一度に回数が増える。また、引率するのも先生ではなく、子ども会のリーダーをしている中学生のお兄さんやお姉さんになる。

呼人が所属している班の仕事は、認知症という病気になってしまい、自分だけではうまく生活できないお年寄りたちのお世話である。お年寄りたちが暮らしているグループホームの、スタッフさんのお手伝いをするのが主な仕事だ。

認知症のお年寄りのお世話といっても、何をすればよいかはグループホームのスタッフさんが指示してくれるので、それほど難しいものではない。

呼人たちが割り当てられているのは、入居しているお年寄りたちのお昼ご飯の準備と食事のお世話、その後片付け。それが終わったら、お年寄りたちの話し相手、というか、遊び相手になるくらいだ。先生の引率で最初に来た時にはかなり緊張したけれど、今ではすっかり慣れて、むしろ来るのが楽しみになっている。

そんなふうに、ボランティアが目的だったので、お祖父ちゃんやお祖母ちゃんには会えないだろうと思っていた。呼人の祖父母は元気なので、同じシルバータウン内でも暮らしているエリアが違っているからだ。

それなのに優人祖父ちゃんと会えたのは、完璧に偶然ではあったのだけれど、調子が悪くなったグループホームのエアコンの修理に来たのが、呼人の祖父だったからだ。

シルバータウンで暮らしているお年寄りには、呼人の祖父のように、タウン内で仕事をしている人も多い。仕事といっても商売でしているのではなく、半分ボランティアでのお小遣い稼ぎである。シルバータウンの住人は、希望すれば誰でも人材センターに登録できる。で、センターを通して依頼先に派遣されて仕事をこなし、一時間当たりいくらという定められた金額が報酬になる。呼人の祖父の場合は、シルバータウンに移住する前は市内の電気設備会社に勤めていたので、今回のような修理技術が必要な依頼があると、センターから連絡が来るのだ。

ともあれ、エアコンの修理が済むまでのあいだ、呼人は祖父と話をすることができたのである。思ってもみなかった場所で優人祖父ちゃんに会え、エアコンの修理を手伝いながら、いろいろ話ができて楽しかった。

けれど、残念だったのは、自分のほうから待人の爺さんの話題を口にできないことだった。待人の爺さんについて、ママやパパは詳しいことを知らないみたいだ。けれど、優人祖父ちゃんであれば、もう少し詳しく知っているのじゃないかと思う。しかし、待人の爺さんの家で知ったことは誰にもしゃべらないと約束している。約束を破ることはやっぱりできない。

ところが、である。待人の爺さんのことを、祖父のほうから切り出されたのでびっくりした。

「呼人。おまえ、この前、待人の爺さんと防潮堤で会ったんだってな」

「えっ、何で知ってんの？」

「何でって、呼人のママから電話で聞いたんだが」

「あ、なんだ」

そういえば、そうだった。待人の爺さんの家に行ったことや、あの家で見聞きしたことはしゃべっていない。けれど、待人の爺さんと最初に会った日、会ったことだけはしゃべってもかまわないだろうと思って、それはママに話していたんだった。

「で、爺さん、どうだった？　元気そうにしてたかい？」

優人祖父ちゃんにそう訊かれて、さらにびっくりした。

「もしかして、お祖父ちゃんって、待人の爺さんとは知り合いなの？」

「そうだよ」

あっさりうなずかれて、

「えーっ」思わず声が漏れてしまう。

「どうした？　そんなにびっくりした声を出して」

危うく細かいことまでしゃべりそうになった。喉元まで出かかった言葉を呑み込み、

「別になんでもない――」とごまかしたあとで、

「どんな知り合いなの？」

「祖父ちゃん、若いころはマグロ船に乗っていただろ。ちょうどそのころ、待人の爺さんは船のメンテナンスをする会社にいたんで、仕事の関係上、たまに会うことがあった」

「船のメンテナンスって、エンジンとかの修理？」

「いや、そうじゃなくて、待人の爺さんがしていたのは無線関係の仕事だよ。船舶無線

や自動操舵装置の整備をする会社だった」

「そのころの待人の爺さんってどんな人だったの？」

「どんなと言われてもなあ。まあ、修理や整備の腕は確かだったな。船頭や船長からも信頼されていた。ただしそれほどしょっちゅう会っていたわけじゃないし、祖父ちゃんとは年が離れていたからね。特に親しくしていたわけじゃないからなあ――」と言った優人祖父ちゃんが、

「呼人。おまえ、何でそんなに待人の爺さんに興味があるんだ？」不思議そうに訊いてくるので焦ってしまう。

「いや、ちょっと変わったお爺さんなんで、どんな人なのか気になって」

呼人が答えると、

「確かに変わった爺さんだからなあ」と言って、優人祖父ちゃんが苦笑する。

やっぱりそうなんだ、と思いながら、

「防潮堤で会った時、油絵を描いていたから、最初は絵描きさんかと思ったんだ。けど、絵は趣味だったみたい。死んだ奥さんが絵を好きだったって言ってた」

「そんなことまで聞いたのか？」

「あ、うん。話してみると、見た目と違って怖くなかったから、あれこれ」

これも別にしゃべってもかまわない範囲のことだよな、と自分の中で確認しながら呼

人が答えると、

「そういえば、待人の爺さんの奥さんは、美術館に勤めていたはずだな」思い出したように優人祖父ちゃんが口にした。

「美術館って、この街の？」

「そう。三陸アーク美術館で学芸員さんをしていたんじゃなかったかな」

その美術館には、幼稚園の年少組のころ、パパやママと一緒に一度だけ行ったことがある。仙河海市の西側の山の中腹にある、古い美術館だ。少し変わった美術館で、絵や彫刻以外にも、海の仕事や山の仕事で使われていた古い道具類が展示してあるので、博物館と美術館が一緒になったような感じだった。

山の中腹にあると言っても、シルバータウンよりも街に近い場所に建っているので、その気になれば友達と行けないこともない。けれど、最初に行った時の印象のせいで、どちらかというと近寄りたくない場所になっている。

一番下の階にある展示コーナーが、ちょっと、いや、かなり怖かったのが原因だ。その階全部が、これまでにあった大津波の写真や展示物で埋まっていた。その中に、津波に流されたり呑み込まれたりしている人たちを描いた明治時代の絵があった。

赤ちゃんを抱いたまま必死になって建物にしがみついているお母さん。木の枝に、だらん、とぶら下がって死んでいる人。風呂桶に入ったまま波にさらわれている女の人。

手や足がもげ、血だらけになって苦しんでいる人たち。そんな悲惨な絵がカラーで描かれているだけに、よけい不気味で恐ろしかった。

津波の絵を前に、ママの腰にしがみついて泣きべそをかいている呼人を、

「これはな、呼人。津波の怖さを未来に伝えるための大切な資料なんだぞ」と、パパが宥《なだ》めようとしてくれたけれど、あまり効果はなかった。事実、それから何度も夢に出てきて、しばらくは夜を迎えるのが怖くて大変だったのを覚えている。どうせ連れて行くなら、もっと大きくなってからにしてくれればよかったのに、と当時のことを恨みがましく思い出していると、それが表情に出ていたみたいで、

「どうした？　そんなしかめっ面をして」と優人祖父ちゃんが訊いてきた。

「美術館にあった津波の絵を思い出しちゃって」

「ああ、なるほど――」と、口にした優人祖父ちゃんが、

「そういえば、待人の爺さんが変わってきたのは、津波のあとだったかもしれん」と言って眉根を寄せた。

「津波ってどっちの？」

「もちろんあとのほう、アウターライズ大地震の時の津波だよ。待人の爺さんは、気の毒なことに、あの津波で下の子を死なせているからなあ。それがよほどショックだったのだろう」

危うく大声を出しそうになった。最初の大津波で両親を亡くしたことは聞いていたけれど、そこまでは知らなかった。

「その子って、小さかったの？」

「今の呼人と同じくらいの男の子だった。アウターライズの津波で命を失った小学生は、仙河海市では、可哀相なことにその子だけだったんだよ」ため息混じりに教えてくれた優人祖父ちゃんに訊いてみる。

「どうしてその子だけが死んだの？」

「津波があった時は、普通に学校がある日だったというのは呼人も知ってるな？」

「うん」

「これはあくまでも噂なんだがね。津波のあった日、お母さんが体調を崩して、仕事を休んで家にいたらしい。そこに大津波警報が出たわけだ。ところがその子は、小学校の先生が目を離した隙に、お母さんが心配で家に帰ってしまったらしいんだ。そこを津波に襲われてしまったのだろうな。家自体は流されずにすんだんだが、翌日、その家の中で遺体が発見された。発見の状況から、二階に逃げようとしていたところで水が来て溺れたのだろうという話になっているが、本当のことは誰にもわからん」

沈痛な面持ちで祖父が言ったところで、その子のお母さんはどうなったんだろう、と呼人は思った。思った直後に、あれ？と胸中で首をひねった。自分の奥さんが死んだのは今から九年前の二〇五一年だと、待人の爺さんは言っていたはずだ。ということは、その子のお母さんは、アウターライズ津波では死んでいないことになる。

迂闊《うかつ》にしゃべると、自分が待人の爺さんと親しくなったことがばれてしまう恐れがあったので、

「えーと、その子のお母さんって、結局……」と言葉を選びながら口にしてみると、

「そうそう、それなんだが――」とうなずいた優人祖父ちゃんが、

「診察をしてもらいに病院に行っていて無事だったということだ」と教えてくれた。

「津波の時、待人の爺さんのほうはどうしてたのかわかる？」

あまりしつこく訊くと怪しまれる可能性があったものの、やっぱり訊かずにはいられない。

「日本にはいなかったらしい」

「どこにいたの？」

「そのころ、祖父ちゃんはすでにマグロ船から降りていたんで、昔の仲間からあとで聞いた話なんだがね。ちょうど船の整備でチリに出張していたらしい。待人の爺さん、外国の港でマグロ船の自動操舵装置の整備をすることも時々あったからね」

そうだったのか、と思いを巡らせながら、こうなったら訊けるだけ訊いておこうと考えて、もう一つ質問してみる。

「さっき、優人祖父ちゃんさ、死んだ子のことを、待人の爺さんの下の子って言ったけど、それって、上に兄弟がいるってことだよね」

「歳の離れたお兄さんがいた。七つか八つくらい離れていたんじゃなかったっけかね」

「そのお兄さんって、今、どこにいるの？」

呼人がさらに尋ねると、優人祖父ちゃんは、

「おいおい、そこまではさすがにわからんよ」と苦笑したあとで、

「というのも――」と呼人が訊いていなかったことを自分のほうから話し始める。

「アウターライズ地震と津波があったあと、待人の爺さんの一家はどこか余所《よそ》へ越したらしくてね。ずいぶん長いあいだ、街から姿を消していた」

「どこに引っ越しをしたの？」

「それはわからん」

「待人の爺さんが街に戻ってきたのはいつ？」

「確か、呼人が生まれたころだったと思う。最初は、妙な爺さんが街のあちこちで絵を描いているっていう話が広まったんだ――」と言ったあとで、

「でも、最初は誰だかわからなかった。街で姿を見なくなってから二十年も経っていたしね。ところがある時、たまたまなんだが、ホームセンターで会って話をしたことがあってね。その時に昔の知り合いだとわかって、互いにびっくりしたと、そういうわけだ

よ」と説明してくれた。

「その時、待人の爺さんがどこに住んでいるか訊いた？」

「いや、ただの立ち話だったし、その後もたまに顔を合わせても挨拶をする程度で、ゆっくり話をすることはなかったからね。どこに住んでいるのかは知らんなあ。シルバータウンでも見かけないし――」と答えた優人祖父ちゃんから、

「呼人は、待人の爺さんがどこに住んでいるのか知ってるのか？」と訊かれて、もうちょっとで、うん、とうなずきそうになった。何とかうなずくのをこらえて、ううん、と頭《かぶり》を振る。

そうか、とうなずいた優人祖父ちゃんが、エアコンの修理が終わったらしく、道具類を工具箱に戻しながら、

「呼人は、まだここにいなければならないんだろう？」と訊いてきた。

「うん。終わるのは三時だから、あと一時間ある」

「じゃあ、祖父ちゃんは事務室に寄ってから家へ帰るよ。今度またゆっくり遊びに来なさい」

そう言い残し、工具箱をぶら下げて廊下を歩いていく祖父を、

「優人祖父ちゃんっ」と呼び止めた。

「なんだ？」

振り向いた優人祖父ちゃんに、

「待人の爺さんの本名って知ってるんだよね」

そう確認してみると、

「何だっけな……」と首をかしげたあとで、

「そうだ、思い出した。川島さんだ。普通の三本川に大島の島と書いて川島さん」と答えが返ってきた。

「名前のほうも覚えてる？」

うーん、としばらく考え込む仕草をしていた優人祖父ちゃんが、一度うなずいてから答えた。

「ソウタという名前だったと思う」

「どんな字？」

「えーと、確か、聡明の聡に、太い、だったように思うんだがねえ。まあ、名前のほうはちょっとうろ覚えだな」と言って、優人祖父ちゃんは口許を弛めた。

「わかった。呼び止めてごめん」

呼人が言うと、別にかまわんよ、と口にしたあとで、

「待人の爺さんに会ったら、よろしく言っといてくれ」と言われたので、

「うん、伝えとくね」と答えてから、あっ、しまった、と思った。

今の返事だと、待人の爺さんに会う予定があるのを白状したことになってしまう。まずかったかな、と内心で後悔したものの、いまさらどうしようもなかった。

2

防潮堤の上で昨日の祖父とのやり取りを思い出していた呼人は、仙河海湾に向けていた視線をクラウドウォッチに落とした。

ずいぶん待ったつもりだったのだけれど、約束の午前九時まではまだ三十分以上も時間がある。

待っているあいだにも太陽がぐんぐん昇り、陽射しが強くなってきた。防潮堤の上を歩いたり、待人の爺さんと話をしたりしていた時にはたいして気にならなかった陽射しも、ただじっとして待っていると、実際以上にきつく感じてしまう。

海に背を向けて公園に目を向けてみると、この前待人の爺さんと一緒に座ったベンチが、防潮堤が作る日陰の中にまだ入っていた。でも、下に下りると、海からの風が来なくなる。

どっちもどっちだなあ、と迷った呼人は、結局、防潮堤の上で待つことにした。あと三十分くらいなら陽射しを我慢できるし、やっぱり海を眺めていたほうが気分はいい。

気持ちのよい海を眺めながら、大きくなったらフィッシャーマンズエリアで働くのはどうだろう、と呼人は想像を巡らせた。そうしたら、毎日のように船に乗れるかもしれない。自動車も好きだけど、船も好きだ。というか、動く乗り物なら何でも好きな呼人だが、残念ながら飛行機と船には乗ったことがない。こんな身近に船があるのにこれまで乗ったことがないというのも変な話だと思うものの、実際にそうなのだから仕方がない。

でもなあ、とパパとママの顔を思い浮かべる。将来はフィッシャーマンズエリアで働いて船に乗りたいなんて言ったら、パパはどうだかわからないけれど、ママは確実にがっかりするはずだ。がっかりどころか、怒り出すかもしれない。

呼人のママは、結婚前からアトムタウンの東ウィングで働いている。そのママは、学校のテストを呼人が持って帰ると、たいていいつも、

「この成績なら、絶対にアトムタウンの西ウィングでお仕事ができるわよ。お勉強、頑張ってね」と嬉しそうな顔をして励ましてくれる。

呼人のクラスにも、お父さんがアトムタウンの西ウィングで働いているクラスメイトが二人いて、みんなから羨《うらや》ましがられている。

二年生の時に社会科の「わたしたちの仙河海市」という授業で習った通り、今の仙河海市は大きく分けて五つの町から成り立っている。

仙河海湾に面した古くからの市街地がアクアタウンだ。呼人の家も、市役所や仙河海小学校も、アクアタウンに含まれる。歴史のある最も古い街並みなのだけれど、残念ながら今はちょっと寂しい。そして、アクアタウンの住民には、フィッシャーマンズエリアに働きに行っている人がわりと多い。

二つ目がフィッシャーマンズタウンで、魚市場から南に広がる新しい埋立地全体のことだ。でも、防潮堤で囲まれたフィッシャーマンズエリア以外は、ほとんどが空き地や公園だ。一般住宅も商店も皆無の土地なので、この地区をわざわざフィッシャーマンズタウンという呼び方をする人はあまりいない。そんな具合だから、昼は仕事関係の人々でそこそこ高い人口密度が、夜になると極端に低くなる。

三つ目の町は、アクアタウンよりも内陸側にあるオールドタウンだ。現国道と旧国道に挟まれたエリアで、今の仙河海市で最も賑わう商店街になっている。

四つ目が、元々の市街地の西側の山を平らに均して造られたシルバータウンである。とても落ち着いた雰囲気の住宅地で、住民のほとんどが高齢者だ。といっても、呼人の祖父母のようにまだまだ元気なお年寄りも沢山暮らしていて、希望者にはシルバータウン内の仕事を斡旋《あっせん》してもらえる。

仙河海市のシルバータウンが先進的なのは、個人の持ち家が一軒もないことである。つまり、住民の健康状態に応じて、普通の住宅、ある程度の介護が必要なお年寄り向けの介護付き高齢者住宅、呼人がボランティアで通っているようなグループホーム、完全介護が必要な高齢者用の老人ホームなど、老後の生活に必要と思われる全ての施設がそろっているのだ。さらに、娯楽施設が入ったショッピングモールもあるし、タウンの中心には大きな総合病院が建っている。

そんな町なので、全国からの移住希望者も多くて、順番待ちができているくらいだ。そして、六十五歳以上の仙河海市民は、希望すれば優先的にシルバータウンで受け入れてもらえる。だから、待人の爺さんみたいに、あの年齢なのにシルバータウンで暮らしていないお年寄りのほうが珍しい。

仙河海市にある最後の五つ目の町が、アトムタウンだ。といっても、厳密には二つの町に分かれている。仙河海市から一関市に通じている高速道路沿い、元の県境の山を切り開いて造られた街並みが、アトムタウンの西ウィングである。北上山地に造られた国際リニアコライダーに関連した施設や研究所が主に立ち並んでいる、小さいけれどとても清潔な雰囲気の街だ。その一角には高級住宅地もあって、リニアコライダーで働く研究者や大学の先生、外国から来ている研究者や科学者が暮らしている。

同じアトムタウンといっても、西ウィングとのあいだに泰波山を挟み、昔の鹿又地区を中心に広がっている街並みが東ウィングである。原子力関係の研究施設を中心にして、民間の会社や工場が集約されている場所で、エリア内に一般住宅は建っていない。

呼人のママが勤めている会社もその一角にある。
二年生の社会科の授業では、五つのタウンで働いている人の人口比率までは習わなかった。けれど呼人は、エニーさんに助けてもらって自分で調べてみたので、その数字をちゃんと覚えている。
順に並べてみると、
アクアタウン〜一〇％
オールドタウン〜一五％
フィッシャーマンズタウン〜二五％
シルバータウン〜二五％
アトムタウン〜一五％
その他〜一〇％
その他というのは、五つのタウン以外で商売をしたり、農業を営んだりしている人たちを合計した数字だ。
そして、アトムタウンで働く人たちの三分の二が東ウィングで、残りの三分の一が西ウィングで働いている。ということは、仙河海市で仕事をしている人のうち、アトムタウンの西ウィングで働いている人の数は、全体の五パーセントしかいないことになる。
ようするにママが言いたいのは、呼人の成績であればその五パーセントに入ることができるはずだから、一生懸命勉強しなさい、ということである。もちろん、ママが言ってるのは、その五パーセントの中でもさらに少数の科学者や研究者のことであるから、そう簡単になれるものじゃないのは、呼人にもわかっている。

アトムタウンの西ウィングに行ったことは、とりあえずある。呼人が暮らすアクアタウンからはかなり離れているものの、自転車で行けない距離ではないし、研究施設の建物や敷地が立ち入り禁止になっている以外は誰でも自由に出入りできる。ママがいつも口にするのでどんな町なのだろうと気になり、この前の春休みに拓人を誘って二人で行ってみた。

自転車のペダルを漕いでアトムタウンのゲートをくぐったとたん、外国に来たのかと思ってびっくりした。ヨーロッパのどこかの静かな森の中に、お洒落な建物がゆったりと点在している感じ。

ママが勤めている東ウィングには何度か連れて行ってもらっているけれど、全然雰囲気が異なっている。東ウィングの街並みはそれなりに綺麗ではあるが、トラックの行き来が多いせいで全体的に騒々しいというか、ちょっと乱暴な雰囲気だ。

それに対し、西ウィングは人がいないのかと錯覚してしまうくらい静かで落ち着いていた。アトムタウンと同じ名前がついているのは何かの間違いじゃないのかと思ったくらいだ。

西ウィング内の住宅が並ぶエリアも外国みたいだった。どの家も呼人の家の倍くらいの大きさがあって庭も広い。しかも、庭にはふかふかの芝生が敷き詰められていて、プールがついている家さえ、何軒かあった。

いつもはおしゃべりが煩くて閉口する拓人でさえ気後れしちゃったらしく、自転車のハンドルを握りながらキョロキョロするだけで、街の中を一周してゲートをあとにするまで、一度も大きな声を出さなかった。

仲良しではあっても、ほとんどの場合、意見が食い違ってしまう二人だったが、この時は珍しく意見が一致した。

ここは子どもが遊びに来る場所じゃない。

なので、あれ以来、拓人とのあいだでは、アトムタウンの西ウィングの話題は一度も出ていない。けれど、家ではママがしょっちゅう口にする。ママが西ウィングに憧れるのはわからないでもない。しかし、最近はちょっと息苦しくなってきた、というのが正直なところだ。

将来の夢は何ですか、と授業で先生に訊かれた時、サッカー選手になってワールドカップに出場したい、などというのはあくまでも夢であって、呼人もそうだが、仙河海市の子どもたちは、案外、現実的に物事を考えている。

で、呼人を含めて圧倒的に多数の子どもたちは、大人になっても仙河海市で暮らしたいと考えている。自分たちの街がとても好きだし、この街で暮らしていることに誇りを持っているからだ。

その一番の理由になっているのは、アトムタウンの存在である。仙河海市にアトムタウンを造ることが決まったのは、アウターライズ地震のあった一年後だ。その時、仙河海市民は全国の人たちからとても感謝され、深い敬意を払われたことを、そのころ生まれていなかった呼人たちでも、小さいころから何度も聞かされて育ってきたのでよく知っている。

アトムタウンの次に大きな理由といえば、もちろんシルバータウンの存在である。シルバータウンには働ける場所が沢山あるというのも大事な事実だけれど、それ以上に、シルバータウンがあるおかげで、自分の親の介護は心配しないで暮らせるし、自分自身の老後の心配もしなくてすむ。といっても、これは呼人たちのような子どもにはなかなかピンと来ない話だ。でも、この街で暮らしていて本当によかったと、シルバータウンに移ることになった時にお祖父ちゃんとお祖母ちゃんが口をそろえて言っていたのだから、実際にそうなのだろう。

だから、仙河海市で暮らしたいと考えた場合、よほど特殊な仕事でもない限り、働き口がなくて困るということはない街なのだが、それでも、将来はアトムタウンの西ウィングで暮らしたい、などと、ずうずうしいことを口にする友達はいない。さすがにそれは難しすぎるということを、大人も子どもも知っているからだ。事実、西ウィングに通いで仕事に行っている仙河海市民はいても、西ウィング内に家を持っている住民の中に、仙河海市の出身者は一人もいないはずだ。

だから、家で商売をやっていない呼人の場合、将来も仙河海市で暮らすとすれば、同じアトムタウンでも東ウィングで仕事を探すか、シルバータウンに働き口を求めるか、あるいはパパのようにフィッシャーマンズエリアで漁業関連の仕事に就くかが、最も現実的な未来なのである。

3

待人の爺さんとの待ち合わせの時刻が、ようやく近づいてきた。あと五分で、ちょうど午前九時になる。

待人の爺さんのオートEVがやって来るはずの方角に視線を向けてみたが、それらしい車は見当たらない。でも、そろそろ防潮堤から下りて、公園で待っていたほうがよさそうだ。

もう一度、陽光にきらめく仙河海湾に目を向けたあと、階段を下りた呼人は、防潮堤のゲートを開けて、道路へと出た。

振り返ると、コンクリートの防潮堤が城壁のようにそびえ立っていた。その圧迫感が息苦しい。これまでこんなふうに感じたことはなかった。しかし今は、自分たちの命を守ってくれるはずの防潮堤の存在に鬱陶しさを覚える。

防潮堤から離れ、公園のベンチに腰を下ろした呼人は、防潮堤の存在が鬱陶しく感じるようになったのは、待人の爺さんに出会って舞森の海を見てしまったからかなあ、と思った。

両親だけでなく息子も津波で亡くした待人の爺さんは、どんな思いであの海を毎日眺めているのだろう。見れば、必ず思い出すだろうに……。

それなのに海を恨んでいない、と言った待人の爺さんの気持ちが、今は何となくわかる気がする。この防潮堤を見ても、たぶん亡くした家族のことを思い出すと思う。同じように思い出すのであれば、冷たいコンクリートの壁を目にするよりも、優しげな海を見ていたほうが、心穏やかでいられるのではないだろうか……。

公園のベンチに腰掛けたままあれこれ思いを巡らせているうちに、気づくと、あっという間に十五分近くが過ぎていた。

これだから時間って不思議だ。まだかなあ、と思いながら待っているとさっぱり進まないくせに、知らないうちにびっくりするほど時計の針が進んでいることがある。

時間を自由に操ることができたらどんなにいいだろう。たとえば、テストの時はすごくゆっくり時間が進むようにしたり、パパからお説教されている時はものすごく速く時間を進めたり、あるいは、時間を止めることができたり、未来や過去に行ったり来たりとか、いろんなことが……。

いやでも、それは不可能じゃないことを、この前、エニーさんと一緒にローレンツ変換で遊んでいて発見したばかりだった。

歴史とかの社会科に関したことや、セキュリティに関連したことについては、いろいろな制限がかかっているエニーさんだけれど、算数や数学については、何の制限もかかっていない。つまり、エニーさんにどんな質問をしても、「それは呼人が六年生になってから勉強します」などと言って拒絶されることはないのである。なので、いつの間にか、暇な時はエニーさん相手にいろんな方程式や行列で遊ぶ習慣がついてしまった。周りから、変なやつ、と言われる原因の一つはそこにもある。

ともあれ、この前、ローレンツ変換で一人遊びをしていたら、光の速さに近づけば近づくほど時間の進み方が遅くなるのを発見して、すごく興奮した。時間の進み方をコントロールできちゃうのである。

でも、残念なことに、その現象は呼人が初めて発見したわけではなかった。エニーさんに、「アインシュタインという科学者が、とっくの昔に同じ結論に辿り着いています」と言われて、すごくがっかりした。

同じようにがっかりしたことが、これまでに何度もある。自分の頭で考えつくようなことは、すべて過去の誰かが発見しているのだから、ママが望むような、アトムタウンの西ウィングで仕事ができる頭脳なんか、やっぱり備わっていないのだろう。世の中って甘くないよなあ、とつくづく思う。

などと考えているうちに、またしてもあっという間に十分以上、時間が経ってしまっていた。授業中もそうだけど、時々こんなふうにぼんやりしていて、先生に注意されることがある。それも、変な子、と言われる原因の一つだ。

いや、問題なのは、自分のことじゃなくて、待人の爺さんがさっぱり姿を現さないことである。あと数分で九時半になってしまう。いくら何でも、三十分も遅刻するなんておかしすぎる。

これはもしかして、すっぽかされたんじゃあ……。

そう疑念が浮かんだところで、通りの先に、こちらへ向かってゆっくり走ってくるオートEVが見えた。近づくにつれ、運転席に座っているドライバーの輪郭がはっきりしてくる。

間違いなかった。オートEVの運転席に座っているのは、待人の爺さんだった。

子どもをこんなに待たせるなんてほんとにもう、と非難したくなっている呼人に、

「待たせてすまなかった。すぐに出発するから助手席に乗りなさい」目の前で止まった

車の窓が開くなり、待人の爺さんが顔を出して言った。三十分も待たせたことに関しては、すまんかった、の一言で済ませて何食わぬ顔でいる。

その場から動かずに待人の爺さんを、じいっ、と睨んでいると、

「どうした？　腹でも痛いのか？　トイレなら待っててやるから、済ませて来なさい」

と言って、公衆トイレのほうに目を向ける。

ここまでけろっとされると、怒る気にもなれない。優人祖父ちゃんから、自分の子どもまで津波で亡くしていると聞いた時にはさすがに同情して気の毒になったけれど、なんか、損した気分だ。

まったくもう、と肩をすくめてから助手席に乗り込み、シートベルトを装着する。

エニーさんのGPS機能にこの前と同じように細工した待人の爺さんの、「どれ。では、行こうか」という声に、床に足を踏ん張って身構える。この前の帰り道も、ゆっくり走るみたいなことを言っておきながら、確かに往路ほどのスピードではなかったとはいえ、カーブの度にタイヤを鳴かせて走っていた。

ところが、あれ？

車が走り出しても、身体が仰け反ることも、首にガクンと衝撃がくることもない。

不審に思って運転席に顔を向けると、待人の爺さんの両手はハンドルに置かれていない。床に視線を落としてみると、待人の爺さんはアクセルやブレーキのペダルにも触っ

ておらず、車のコンピュータに完全に運転を任せていた。

待人の爺さんは、低いモーター音とともにオートＥＶが走り出すや、運転席で腕組みをして居眠りを始めた。

単に眠いだけならよいけど、あれだけ好きな運転を自分でしないなんて……と考えながら、

「お爺さん」と小声で呼んでみた。

「ん、なんだ？」

すっかり寝入っていたわけではないようで、すぐに返事があった。

「どこか具合でも悪いの？」

呼人が尋ねると、

「この歳になれば、普通はあちこち調子が悪くなってくるものだ」はっきりとは口にしないものの、呼人の不安を掻き立てるような答えが返ってくる。

これ以上詳しく訊いちゃまずいかなと迷っていると、待人の爺さんが自分のほうから口を開いた。

「実は今朝、心臓が一度停まってしまったんだ。大事をとって今日は車に運転を任せることにした」

一瞬、言葉に詰まったところで、

「ひょ、病院に行かなくても大丈夫なの？」と呼人が言うと、

「そろそろペースメーカーのアップデートが必要な時期でね。わざわざ病院に行くのが面倒で自分でやってたんだが、うっかり自分の心臓に合っていないバージョンのプログラムをダウンロードしてしまったんだな。いやいや、危うく死にかけた。まあでも、マイクロＡＥＤが緊急作動してくれたんで助かった。意識が戻ってすぐに正しいバージョンに書き換えたから、心配は要らない」詳しく説明してくれたのはよいのだけれど、

「あのー、それって専門のお医者さんじゃないとやってはいけない医療行為じゃ……」

「確かに――」とうなずいた待人の爺さんが、

「餅は餅屋とはよく言ったもんだ。最近のペースメーカーのプログラムときたら、やたらと複雑すぎて困る」と顔をしかめてみせた。

いや、それが問題なのじゃなくて……と、待人の爺さんの顔を覗き込んで表情を窺う。

待人の爺さんは、病院のサーバーをハッキングして、心臓ペースメーカーのプログラムを勝手にダウンロードというか、盗んだに違いなかった。それに対して本人がまったく罪悪感を抱いていなさそうなのが大問題なのである。

しかし、待人の爺さんの表情を見る限り、ハッキングのことについては、何を言っても無駄みたいだ。なのでかわりに、

「心臓が停まった時って苦しかった？」と訊いてみた。

「そりゃあ、もちろん。まあでも、すぐに意識がなくなったんで一瞬だった。あのまま死ねるんだったら、死ぬのもそう悪くないと思ったな」

「怖くなかった？」

「この歳になると、怖いものなんか、ほとんど無くなるからなあ」

そう言って、待人の爺さんは目尻に皺を作った。呼人の場合、自分が死ぬことを考え始めると、夜も眠れないほど怖くなってしまう。それを平然と言ってのける待人の爺さんを理解しようと努力しても無理、というか、努力そのものが無駄になりそうだ。

この辺で話題を変えたほうがよさそうな気がしてきた呼人は、

「ところでさ――」と前置きをしてから、

「お爺さんの本名って、川島聡太っていうんでしょ？」と確認してみた。

不意打ちを食らったような顔をした待人の爺さんが、呼人に目を向けてくる。どうやら、本当に驚いているようだ。

「どうして、それを知ってる」

しばらくしてから、眉の間に縦皺を寄せて訊いてきた。

「知りたい？」

わざともったいぶってみると、

「こらっ。先の短い年寄りを焦らすんじゃない」待人の爺さんが、もどかしそうに言った。

ちょっとばかり優越感に浸りながら、

「僕のお祖父ちゃんがお爺さんと知り合いだったのが、昨日わかったんだ――」と、教えてあげたあとで、

「あ、でも、舞森に行ったことや、シミュレーションのことはしゃべってないから大丈夫だよ。防潮堤で会ったことしか言ってないから」と補足する。

一応、信じてくれたようだ。そうか、とうなずいた待人の爺さんが、

「呼人の祖父ちゃんの名前は？」と尋ねる。

「菅原優人。若いころ遠洋マグロ船に乗っていて、その時に知り合ったって教えてくれた。僕が生まれたころに、偶然ホームセンターで再会してびっくりしたって言ってたよ。覚えてる？」

うーん、と顎に手を当てて思い出そうとする仕草をしたあとで、

「いや、覚えていないなあ」待人の爺さんは首を横に振った。ちょっと残念だけど、ずいぶん前のことだし、覚えていなくても無理はないと思う。

待人の爺さんが優人祖父ちゃんのことを覚えているようだったら、アウターライズ地震の津波で亡くなった男の子のことを聞いてみようと思っていた呼人だったが、少し考

えてからやめにした。

質問をしつこくしすぎるところが呼人の悪い癖だよ、といつもママやパパに注意されている。待人の爺さんは、この前、自分の両親のことは口にしたけれど、亡くした息子さんの話はしなかった。ということは、やっぱり触れてほしくない話題なのだろう。

話が途切れたせいで、狭いオートEVの車内に沈黙が下りる。

ちらりと盗み見たところ、待人の爺さんには、さっきと違って居眠りする気配が見られない。

少し気詰まりになった呼人は、何か適当な話題はないかと考えながら、窓の外に視線を向けた。

仙河海市の内湾をあとにしたオートEVが、アトムタウンの手前の信号機で右折する。

「僕のママ、ここで働いているんだ」

何気なく呼人が口にすると、興味を持ったらしく、ほう、と声を漏らした待人の爺さんが、

「何の仕事をしてるのかな？」と訊く。

「勤めているのは、原子力発電所の廃炉を請け負っている会社だよ」

「なるほど――」とうなずいた待人の爺さんが、

「具体的には何をしてるんだ？　事務員さんでもしてるのかい？」重ねて質問する。

「ううん、エンジニアだよ。実際に何をしているかは秘密だから僕には教えられないって言ってるけど、たぶん、核廃棄物の貯蔵カプセルを作っているんだと思うな」

「なるほど。呼人のママは優秀なんだな」

「ありがとう。ママが聞いたら喜ぶと思う。でもさあ、本当は東ウィングの会社じゃなくて西ウィングの研究所に行きたかったみたいなんだよね。だからなんだろうけど、うちのママ、僕を西ウィングに行かせたがっているんだ」

「呼人はどうしたいんだ？　西ウィングの研究所で働きたいのか？」

「そこが問題なんだよねえ。西ウィングで働けるなら何でもいいんじゃなくて、研究所の研究員にならなくちゃ駄目だってママが言うわけ。でも、それってすごい難しいことでしょ？　そのためには、死ぬほど勉強して有名な大学に入らなくちゃいけないし、だからといって希望すれば必ずなれるわけじゃないし――」と言ったあとで、

「それよりは、パパみたいにフィッシャーマンズエリアで仕事をしたほうが、船にも乗れるかもしれないし、ずっと気楽な気がするんだよねえ。こんなことママに言ったら、すっごい叱られちゃうと思うけど」と、呼人は肩をすくめてみせた。

「ということは、呼人はできるだけ楽な人生を歩みたいわけだ」

　待人の爺さんが急に真面目な顔になって言うので、責められているような気分になっ

てしまう。

「いや、別にさあ、そういうわけじゃないんだけど、ママが、呼人なら絶対なれるからって、すごく煩いというか、けっこうプレッシャーなんだよね。だから、ちょっと反抗したくなるというか何というか、そんな気分になることがあったりして……」

最後のほうで口ごもってしまった呼人に、

「ようするに呼人は、本当は西ウィングの研究所に行きたいんだけれど、その自信がなくて不安なわけだ」待人の爺さんは、ちょっと意地悪そうな笑みを向けてきた。

「何もそんなにはっきり言わなくても……」

そう言って口を尖らせた呼人だが、待人の爺さんの指摘は当たっている。

黙り込んでしまった呼人に、

「呼人のエニーさんのパスワード、教えてくれ」待人の爺さんが、何の脈絡もなく言ってきた。

「それは駄目。いったい何を企んでいるわけ？」

当然ながら拒否すると、

「呼人が西ウィングに行けそうか、蓄積されてる履歴やデータをチェックしてみるだけだ。実際どうなのか、自分でも知りたいだろう？」

「そんなことがわかるの？」

「私の家のパソコンでシミュレーションすれば、九十パーセント以上の確率でわかると思う」

何か嘘くさいなあ、と思いながらも、半分信じかけている自分がいる。

「いやなら別にいい。まあ、私の手にかかれば、パスワードなんかわからなくても、誰にも気づかれずにエニーさんのデータを手に入れるのは、それほど難しいことじゃない。パスワードを教えてもらえれば、その手間が省けるというだけのことだ」

これって自分はハッカーだと完璧にばらしてるじゃん、と思いながらも、待人の爺さんが適当な法螺《ほら》を吹いているわけではないこともわかっていた。

実際、この前、舞森に行ったあと、エニーさんをメンテナンス用のスリープモードにして確認してみたら、呼人が舞森にいた履歴はどこをどう探しても見つからず、待人の爺さんが言っていたように、防潮堤と近くの公園の付近にいたことになっていた。

それだけじゃない。セキュリティがけっこう厳重なはずの病院のデータベースに内緒でアクセスして、心臓ペースメーカーのプログラムをダウンロードできるくらいなのだから、待人の爺さんがその気になれば、たいていのハッキングは可能なのだろう。

あれこれ考えたあげく、結局呼人は、

「僕が西ウィングに行けそうか、本当にわかるの？」と訊いていた。

拒否しても無駄だとあきらめた、ということもあったが、自分の未来を知ることができるんだったら知りたい、という気持ちが次第に抑えられなくなってきた。

「占いじゃないからね。あくまでも、今の呼人が持っている潜在的な能力や数学的センス、それから性格や好みをもとに人格モデルをこしらえてシミュレーションするだけだ。だから、可能性が九十パーセント以上と出ても、おまえが努力を怠れば実現などしないし、運にも左右される。それでもよいなら、という話だ」

絶対わかる、と言われるよりも説得力があった。それに、エニーさんのクラウドデータは、保護者であればいつでもチェックができるし、学校の先生も申請すれば閲覧可能なので、自分だけの秘密というわけでもない。

「そのシミュレーションだけどさあ。時間がかかるの？」と尋ねてみる。

「簡単なものではないが、私の家に着いてすぐに準備を始めれば、昼には結果が出るだろう」

待人の爺さんの返事に、

「わかった、教える」と呼人は答えていた。

呼人を待つ人

1

自動運転のオートEVが舞森のログハウスに到着してから一時間後。

「さてと、これでオーケーだ」

エニーさんから集約したデータでシミュレーションを走らせ始めた待人の爺さんが、

「ところで、この前はどこまで話をしたっけな？」ディスプレイから視線を外して呼人のほうに顔を向けた。

「海が見えなくなるのがわかっているのに、何で防潮堤を造っちゃったのかっていうところ――」と答えてから、

「当時の人たちは、コンピュータでシミュレーションをしなかったのかな？　この前、お爺さんが見せてくれたシミュレーションをしていれば、何だっけ？　そうだ、津波を

いなす街造りのほうを選んだと思うんだけど」と呼人は付け加えた。

「シミュレーションは行われたんだよ——」とうなずいてから、待人の爺さんは続けた。

「二〇一一年の震災後、地震学者が当時のスーパーコンピュータで様々なシミュレーションを行って未来の防災に役立てようとしたのは確かだ。ただし、そもそもの出発点が違っていた。つまりだな、当時のシミュレーションは、現実に起きた過去の津波の再現と、これから起こるであろう、たとえば南海トラフ地震の際のシミュレーションが中心だった。あるいは、どれくらいの規模の地震の時にはどれくらいの津波が発生するか、どのくらいの高さの防潮堤があれば津波は防げるか、というシミュレーションを行った。その結果、数十年から百数十年に一度の頻度で発生する津波をレベル1、二〇一一年の津波のような千年に一度の大津波をレベル2としたわけだ。で、レベル2の大津波は逃げるしかないので避難対策を優先させる。しかし、レベル1の津波は防潮堤でしっかり防ぎましょうということで、計画がスタートした」

「それのどこがいけないの？」

呼人が首をかしげると、

「まずは最初の段階で、どの場所にも一律に同じような防潮堤を造ろうとしたことが間違いだった。まあ、さすがにそれじゃあまずいだろう、それぞれの地域の事情や住民の意思は無視できないだろう、という話にはなったんだが、そこで議論は混乱し始めて泥沼にはまっていったんだ」と待人の爺さんは顔をしかめた。

「最悪だったのは——」と、いっそう顔をしかめた待人の爺さんが、

「防潮堤を造る決定をしないと他の話は進められないような状況で、復興計画がスタートしたことだ。そのせいで、復興の予算がついているうちに防潮堤を造ってしまわなければあとで造ろうとしても造れなくなる、と焦ったんだな。ようするに、お金の問題に振り回されて、大事な理念を見失ったわけだ。その結果、たとえば、高台移転をして誰も住まなくなる場所にも、あるいは、無人島にまで防潮堤を造るなどと、何が何だか訳がわからん話になってしまったんだ」しゃべっているうちに興奮してきたのか、だんだん怒った口調になってきた。

「あのー、いいですか？　お爺さんの話、ちょっとわかりにくいんですけど……」

遠慮がちに呼人が口を挿むと、さすがに大人気ないと思ったのか、

「いや、すまない。つい興奮してしまった——」苦笑いした待人の爺さんが、

「ようするに、私が言いたいのは、海や津波とどうやってつき合っていくか、という発想ではなくて、どうやって津波を防ぐか、という面にばかり考えが偏ってしまったのがいけなかった、ということだ。そこからは、津波をいなす街造りの発想なんか生まれるはずがない。当時の技術でも、私が造ったこれと同じような街並みのモデルを——」

と、この前見せてもらった高床式倉庫のような建物が並んでいる仙河海市の街並みを左側のディスプレイに呼び出して、

「スパコン上に造ってシミュレーションをしてみることは、少々時間はかかるが、やろうと思えばできたはずだ。しかし、誰もそれをしなかった。考えてもみなさい。当時、湾に面した地区は、一度は更地《さらち》になったのだぞ。防潮堤の予算を、津波をいなす構造の建物とそれに相応《ふさわ》しい土地の整備に回すことも、やろうと思えばできたはずだ」恨みがましい口調で言った。

「その結果、かえって被害を大きくするような防潮堤ができちゃったわけ?」

「結果論だが、そうなる」

「でも、それって、後の祭りというやつだよね」

「子どものくせに、やけに冷静なことを言うな」と笑った待人の爺さんが、

「結局、自分は海のそばで暮らすつもりも予定もない人間が、最初の計画を作ったということだ、残念ながらね」と、ため息を吐いた。

「でもさ――」と、呼人は待人の爺さんに言ってみた。

「この舞森地区では、みんなが反対して防潮堤は造られなかったわけでしょ? 他の地区の人たちは反対しなかったの?」

「確かに反対の声は多かった――」とうなずいた待人の爺さんが続ける。

「この舞森がまとまったのは、住民が少なかったのと、みなが同じ生業を持っていたからだ。しかし、街場だとなかなか同じようにはいかない。そう簡単には全住民の合意に至らなかったたし、やはり結論を急ぎすぎた感は拭えない」

「あのー、また、難しくなってきているんですけど。なりわいとか、ぬぐえないとかって、意味がちょっと……」

「わからないか？」

「すいません。僕、算数と理科なら何でもオッケーで得意なんですけど、他の教科はわりと普通なので……」

そうかそうか、とうなずいた待人の爺さんが、

「生業とは簡単に言えば仕事のことだ。拭えないというのは、あー、ようするに、何を言いたかったのかというと、こういうことだ。津波の直後は、海が怖いという気持ちのほうがどうしても強くなるものだ。そんな時に防潮堤をどうしますか？　と訊かれれば、多くの人が造ってほしいと言うのは当然だろ？　しかし、ある程度時間が経って、人々の気持ちが落ち着いたころに質問すれば、答えはまた違ってくる。その時間をもっと十分にかけるべきだったと私は今でも思っている」

「でもさあ」

「何だ？」

「やっぱ、いいや」

「何か言いたいことがあるんだろ？」

「まあ……」

「だったら、遠慮しないで言いなさい」

「言っても、怒んない？」

「そりゃあ、聞いてみなきゃわからない」

「じゃ、やめとく」

「嘘だ、嘘。何を聞いても怒らないから、言ってごらん」と待人の爺さんがうながすので、

「じゃあ、言うけどさ。昔、いろいろあったのはわかったよ。でも、今の仙河海市に暮らしている僕たちって、仙河海市に生まれてよかったなあと思ってるんだけど、それじゃあ駄目なの？」と、さっきから考えていたことを口にした。

「それでは駄目なのだ」

待人の爺さんが大きな声を上げてデスクを叩いた。

「ほら、やっぱり怒った」

そう言って呼人が非難すると、ごめんごめん、と頭を掻いた待人の爺さんが、

「では、私のほうから聞くが、呼人がこの街に生まれてよかったと思うのはなぜだ

い？」と質問をした。

「それはやっぱり、暮らしやすいから。この前、社会の授業で麻須美先生が――」と学級担任の名前を挙げて、

「仙河海市は、全国で最も社会福祉制度が進んでいる街だって言ってた。それって、赤ちゃんからお年寄りまで、誰でも安心して暮らせるってことでしょ？」

「そうだな――」とうなずいた待人の爺さんが、

「他には？」と尋ねる。

「仙河海市の小中学生の学力は全国一だから。それってやっぱり自慢できる」

「それだけか？」

「えーと、仙河海市にはアトムタウンがあるでしょ？　科学の最先端を行ってる街に住んでいるのって、すごく気分がいいじゃん」

ふむ、とうなずいた待人の爺さんが、

「呼人は、アトムタウンの歴史を学校ではもう習ったのかい？」と尋ねる。

「うん、二年生の最後のほうで」

「習ったことを覚えてるかい？」

「もちろん――」と胸を張って、これまでに習ったことを説明してあげる。

アトムタウンの建設が始まったのは、アウターライズ地震の二年後の二〇三〇年で、

まずは西ウィングのほうから着工した。その年は、同時にシルバータウンの建設もスタートしている。

アトムタウンの西ウィングは、ILC、つまり、国際リニアコライダーを運用するために造られた研究都市である。国際リニアコライダーとは、超高エネルギー下の電子と陽電子の衝突実験を行うために、国際協力のもとで作られた加速器のことだ。素粒子の加速器には様々なタイプのものがあるのだが、リニアコライダーは直線型で、三十キロメートル以上の全長が必要となる。それが北上山地の地中に建設されることになり、その拠点になる都市として仙河海市が選ばれたのである。

アトムタウンの西ウィングが一通り完成したのは、ILCの運用が開始される四年前の二〇三五年だ。西ウィングと同時に工事が始まったシルバータウンは、その二年前の二〇三三年に完成している。

二〇三五年は、増築工事がすでに終了していた防潮堤から幼児が転落する事故があった年であるが、もう一つ、大きな出来事があった年でもあった。

仙河海市の大島において、遅れていた核廃棄物の最終処分場の建設がようやくスタートしたのである。

その時期の国内における最大の懸案は、以前からそうではあったのだが、廃炉処理が進んでいた福島原発から出た高濃度放射性物質や核廃棄物の最終処分施設をどこにするかがまだ決められていないことだった。

その候補地として仙河海市が立候補し、専門家による現地調査の上、最終的に大島への誘致が決定したのが、アウターライズ地震の翌年の二〇二九年だった。

仙河海市民の慈悲と自己犠牲の精神が、全国民からどれほど感謝されると同時に尊敬されたか、こぞって大人たちが口にするのは、この時のことを指して言っているのである。

この決定を受け、アトムタウンの東ウィングと大島の核廃棄物最終処分場の建設が二〇三五年から始まり、同時に、大島と唐島半島の無人化計画もスタートした。

その大島と唐島半島の無人化が完了したのは二〇四三年のことだ。同時に東ウィングも完成して、この時以来、仙河海市は現在とほぼ同じ街並みになった。核廃棄物最終処分場自体は、二〇四五年に完成して、まずは福島原発からの廃棄物の搬入が始まり、今に至っている。したがって、最先端科学を担う高度な福祉都市としての形が最終的に整ったのは二〇四五年のことで、その六年後に呼人は生まれた。

このように、呼人が生まれる前の二十年間は、仙河海市にとっては非常に大きな意味を持つ時代だった。なので仙河海市では、当時のことは「激動の二十年」とか「変革の二十年」あるいは「復活の二十年」などと、様々な言い方で呼ばれている。

呼人がアトムタウンについて一通り説明し終えたところで、

「今の小学校では、ずいぶん詳しく教えているんだな」感心したように待人の爺さんが言う。

「でしょ？」

誉められたような気分になって呼人が胸を張ると、待人の爺さんは、

「ちょっと待ってなさい」と言うや、キーボードを猛烈な勢いで叩き始めた。

ディスプレイを見ながら、

「仙河海市の年表？」と尋ねた呼人に、そうだ、とうなずいた待人の爺さんが、

「おまえの説明に少しばかり補足をしてみるから、よく見ていなさい」と答えた。

ほどなく、キーボードを叩く音が消え、西暦二〇二一年から二〇五一年までの、仙河海市の簡単な年表が出来上がった。

2021　東京オリンピック開催
2028　アウターライズ大地震による大津波。被害甚大
2029　核廃棄物最終処分場の誘致が決定
2030　シルバータウン建設開始
　　　アトムタウン（西ウィング）建設開始
　　　防潮堤改修工事着手

2031　国際リニアコライダー建設開始
　　　貝毒によりホタテ・牡蠣養殖打撃
2032　防潮堤改修工事終了
　　　フィッシャーマンズエリア整理事業スタート
2033　シルバータウン完成
　　　赤潮で養殖業大打撃
2034　フィッシャーマンズエリア整理事業終了。新魚市場開設
2035　核廃棄物最終処分場建設開始
　　　アトムタウン（西ウィング）完成
　　　アトムタウン（東ウィング）建設開始
　　　防潮堤で幼児転落事故
2036　クロマグロの完全養殖導入
2039　リニアコライダー完成。運用開始
　　　大島・唐島半島住民移転開始
2040　調査船以外のマグロ船全廃
2043　アトムタウン（東ウィング）完成
　　　大島・唐島半島住民移転完了

2045　核廃棄物最終処分場完成
2051　菅原呼人生まれる

年表の最後が自分の誕生になっているので、少しばかりこそばゆい。

だいたいは意味がわかるけれど難しい漢字が多いなあ、と思いながら年表を見ていると、呼人の考えていたことを察知したらしい。

「この中で、読めない漢字や意味のわからない言葉はあるかい？」

待人の爺さんが言ってくれたので、漢字の読み方や単語の意味をいくつか教えてもらったあとで、

「あのー、貝毒って何ですか？」と訊いてみた。

「簡単に言えば、毒性プランクトンを食べた貝にその毒が蓄積されて、貝そのものが毒性を持つことだ。そうなった貝を人間が食べると下痢を起こしたり神経系に中毒症状が出たりして、最悪の場合は死ぬこともある」

怖いことを淡々と言うものだから、よけいぎょっとする。そのせいで、この前ボンゴレのスパゲティを食べたのはいつだっけ？　と考え込んでしまう。

「お爺さん」

「何だ」

「火を通せば大丈夫なんだよね？」

「いや、細菌じゃなくて毒だからな。加熱調理しても無駄だ」

「ボンゴレ、食べられなくなっちゃいそう……」

不安を漏らした呼人に、

「貝毒の検査は常に行われているし、基準値を超えたらすぐに出荷停止になるから心配しなくていい」安心させるように言った待人の爺さんが、

「しかしなあ、今の子どもはまったく……」独り言を言うように、やれやれという声色で呟いた。

「あのー、今の子どもって僕のことですよね？」

「そうだ」

「僕、何か悪いことをした？」

呼人が訊くと、いや、と首を横に振った待人の爺さんが、

「昔の仙河海市の子どもは、貝毒のことも、この前教えてやった赤潮のことも、それが何を意味するかなど、誰に教わることもなく自然に覚えたもんだ。海を見ずに育つと、こうも無知になるものかと、少しがっかりしただけだ」今度はため息まじりに言った。

それに対して、

「ごめんなさい……」思わず謝ってしまう呼人である。

萎《しお》れている呼人に対して、

「いや、おまえたち子どもが悪いわけじゃない――」一度口許を弛めた待人の爺さんが、

「さて。この年表を見れば、この前のおまえの知りたかったこと、なぜ舞森が無人になったかがわかるはずだ。どうだ？　わかるかい？」と回答を促す。

「えーと、二〇一一年の大津波のあとでせっかく復活した養殖筏が、二〇二八年のアウターライズ地震の津波で流されてしまったから。そう僕は思ったんだけど、それは半分正解で半分外れだと、この前、お爺さんに言われました。そうでしたよね？」

「うむ」

年表を見ながら呼人は先を続ける。

「二度の津波にもへこたれず、舞森の人たちはまた養殖に挑戦して、せっかく水揚げまで漕ぎつけた。でも、二〇三一年の貝毒のせいで出荷できなくなってしまった。えーと、それから二年後の二〇三三年に今度は赤潮のせいで被害を受けて、あの、そこから先は僕の想像なんですけど、結局、牡蠣の養殖がうまくいかなくなって、最後には生活に困っちゃったんだと思います」

たぶんこれで合っているはずだ。そう思いながら、パソコンのディスプレイから待人の爺さんに視線を移すと、

「まあ、いいだろ――」と、うなずいてくれたものの、期待していた賞賛の言葉は一つもなく、

「しかし、それが全てではない――」そう言ったあとで、

「いくら呼人でも、小学生の頭ではさすがにその先はわからないだろうから、私が補足してやろう」少し、いや、かなり偉そうに言った。

ちぇっ、と内心で舌打ちしている呼人にはかまわず、待人の爺さんが訊いてくる。

「呼人は、風評被害という言葉を知ってるかい？」

「知らないです」

「風評というのは、評判や噂のことだが、悪い評判や噂のことだ。当時の舞森の住民は、貝毒や赤潮の被害からも何とかして立ち直ろうと頑張っていた。ところが、大島で核廃棄物最終処分場の建設が始まると同時に、放射能汚染の風評被害が広まり、牡蠣をはじめとした仙河海の養殖業が大打撃を受けてしまったんだ」

「あのー、実際にはどうだったの？　放射能で汚染されてたの？」

呼人が尋ねると、

「まさか――」と答えた待人の爺さんが、

「牡蠣もホタテもホヤもワカメも、何ひとつ汚染されてはいなかった」

「それって酷い話じゃん！」

思わず呼人が声を上げると、

「だから風評被害と言うんだ。大島に最終処分場を建設することが決まった時には、全国民であれだけ感謝しておきながら、実際に建設が始まったとたん、まるで手のひらを返したように、ころっ、と態度が変わるんだから、浅ましいったらありゃしない――」

と苦々しげに漏らした待人の爺さんが、

「同じような風評被害は、二〇一一年の大津波で福島の原発でメルトダウンが起きた時にもあった。その時のほうがもっと深刻だったかもしれない。福島産と表示されているだけで、魚介類だけでなくお米や農産物も買ってもらえなくなり、どれだけ大変な思いをしたことか。あのころのことを思い出すと、今でも腹が立ってくる」と言って、パソコンの載っている机をバンッ、と叩いた。

今日の待人の爺さんは妙に怒りっぽいなあ、と少し辟易《へきえき》しながらも、話を聞きながら年表を見ているうちに気になることが出てきた。

「あのー」

「何だ?」

「怒ってる?」

「怒ってはいるが呼人に対してではないから、安心しなさい」

さっきも同じことを言ってたんだよなあ、と思いつつ、

「今の仙河海市では、大島に核廃棄物の最終処分場があるのにマグロの養殖をしてるよね。パパの会社も景気はよさそうだし、風評被害はないと思うんだけど」と口にしてみた。

「呼人」

「なに？」

「なかなかいいところを衝いてくるではないか」

「それって誉めてくれてるの？」

「そうだ」

予想もしていなかったところで誉められると調子が狂う。

「さて、マグロの養殖がなぜ順調にいったかというとだな——」と話を戻した待人の爺さんが、ふふっ、と不敵な笑いを漏らしたあとで、

「最終処分場を人質にとって脅したのさ」秘密めかした口調で言った。

「人質！　脅した？　何それ？」

突然物騒な話になって呼人が驚きの声を上げると、

「まあ、そこまであからさまに言う者はあまりいないがね——」と言ってにやりと笑い、

「このような風評被害が起きるようなら、最終処分場の建設を白紙撤回すると通告した

わけだ。当然、国側としては、それは困る、約束違反だ、ということになる。で、仙河海市はどうしたかというと、わかった、それじゃあ処分場は予定通り造ってもらいましょう、そのかわり、クロマグロの完全養殖施設を整備する予算も、他の補助金とは別枠で付けてください、という要求をしたわけだ」と説明した。

「それって、なんか狡《ずる》くない？」

「狡いものか。風評被害と言うと、何となくそうなってしまった、みたいな印象になってしまうが、はっきり言えば差別だ。それくらいの要求をするのは当然さ」

そう言われると、確かにそうかも、という気がしてくる。しかし……と、考えた呼人が、

「でもさあ、それで問題が解決したことにはならないよね。最終処分場があるのには変わりないんだから、風評被害がいつ発生してもおかしくないでしょ？」首をかしげてみせると、

「おっ、だんだん冴《さ》えてきたではないか——」と目尻に笑い皺を作った待人の爺さんが、

「マグロの養殖施設の設置だけでなく、水揚げされたすべてのマグロの放射線量検査の費用も国に負担させることを認めさせたのさ」と勝ち誇ったように言って、さらに続けた。

「そうなればしめたものだ。何だかんだ言って、消費者はクロマグロの魅力には勝てないからね。放射線の全量検査が保証されていて安全安心、その上、他の養殖場のマグロと値段も変わらないかむしろ安いとなれば、最後にはどうなるか火を見るより明らかな話だ。実際今は、仙河海産クロマグロはブランド品になっているじゃないか。いずれ近いうちに天然マグロが禁漁になるのは、当時からわかっていた。それも見越して仙河海市は賭けに出たわけだ。誰もおおっぴらには言わないが、それが真相だ」

そこで、にっと笑った待人の爺さんが、

「さて。こうして見ると、アウターライズ地震のあとの仙河海市の歩みは、最初こそ苦労したものの、その後は、いいこと尽くめ、とまでは言わないまでも、すこぶる順調なように思えるだろ――」とうなずいたあとで、

「実はこの年表からは大事なものが抜け落ちている。わざと入れないでおいたんだが、それが何だか呼人にはわかるかい？」と質問を投げかけてきた。

問いかける待人の爺さんの口調が、今までとはちょっと違っていた。かなり真剣というか、期待を込めたような声色だ。

これってたぶん試されているんだ、と呼人は思った。どう答えるかで未来が変わってしまうような、そんな気がしてならない。少し大げさかもしれないけれど……。

「ちょっと待ってね、考えるから」

そう断った呼人は、真剣に年表を見つめ始めた。

そのまま五分以上もじっとしていただろうか。思い切って答えてみることにした。

「具体的にはわからないけど――」と前置きをしたうえで、

「でも、何かが入るとしたら、東京オリンピックとアウターライズ大地震のあいだで間違いないと思う。津波があった二〇二八年からは色んなことが目まぐるしく起きているけど、その部分だけ空白になっているでしょ？　それって、お爺さんがわざと入れなかったとしか思えない」そう続けると、ほう、と漏らした待人の爺さんが、

「確かにその推測は当たってる――」とうなずいたあとで、

「具体的にはわからないかな？　さっきまで私がしゃべっていた内容にヒントは隠されているぞ」と口にする。

再び呼人は年表を注視した。

さすがにそこまでは無理……と、降参しかけたところで閃《ひらめ》くものがあった。

「アウターライズ地震の翌年、二〇二九年に、核廃棄物最終処分場の誘致が決定、とあるよね。そこで決定ということは、もっと前から話し合われていたはずでしょ？　こんな大事な話、何となく進むわけはないから、話し合わなくちゃならなくなるような事件があったんだと思う」

これ以上は無理、今のが精一杯の答え。そう思って待人の爺さんを見やると、深い皺

が刻まれた顔の中で両眼が細められた。

「ふむ、そこまでわかれば上等だ」

その言葉で、試験に合格したんだ、とわかってほっとする。ただし、何の試験なのかはわからないけれど。

「呼人の推測通り、仙河海市で核廃棄物最終処分場の誘致が真剣に検討され始めたのは、アウターライズ地震の二年前、二〇二六年のことだった。何がきっかけになったかというと、そのさらに二年前の二〇二四年に、仙河海市は財政破綻の一歩手前まで追い詰められたんだ。その解決策として最終処分場の誘致が浮上してきたんだが、もちろん簡単に進むような話じゃなかった。ここで当時のごたごたを話しても仕方がないので省略するが、最終的には出直し市長選挙の末に住民投票までが行われてようやく決着がつき、誘致が決定したんだ」

そう説明した待人の爺さんに、

「財政破綻ってさ、仙河海市が貧乏になって破産するっていうこと？」と確認してみると、

「簡単に言えばそういうことだ」と返ってきた。市や町が破産するとどうなるのか、呼人には具体的なことはわからなかった。唯一思い浮かんだのは、誰も住まなくなってゴーストタウンになった仙河海市の光景である。

「放っておいたらそうなってもおかしくなかっただろうな」

そう言って待人の爺さんがうなずいたところで、呼人は、

「あっ」と、声を上げた。

「どうした、いきなり大声を出して。びっくりするじゃないか」

「ごめんなさい。これって僕の癖なんです。気にしないでください」

「と言われても気になる」

「それより、今、大事なことを思い出したんです」

「何を思い出したんだ？」

「実は——」と呼人は、ワールドカップの開催が決まって新しいスタジアムが造られることになったのがきっかけで、仙河海市の人口の減り方が妙なことに気づいたこと。そして、それがずっと気になっていたことを話した。

「そんなことで悩んでいたとは、つくづく変わった子どもだな」

呼人の話を聞いて呆れたように言った待人の爺さんだったが、呆れているというよりは、感心している口調で続けた。

「しかし、実はそこが一番大事なところだ。さてと、これからいよいよこの話は本題に入る。そうすれば、呼人のその疑問もすっきり解消するはずだ」と言って、ディスプレ

イ上の年表に、米印付きで何項目か書き加えていく。

2021　東京オリンピック開催
2024　※市財政破綻問題浮上
2026　※核廃棄物最終処分場誘致問題浮上
2028　アウターライズ大地震による大津波。被害甚大
2029　※出直し市長選挙及び住民投票実施
　　　核廃棄物最終処分場の誘致が決定
　　　※国際リニアコライダー建設決定
2030　シルバータウン建設開始
　　　アトムタウン（西ウィング）建設開始
　　　防潮堤改修工事着手
2031　国際リニアコライダー建設開始
　　　貝毒によりホタテ・牡蠣養殖打撃
2032　防潮堤改修工事終了
　　　フィッシャーマンズエリア整理事業スタート
2033　シルバータウン完成

2034 赤潮で養殖業大打撃
フィッシャーマンズエリア整理事業終了。新魚市場開設
2035 核廃棄物最終処分場建設開始
アトムタウン（西ウィング）完成
アトムタウン（東ウィング）建設開始
2036 防潮堤で幼児転落事故
※最終処分場建設白紙撤回要求
2039 クロマグロの完全養殖導入
リニアコライダー完成。運用開始
2040 大島・唐島半島住民移転開始
調査船以外のマグロ船全廃
2043 アトムタウン（東ウィング）完成
大島・唐島半島住民移転完了
2045 核廃棄物最終処分場完成
※「仙河海の海を取り戻す会」一斉検挙
2051 菅原呼人生まれる

2

「話は、二〇一一年の震災後、最初の巨大防潮堤ができたところまで遡る――」と前置きをした待人の爺さんの説明によると、防潮堤の建設で最初に大きな影響が出たのは観光業だったという。

最初のころこそ、防潮堤の視察や見学、あるいは見物に観光客が訪れたものの、そう長くは続かなかった。おりしも東京オリンピックが近づいていた時期でもあり、人々の関心はそちらのほうへと向けられたこともある。

「仙河海市は基本的には漁業の町であり、漁業さえ復活すれば他のものはあとでついてくると、そう考えている者が当時は多かった。いわゆる基幹産業というやつだな。だが、観光客が訪れる街というのは、その街に何らかの魅力があるから訪れるのだ、ということを忘れてはいけない。裏返せば、観光客が来なくなるということは、その街から魅力が失われた、ということになる。そんな街に積極的に住みたいとは、誰も思わないだろ？　当時から日本の人口減少は始まっていたが、それを上回るペースで仙河海市では過疎化が進んでいった。確かに、観光は街の中心産業ではなかったが、それでも、仙河海市全体では毎年二百万人以上の観光客が来ていたはずだ。防潮堤が街全体に与えた影響はかなり大きかった。それに加えて、漁業のほうも次第に衰退していった。資源の枯渇ということもあるが、値段の安い外国産の魚介類がどんどん輸入されるようになったこともある——」一度言葉を切り、わかるかい？　という表情をした待人の爺さんが続ける。

「少々厳しいことを言えば、仙河海市には長い年月をかけて大切に育ててきた産業や伝統文化というものが、あまりなかったと言える。産業の中心になってきた漁業は、そもそも自然が相手の仕事だ。相手が変われば自分も変わらざるを得ない。実際、仙河海市の漁業の中心といえば最初はカツオ漁で、仙河海船籍のカツオ船も沢山あった。それが途中から遠洋マグロ船に変わっていった。それはそれで悪いことではないんだが、漁業そのものの性質上、何か一つのものを伝統として守っていくことには馴染《なじ》まないんだな。それがたとえば、お祭りにも表れている。仙河海市の祭りには、比較的歴史の浅いものが多い。今は行われていないが、以前に行われていた『仙河海みなとまつり』も、戦後に始まったものだからね」

軽く肩をすくめてみせた待人の爺さんが、

「そこへいくと、たとえば京都のような土地には、江戸時代以前からの工芸品が沢山あって、新しい時代にもその伝統が常に受け継がれてきた。すると、それまで古臭いと思われていたものが、ちょっとしたアイディアで蘇り、新たな価値を生み出すこともある。歴史の積み重ねの底力は侮れない。そういう例を目にすると、悔しいというか羨ましいというか、こりゃあやっぱり、かないっこないや、と思ってしまうのが正直なところでね」と言って、ため息を漏らした。

そこで少し間を置いたあと、

「結局のところ、街の魅力とは、その街に暮らす人々のアイデンティティーは何か、という問題に行き着くんだ」気を取り直したように、力を込めて言う。

うわっ、また話が難しくなってきたぞ、と呼人は思いながらも、できるだけ内心を顔には出さないように気をつけて、

「アイデンティティーってなに？」と尋ねた。

「直訳すれば、自己同一性だな」

「ますます、わかんない」

「まあ、今の話の場合は、街に暮らす人々が独自に持っている精神的な拠《よ》り所、とでも言えばいいだろう」

「じゃあさ、ここまでのお爺さんの話だと、仙河海の人や街にはそういう拠り所がなかった、ということになるよね」

「いや、そうは言っていない。私が思うに、実はしっかり持っていたんだ。しかし、あまりに当たり前にあったので、そこまで大事なものだとは気づいていなかった者が多か

ったのだろう。そのせいで、結果的にアイデンティティーを失くしてしまったんだ」

「それ、何？」

「何だと思う？」

「あ……」

「おっ、その顔は、わかったかな？」

「海だよ、海！」

呼人が言うと、

「その通りだよ。この街の人たちがいつも見ていた仙河海湾、特に内湾の景観こそが、実は最も大切なアイデンティティーだったのだと私は考えている。単に綺麗だとか、見た目の問題だけじゃなくてね」と言って、待人の爺さんは少し寂しそうな目をした。

「呼人は今のアクアタウンの辺りも、遠い昔には海だったことを知っているかい？」

待人の爺さんに訊かれた呼人は、

「うん、知ってる。南坂町《みなみさかまち》とか五十集町《いさばまち》の辺りでしょ？」と答えた。

以前、大島に人が住んでいたころ、島に渡るフェリーや旅客船が発着していた岸壁があったところだ。コの字形の入り江になっていて、内湾と呼ばれている一角だが、もちろん今は防潮堤が張り巡らされているので海は見えない。

呼人の答えに、

「いや、そこだけじゃない――」と横に首を振った待人の爺さんが、

「もっと奥のほう、市役所のある五日町《いつかまち》や二日町《ふつかまち》の付近まで、昔は海だったんだ」

「えっ、そうだったの？」

　仙河海小学校の校舎がある丘から北のほうへ真っ直ぐ下りたところに郵便局があって、右手側が五日町、内陸に続く左手側が二日町になる。東西に延びるメインストリートの両側が古い商店街になっているのだが、その辺りに立っているだけでは、海が近いとは思えない。

　でも……と、地形を思い描いた呼人は納得した。普段はあまり意識していないけれど、商店街のある通りは、左右を山に挟まれた谷間になっていると言っていい。その辺りが海面よりも低かったとしたら、深い入り江になっていて当然の地形である。

　呼人の驚きの声に、

「そうだよ――」とうなずいて、待人の爺さんが話を続ける。

「江戸時代から少しずつ埋め立てが進められてきたんだが、実際、五日町の通りの真ん中には、明治時代まで堀があったくらいだ。で、その埋め立てだが、五十集町あたりまで進んだところで、あえてそれ以上は埋め立てずに、計画的に海を残した。したがって、今の内湾は、自然の地形を残した入り江ではなくて、あくまでも人工的に造ったものなんだ」

「なぜそこだけ海を残したわけ?」

「風だよ、風」

「風?」

「二日町から五日町は、海に向かって北西から吹いてくる風の通り道になっている。昔は高い建物がなかったから、よけいそうだった。当時の船は帆船だったからね。その風を帆に受けて、港から船を出したのさ。船を出航させるのに好都合の北西風をナライの風と呼ぶんだが、ナライの風が集まりやすいように計画して造られたのが内湾なんだ」と解説した待人の爺さんに、

「そうかあ。お爺さんの若いころって、そうやって船が出てたんだ」と呼人が言うと、

「おいおい、いくらなんでもそれはないぞ。私が生まれるよりもずっと前に帆船は使われなくなっていたんだから」と苦笑を返したあとで、「だが――」と、懐かしそうな目をする。

「内湾がまだ防潮堤で囲まれていなかったころは、岸壁に立って海を眺めていると、帆船が行き交っていたころの光景を思い浮かべることができた」

「どんなだったんだろ?」

「そりゃあもう賑やかだったに違いない。五十集町の海岸通りには魚問屋が出している桟橋がずらりと並んでいて、魚の水揚げがあると道路の上に戸板や簀の子を敷いて、一

斉に魚の売り買いが始まったそうだ。なかでも、大漁のカツオ船が入港すると大変だったらしいぞ。そうそう。船の上で唄われる大漁唄い込みは、元々は陸にいる人たちに、船の入港をいち早く知らせるための合図だったらしい。昔の仙河海市、いや、そのころはまだ町だな。当時の仙河海町には鰹節の加工場が沢山あって、カツオが大量に水揚げされると、お祭りみたいな騒ぎになったそうだ」

「なったそうだって、お爺さんは見たことないの？　そういう光景」

「残念ながら」

そう言って横に首を振るので、

「へえ。見たことないのによくわかるね」半分は感心して、残りの半分は皮肉を込めて言ってみると、

「私が言いたいのは、内湾の光景を眺めていると、容易にそういう想像をすることもできた、ということだ。そうやって思いを馳せることで、自分たちの街にどんな歴史があって、それを今の自分たちがどうやって受け継いでいるかが自ずと確認できた。だから、防潮堤ができる前の内湾は、仙河海に暮らす人々に、自分たちの足元をしっかり見つめさせる役割を果たしていた。違う言い方をすれば、自分らと海との繋がりを確認するための大切な装置だったとも言える。その貴重な装置を、我々は自分で壊してしまったんだ」待人の爺さんは悲しげに言った。

しんみりした口調のまま、待人の爺さんが続ける。

「たとえばさっき、自然が相手の漁業は伝統的な文化を守っていくことには馴染まないと私は言ったが、そんな漁業でも、形を変えながら、一つの文化として伝えてきたものがあった」

そう言ってパソコンを操作して、古い写真を一枚、ディスプレイに表示させた。

岸壁から離れていく船を陸上から撮影したものだった。白い色の大きな漁船が、陸側に船尾を向けている。岸壁にいる人たちが船のデッキにいる乗組員に手を振っているので、出航の様子を写したものに違いない。

甲板上ではかなりの大きさの派手な旗がいくつもひるがえり、船から伸ばされたカラフルな紙テープを見送りの人たちが握っている。

「遠洋マグロ船の出航風景だ――」とコメントした待人の爺さんが、

「二〇一一年の震災の二年後に私が自分で撮った写真だ。排水量が四百トンクラスで乗組員は二十人くらい。こうして一度出航すると、港に戻るのは一年以上先になる」と補足した。

「写真を撮った場所って、仙河海市だよね」

「そうだよ。マグロ漁が盛んだったころは、仙河海港の岸壁には遠洋マグロ船がずらりと並んでいた。最盛期のころは、あまりに数が多くて横付けするスペースがなくて、船

尾を岸壁に向けて縦に並んでいたそうだ――」と目を細めた待人の爺さんが、

「時代とともに漁の種類や船が変わっても、この風景だけは変わらず受け継がれてきたんだ。それを仙河海の市民はいつでも見ることができた――」と説明したあとで、

「この写真も、たまたま撮ったものだ」と懐かしそうな眼をした。

「誰かを見送りに行ったわけじゃなくて？」

「そう。そのころの私はタクシーの運転手をしててね。出航間際のところを偶然通りかかったんだ。ちょうど空車だったもんで、車から降りて撮影したのがこの写真だ。私以外にも、散歩や買い物の途中の人たちが足を止めて出航風景を眺めていた。つまり、大漁旗を掲げて船が港に出入りする光景は、仙河海市民には日常のものになっていたわけだ。それが、巨大防潮堤ができたことで、日常から切り離されてしまった。最後の砦《とりで》とも言えた仙河海市民の精神的な拠り所が、これで消滅してしまったんだ」

いずれにしても、と待人の爺さんは厳しい口調になって言った。

「内湾の光景というアイデンティティーを失くしてしまったことで、この街に暮らす人々自身が自分たちの街に魅力を感じなくなっていった。それでも、東京オリンピックの辺りまではまだよかったんだが、オリンピックが終わったあたりから、人口流出に歯止めがかからなくなった。さらには、防潮堤の維持にもかなりの費用がかかり、街の財政事情の悪化に拍車をかけることになって、遂には破産寸前まで追い込まれた」

「それでなぜ核廃棄物最終処分場を誘致する話になったわけ？　他には方法がなかったの？」

「街を再建するにはそれが手っ取り早かった、というのが正直なところだな。防潮堤を撤去して海を取り戻そう、と主張した市民グループもあったんだが、撤去したからといって街が再生する保証はどこにもなかった。撤去費用だけがかさんでそれで終わり、という公算のほうが大きいのは、誰が見ても明らかだった。その一方、最終処分場を誘致できれば、莫大な補助金が入ってくるし、国に対しての様々な要求も可能になる。とはいえ、核廃棄物の最終処分場を自分たちの街に造るというのは、街の歴史が始まって以来の大事件だからな。処分場の誘致案が出たからといって、そう簡単に結論が出るものではなく、賛成派と反対派に街が二分して、次第に対立していったんだ——」と答えたあとで、待人の爺さんは、

「そこに止めを刺したのが、アウターライズ地震による大津波だった。それで一刻の猶予もなくなり、誘致が決定されたわけだ。その時点で、残念ながらかなりの数の市民が街を離れてしまった。そこから先は、街の人口はほとんど変わっていないはずだ」と締めくくった。

おおよそのことは呼人にも理解できた。と同時に、どこか虚しい気分になり、自然にため息が漏れてしまった。

「どうした?」

待人の爺さんに訊かれて、

「結局はお金の問題なのかと思ったら、なんかこう、がっかりしちゃって……」と、正直に答えると、

「それが現実だ――」と一度は言った待人の爺さんだったが、

「しかし、現実を変える方法がないわけでもない」意味ありげな笑みを浮かべた。

あっ、その笑い方、なんかやだなあ……。

薄ら笑いに見えなくもない待人の爺さんの顔を見て、呼人は胸中で眉をひそめた。

絶対、何かを企んでいるに違いない。

そう訝《いぶか》しんでいると、デスク上のパソコンがチャイム音を鳴らした。

「おっ、バックグラウンドで走らせておいたシミュレーションが終わったようだ」

「それって僕の将来を占うシミュレーションのことだよね?」

呼人が訊くと、

「あくまでも単なるシミュレーションで、占いではないと言っているだろ――」と顔をしかめたものの、待人の爺さんは、自分でも早く結果が知りたいらしく、もどかしそうな手つきでキーボードを叩き始めた。

ほどなく、中央のディスプレイにシミュレーションの結果が表示された。が、様々な

グラフの隙間に数字や文字が羅列されているだけなので、呼人にはさっぱり意味がわからない。

ほう、だとか、ふむ、だとか、うーむ、などと漏らしながらディスプレイを睨んでいた待人の爺さんが、やがて、よしっ、と声に出してうなずき、呼人のほうに顔を向けた。

「どうだったの？」

恐る恐る尋ねると、

「喜んでいいぞ」と言って、笑いかけてきた。

「じゃあ、合格？」

「合格って、別におまえをテストしていたわけじゃない」

「あ、でもなんか、お爺さんと話をしていて、途中から何かの試験を受けてるような気分になっていたものだから……」

すると、

「まあ、確かにその通りではあるがね――」とうなずいた待人の爺さんが、

「私はおまえが現れるのをずっと待っていた――」と言ったあとで、

「どうやら呼人は、私が期待していた通りの才能を備えているようだ。すべてのシミュレーションがプラスの評価だから、この先、呼人が努力を怠らなければ、将来、優秀な

物理学者となってアトムタウンの西ウィングの研究所で働くのも、そう難しいことではないぞ」と、笑い掛けてきた。そう聞いて嬉しくないわけはない。しかし、そんなことよりもずっと気になることを待人の爺さんは言っている。

「お爺さんさあ。僕が現れるのをずっと待っていたって、今、言ったよね」

呼人が訊くと、

「確かに言った」と待人の爺さんが答えた。

「それ、どういうこと？」

うむ、とうなずいた待人の爺さんが、呼人の質問には答えずに、

「ところで呼人は、タキオン粒子が何かは知っているかな？」確認するように尋ねてきた。

唐突すぎる問いかけではあるものの、

「うん。光より速い素粒子のことでしょ？　でも、あくまでも理論上導き出されるもので、実在はしていない粒子」ローレンツ変換で遊んだ時のことを思い出して答えていた。

これもパパやママから注意される呼人の悪い癖で、授業中とかに、ついつい自分の知識をひけらかしてしまう。するとたいてい、周りの子たちが白けちゃうので、バツの悪い思いをすることが多い。

しかし、クラスメイトとは違って、待人の爺さんはそんな呼人を非難することはなく、

「もう少し正確に言えば、実在しないのではなく、実在するものとして扱うには不安定すぎる、としたほうがよいのだが、まあいいだろう――」満足そうにうなずいたあとで、

「さて。仮にタキオン粒子が実在するとしたら、どんなことが可能になる？」と質問した。

「過去への通信が可能になるよ。ローレンツ変換で遊んでいた時に、それに気づいたんだ」

呼人が答えると、

「なかなかよろしい、ますますよろしい――」やけに嬉しそうに笑みを浮かべた待人の爺さんが、一度咳払いをして、

「では、最初に結論を述べておこう――」と口にしてから、

「タキオン粒子を使って過去との通信を行い、巨大防潮堤の建設を阻止するのが、菅原呼人、おまえに与えられたミッションだ。成功を祈る」仰々しく言った。

何秒間か、二人のあいだに沈黙が落ちた。

「お爺さん……」

「なんだ？」

「大丈夫？」

「何がだ？」

頭が──と、言いそうになったものの、かろうじてこらえる。かわりに、上目遣いに、

「冗談を言ってるんだよね」と確かめてみる。

「冗談は言ってない」

真顔で待人の爺さんが答えた。

「ほんとに？」

「大真面目だ」

だとしたら、やっぱり頭が……と思っていると、待人の爺さんが、

「タキオン粒子と通常の物質との違いはなんだい」と質問するので、

「タキオンは、静止質量や固有時が実数ではなく、虚数であること──」と返事をしてから、

「だから、実数で記述される普通の物質とは干渉できないんだよ。つまり、もしタキオンが存在したとしても観測不可能ということになるわけ」と付け加えた。

答えてしまってから待人の爺さんにまんまと乗せられているような気がしたものの、

悪い気分にはならない。こんな話を気兼ねなくできる相手が、これまで呼人にはいなかったからだ。同級生はもちろんのこと、麻須美先生やパパでも話が通じない。ママは、少しは話し相手になるものの、ある程度先からは面倒臭くなるみたいで、適当に聞き流されてしまう。だから、まともに付き合ってくれるのはエニーさんだけなのだが、人間相手じゃないので、やっぱり物足りなさがある。

それに対して、待人の爺さんは呼人の言葉を真面目に受け取ってくれ、

「その通り――」と同意したあとで、

「ただしそれは、実数で記述される我々の世界の方法論で観測しようとしても不可能だ、という話にすぎず、質量や固有時が虚数で記述される世界をこちら側から覗き見ることは決して不可能ではない、というのが私の結論なんだ」と言って、深くうなずいた。

「どうやって覗くわけ？　無理だと思うけど」

「実は、そういう現象は当たり前に起きている。我々は自分たちでは意識していなくても、常に未来からの通信を受け取っている」

「だから、どんなふうに？」

やっぱり嘘くさいなあ、と思いながら再度呼人が尋ねると、待人の爺さんから、

「幽霊」とだけ、答えが返ってきた。

「え？　お化けのこと？」

「そう。いわゆる幽霊現象は、虚数解として記述できるんだ。その仮説に立てば、オカルト的な現象のほとんどが説明できることを私は発見した」

「まあ、しかし――」と口にした待人の爺さんが続ける。

「ほとんどは単なるノイズでしかない。幽霊やオカルト現象の九十九パーセント以上は、意味のないノイズとして処理するのが妥当なことがわかった。しかし、残りの一パーセントに満たない例の中に、通信がある程度成功していると解釈するしかない現象が見つかった」

「その現象って？」

身を乗り出すようにして呼人が尋ねると、

「いわゆる輪廻転生《りんねてんしょう》と言われるものが、その典型的な例だ」待人の爺さんが答えた。

「それって、えーと……」

「仏教用語なのだが、簡単に言えば、生まれ変わりのことだ。あまり広く知られてはいないが、他人の記憶を持って生まれてくる子どもの例が、これまでに何例も報告されている。ノイズの除去がかなり上手くいった成功例だよ。しかし、ノイズの混入が大きくなると情報量が減ってしまい、その結果、神のお告げ、だとか、日本の場合は、誰かが夢枕に立つ、だとか、そういう言い方で表される現象になる」

「それって、証明できるの？」

「九年前、ようやく証明に成功した」

「じゃあ、ここでやってみてよ」

「いや、今のおまえには、ついてくるのはまだ無理だ。だが、呼人が中学生になるころには証明できるだけの力はついていると思う」

「でもさあ、数学的に証明できたからといって、タキオン粒子と同じで、実験で存在が確認できないんじゃ、意味がないでしょ」

「確かに――」とうなずいた待人の爺さんが、

「それをおまえにやってもらいたいんだ」と言って、呼人の顔を真剣な目で覗き込んできた。

「僕に？」

「それをするだけの時間は、私にはもう残っていない。私の研究を引き継いで発展させ、実証してくれる者を、私は九年前から探し続けていた。いや、待ち続けていた、と言うのが正確だ。そしてようやくこの前、あの防潮堤の上でおまえに出会うことができた」

「何で僕じゃなくちゃいけないわけ？」

「おまえがそう言ったからだよ」

「どういうこと？」

意味がわからず呼人が訊くと、

「九年前に私の連れ合いが死んだ夜、未来のおまえが私の夢枕に立ったんだ」と答えが返ってきた。

「たぶん、本当はもっと過去に遡《さかのぼ》り、キーパーソンとなるはずの誰かと直接通信すべきところ、ノイズが十分に除去しきれなかったのだろうな。それで緊急避難的にターゲットを私に変更して、メッセージを残したのだと思う。未来から通信してきたおまえは、私の夢枕に立ち、防潮堤で自分を探せ、と告げて消えた。もちろんその時は、おまえがどこの誰かなど、私にはわからなかったからね。ああして絵を描きながら、おまえが現れるのをひたすら待つしかなかったんだ。何はともあれ、実際にこうして会えたということは、いずれにしても呼人は、私の研究を引き継ぐことになる」

自信たっぷりに待人の爺さんは言うものの、正直な話、自分の未来のことはわからない。それに、待人の爺さんの話を百パーセント信じているわけじゃないし……と、呼人が考え込んでいると、デスクの引き出しを開けた待人の爺さんが、縦横が五センチ、厚さが二センチくらいの小箱を取り出した。

「この箱には、私のこれまでの研究成果をすべて収めたメモリーチップが入っている。これをおまえに託すことにするから、受け取りなさい」

そう言って、待人の爺さんが呼人の前に小箱を押しやってきた。つかの間、迷ったものの、呼人は小箱を手にしていた。メモリーチップに入っている内容を見てみたい、という誘惑には抗《あらが》えなかった。ただし、勘違いをされては困るので、念を押しておくことにした。

「僕がこれを受け取ったからといって、お爺さんの望み通りになるかどうかは別問題で、何も約束はできないからね。それでいいでしょ？」

「もちろん、それでかまわないよ——」とうなずいた待人の爺さんが、

「ただ、呼人が遠回りしなくてもすむように一つだけアドバイスをしておくと、タキオン粒子の実証の鍵を握るのは、やはり、リニアコライダーだろう」

「チェレンコフ効果のことを言ってるの？」

物質の中、たとえば水中を通ると、光の速度は真空中よりも遅くなる。その際、強力な加速器を使い、水中でも光速より速い速度に素粒子を加速してやることは可能で、その時に起きる発光現象がチェレンコフ効果である。その原理を利用すればタキオン粒子を観測できるかもしれないということで、以前より挑戦され続けているのだが、これまで誰も成功していない。

「そうだ。タキオン粒子の具体的な観測方法や通信方法については、今の段階では、残念ながら解明できていない。しかし、呼人ならいつかはそれを可能にするだろう。私は

それを信じている」

待人の爺さんの迫力に押されて何となくうなずいてしまったけれど、そうは言ってもなあ、というのが正直なところだ。それに……。

「お爺さんの言っていることが百パーセント本当で、未来の僕が過去との通信方法を解明したとしても、防潮堤の建設を阻止しようとするかどうかはわからないよ。やっぱり今のままでいいや、と思うかもしれないし」

呼人が言うと、

「すべては呼人が決めることだ。私がどうこうできることではない」やけに余裕たっぷりに待人の爺さんはうなずいた。

「えーと、それから、最後にもう一つ、どうしても疑問が残ってるんだけど」

「何だね？　遠慮せずに言ってごらん」

「お爺さんの望み通り、僕がタキオン通信に成功して防潮堤の建設が阻止できたとしたら、今のこの世界はどうなるのかな。ＳＦのパラレルワールドみたいになっちゃうわけ？」

「その部分も、今後解明されなければならない課題として、メモリーチップに入っているよ。ただ、現時点での私の予想を述べておくと、過去の変更は、場の揺らぎをもたらしたうえで、最適解へと次第に収斂《しゅうれん》していくものと思われる。つまり、今こうして現実にある我々の世界も、実は、Aの世界がCの世界へと変更されていく途中のBの世界なのかもしれない。しかし、世界の内側にいる我々には、それがわからないだけだ。とまあ、そこまでしか今の私には答えられないが、それでよいかな？」

「とりあえず、うん」

「他に何か聞きたいことはあるかい？」

「うーん。ない、と思う」

呼人が答えると、待人の爺さんが、

「よろしい。それじゃあ、そろそろ街まで送っていこう」と言って、椅子から腰を上げた。

「もう？　僕はまだ帰らなくてもいいけど」

「いや、今日中にやっておきたいことがあるんでね」

そう言った待人の爺さんが、玄関口に向かってすたすた歩いていく。まだ帰りたくはなかったけれど、そのあとを追いかけるしかなかった。

3

舞森から街までの帰りの道のりは、九年間の呼人の人生で最も刺激的な時間となった。というのも、駄目なのを覚悟で頼んでみたら、待人の爺さんが、ガソリンエンジンのクラシックカー、黄色のシビックで送ってくれたのである。

かかった時間を考えれば、スピードそのものは、オートEVとたいして変わらないだろう。むしろ、最初に乗せられた時のオートEVのほうが速かったと思う。しかし、乗車感覚がまるで違っていて、遊園地のアトラクションに乗っているようなスリルがあった。一番の違いは、ガソリンエンジンが発する爆音だった。それにシートから伝わる振動が重なり、走っている途中で木端微塵《こっぱみじん》に車が吹き飛ぶんじゃないかと青くなったくらいだ。

公園に到着して車から降りた呼人の両膝はかくかくと震えていた。けれど、病みつきになりそうな魔力があったのも事実で、

「また乗せてくれる？」運転席の窓から顔を出している待人の爺さんに訊いていた。

「駄目だ」

「なんで？」

「ガソリンがもったいない」

「えー、そんなあ……」

呼人が情けない声を出すと、待人の爺さんは、

「わかった、わかった。そのうちな」と笑いながら言い残して、アクセルを踏み込ん

だ。

そのとたん、それまでブォー、という低い音で唸っていたエンジンが、ギャオン、バオンッと、叫び声を上げ、一瞬後には呼人の目の前から走り去っていた。

それが、呼人が待人の爺さんを見た最後となった。

一週間後、舞森で独り暮らしをしていたお年寄りが遺体で発見された、というニュースが報じられ、呼人は茫然としてテレビを見つめていた。

ニュースで報じているお年寄りというのは、待人の爺さんに間違いなかった。

死因は心臓発作だった。心臓のペースメーカーのマイクロＡＥＤが作動しても心臓が停まったままだったため、アラートが発信されて救急隊員が駆けつけたものの、すでに手遅れだったらしい。

それで終わっていれば、待人の爺さんのことを両親に話していただろう。しかし、呼人にはそれができなかった。検視の際に、心臓ペースメーカーのプログラムがハッキングされていたことが判明し、それがもとになって新たな事実が浮かび上がってきた。

そのニュースは、遺体で発見されたお年寄りは、十五年前の防潮堤爆破未遂事件の首謀者の可能性が濃厚、と報じていたのである。

第三部

タクシードライバー

1

久しぶりの仙台だった。

川島聡太が仙台を離れ、生まれ故郷である仙河海《せんがうみ》市に戻ってから二年と数ヵ月が経過していた。あといくらもしないうちに、東日本大震災の発生から丸三年になる。

この間に、津波被害を受けた沿岸部の風景もだいぶ変わった。震災から半年あまりが経過して聡太が仙河海市に戻ったころは、震災直後の無秩序の極みを作り出していた瓦《が》礫《れき》の撤去自体はそこそこ進んでいた。しかし、津波によってダメージを受けた建物はほとんど手付かずのまま残され、震災の爪跡を生々しく伝えていた。

また、通行の妨げになる瓦礫は撤去されたとはいっても、どこかに消えてしまったわけではなく、処理場に運び切れていない瓦礫が、小さなボタ山のように点々としている。たとえば、聡太が通っていた潮見川沿いの小学校は、津波で潰れたり使えなくなったりした車の集積場となり、グラウンドにはスクラップ行きの車が折り重なって積まれていた。母校の校庭がそういう使われ方をしていたのは、すでに廃校になることが決定していたからだ。

仙河海市に限らずどの港でも同じなのだが、地盤沈下の影響は深刻で、満潮の際には岸壁に近いエリアはほとんどくまなく海水に浸った。しかも、満潮や高潮が去ったあとでもなかなか水は引かず、至るところが沼や湿地帯と化してしまう。そんな場所ではヘドロが強い悪臭を放っていた。いや、街全体がとんでもなく臭っていた。加工場や倉庫から流出した魚介類の腐敗が原因だった。そして、見たこともないほど丸々と太った蠅《はえ》が大量発生していた。

幹線道路から外れ、以前の埋立地に立ち入ると、途中から道が消えて実質的に行き止まりになる場所があちこちにあった。

そんな中、重機が地面を掻《か》き回し、復旧作業のトラックやダンプカーがひっきりなしに行き交うものだから、市内の道路はいつも泥だらけで、一時期、仙河海の市街地は茶色に染まった。雨が降れば泥濘《ぬかるみ》になって泥を跳ね上げ、晴天が続けば砂埃が舞い上がり、マスクなしには外を歩けない日もあった。

仮設住宅への入居は、予定よりだいぶ遅れたとはいうものの完了していて、家を失った住民が雨露をしのぐことだけはできるようになった。しかし、震災後、半年あまりが経過した時点でも、復興どころか復旧もままならないのではないか、と思わせるような光景が、仙河海の街を覆い尽くしていた。

それでも少しずつ復旧作業が進んでいたのは事実である。震災後最初の冬を越し、春が来て一年が経過したころには、気づいてみると、街の景観はかなりすっきりしたものになっていた。

気づいてみると、というのは、毎日見ていると、小さな変化の積み重ねがかえってわかりにくくなってしまうからだ。地元に暮らしている者には、どうしても復旧や復興が遅々として進んでいないように感じられる。だが、あらためて考えてみれば、あれだけの瓦礫の山に埋もれていた街が、たった一年でこれほど綺麗に片付いたことに、むしろ驚かなければならないのかもしれない。

そういう目で見てみると、更地《さらち》となった仙河海市の光景は、まっさらなキャンバスのように見えなくもなかった。そのキャンバスにこれからどんな絵が描かれていくことになるのか、聡太の目にも興味深く映っていた。

そうした中での前年との最も大きな違いは、潮見川沿いの土手の桜並木が、淡いピンク色に彩られなかったことだ。

震災直後の春、津波と火災から生き残ったソメイヨシノは、満開の桜を咲かせた。ちょうどその時期、火災で焼けた実家の後処理で、聡太も仙河海市を訪れている。その時目にした桜に思わず車を停めて、土手を歩いた。潮見川の岸辺は残骸だらけだった。それだけでなく、川面からも瓦礫の断片があちこちで顔を覗《のぞ》かせていた。そんな中、青空の下で咲き誇っている桜は、ある意味異様な光景ではあったものの、人々の心を癒やし、復興への意志を鼓舞してくれているように思えた。

その桜は一年後、二〇一二年の春には、ほとんど花弁をつけなかった。

皆が危惧していたことではあった。震災直後に咲いたのは、津波が来た時にはすでに蕾《つぼみ》の準備ができていたからであると薄々わかっていた。津波に襲われた沿岸部の松林や杉林が塩害によって立ち枯れしたように、潮見川の桜も駄目になるだろうと予想はしていた。しかし、どこかで去年と同じ満開の桜を期待していたのも確かで、花を咲かせずに立ち枯れしたように佇んでいる桜の木を見て、口には出さなくても、誰もが意気消沈した。

その桜に象徴されるように、震災後、二度目の夏が終わったころからしばらくのあいだ、街の光景の変化が止まった。

街の変化が止まったといっても、気をつけて見てみれば、魚市場の手前から南坂町《みなみさかまち》、さらに五十集町《いさばまち》から鹿又《しかまた》地区までの、仙河海の内湾に面したエリアに走る道路が一メートル近くかさ上げされて、今後の復興の下準備が進められていることがわからないでもない。

しかしそれは、外から訪れた観光客には気づきようのない変化である。

震災のあった翌年、二〇一二年の初夏ぐらいから、沿岸被災地を巡るツアーでやってくる観光バスが目立つようになってきた。最初の年は、同じバスでもボランティアを乗せた車両だった。バスから降りたあと、赤や黄色や緑のベストを身に着けて、瓦礫の撤去や泥の除去に励むボランティアの姿が、街のあちこちで目についた。

一年経つと、単純に人の目につくボランティアの姿はほとんど消え、それと入れ替わりに観光客が訪れるようになった。以前の店舗を流された商店や飲食店が入った、プレハブ造りの仮設商店街ができて、観光客の受け入れ態勢がある程度整ったのも大きい。

だが、以前の街の姿を知らない観光客の目には、最初から何もなかったように映ったに違いない。なんだ、ただの原野じゃないか、と思われても仕方がないような殺風景な光景が、しばらくのあいだ居座り続けた。

その光景が、三度目の夏を迎えたころから、再び少しずつ変化し始めた。

魚市場の岸壁のかさ上げ工事が一段落し、市場としての機能を取り戻したのに呼応して、更地だった場所に冷蔵庫や倉庫などの関連施設が建ち始めた。建物や施設の修復が終わり、更地の真ん中で営業を再開したホテルもある。元の店舗があったそばに新しい建物を建て、営業再開に漕ぎつけた飲食店もある。工事現場で目につく重機も、最初のころはブルドーザーやパワーショベルが圧倒的に多かったが、最近ではクレーン車が目立つようになってきた。

つまり、震災後丸三年を迎える年になってようやく、ではあるのだが、目に見える形での復興が進みだした感がある。

であったはずなのだが、愛車のシビックを運転して、ほぼ一年ぶりで仙台の街に戻ってきた聡太は、正直、愕然《がくぜん》とするくらいの衝撃を受けた。仙台市内の街の風景からも、街を行き交う人々の表情からも、震災の傷跡は一切感じられなかったのである。

津波の被害に遭うことのなかった仙台の中心部ではあるが、あの巨大地震によって、道路の陥没や建物被害がけっこうな規模であったのは確かだ。その痕跡がかけらも見られない。街の中心部で目につく工事現場も、震災からの復旧や復興のものではなく、地下鉄工事であったり新しい商業ビルの建設であったりと、仙河海市との落差には目眩《めまい》を覚えるほどだ。この二年とちょっと、仙河海市の殺風景な光景を見慣れすぎていたせいかとも思う。

同じ仙河海市に暮らしていても、住んでいる場所や勤め先が内陸側だと、内湾周辺のがらんとした光景をほとんど見ずに過ごすことができるし、実際、そういう市民も多い。

だが聡太の場合は、殺伐とした光景を嫌でも毎日見ざるを得ない立場にあった。今の聡太の職業は、タクシードライバーだからだ。勤め先は、中学の同期生の宮間和生が社長をしている仙河海市のタクシー会社である。

震災直後、進学予備校を解雇されてからしばらくのあいだは仙台に留まって仕事を探していたのだが、なかなか思うに任せなかった。仕事を探す一方で、行方不明になったままの両親も捜し続けた。正確には、遺体の発見を期待してたびたび仙河海市に足を運んだ。年度が替わった四月一日の時点で父と母の死亡届を出してあったとはいっても、書類上の手続きや統計の数字とは、まったく問題が別である。

聡太に限らず、肉親を亡くした人々は誰もがそうだ。じきに三年が経とうとしている今でも、3・11というあの日で、多くの人々の時間は止まったままだ。たとえ動き出してはいても、極めてゆっくりとしか動いておらず、すぐにも止まりそうになってしまう。

ともあれ、仙河海市に足を運ぶたびに、和生や靖行などの中学時代の友人と会っていた。公の情報だけでは得られない口伝えの情報を、彼らから得られたからだ。

和生と喧嘩別れになってしまった年祝い以来、ずっと疎遠になっていた地元の友達だったが、当の和生をはじめ、会えば誰もが聡太の力になろうとしてくれた。それは、聡太の両親が行方不明のままだということへの同情によるものであるのは確かだ。しかし、同情を押し付けるようなところは皆無で、彼らといても居心地の悪い思いをすることはなかった。それで次第に聡太の心境が変化してきた。

仙河海と仙台を行ったり来たりしているうちに、失業をした機会に故郷の仙河海市に戻るのはどうだろう、と考えるようになっていたのである。直接のきっかけをつくってくれたのは和生だった。仙河海市役所でたまたま顔を合わせて、新しい仕事見つかった？ いや、まだ。大変だな。まあでも仕方がない。そんな会話をしていた時、

「なんなら、うちの会社で働いてみる？ おまえが嫌じゃなかったら、だけど」と和生が訊《き》いてきた。

「新しく人を雇ってる余裕なんかないだろ」

聡太が言うと、

「嫌なのか？」と和生。

「嫌ってわけじゃないけど」

「だったら、考えてみてよ。確かにおまえの言う通り楽じゃないけどさ、こういう時こそ勝負をかけようかと思ってね。実は、新車を導入して台数も増やそうかと考えてたとこなのっさ。なもんで、一人か二人、新規で乗務員を募集しようと思っていたんだ」

「あ、でも俺、二種免許持ってないし」

「取ればいいじゃん。どうせ失業中で暇なんだろ？ 合宿だと一週間か十日で取れるぜ。何なら、教習料の前貸しくらいしてやってもいいし」

「いや、そこまでしてもらわなくて大丈夫だ。今のところ、金には困っていないから」

困っていないというのは、両親の生命保険と実家の地震保険の保険金が出たからではあるのだが、あえて口にするまでもないことだった。

それは和生も察したようで、なるほど、とうなずいてから、

「大丈夫だということは、まんざらでもないってこと？」あらためて訊いてきた。

「まあ——」と、最初は曖昧な答え方をした聡太だったが、しばらく考えたあとで、

「で、いつまでに返事をすればいい？」と尋ねていた。

「いつでもいいけど、まあでも、期限を切っといたほうがお互いにとっていいだろうから、そうだなあ——」と考える仕草をした和生が、

「来月いっぱいでどう？」と提案した。

「わかった、とりあえず考えてみる。どっちにしても連絡はするよ」

そう答えて和生と別れたのが七月の下旬だった。結局、震災後の初盆が明けたところで、聡太はイエスの返事をしたのだった。

聡太が和生の提案に乗り気になったのは、最後に背中を押したのが彼だとはいえ、自分の故郷で何かがしたいと思い始めていたのが大きい。

仙河海という街の、様々なものに息苦しさや窮屈さを感じて高校卒業と同時に外の世界に飛び出した聡太ではあったが、結局、上手くいかなかった。最初の会社も、次の予

備校も、自分の力が及ばないところでのリストラであり解雇であったものの、心機一転人生をやり直すためには、もう一度、環境を変えたほうがよさそうに思えていた。その場所として、仙河海市以外の場所は思い浮かばなかった。

自分にできることがあるのなら古里のために何かがしたい。

いや、それは理由の半分でしかないのが聡太にもわかっている。仙河海の街は、自分が傷ついているくせに、一度は故郷を捨てた人間を何も言わずに受け入れようとしてくれる。もっと正直に言えば、失敗し続けている人生からの逃げ場所を聡太は求めていて、その逃げ場所は仙河海以外になかった、ということだ。

そんなタイミングで受けた和生からの誘いを断る理由は何もなかった。仕事の種類にはこだわっていない。というより、こだわっていられる立場や状況になかった。

タクシーの乗務員というのも悪くないと思った。車の運転は元々嫌いじゃない。一応、土地勘はある。楽な仕事ではないだろうが、少なくとも仙台でタクシーを転がすよりなんとかなりそうだ。それに、変わっていくだろう街の様子を常に見ていられる。それが、最も大きな決め手であったかもしれない。

ともあれ、そうして聡太は、震災の年の秋に、生まれ故郷でタクシードライバーになった。

住んでいる場所は、仙河海中学校の隣にある運動公園に作られた仮設住宅の一室である。実家が被災し、焼失していることで、入居の申請が認められた。

震災から三年が経とうとしている現在、合計で三千五百戸ぶんほど作られた仙河海市の仮設住宅の入居率は、八割強といったところだ。だが、聡太が仙河海に戻った当時、中心部にある仮設は満室だった。その状況にかかわらず入居できたのは、ちょうど同じタイミングで仮設住宅に空きが出たからだった。

聡太と入れ替わりに仮設住宅を出ることになったのは、同級生の早坂希である。希が仙河海を離れるつもりでいることを聡太に教えてくれたのは、やはり聡太と同級生で市役所勤めをしている真哉《しんや》だった。中学時代、希と同じく陸上競技部で長距離選手をしていた。真哉は、希の店が津波に流される前、ちょくちょく飲みに行っていたらしい。要するにコネを使って仮設住宅に潜り込んだようなものではあるのだが、許される範囲の便宜だろう。

その話を真哉から聞いた聡太は、震災直後に希と一緒に遺体安置所に行った時のことを思い出した。車の中での会話で、希は海が怖くなった、というようなことを言っていた。海辺の街にはもう住めないかもしれない、とも漏らしていたはずだ。だから希は、仙河海市にいるのが嫌になって仮設住宅を出ることにしたのだと思い込んでいた。

ところが、本人に会ってみると、全然違っていた。仙河海の街で、もう一度店を始めることに決めたのだと希は言った。どんな店にするかは別として、津波の被害から免れた内陸側ではなくて、あくまでも海が見える内湾地区で再開したいという話だった。その開店資金を貯めるために仙台で働くことにしたのだという。

何の仕事をするのかと訊いたら、キャバクラかスナックのホステス、それが一番手っ取り早いから、と希は答えたあとで、これから絶対仙台の国分町は景気がよくなるはずだから、と付け加えた。驚きはしたものの、違和感はなかった。驚いたのは、あれだけ怖がっていた海のそばで店を再開することにした、という決意のほうに対してである。

引っ越し先は中学時代に最も仲が良かった上村奈津子のマンションで、しばらく居候させてもらうことになったとの話だった。結局、自然の流れで、聡太が引っ越しの手伝いをしてやることになった。希の持ち物は皆無に近い状態であったから、シビック一台で事足りた。

それにしても、希は強いと思う。津波で親を亡くしたのは聡太と同じであっても、かたや古里へ逃げ帰ろうとしているのに対し、震災からわずか半年で明確な目標を持ち、その実現に向けて動き出そうとしているのだから、正直なところ羨《うらや》ましい。しかも、実際に希の予想通り、震災復興の影響で、震災後、一年を待たずして仙台の国分町は賑やかになったのだから恐れ入る。その希を迎えに、久しぶりに聡太は仙台に足を運んだのだった。

2

希が仙河海市に戻ることになったから、都合をつけて仙台まで迎えに来てほしい、と聡太に連絡してきたのは奈津子である。その際もちろん、何で俺が？　と訊いたのだが、仙台に連れてきてやったのは聡太なんだから仙河海に戻る時も手伝いなさいよ、というよくわからない理屈で押し切られてしまった。

まあしかし、休みが取れないわけでもなかったし、久しぶりに仙台の街を見るのも悪くないし、希のことは気になっていたし、ということで了解した。

そして今、聡太は奈津子のマンションで、彼女と希、二人の同級生を前にしていた。

奈津子は前回会った時と変わっていなかったのだが、希のほうはかなり印象が変わっていて驚いた。簡単に言えば、思わず見とれてしまうほど綺麗になっていた。元々整った顔立ちだったのだが、しばらくキャバクラ勤めをしていたせいか、いっそう華やかになり、しかも五歳くらいは若くなった感じだ。

「聡太、あんた、何見とれてんの？　のんちゃんに」

ティーポットの紅茶をカップに注ぎながら奈津子が言う。

「いや。なんか、ずいぶん前とは印象が変わったもんで」

「そう？」

希に訊かれて、うん、とうなずくと、

「聡太くんがここに送ってくれた時って、あたし、まだまだ思いっきり被災者だったから――」と笑った希が、

「でもねえ。さすがに二年も国分町で働いていると、お水の雰囲気が身体に染み付いちゃうのよねえ。仙河海に戻ったら、少し雰囲気戻さなくちゃとは思ってる。キャバクラを開くわけじゃないから」と答えた。

「仙河海に戻るってことは、開店の準備資金が貯まったの？」

「とりあえずね」とうなずいた希の横で、

「三ヵ月でお店のナンバーワンになってから、この前辞めるまでずっとトップだったんだってよ。そんでさ、辞めるって言った時、オーナーさんに、ママさんとして店を任せっから辞めるのは何とか思い留まってくれって泣きつかれたんだって――」と説明した奈津子が、

「すごいでしょ、のんちゃん」自分のことを自慢するように言った。

そんなにすごかないよ、奈津子だってその気になれば、だとか、あたしには絶対無理、などと言い合っている二人を見ながら、二年ちょっとで開店資金を貯めたのは確かにすごいとは思うけれど……と、聡太が考えていると、

「聡太くん」と希に名前を呼ばれた。

「なに?」

「聡太くんが考えているようなことはしてないからね、あたし」と希。

「え? どういうこと?」

「だから、身体を売ったりはしてないってこと」と言って、希が笑みを浮かべた。すかさず、

「嫌だ、聡太。あんた、そんなこと考えてたの?」と奈津子が睨《にら》んできた。

「考えてないって」と否定しながらも、希の指摘は図星だった。

「ほんとは考えてたんでしょ?」奈津子に詰め寄られ、

「いや、まあ、確かに……」と降参すると、ほらね、という表情をして希が奈津子と顔を見合わせた。

まるでテレパシーを使っているみたいな希の勘の鋭さには驚いたが、なるほど、これならキャバクラであっという間にナンバーワンになってしまったのもうなずける。

「でも、確かに、早坂さんならすぐにナンバーワンになったのも不思議じゃないかも」

図星を指摘された居心地の悪さを取り繕うつもりでそう言ったのだが、

「それ、あんまり褒め言葉には聞こえないな」と希に言われてしまった。

「いや、褒めているっていうか、こんなに気さくなしゃべり方をする人だとは思ってい

なかったし」

「どっちかというと、これが素《す》だよねえ」

希に同意を求められた奈津子が、うん、とうなずく。

「そうなんだ」

うん、と顎を引いた希が、

「でもさあ、これでもけっこう必死だったんだよ。実際、キャバクラ嬢としては年齢が行き過ぎてるから、かなり無理して若作りしてたしさ。正直、もっと楽にお金が手に入るほうに流されそうになったこともある。でも、理想のお店を持つには安易なほうに流されちゃいけないって、それだけは自分の中にルールを作って守ってた」と気負いもせずに言う。

あっけらかんとした言い方をするだけに、この二年ちょっとの希の苦労が、よけいわかるような気がした。

「理想のお店って、具体的なプランはできてるの？」

聡太の質問に、

「スタイルはカフェバーでもショットバーでもいいんだけど、仙河海の若い人たちが気兼ねなく集まることができて、街の未来について何でも自由に語り合えるお店。もちろん、若者限定ってわけじゃなく、誰でも大歓迎だけどね」迷うことなく希が答えた。

「早坂さん」

「なに？」

「俺、マジで感動してる」

「なにそれ」と笑った希の隣で、

「聡太。あんた、ちょっと性格変わったんでないの？　そんな臭いこと、まともに口にするような人だったっけ？」と奈津子が首をかしげた。

「うーん、自分ではわかんないけど、でも、タクシーの運転手を始めてから、確かにちょっと変わったかもしれないな」と聡太が言うと、

「今の聡太のほうが、あたしは好きだな」

「あたしも、うん」

二人そろってうなずくものだから、少々照れ臭くなってしまう。

二人から視線を外し、リビングの隅に目を向けた聡太は、

「早坂さん、荷物ってあれだけ？」大きめのキャリーバッグを指さした。

「そうだよ」

「荷物、少なすぎない？」

「必要ないものは一切買わずにお金を貯めてたから。奈津子にはずいぶん助けてもらったけど」

「でも、仕事用の服とか、ずいぶん溜まったんじゃないの？」

「お店を辞める時に、若い子たちに全部あげちゃったから」

またしても気負いなく言う希は、やっぱり聡太にとっては不思議な人種である。でも、希が始めようとしているお店はきっと居心地がよい空間になるのだろうな、と素直に思わせるところがあった。

彼女を見習って俺もそろそろもう少し真面目に将来のことを考えなくちゃなあ、と思いつつ、

「ところで、出かける準備はもうできてるの？」と希に尋ねた。

いつでもオッケーだよ、とうなずいて自分から腰を上げた希を伴い、来客用の駐車場に停めていたシビックに乗り込んだ聡太は、奈津子の見送りを受けてマンションをあとにした。

最初の交差点を折れたところで、後ろを向いて奈津子に手を振っていた希が姿勢を戻し、

「せっかく仙台に来たのに、ゆっくりできなくてごめんね。たまには仙台で飲みたかったんじゃない？」と訊いてきた。

「いや、気にしないで――」と答えたあとで、

「さてと、どこを通って帰ろうか？　リクエストはある？」と尋ねると、

「海沿い」と即答が返ってくる。

「といっても、どの辺から？　あまり手前から海岸線に出ると、仙河海に着いたころには夜になっちゃうけど」

「暗くなる前に帰ることができれば、どこでも」

希の返事にいくつかルートを検討してみた聡太は、

「三陸自動車道を終点まで走ってから南三陸町に出て、そこから北上かな。それだと五時半くらいには到着すると思う」と提案した。

「うん、それでいい」

「わかった」とうなずき、東北縦貫自動車道のインターチェンジへと車を走らせる。

長いトンネルを二つ抜けたあとで仙台宮城インターチェンジへと乗り入れた聡太は、少し遠回りになるのはわかっていたが、北へ向かわずに南へ車を走らせた。

「あれ？　方向、逆じゃない？」

首をかしげた希に、

「荒浜《あらはま》の辺りがどうなったか、東部道路からだと見えるから」と答えた。

現在の仙台市は、環状の自動車専用道路で一周できるようになっている。ぐるりと一周すると、六十キロメートルくらいになるだろうか。その路線のうち海側を通っているのが仙台東部道路で、東日本大震災の時の大津波は、その道路まで到達している。盛土された上を走っているため、堤防のかわりになり、それ以上の浸水を食い止めた自動車道である。

聡太が口にした荒浜というのは、震災直後の情報が混乱している中で、沢山の遺体が漂着しているというニュースをアナウンサーが報じていた場所だ。あの夜、聡太もカーナビのワンセグテレビでそのニュースを見ていたが、半信半疑で聞いていたのを覚えている。

久しぶりに走る東部道路からの眺めは、仙台の街の中と同様、津波の傷跡を思わせるようなものは皆無に近かった。

聡太がこの辺りに初めて足を運んだのは、震災から二ヵ月くらい経ったころだった。あのころは、復旧作業自体がほとんど進んでおらず、東部道路の東側に広がる田圃《たんぼ》や畑には、おびただしい瓦礫が残されたままだった。あるいは、一階部分が破壊されたり浸水したりした家々が、何一つ手をつけられない状態であちこちに佇んでいた。それが今は、高速道路から遠目で見ているせいもあるのだろうが、まったく目につかない。唯一、津波の痕跡として目に届くのは海岸沿いの松林だけで、以前は海岸線に沿って途切れることなく連なっていた松林が、歯の欠けた櫛《くし》のように見えている。

車のハンドルを握りながら、

「ところで、最近の国分町はどうなの？　そこそこ景気がいいとは聞いているけど」

と、希に尋ねてみる。

「まあ、全体的に人出は多いけど、お店にもよるかな。この二年半で、ずいぶんお店が入れ替わったよ――」と答えた希が、

「でも、仙台で暮らしていると、震災はすでに過去のものになりつつあるのがよくわかるな――」と口にしたあとで、

「震災から一年くらいまでは、お客さんの会話の中心はやっぱり地震や津波のことだった。というか、みんなが自分の震災体験を話したがってた感じかな。それが今はほとんどゼロ。もうじき震災から三年が経つけどさ、そういう節目でもない限り、ちらりとも話題に出なくなっている」と付け加えた。

「まあでも、いつまでも震災を引きずっているわけにはいかないだろうし、忘れることで前に進めるということもあるしね。だから、それって日常が戻った証拠でしょ」

「確かにねえ。あれだけ耳にしていた絆っていう言葉も、今ではめったに聞かなくなったしね。むしろ今は、口にするのを躊躇《ちゅうちょ》しちゃう感じ？　あの言葉って、いったい何だったんだろ」

「元々は阪神淡路大震災の時に使われだした言葉みたいだよ」

「そうなの？」

「うん。関西から来たボランティアの人をタクシーに乗せた時、なんか、そんなような

ことを言ってた」

「じゃあ、今回の絆っていう言葉、ボランティアの人たちが広めたわけ？」

希にそう訊かれた聡太は、

「はっきりしたことはわからないけど――」と答えたあとで、

「誰が言いだしたかとか、そういうことよりも不思議なのは、あれだけ急速に一気に広まったのはなぜか、だよね。実は俺、ああ、こういうことだったのかと、最近気づいたんだ」と言った。

「気づいたって、何に？」

「ちょっと説明が難しいんだけど、絆っていう言葉が使われ出したタイミングを考えると、結びつきが消えていく不安があったんだと思う」

「どういうこと？」

「うん。震災直後ってさ、被災した人も被災していない人も、日本人全員の心が一つになったような感じがあったよね」

「本当に直後の沿岸部では、生き延びるのに必死でそれどころじゃなかったけどさ――」と口にした希が、

「まあでも、確かにそうね。あのころのあたしたち、外からあたたかい手が差し伸べられるたびに、何でこんなにって不思議なくらい泣いてたものね。感謝の気持ちでいっぱ

いになってさ。津波で目にしたものがあまりに悲惨だったから、その反動だったのかもしれないけれど、でも、うん、確かにそうだったな。そこから、自然発生的に絆っていう言葉が生まれたのかも」

「俺も最初のころはそう思っていた。でもさあ、時間が経つにつれて、考え方がちょっと変わってきた。すでにそのころから、いずれは互いの心が離れていくはずだってことが、何となくわかっていたんじゃないかな。当たり前なんだけど、被災地と被災地以外では、時間の流れや進み方が違うじゃない。ずっと心が一つで居られるわけがないんだよね。実際、今はすっかりバラバラになっている感じだし。その不安を無意識のうちに繋ぎ止めようとする言葉が絆だったんじゃないかと思う。だから、糸が半分っていう書き方をするのが、なんかすごくよくわかる。ということで、結論的なことを言えば、叶うはずのない願いを込めるのにぴったりの一文字だったんじゃないかな、絆って言葉は」

「聡太くん」

「ん？」

「聡太くんって、典型的な理系人間かと思ってたけど、案外、哲学的なことを考えてるんだね」

「仙河海でタクシーの運転手をしているとさ、考える時間だけはいっぱいあるんだ。し

かも、毎日津波の跡の光景を目にしながらだからね。それじゃあ、誰だって哲学的になると思わない？」と苦笑してみせたあとで、

「ところで、早坂さんって、どうして仙河海に戻って店を再開することにしたの？　仙台に送って行った時は遠慮して詳しく訊かなかったんだけど、差し支えなかったら教えてほしいな」ずっと気になっていたことを訊いてみた。

「そうか。聡太くんにはちゃんと話してなかったよね、ごめんなさい――」と謝った希が、

「確かに、津波でママが死んでお店もアパートも流されて、最初のころは海に近づくのも怖かった。それが変わったのは、街おこしグループの定例会に顔を出したのがきっかけ。彼らが集えるようなお店がこの街にできたらいいだろうな、と思ったの」

「そのグループって、もしかして啓道《ひろみち》が代表をやってる楽仙会《らくせんかい》のこと？」

聡太が口を挿《はさ》むと、

「え？　聡太くんって、啓道くんのこと知ってるの？」驚いた声を出して希が運転席のほうに身体をねじった。

ちらりと助手席を見やってから、

「小川《おがわ》菓子店の啓道だろ？　俺らの二コ下の学年の」と口にすると、

「うん、そうよ。でも、聡太くんが啓道くんと顔見知りだったとは知らなかった」と

希。

「一応、俺も楽仙会のメンバーではあるんで」

「えっ、ほんと？　いつから？」

さっきよりも驚いた顔になって希が尋ねる。

「震災の年の暮れから、だな。靖行に誘われて楽仙会の忘年会に参加したのがきっかけ。やってることが面白そうだったんで、それ以来」

「なんだ、そうだったんだ。やっぱり狭いなあ、仙河海。ほんと、嫌になっちゃう」と言って希が苦笑した。

仙河海市の狭さについて、どちらかというと愛情を込めた口調でくさしてみせた希が、

「でも、それだったら話が早いや。あたしがあの街でお店を再開したい理由、何となくわかるでしょ？」と言う。

3

楽仙会というのは、自分たちで掘り起こした街の魅力を積極的に内外に発信していくことを目的に、今から七年ほど前に発足した、いわゆる街おこしグループなのである

が、まったく堅苦しくないところが聡太も気に入っている。中心になっているメンバーは、お菓子屋の小川啓道の同級生たちなのだが、会則や規約、さらにはメンバーの括《くく》りもないという、やたらとゆるくてアバウトな形態を取っている。

普通だったら長続きしそうもないように思えるところ、震災を挟んでも途切れず続いているのは、週一回の定例会をその時に参加できるメンバーで必ず開く、という唯一の決まりをずっと守っているからだろう。

たまに聡太も参加しているが、定例会といってもコーヒーを飲みながらの雑談みたいなものだ。そんな雑談の中から何か面白そうなことがあったら、言い出しっぺを中心にみんなで協力してやってみようか、という肩肘を張っていないところがいいのかもしれない。

何となくわかるでしょ？　と言った希が続ける。

「あたしが定例会に顔を出させてもらった時、震災後の企画として、啓道くんたち、観光案内課の復活を考えていたのよね。自分たちも被災して大変な時に、この前向きな明るさっていったい何？　って、ちょっとびっくりしちゃってさ。絶対にこの街でお店を再開するって決意した直接のきっかけはそれだったわけ」

なるほど、それならわかる、と聡太は希のほうをちらりと見やり、口許を弛めてうなずいてみせた。

希が言った「観光案内課」というのは、役所の観光課とはまったく関係ない。元々は「勝手に観光案内課」という冗談めいた名称で行っていた企画だ。今は津波で流されてしまって跡形もないJR南仙河海駅の空きスペースを使って、観光客のおもてなしをしていたらしい。

それをバージョンアップして震災からわずか半年でスタートしたのが、「楽仙会の観光案内課〜人巡りツアー」という、冬季を除いて毎月一回のペースで行われている新企画である。

聡太も、これまでに何度か「楽仙会の観光案内課〜人巡りツアー」に案内係として参加している。ツアーという名前がついているものの、参加人数は十名前後から多くても十五名くらいまでと、こぢんまりしたものだ。というより、それ以上に拡大しないようにしている。仙河海の街をのんびり徒歩で巡りながら、街で仕事や商売をしている人から直接話をしてもらう、という形を取っているからだ。つまり数を目的にしているのではなく、少しずつでかまわないので、仙河海市のファンを増やして人と人がよい関係で繋がって行こう、というのが趣旨なのである。

この企画、なかなか好評だ。実際、東京方面からのリピーターも多い。

最初に案内係の一員として参加した時、聡太自身がこのツアーに魅力を感じた。集合場所から解散場所まで、徒歩でゆっくり移動するというのが実にいいのだ。

その時によってルートは変わるものの、たとえばこんな感じで街を巡る。

集合時刻は、基本的に午前十時五十分と、少しゆっくりめだ。集合場所は、仙河海中学校の隣にある市民会館前のロータリー。出欠の確認を兼ねて、どこからの参加か簡単に自己紹介をしてもらったあと、手作りの旗を先頭に裏路地を下りていくのだが、案内係が時おり立ち止まり、ここから土器が出土して、だとか、この道は普段こういう使われ方をしていて、あるいは、そこの家の犬は必ず吠《ほ》えますので要注意、などと、ユーモアを交えて説明する。

ほどなく丘を下りきると、そのとたん、周囲は殺風景になる。すでに津波の浸水地域に立っているからだ。震災直後、瓦礫で埋め尽くされていた場所は、今はすっきりしている。人の暮らしが営まれていた痕跡は、まだ残っている建物の土台だけだ。

盛土でかさ上げされている道路を横切った先に、以前は新聞社のビルだった建物がある。今は公民館として市民に利用されているのだが、楽仙会の代表の啓道が、震災当時、ビルの中で一晩を過ごしている。近くにある彼の菓子店が津波で流され、このビルに避難していたのだ。湾内で発生した火災が迫るあの寒い夜、避難してきた人たちとどうやって一夜を耐え抜いたか、ツアーの参加者は、彼からリアルな体験談を聞くことができるのである。

次いで、啓道の菓子店があった跡地を経由して魚市場のほうへと歩いていくのだが、かさ上げされた道路には歩道がないので、少々歩きにくい。しかしそれも、参加者には新鮮な体験のようだ。

その後、以前はこぢんまりしながらも明るい雰囲気の商店街があった通りを歩き、魚市場の前に到着すると、そこで待ち構えているのが磯浜水産という水産会社の社長である。仙河海市を長いあいだ離れていた聡太は、楽仙会の活動に参加するようになってから社長の遠藤遼司《えんどうりょうじ》と直接の面識ができたのだが、若い連中から怖がられながらも親しまれている、なかなか面白い人だ。年齢は聡太より十歳上で、中学と高校の先輩でもある。学生のころはかなりやんちゃだったらしく、数々の伝説を持っていて、その噂は聡太ですら耳にしていたくらいだ。

その遼司から、津波の際にどうやって自分たちは動いたのか具体的な話を聞いたり、これからの街の姿のあり方についての熱弁に耳を傾けたりと、漁業の街として生きてきた仙河海市の素顔に直接触れる機会が持てて、参加者たちは楽しそうだ。

その後、岸壁沿いに歩いて、昼食場所になっている高台に建つ観光ホテルへと到着するのだが、ここでもホテルの支配人から震災時の話を聞くことができる。しかも、仙河海湾を一望できる屋上に上って耳を傾けるので、ロケーションとしては最高である。

レストランに戻り、歓談しながらゆっくり昼食を摂ったあとは、再び内湾沿いの散歩だ。内湾の端まで歩いたところで、今はプレハブの仮設店舗で営業している酒屋さんの親子から話を聞き、それから街の中心部に引き返していく。

終点は南坂町の一角にあるお茶屋なのだが、この周辺の店舗はすべて津波で大きな被害を受けている。古民家風のそのお茶屋は、楽仙会のメンバーの実家でもあり、店舗の奥が広い座敷になっている。そこで美味しいお茶と手作りのお汁粉をいただきながら、参加者たちが一人ずつその日の感想を述べて交流を深め、だいたい午後五時くらいに解散となる。そのあとも、時間のある者は残ってしばらく歓談が続く、というのがいつものことだ。

仙河海市までの交通費と昼食代は自己負担であるものの、人巡りツアーへの参加費はお茶とお菓子代だけという手軽さである。

考えてみれば、仙河海の街をゆっくり歩くということ自体、仙河海市に住んでいてもめったにしない行為である。自分の足で歩くことで気づくものや、考えさせられることは実に多い。回によってルートを変えたり、ボランティアで話をしてもらう人を順番で交代してもらったりしているので、ツアーを企画して案内している自分たちでも新たな発見だらけだ。

このツアーに加えて、昨年は新しい試みとして「みなとの学校」という勉強会も企画した。仙河海市の歴史やカツオ漁に詳しい仙河海市出身の大学の先生を招き、参加者を募って自分たちの知らない街の歴史を勉強する会である。去年の春と秋に一度ずつ開催しており、二度目の時には土佐のカツオ船の船頭さんに話をしてもらったり、勉強会の翌日にフィールドワークを実施したりと、とても楽しい企画になった。

人巡りツアーも、みなとの学校も、参加者同士の交流も大きな目的なので、団体での参加は募集していないのだが、だいたいいつも定員に達する参加数は確保できている。

といっても、被災地を案内するのが目的ではないよね、というのが楽仙会のメンバーに共通した意見であり認識だ。今の段階では被災地の案内的な方向に偏るのは仕方ないにしても、いずれは、被災地うんぬんとは関係なく皆が楽しめるものにしたいと願っている。代表の啓道などは、自分たちがやっているようなことを地元のおばちゃんができて、そんな観光案内で年に百万円くらいの収入になるような仕組み作りができればいいなあ、などと、半ば本気で未来の夢を描いているみたいだ。

こうした観光企画だけでなく、楽しそうなことを思いついたらとりあえずやってみる、というのが楽仙会のモットーだ。たとえば、去年の暮れは内湾を望める場所に新しくできたカフェを借り切り、参加希望者を募って賑やかな忘年会を実施した。新しい年度からは、また違った企画がいくつか実現を待っているという状況だ。

そんな彼らと、震災後の避難生活の中で付き合うことのできていた希は、ある意味、幸運だったに違いない。それは聡太にしてもまったく同様だ。仮設住宅暮らしをしながらのタクシーの運転手、という今の姿を十年前の自分が見たら眉を顰《ひそ》めるかもしれない。しかし、十年前よりも今のほうが日々充実している、というのが、嘘偽りのない聡太の実感である。

4

仙河海の街の現状や知り合いの噂話《うわさ》を希としながら北上する国道四五号線は、まあまあ順調に流れた。震災以後、復興関連の仕事や活動に携わる県外ナンバーの車両が多くなった。そのせいで、出勤や退勤時刻になると、あちこちで交通渋滞が発生するようになった。もともと迂回路の少ない海岸線沿いの道である。時には、たった一つの信号で大渋滞を引き起こす。

それでも最近は、瓦礫置場をひっきりなしに往復するダンプカーが列をなしていたピーク時よりは、少しましになってきた。

仙河海市に入ってしばらく走っていると、右手前方に大井海岸が見えてきた。以前は、海水浴場百選にも選ばれていた美しい砂浜を持つ海岸なのだが、現在は真っ黒いビニールに土を詰めた大きな土嚢《どのう》が何段にも積まれ、見る影もない。津波と地盤沈下で一度は消えた砂浜が少しずつ戻って来ているようだが、かなりの高さの防潮堤ができる予定になっており、その建設によって再び砂浜は潰されてしまうらしい。

「やっぱり、綺麗……」

助手席の希が呟くように言った。希は、久しぶりに見る海の景色に感動しているみたいだ。太陽は沈みかけているのだが、天気がよいこともあって、海がきらきら眩《まぶ》しく輝いている。

しかし、すぐに標高が下がっていき、土嚢に阻まれて海が見えなくなる。計画されている防潮堤は、その上端よりもかなり高くなるはずだ。

希に声はかけなかったが、海が見えなくなった落胆のため息が助手席から届いてくる。本人が言っていた通り、海への恐怖心は本当に克服できたのだろう。

やがてバイパスと旧国道の分岐点が迫ってきた。

「靖行の家に直接向かっていいんだよね」

信号待ちをしながら希に尋ねる。

靖行の姉と希はかなり仲がいい、ということを聡太が知ったのは、わりと最近になってからだ。震災前は、希の店に時おり行っていたようだ。で、希が仙台から仙河海市に戻ってくると聞いた彼女が、仮設住宅に入らずにうちに居候《いそうろう》しなさいよ、と半ば強引に誘ったらしい。靖行の家も会社も、津波で流されている。その自宅が、去年の暮れにようやく完成していた。靖行の姉は聡太もよく知っているのだが、とにかく面倒見のよい人なのだ。身寄りのない希を放っておくことができないのだろう。

三世代一緒に暮らす靖行の新しい家は、仙河海市の中心市街地の少し手前にあるので、バイパスから旧国道に折れたほうが近いのだが、少し考える仕草をしていた希が、信号が青になると同時に、

「その前に、どこかで話ができる場所はないかな？」

「俺と二人だけで？」

「そう」

「じゃあ、どっかの駐車場に車を停めようか」

「なんか、密室っぽくてやだな」

「べ、別に俺、早坂さんを襲うとかしないぜ」

「でも……」

「わかった。じゃあ、靖行の店にでも行こうか」

旧国道のほうには右折せずに、バイパスを直進しながら訊いてみる。

「錨珈琲《いかりコーヒー》？」

「うん」

「お店、今どこにあるんだっけ？」

「上町田《かみまちだ》の仮設プレハブ。靖行ん家の会社の事務所も同じプレハブにある」

「そっか。なら、ちょうどいいかも。美菜子《みなこ》さんの都合がいいようだったら、聡太くん

に送ってもらわなくてもすむかもしれないし」

美菜子というのは靖行の姉の名前だ。父親が経営する貿易会社の経理部長をしている。

「じゃあ、そうしよう」

うなずいた聡太は、ゆるやかに湾曲しているバイパスを北上していき、トンネルの手前に出てくる大きな交差点を右折して市街地に入った。

震災後、初めて仙河海市に来た時、泥に覆われているように見えたので、右折せずに通り過ぎた交差点だ。しかし、この辺りの街並みには震災の傷跡はまったく見られない。

唯一、震災を物語っているのは、靖行が経営しているコーヒーショップ「錨珈琲」が入った建物が、長屋式二階建ての仮設プレハブであることなのだが、しかしそれも、よほど想像力をたくましくしない限り、外から来た者には思い描けないだろう。

今の仙河海市は、少しずつ復興に向けて動き出しているとはいえ、場所によって、人の眼に映る光景のギャップが激しすぎるのが実態である。

帰れぬ故郷

1

二階にある事務所に顔を出していた希が一階に下りてきて、錨珈琲の入り口から入ってきた。プレハブ造りの建物のため、ドアや窓はアルミサッシの引き戸であるのだが、内装はそれなりに凝っていて、店内に入ってしまえば意外に落ち着く空間になっている。

カウンターで自分の飲み物を注文した希が、聡太が待っていたテーブルの前までやってきて、

「美菜子さん、あとで家まで乗せて行ってくれるって」と報告しながら椅子を引いた。

椅子に腰を落ち着けた希が、

「今日はありがとね」と柔らかく微笑む。

「どういたしまして。というか、久しぶりのドライブで気分転換になったし、ちょうどよかった――」と言った聡太が、

「しかしまあ、奈津子の強引さに押し切られた側面はあるけどね」と苦笑すると、

「ごめん。実はあたしが奈津子に、聡太くんに迎えに来てもらえるように頼んだの」と希。

「えっ、そうだったの？」

「うん」

なるほどそうだったのか、と聡太が胸中でうなずいたところで、希がオーダーしたカフェ・ラテが運ばれてきた。

カップに口をつけて、美味しい、と口許を弛めた希が、

「詳しいことは奈津子にも言ってないんだけど、ちょっと込み入った話があるんだ」一転して難しそうな顔になる。その表情の変化とともに、希がまとっている空気そのものが変わったように思えて戸惑いを覚える。

込み入った話とはいったい何だろう、と思いつつ、

「俺に関係あることなの？」と尋ねると、

「あると言えばあるし、ないと言えばないかな」と言って、希が眉を寄せた。聡太を焦《じ》らそうとしているのではなく、自分でも少し迷っている様子だ。

口を挿まずに待っていると、ほどなくして希は、自分に向かって小さくうなずいてから顔を上げた。

「笑子《えみこ》、覚えてる？　中三の時のクラスが七組で部活は美術部。生徒会執行部にいた昆《こん》野《の》笑子」

その名前にどきりとする。内心の動揺を隠しながら、

「あ、うん。覚えてるけど」と、聡太は返事をした。

「聡太くんって、高校時代、笑子と付き合っていたよね」確認する口調で希が言った。つかの間、言葉を失って希の顔を聡太は見やった。その落ち着き払った表情から、否定しても無駄なのはわかったものの、

「なんで、早坂さんが知ってるわけ？」と訊かずにはいられなかった。名前の挙がった昆野笑子と希、そして聡太の三人は、中学卒業後に進学した高校はバラバラである。それに、笑子とはおおっぴらに付き合っていたわけでもない。

「狭い街だもん。どんなにこそこそ付き合ってても、その手の噂ってすぐに広まっちゃうよ」

当たり前でしょ？　という顔つきで笑った希が、

「で、笑子とはどの程度の付き合いだったの？」再び真顔になって訊いてきた。

「ちょっと、待って、早坂さん。何で急にそんなことを訊き始めるわけ？」

「いいから答えて、大事なことなの」

有無を言わせない声と眼で、希が言う。遺体安置所を訪ねた時の、頼りなげな早坂希はどこにもいなかった。聡太の目の前にいるのは、明確な意志を持った強い女性だ。

考えてみれば、希がどんな人間なのか、ほとんど知らないのと一緒である。今、向き合っている希が、本来の早坂希なのだろう。実際、仙河海で仕事を再開するために二年以上も夜の世界で働き、そのままずるずると流されることのなかった人間だ。その希から真剣に問われて、適当に誤魔化すことはできそうもなかった。

自分のコーヒーをひと口啜ったあとで、わかった、とうなずいてから、

「笑子と付き合っていたのは、高二の秋から高校卒業前までの一年半くらい、かな。でも、その時はごく普通のというか、たまにデートしておしゃべりをする程度だった。まあ、キスくらいはしたけど、それ以上のことはなかった」と答えると、

「なるほど——」と得心した顔になった希が、

「じゃあ、笑子と深い関係を持ったのは教育実習の時なのね。やっぱりそうか」と言った。

希の言葉にあっけにとられて、彼女の顔をまじまじと覗き込む。

「あ、その顔、図星なんだ」

そう言って笑みを浮かべた希に向かって、聡太は、降参の意味を込めて軽く両手を挙

けてみせるしかなかった。

高二の時の文化祭がきっかけで笑子とは一年半ほど交際をした。といっても、デートをするのは一週間に一度か多くても二度程度。公園や神社の境内でおしゃべりをするのが中心だった。二度だけ仙台まで映画を観に行ったことはあるが、希に言ったように、キス以上の関係に発展することはなかった。高校生らしいと言えば高校生らしい、淡く、健全な交際だったと思う。

笑子との交際は、特別な別れ話が出たわけでなく、高校を卒業する前に自然に消滅した。互いの進路がまったく違っていたのが大きかった。笑子は、両親ともに教員という家に生まれた二人姉妹の長女である。仙台の教育大に進学して教員になり、いずれは仙河海市に戻って家を継ぐことが、本人の中では既定路線として決まっていた。

教員一家、という言葉は、いまだに死語になっていない。世襲とまでは言わないまでも、その家の跡取りが代々教員をして家を継いでいるケースが多い。それについては、笑子も子どものころから特に疑問を感じてはいなかったみたいだ。むしろ、好きな美術を仕事にできるということで、美術教師になるのには前向きだった。

その一方、聡太はというと、仙河海市に残って、あるいは戻って家を継ぐ気は最初からなかったし、それが可能な家庭環境にあった。

したがって、高校を卒業したあとの二人には、まったく違う未来が待っていた。聡太も笑子もそれを自明のものとして受け入れていた。そういう部分に関して当時の笑子は、とても理性的だったように思う。といっても、今思い出してみると、二人とも少々背伸びをしていただけかもしれない。高校生ぐらいの年ごろにはありがちだが、あえて平静を装い、強がっていたような側面があったのは否めない。

ともあれ、本格的に受験勉強が忙しくなってきたころから、たまに電話で話をするだけで、直接会うこともなくなった。メールどころか携帯電話も普及していなかった時代である。物理的な距離が、そのまま互いのあいだの隔たりになるのは仕方がない。

二人の進路が決定して、聡太が東京に、笑子が仙台へ行く直前に、直接会った。しかしその時も、じゃあ頑張って、と互いに励ましの言葉を交わしただけで、それ以上は何もなかった。

その笑子と一度だけ、寝たことがある。これも希が指摘した通りで、大学四年の時、母校の仙河海中学校に教育実習生として通うため、仙河海市に戻って来ていた時だ。

教職に就く気はなかった聡太が教職課程を取ったのは、一種の保険のようなものだ。そのおかげで、かなり忙しい学生生活になったのは確かであるが、元々勉強が苦にならない性質《たち》だったので、単位の取得は苦痛ではなかった。

そして、考えてみれば当然ではあるのだが、教育実習先の仙河海中学校で、笑子と再会した。その二年前の成人式で会った際には、中三の時のクラスが違っていたために、挨拶程度の会話をしただけだった。ところが教育実習期間中は、その時とは比べ物にならないほど、二人が顔を合わせている時間が長くなった。

　聡太が笑子を抱いたのは、教育実習が終了して大学に戻る前日だった。

　教育実習の最終日、指導教官をした先生方が、実習生のために慰労会を開いてくれたのだが、帰り際、聡太と笑子は、翌日二人で会う約束をした。その時点で、何を目的に会うのか互いに了解ができていた。たぶん、高校時代の交際や別れ方に、二人とも不完全燃焼のような心残りがあったのだと思う。聡太にも笑子にも、大学に戻ればそれぞれ付き合っている相手がいたことも、むしろ、背中を押した。言葉にすると陳腐なものになってしまうが、後腐れのない一度限りの関係を互いに望んでいた、ということだ。

　そして慰労会の翌日、聡太は実家から借りた車に笑子を乗せてモーテルに行き、肌を合わせた。それ以来、彼女とは一度も会っていない。

　その顔、図星なんだ、と口許を弛めた希に、

「確かにそうなんだけどさ。なんで早坂さんがそこまで知ってるわけ？」

　あきらめて聡太が訊くと、

「笑子、あたしの親友だから」何の気負いもなく希が答える。

「嘘」と思わず口について出てしまう。

「嘘じゃないよ。といっても、親しくなったのはあたしが仙河海に戻って来て、ママの

代わりにお店に立つようになってからなんだけど」

希が仙河海市に戻ってから笑子と親しくなった、という答えに、

「あ、そうか。それなら、まあ、わからないでもないけど……」そこで言葉を切ると、

「妙な組み合わせだと思っているんでしょ」と希。

「確かに、うん」

希と奈津子の仲が良いのはよくわかる。しかし笑子は、希とはまったく違うタイプだ。水と油と言っていいくらいかもしれない。それに、付き合っていた時に本人も認めていたけれど、笑子には同性からの受けがあまりよくないところがある。

笑子は、訊けば誰でも、学年で、いや学校で一番の美人だと答えるだろう。可愛い、という表現ではなく、美人、という言い方が合っているタイプでスタイルもいい。そんなふうに、モデルみたいに整った容姿をしているうえに、生徒会執行部のメンバーに選ばれるくらい頭がよくてしっかりしているので、中学時代、男子からは憧れの的だった。けれど、ちょっと冷たそうな雰囲気を身にまとっていたのも事実だ。それがまた男子の眼にはミステリアスな魅力に映ったのだが、女子からは疎まれていたように思う。そんな部分は、のちに聡太が付き合うようになった亜依子に似ているかもしれない。それはよいとして……。

唐突に希が笑子の話を持ち出したことに、相変わらず戸惑いを覚えていると、

「ごめんね、いきなりプライベートなことを訊いて――」と謝った希が、

「笑子ってさ、見た目となかみがいろんな意味で全然違うんだよね。けれど、そこが、あたしが笑子を好きな理由なんだ。自分のほうから人を遠ざけるようなところがあったり、すべてが事務的というか、なかなか本心を見せようとしないところがあったりするけど、本当は彼女、寂しがり屋で依存心が強くて繊細で、実はものすごく情熱的な人なのよね。バランスが悪いと言ってもいいくらいに。そんな今にも壊れてしまいそうな危うさが、笑子の魅力なんだな――」何かを懐かしむような眼をして言ったあとで、

「で、笑子があたしのお店に来るようになってから、すごく仲良くなっちゃってさ。ほとんど何でも相談できる親友みたいになってた。大人になってからでもこんな友達を作ることができるんだって、自分でも驚いたくらい。あたしの場合、中学時代の笑子をほとんど知らなかったのが、かえってよかったのかもしれないな」と言って言葉を切り、カフェ・ラテのカップに手を伸ばした。

　希の説明を聞いて、聡太の戸惑いや混乱は、かなりの部分、解消された。

「なるほどね。早坂さん、それで俺と笑子のことをあれこれ知ってるんだ」

「うん。二人が高校時代に付き合ったことがあって、教育実習で偶然一緒になってびっくりしたって、笑子が教えてくれたことがあるのよね。具体的なことまでは聞かなかったけど、笑子の表情を見ていて、あ、絶対に聡太くんと最後まで行ってるってピンと来

たんだよね。そういうことに関しては、あたしって、めちゃくちゃ勘が鋭いんだ。それでこうして確認してみたわけ」

鋭すぎるにもほどがある、と正直、呆れてしまうが、それよりも大事なことがある。まだ解消されていない疑問は残ったままだ。

「とりあえずそこまではわかったけどさ。早坂さんの目的はいったい何なの？」

あらためて聡太が尋ねると、

「笑子を助けてほしいの。聡太くんがそれを頼める相手かどうか、確かめたかったんだ」再び真剣な表情に戻って希が言った。

2

「笑子を助ける？」

「うん」

うなずいた希に、

「ていうかさ。早坂さん、今の笑子の居場所を知ってるの？」と尋ねると、

「偶然、この前、仙台で会った」

「笑子、仙台にいたんだ……」

聡太は驚きを込めて口にした。実は、中学の同期生のあいだで、昆野笑子は消息不明者のひとりに数えられていたからだ。

仙河海市を離れていた時には、自分のほうから積極的に情報を求めようとしない限り、中学時代の同期生の動向は耳に入ってこなかった。とりわけ聡太の場合、社会人になってからはすっかり疎遠になっていたため、ある程度まとまった情報が得られたのは、物故祭と年祝いの時くらいだ。

その物故祭と年祝いの両方に、笑子は出席していなかった。なぜかは、噂話の形で自然に耳に入ってきた。笑子は、物故祭のあった年の春から仙河海市の美術館に学芸員として勤務しているという話だった。だがその前、美術教師として勤めていた中学校で学級経営に行き詰まり、精神的に追い詰められて仕事を病気で休んだ末、最後には退職することになったらしい。それがあり、同期生とは積極的に顔を合わせたくはないようだった。事実、教員を辞めてからの笑子が時おり会っていたのは、錨珈琲の靖行くらいだったようだ。それも好きな銘柄のコーヒーを買いに店に立ち寄るだけで、それ以上に踏み込んだ話はしたことがないと、何かで笑子の話題が出た時に靖行が言っていたのを覚えている。

物故祭と年祝いのあとは、再び古里とは疎遠になって暮らしていた聡太だったが、震災後、仙河海市に戻ってきたことで、同期生たちの噂が、否応なく耳に入るようになった。

そのひとつに、震災後の笑子が消息不明だという情報が交じっていたのだ。といっても津波で行方不明になった、ということではない。震災時、何かの理由で笑子は実家のある大島に戻っていたらしい。家族の中で、身体が不自由だった祖母が津波で亡くなったものの、笑子と両親は無事だった。ヘリコプターで救助されたあと、しばらくは避難所生活をしていたところまでは確認が取れている。ところがその後、仮設住宅へは入居せず、どこへ行ったのか行方が知れなくなったまま現在に至っていたのである。

故郷を離れて東京に行ってから、亜依子を含めて三人の女性とそれなりに深い付き合いをした聡太であったが、亜依子と破局を迎え、さらに震災がきっかけで二度目の失業を味わい、ほとんど丸裸で古里に還ることになったせいもあるだろう。ままごとみたいな付き合いだったとはいえ、笑子は高校時代に好きになった相手である。しかも、一度だけだがベッドを共にしている女性だ。その笑子が行方不明と聞けば、気になるのは当然である。いったい彼女はどこで何をしているのだろうと、タクシーで客待ちをしていて同じくらいの年齢の女性を見かけた時とか、お客として乗せた時などに、笑子を思い出すことがあった。

そんな聡太の胸中を見透かしたように、

「で、聡太くん。今でも笑子のことは好き？　別れたといっても、べつに喧嘩別れしたわけじゃないんだよね」と希が尋ねた。

「いやあ、そう言われても、はるか昔のことだしなあ。好きだとか嫌いだとかの問題ではなくなっている感じかな。懐かしいのは確かだけど」

うんうん、とうなずいた希が、

「じゃあ、笑子が何かで困ってたら、助けてあげる？　助けてあげたい気持ちになりそう？」と重ねて質問をする。

「困ってる内容にもよるけど……」

聡太が曖昧な返事をすると、

「もちろん、笑子への下心があったって構わないんだよ」と希。

「早坂さん」

「なに？」

「早坂さんってさ。普通は言わないでおくようなことを遠慮せずに言うよね」

「あ、それ、笑子からもよく言われてた」

あはは、と笑う希に嫌みな感じは全然なくて、むしろ安心できるというか癒やされるというか、これは彼女の持っている天分みたいなものかもしれない。

「とりあえず、具体的なことを話してみて。やっぱり気になるから」

わかった、とうなずいた希が話し始める。

「笑子と会ったのは、あたしがお店を辞める日の二日前だから、今から五日前の夜。早上がりの日だったから、時刻は十二時半くらいだったかな。お店の送迎は断ってタクシーに乗ろうとしていた時に、笑子によく似た女の人を偶然見かけたわけ。で、人違いだったらそれでもいいやと思って、タクシーに乗らずに、その人を追いかけたんだ。そしたら、やっぱり笑子だったんで、すごいびっくりした。というか、青天の霹靂《へきれき》ってこういうことを言うんだって、真面目に思った」

「何でそこまで驚いたの？」

聡太が首をかしげると、聞いても驚かないでね、と念を押すように言った希が、

「その時の笑子、お店の裏口から出てきたんだけど、それって風俗店だったのよね」と答えた。

「それは、えーと、キャバクラとか？」

聡太が口にすると、

「それだったらそこまで驚かないよ。なんせ、あたし自身がキャバクラからの帰りだったんだし――」と口許を弛めた希が、

「だから、文字通りの意味での風俗店」わかった？　という表情で言う。

「まさか……」

二の句が継げないでいる聡太に、

「ほんと、まさか、よね――」と同意してみせた希が、

「で、向こうもびっくりしたみたいで、最初、逃げようとしたんだ。でも、何とか捕まえて近くのコンビニに連れ込んで、十分くらいだけど立ち話をすることができた」

そこまで言ってから、喉の渇きを癒やすように、温《ぬる》くなっているカフェ・ラテをひと口啜った。

「で、何だって？」

「短い時間だったし、笑子の口も重かったんで細かいことまでは聞き出せなかったんだけど、避難所から出たあと、東京の妹さんの家にしばらくいたみたい。仙台に戻ってきて働き出したのは去年の春ごろから。最初の勤め先はスナックだったらしいんだけど、すぐに風俗店に移ったようね――」と答えた希が、

「でもまあ、よく考えてみれば、あの性格だからさ。スナックやキャバクラでの接客よりも、笑子にとってはそっちのほうが楽だったのかもしれない」と言って、切なそうな表情をした。

「何で妹さんのところから出たんだろ？」

「それはちょっとわかんない。聞いてる時間、なかったし」

「だとしても、仙河海に戻ればいいはずだよね。とりあえず仮設には入れるし、美術館が再開したらまた働くことができたはずだし」

「笑子にはそういかない事情があるの」

「何、その事情って」

うん、とうなずいた希が、少し間を置いてから口を開いた。

「あたしが会った時の笑子、子どもを抱いてたのよね」

「えっ！」

思わず声を上げた聡太に向かって、希が、しいっ、と人差し指を唇に当てた。周囲を二、三度見回してから、

「二歳くらいの可愛い男の子」と希が付け加える。

「それって、笑子の子ども？」

周囲に聞こえないように声をひそめて尋ねると、

「そうだって自分で言ってたから間違いない」

「誰の子？　相手は誰？」

「それは教えてくれなかったけど、心当たりがないわけでもない」

「いったい誰だよ」

「ごめん。それはさすがにあたしの口からは言えない。知りたいなら、笑子から直接聞いて。それに、あくまでも心当たりがあるというだけで、確証はないし」

希がそう言うのも無理がないことだったので、かわりに、

「つまり、今の笑子は、シングルマザーってことだよね」と確認してみると、

「じゃなきゃ、あの手の店で働かないよ」と答えが返ってきた。

「それにしても何で風俗なんかで……」

「そういう子って、案外、多いんだよ。笑子が働いていたお店、託児所付きなんだ。いわば最後のセーフティ・ネットみたいな役割を果たしていると言えなくもない」

そう言って、希はため息を吐《つ》いた。

「説得とかしてみたの？　せめて風俗じゃないところで働いてみたら、とか」

「うん、とりあえず」

「そしたら？」

「放っておいてって、きつい眼で睨まれた。あんな怖い顔の笑子を見たのは初めてだった」

そう言って、希は悲しげな表情を浮かべて首を横に振った。

希から教えてもらった事実はあまりにも衝撃的で、実感がわかない。お金を得るために夜の街で働いているという点は同じでも、希と笑子では、意味合いが違いすぎる。

しばし会話が途切れたあとで、でもさあ、と言って希が続ける。

「やっぱり放っておくことはできないから、次の日、笑子が勤めているお店を訪ねてみたんだ。何とか説得できないかと思ってさ。ところが、笑子、そのお店、すでに辞めち

やってた。たぶん、あたしが来るって予想してたんだと思う」

「笑子とはそれっきり？」

「今のところは――」と、いったんはうなずいた希だったが、

「あたしが働いていたキャバクラのオーナーさんに、笑子の行方を捜してもらっているから、近いうちに新しい勤め先とか、上手くいけば住んでいる場所もわかると思う。夜の国分町って何だかんだ言って狭い世界だからさ」期待を込めた目で聡太を見つめてきた。

「つまり、笑子の居場所がわかったら、俺がってこと？」

自分を指差して聡太が言うと、

「うん。たぶん笑子、あたしの説得は聞き入れないと思う。というか、あたしには会いたくないんだと思うのよね。笑子にとっては、今の自分をあたしに見られたこと自体が屈辱に違いないから」

「親友どうしなのに？」

「あたしと笑子との関係って、ちょっと複雑なんだ。とても大切でかけがえのない友達ではあるんだけど、なんていうのかな、根っこの部分に緊張感があって、何かを競い合っているような部分もあるのよね。他の人にはよくわかんないかもしれないけれど」

わからないでもないような気がするものの、それには直接コメントせずに、

「でも、すでに仙台からいなくなっているってこともあり得るよね」と言ってみると、

「その可能性もないではないけど、あたしは仙台にいると思う」

「なぜ？」

「本当は笑子、心のどこかで助けを求めているんだと思う。わざわざ知り合いに会う可能性の高い仙台で働き始めてるのがその証拠。笑子自身には自覚がないかもしれないけど、夜の街にはそういう子がいっぱいいるんだよ。表面上はあっけらかんとしてるけどね。たまたまあたしに会っちゃったのがまずかったんだと思う。同じ会うにしても、それがたとえば聡太くんだったら、また違った展開になっていたかも」

希の言うことには一理あるように思えるのだが、問題なのは……。

ここでもまた、希は聡太の胸中をほぼ正確に見抜いた。

「昔自分と付き合ってた子が、どこの誰とも知れない男の子どもを産んで、しかも風俗で働いていると知って、ショックじゃないわけないよね――」と言ってから、

「笑子のこと、嫌いになっちゃった？　どうしても会うのが嫌だって言うなら、あたし一人で何とかするから、正直な気持ちを言ってみて」とうながした。

すぐには答えられない問いかけだった。すっかり冷めてしまったコーヒーに口をつける。味がよくわからないのは、冷めたせいだけではなかった。テーブルに置いたカップを両手で包み込んで考える。

やがて手元から視線を上げた聡太は、

「俺以外に協力してくれそうな人はいるの？　たとえば、奈津子とか」と希に訊いてみた。

「笑子と会ったこと、奈津子には言ってない。夜の世界のごたごたに友達を巻き込みたくないから」

「奈津子にも言ってないんだったら、知ってるのは俺だけか」

「そう――」とうなずいた希が、

「あたしは笑子が好きなんだけどさ。中学時代の笑子、女子の中で完璧に浮いてたみたいだから」と冷静な口調で言う。

「もし、俺が嫌だと言ったら、早坂さん、どうするの？」

「言ったでしょ。あたし一人で何とかするって」

「具体的にどうするかまでは考えているの？　笑子が実家にも妹にも頼らず、子どもを抱えて風俗で働いているってことは、よほど複雑な事情があるってことだ。家族に頼りたくても頼れないのかもしれない。となると、単に風俗をやめさせればすむって話じゃないよね。それに代わる仕事が必要だし、笑子が働いているあいだ子どもを預けられる先も確保しなくちゃならないし。そうしたことを考えると……」

「結局、風俗から足を洗って別な仕事を探せとは、安易に言えなくなっちゃうのよね」

と言って希が顔をしかめる。

「でも、やっぱり、幼い子どもを抱えての風俗店勤めって、笑子本人も子どもも絶対しんどい。どんなにお金のためって割り切っても、必ずどこかで歪《ひず》みが来ちゃうから。彼女、真面目すぎて精神的に不安定なところがあるし、何かの拍子に思い詰めちゃうんじゃないかって、それがすごく怖い――」と言った希が、

「だからあたし、何とか笑子を説得して、仙河海に連れ戻すつもりなんだ」決意を込めた口調で言った。

「こっちには戻りたがらないと思うけどなあ」

「世間体があるから？」

「うん、まあ」

「そんなこと言ってる場合じゃないよ。手遅れになってからじゃ遅い。必要ならあたし、しばらく笑子と一緒に暮らして、二人で子どもの面倒を見てもいいと思ってる」

「早坂さん。なぜ、そこまで笑子のことで親身になれるの？」と聡太が尋ねると、

「大事な友達が出口の見えないトンネルから抜けられないでいるのを黙って見ていられる？」と希に訊き返された。

　曇りのない瞳で真っ直ぐ見つめてくる希を見ているうちに、聡太の気持ちが次第に固まってきた。

「わかった。俺にどれくらいのことができるかわからないけど、協力するよ」

「ほんとに？」

「うん」

「よかった——」と言って肩の力を抜いた希が、

「さっきは一人だけで何とかするって見栄を張ったけど、ほんとは心細かったんだ。聡太くんに協力してもらえると心強い」安堵《あんど》の表情を浮かべる。

「じゃあ、とりあえず、早坂さんからの連絡待ちでいいのかな」

「うん。そんなに長くは待たなくていいと思う」

「だといいね」

うん、と、もう一度うなずいた希が、

「話が飛ぶようだけどさ。聡太くんと笑子って、案外お似合いのようにあたしには思えるんだけどなあ——」と口許に笑みを浮かべてから、

「でも、無理だよねえ」と言って肩をすくめた。

そりゃそうだよ、と即答しかけたものの、なぜか言葉にするのを躊躇している自分がいた。

リアスの街と

1

「これからどうなっていくんだろうなあ、俺たちの街……」

　聡太の真向かいの席で、手にしていたコーヒーカップをソーサーの上に戻しながら、誰にともなく吉大《よしひろ》が呟いた。

「何だよ。決めることを決めたとたん、またいつものネガティブ発言かよ」

　吉大の隣でマルカネの息子の俊也《しゅんや》が顔をしかめる。マルカネというのは海産物の加工販売や輸入を中心にかなり手広く商売をしている会社の屋号である。元々は魚問屋から大きくなった商社なのだが、事務所や工場のほとんどが津波で流されている。一方の吉大は、市内の病院に事務職員として勤めている。二人とも聡太の二年下の仙河海中卒業生で、楽仙会のメンバーだ。

「だってさあ。この前俺、屋台村で飲んだあとで歩きで帰ったんだけどさ。人が誰も歩いていないんだもん。途中でタクシーが一台追い越して行っただけ。これでほんとに七万人の街かよって感じ？　七百人しか住んでいないんじゃないかと思うくらい寂しかった」とぼやいた吉大に、

「正確には、仙河海市の現在人口は六万八千五百人くらいだよー」と、のんびりした口調で合いの手を入れた有紀《ゆうき》が、

「さっき決まった日程、ブログにアップしとくね」と言ってノートパソコンのキーを叩き始める。彼もまた吉大と俊也の同期生だ。「楽仙会の観光案内課〜人巡りツアー」の終点になっているお茶屋の息子なのだが、本職はグラフィックデザイナーで、現在は市内に自分の事務所を持っている。

「でも、今はまだ復興関連の人や車で、まあまあ賑やかって言えば賑やかだけどさ。復興事業が一段落したあとどうなるかを考えると、確かに楽観的にはなれないよね」仙河海市の新聞社で記者をしている晴樹《はるき》が吉大に同意する。吉大たちとは同期生ではなく、もう二歳ほど年下のはずだが、お菓子屋の啓道と一緒に楽仙会をスタートさせた創立メンバーの一人である。代表の啓道は、今週はかなり仕事が忙しいのに加え、復興関連の打ち合わせが重なっていて、今日の定例会には参加できないでいた。

「何でおまえまでネガティブになるんだよ——」晴樹に向かって非難の視線を向けた俊

也が、

「聡太さん。実際、最近タクシーはどうですか？　船が解体されてからやっぱり暇？」

と、聡太に尋ねてきた。

「確かにねえ。去年のゴールデンウィークあたりがピークだったかな。夏場も観光客の出足はまああよかった。それが、船が消えたとたんにパタッと止まった感じだな」

「だよねえ」

「やっぱり」

俊也と晴樹がそろってうなずき、吉大が、はあ、とため息を吐く。

船というのは津波によって五百メートルも陸の上を運ばれてきて鹿又地区に取り残されていた、三百トン以上ある大型漁船のことだ。震災遺構として残すか残さないかでずっと揉めていたのだが、結局去年の秋に解体されて、船のあった場所は、今は完全に更地になっており、誰も訪れる者はいない。

聡太を含めて今日の定例会の出席者は五名である。場所は、南坂町に古くからあるジャズ喫茶の「バードランド」だ。

震災以前は、喫茶店になっている啓道の菓子店の二階で定例会を開いていたらしい。ところが、その店舗が津波で流されてしまったため、震災後の定例会は流浪の民よろしくあちこちを転々としてきた。そして最近では、参加人数がそれほど多くならない時には、バードランドに集まることが多いのだが、実はこの店も津波に呑まれて店内がめちゃくちゃになっている。

被災直後はオーナーも閉店を考えたようなのだが、根強いファンの声に後押しされて再開に漕ぎつけた店である。バードランドだけではない。この通りに面しているのは同様にして復活した店ばかりだ。もちろん中には、再開に至らなかった店や、店主が替わった店舗もある。

それにしても今日の定例会は、いつもと比べて活気がない。というより、疲労感が滲み出ている感じだ。先週、自分たちも手伝いで関わった大きなイベント——仙河海市の未来を考えるフォーラム——が終わった反動かもしれない。

いや、本当は違う。やはり、三月十一日が近づいているのが大きい。基本的には元気で前向きな楽仙会のメンバーではある。だが、三月十一日に企画している自分たちのプロジェクトに向けて忙しくしている一方で、区切りの日が近づくにつれ、どうしても心がざわつき、落ち着かなくなってしまうのだ。

日によっては、定例会のあとで何かの懇親会があったり、それがなくても、飲みに行こうか、となったりする場合もあるのだが、そういう雰囲気でもなかった。今日はこれでお開きだな、と聡太が考えていると、店のドアが開き、そちらを最初に見やった晴樹の顔が輝いた。

バードランドの入り口に姿を見せたのは希だった。定例会に間に合いそうだったらそっちにも顔を出してみる、と言ってはいたのだが、時間的に余裕がなかったみたいだ。

「ごめんなさい。もう終わっちゃった？　内装の打ち合わせが長引いちゃって」

そう言いながら、聡太たちが陣取っていたテーブル席に希が近づいてくると、

「全然オッケーっす。今日は大きな議題はなかったし、決めるべきことは全部決めましたから、これで滞りなく終了です」

そう言った俊也が、自分の肘で隣の吉大を座席の端に追いやり、希が座るスペースを作った。それと同時に、聡太の隣では、

「希さん。よかったら、これから飲みにでも行きませんか？」と晴樹が希を誘い、

「俺も今日は暇」と言って、吉大が手を挙げた。

マイペースでブログのアップを進めていたと思っていた有紀までもが、「じゃあ、行きますか」と言って、ノートパソコンのディスプレイを折り畳む。

希が出現したとたん生き生きとし始めた四人を見て、こいつら全員既婚者か彼女がいるかするくせに現金な奴らだ、と苦笑を誘われる。

四人とも、震災前の希の店「リオ」にはお客の立場で通っていたみたいだ。

それだけでなく、震災後も、俊也と晴樹は、仕事で仙台に行った際にそれぞれ別個で希が勤めていたキャバクラに足を運んでいる、というのだから呆れるばかりだ。

しかし、仙河海市での希の存在は、何と言えばよいのだろうか。たとえば、太陽母神に似たところがあって、いつの間にか気づいてみると、希を中心に世界が回っているような、そんな雰囲気がある。

ところが当の希はそんなことには無頓着で、フロアに立ったまま、

「ごめんなさい。飲むのはまた今度ね。今日はこれから聡太くんとデートなの」と四人に向かって微笑むと、

「えー、そんな約束だったんですかあ」晴樹が不満そうに口を尖らせた。

「晴くん、ごめんねえ。それより今日はせっかく早く帰れるんだから、可愛い奥さんが待ってるお家に真っ直ぐ帰りなさい――」と言って細い眉を上げたあとで身体の向きを変え、

「じゃあ、行こうか」聡太に向かって目配せしてきた。

2

ジャズ喫茶バードランドを出たあと、聡太と希は、靖行の錨珈琲と同じ仮設店舗に入っている「おだづんぼ」というちょっと変わった名前の居酒屋に移動した。新鮮な魚介類をはじめ、何を食べても美味くて安い。

店名はもちろん方言である。正確にニュアンスを伝えるのは難しいのだが、「ひょうきん者」とか「ふざけん坊」という意味にでもなろうか。おだづんぼの店長も聡太や希の中学時代の同級生なのだが、以前の店舗は津波で全壊になっている。

じきに震災から三年が経とうとしているが、いまだに自力再建に漕ぎつけていない店舗が多い。理由は様々である。資金不足の場合もあれば、適当な用地が見つからないケースもある。用地が確保できない理由もまちまちで、複雑に要因が絡み合っている。瓦礫が撤去されて表面上はすっきりしたように見える更地も、見た目ほどすっきりしない背景を抱えているのだ。

注文した生ビールがテーブルに運ばれてきた。

この店で希と二人で飲むのは二度目である。最初に連れて来た時、希はいっぺんで気に入ってしまった。前回はカウンター席に座ったが、今日は込み入った話になるので、店長の隆史《たかふみ》に頼み、最も奥のテーブル席を予約していた。

ジョッキを合わせ、ひと口啜ったあとで、

「ごめんなさいね。思ったより時間がかかっちゃった」と希。

「いや。でも、居場所が突き止められてよかった。笑子、やっぱり仙台にいたんだね」

ようやく笑子の居場所がわかった、という連絡を希からもらったのは三日前のことだった。それですぐに動かなかったのは、必要な資料が希の手元に届くのに、二日かかったからだ。

当初希は、自分が勤めていたキャバクラのオーナーに頼めばすぐにも笑子の所在を突き止められる、と考えていた。ところが、少々難航した。この辺はあくまでも推測でしかないのだが、希と偶然再会してしまった笑子は、勤めていた風俗店を辞めたあと、しばらくのあいだ、仕事はせずに息を潜めていたらしい。

そこで希は、オーナーに頼み、信頼できる興信所を格安で紹介してもらった。その調査結果が出て報告の連絡があったのが三日前で、昨日になって調査資料が届いたのである。

聡太が仙台まで希を迎えに行き、笑子の話を打ち明けられてから、二週間以上が経過して、そろそろ二月も終わろうとしている。

これよ、と言って、希が差し出してきた封筒から、興信所が作成した報告書を取り出す。

隣のテーブルは少し離れているので覗かれる心配はなかったが、それでも周囲に気を配りながら視線を走らせる。

プロが仕事をすれば、ここまで詳しく人の行動は把握されてしまうんだと、少し怖くなった。

笑子の新しい勤め先は、やはり託児所がある仙台市内の別の風俗店だった。店での笑子の源氏名やどういうシフトで出勤しているかまで、調べ上げていた。笑子が親子で暮らしているアパートの住所と地図もある。一緒に暮らしている息子の名前が祐人《ひろと》であることも突き止めていた。

そして三枚の写真が、別の封筒に入っていた。

一枚は笑子が暮らしているアパートの写真だ。斜めの角度から撮られている建物の向こうに、狭い路地を挟んで公園が見える。もう一枚は、そのアパートから出てきた笑子のバストアップを切り取った写真。そして、最後の一枚は、ダウンジャケットを着て公園のベンチに腰を下ろしている姿だ。公園は、一枚目の写真に写っていたのと同じ公園なのがわかる。そして、笑子の視線の先には、雪だるまを作ろうとしている小さな男の子がいた。笑子の息子の祐人だ。

今年の冬は、年が明けて二月に入ってから二度も大雪が降った。例年はほとんど積雪のない仙河海市でも街が真っ白になった。今週になってようやく気温がゆるんできたが、日陰にはまだしつこく汚れた雪が残っている。例年、仙台は仙河海より雪が多い。しかし、雪だるまを作ることができるくらい雪が積もるのはまれである。

写真の笑子は、聡太が予想していたようには、やつれた顔をしていなかった。子育てと風俗店勤めでの疲れが全身から滲み出ているのではないかと想像をしていたのだが、笑子は以前とほとんど変わっておらず、相変わらず綺麗だった。

ただし、アパートのドアを背に一人で写っている写真は、表情がかなり硬い。周囲を警戒しているような雰囲気が伝わってくる。その一方、遊んでいる子どもを見守っている写真のほうは、カメラとの距離が遠いのと横顔なので鮮明ではないものの、口許が弛んでいるのがわかる。とても穏やかで、幸せそうな微笑みを、笑子は浮かべていた。

その写真を見ている聡太の胸中には、熱くてやるせない、切なさの混じった、自分でもよくわからない、複雑な感情が込み上げていた。

3

二日後、会社を休んだ聡太は、希と一緒に仙台を訪れていた。カレンダーが替わり、日付は今日から三月に入っている。

昨日、会社に休暇願を出した際、社長の和生には理由を告げていた。つまり、笑子のことを打ち明けた。もちろん、希と相談してのことである。

笑子を説得でき、仙河海市に連れ戻すことができた時のことを考えた。どんなに隠しても、シングルマザーになってこの街に戻ってくれば、よからぬ噂が広まるのは免れない。その際、笑子を守る核になってくれるのは、和生や靖行を中心とした、中学時代の同級生たちであるのは確かだ。あれこれ噂を立てられるのは仕方がない。余計な尾鰭がついて広まることも予想される。それでも、味方になって寄り添ってくれる人間が一人でも多くいてくれれば、この街でも生きていける。最終的には本人次第だが、笑子がこの街に根付こうと決意して心を開けば、この街は、彼女を受け入れてくれるはずだ。

仙河海市に生まれたとはいえ幼いころに街から離れ、中学三年から高校卒業にかけてしか暮らしていなかった希でも、あるいは自ら街を捨てた聡太でも、和生たちは喜んで受け入れてくれた。さらに、同級生や同期生たちを通して少しずつ人の輪が広がり、今では自分の居場所を見つけることさえできている。

もちろんよいことばかりではない。この街の人間は、おしなべて自己主張が強く、わがままで、時に嫉妬深い。何かがきっかけで足の引っ張り合いが始まると、際限もなくエスカレートするような部分もある。あるいは、他人の陰口を叩くのも大好きだ。

しかし、陰鬱《いんうつ》な感じはない。東北人には珍しく、ラテンの気質があるとでも言えばよいのだろうか……。

やはり、海を相手に暮らしてきた人々が創ってきた街だからだと思う。しかも、太平洋の大海原を越え、世界中を旅してきた漁師の気質が色濃く残っている。だからか、細かいことには拘泥しない大らかさがある。

事実、笑子のことを打ち明け、できればこの街に連れ戻したいと希が言っている、という話をした時、それを聞いた和生は、なぜ？　だとか、やめておけ、などという、疑問や異議を挟むことはまったくせず、こっちのことは任せとけ、と言って自分の胸を叩いてみせた。

4

昨日はかなり気温が上がり、すっかり春めいた一日だったのだが、一夜明けた今日は、晴れてはいるものの朝の冷え込みが再びきつくなった。

ダウンジャケットで正解だったな、と考えながら、聡太はエンジンを切ったシビックの運転席から、笑子が住んでいるアパートに目を向けていた。いや、見張っている、と言ったほうが正確だ。

どうやって笑子と接触するか、一昨日の「おだづんぼ」で、希とずいぶん時間をかけて相談した。

笑子が勤める風俗店にお客として聡太が行き、彼女を指名すれば確実に会えるし、逃げられる心配もなく、話をする時間も取れる。ではあるのだが、さすがにそれは却下となった。

やはり笑子の仕事が休みの時に会うのが一番いいだろう、ということになった。それだと、仕事を口実に拒絶されたり、話が途中になったりする心配が減らせる。

興信所の調査内容が信頼できるとすれば、基本的に土曜日が笑子の休日だった。

次の問題は、具体的にどういうタイミングで接触を図るかだ。笑子が所持している携帯電話の番号も調べがついていた。彼女のアパートの近くから電話をして、会う約束を取り付けるのが常識的な方法だろう。しかし、電話で面会を拒否されたら、次のアプローチが困難になる。

ならば、予告なしにアパートを直接訪ねるか……。しかし、それも電話と同様の懸念が残る。玄関のチャイムを鳴らしたりノックをしたりしても、ドアを開けてくれるとは限らない。少なくとも、「どなたですか？」と訊かれるだろう。その際、自分だと名乗ったとして、ドアを開けてもらえる自信は、今の聡太には正直なところなかった。

やはり、先日、希が笑子と会った時のように、偶然を装って会うのが一番よいように思われた。

というわけで、途中で希をピックアップして仙河海市を朝早く出た聡太は、仙台に到着すると同時に、刑事や探偵よろしく、笑子のアパートを張り込んでいる、という次第である。

比較的静かな、建物が密集していない住宅地だったので助かった。アパートが見える位置に、長時間車を停めていても怪しまれないですみそうな青空駐車場があったのも幸運だった。でなければ、寒さをこらえて公園のベンチにでも座り続けなくてはならないところだ。

笑子が在宅なのは確認できた。車を停めたあと、助手席に希を残して、徒歩でアパートの周りを一回りしてみた。

笑子が借りている部屋は二階にあったため、窓越しに直接姿を見ることはできなかった。だが、歩きながらアパートの下から見上げると、レースのカーテン越しに蛍光灯が点いているのを確認できた。明かりを点けっ放しで外出しているということはないだろう。

そこまで確認してからシビックの車内に戻り、張り込みを始めた。

まだ二歳になったばかりの幼い子どもを部屋に残して、笑子が一人で外出することは考えられない。なので、親子がアパートから出てきたら、車から聡太一人が降りて近づいていき、タイミングを計って声をかける作戦だった。子どもを連れている状態では、逃げることはできないはずだ。

そこから先は成り行き次第なのだが、最終的には希も交えて話ができる状態にもっていければベスト、ということで、計画を立てていた。

しかし、張り込みを始めてから二時間あまりが経過して、時刻は正午に差し掛かろうとしているのに、アパートのドアが開く気配は一向にない。

昨日のようには暖かくないものの、天気は悪くない。このまま一日中部屋に篭《こも》っていることはないだろう、とは思う。だが、その期待が外れて暗くなるまで同じであれば、その時は、覚悟を決めて玄関のチャイムを鳴らすしかない。

「そろそろお昼だね。コンビニで何か食べるもの買ってこようか」

「うん。悪いけどお願いできるかな」

「何かリクエストある？」

「何でもいいよ。任せる」

「オッケー」

そう言って、車のドアを開けようとした希に、

「ちょっと、待って！　ドアが開いた」と聡太は声を飛ばした。

姿勢を戻した希と一緒に、息を殺して様子を窺《うかが》う。開いたドアの内側から、最初に笑子が姿を見せた。続いてフード付きの黄色いダウンジャケットを着た小さな男の子が出てきた。ドアを施錠している母親の腰にしがみつき、何かをせがむようにしている男の子に、笑子は優しげに語りかけている。

聡太と希の視線の先で、笑子は、子どもの手を取りながら、アパートの階段を一段一段ゆっくりと下りてきた。

階段を下りきったところで腰を屈《かが》めた笑子が、息子の頭にダウンジャケットのフードを被せている。出勤時はバスと地下鉄、退勤が遅い時刻の場合はタクシーを使ってい

て、自家用車は所有していないはずだ、と興信所の調査報告にはあった。

その報告も正確だったようだ。アパートの駐車スペースに停めてあるどの車の前にも立ち止まらず、息子の手を引きながら向こう側へと歩いていく。

「買い物かな」

「たぶん」

「追いかけてみるよ」

「うん」

「何かあったら電話するから、ここで待ってて」

「わかった」

シビックの車中で希と囁《ささや》き交わした聡太は、ドアを開けて外へと出た。

フロントウインドウ越しに希に目配せをしてから、親子を追い始める。

笑子が向かっている先には、表通りを挟んで大きなスーパーマーケットがある。幼い子どもの手を引いて歩いても十分くらいで辿《たど》り着ける距離だ。近くのバス停からバスに乗る可能性もあったが、笑子の行先はそのスーパーで間違いないと思う。

そう考えながら、一定の距離を保ってあとを付けていく。

笑子に追い縋って声をかけなかったのは、近所への買い物であれば帰り道のほうがいいだろうと考えたからなのだが、躊躇《ためら》いがあったのも確かだ。最初にどんなふうに声をかけるか、昨夜から考え続けているものの、これという言葉がいまだに思いついていない。

やはり笑子は、買い物のために家を出たようだ。表通りにぶつかったところでバス停には向かわずに交差点のほうへと歩いて行き、信号が青になるのを待ち始めた。

信号が変わった。道路を横断する時だけ抱き上げていた息子を歩道に下ろした笑子は、腰を屈めたまま耳を傾けている。笑子が何かを言う。子どもが何かを言い返す。ほどなく、わかったというように微笑みながらうなずいた笑子が、息子の頭からフードを外してやった。

どうやら、天気がよいのにすっぽり被せられているダウンジャケットのフードが鬱陶《うっとう》しかったようだ。そんな幼い息子との何気ないやり取りが、見ていて微笑ましい。

聡太が知っている独身時代の笑子とは別の女性が視線の先にはあった。あのころは、かけらも想像がつかなかった姿なのだが、母親となった笑子は、こうして遠目で見ている限り、とても幸せそうだ。それだけに、彼女がどうやって生計を立てているかを考えると胸が痛んだ。何としても笑子を仙河海市に連れ戻したいという、希の切実な思いがよくわかる。

息子を連れた笑子が、スーパーの自動ドアをくぐる。幼児用のサドルが付いたカートに息子を乗せて、店内に入っていった。

少し待ってから聡太もスーパーに足を踏み入れる。店内はかなり混んでいたが、笑子を見失う心配はなかった。適当な距離を開け、自分も陳列棚を眺めながら、ぶらぶらと歩いていく。

野菜のコーナーから魚、肉のコーナーへ、さらに調味料やインスタント食品のコーナーを一回りしたあと、日用雑貨品の前で立ち止まった笑子は、ティッシュペーパーとトイレットペーパーをカートの下の荷台へと載せた。そこで少し思案する仕草をしたあと、最後に冷凍食品のコーナーに寄り、レジのほうへとカートを押していく。

親子から離れた位置でレジの列を回り込んだ聡太は、先に表へ出て、笑子がスーパーから出てくるのを待った。

待ちながら携帯電話を取り出して希に電話をする。

ここまでの状況を簡単に報告したあと、

「けっこうな量の買い物をしたから、真っ直ぐアパートに戻ると思う。アパートの階段を上る前に声をかけることにするよ。そのタイミングが部屋に上げてもらえる可能性が一番高そうだから」と告げると、それがいいと思う、と希も同意した。

通話を切って携帯電話をポケットに戻したところで、笑子が店内から出てきた。

大きく膨れ上がったエコバッグをぶら下げた左腕で十二ロール入りのトイレットペーパーを抱え、その指先には五箱入りパックのティッシュペーパー。見るからに大変そうだったが、自由になっているほうの右手で、笑子は息子の手をしっかり握っていた。

荷物運びを手伝ってやりたい気持ちを抑え、少しだけ距離を置いて付いていく。

先ほどは息子を抱いて渡った横断歩道を、さすがにそうはいかずに手を引いたまま、笑子は渡り始めた。

親子が横断歩道を渡り終えようとした刹那《せつな》だった。

「あっ」

聡太の口から声が漏れた。車道と横断歩道の変わり目の段差で子どもがつまずいたのだ。母親に手を握られていたおかげで転ばずにはすんだ。しかし、息子を支えようとした笑子のほうがバランスを崩し、左腕に抱えていたトイレットペーパーが歩道の上に転がった。それと同時に、自転車のブレーキの音がキーッと響く。歩道上を走っていた自転車が、トイレットペーパーを避けようとして急ブレーキをかけたのだ。自分のほうを目がけて突っ込んでくる自転車を見た笑子が、歩道上にしゃがんで息子を抱いた。

幸いブレーキが間に合った。自転車が親子に接触することはなかった。が、笑子が屈み込んだ瞬間、エコバッグの口から買ったものが幾つか歩道上に散乱した。

危うく人を轢《ひ》きそうになったにもかかわらず、自転車を運転していた若い男は、迷惑そうな顔をして走り去った。

気づくと聡太は、笑子と子どものそばへ駆け寄っていた。

歩道の端に転がっていたデコポンを手にした聡太は、息子を気遣いながら落とした物を拾っている笑子に声をかけた。

「大丈夫ですか？」

「すいません、大丈夫です。あの、ありがとうございます」

どぎまぎしながらデコポンを受け取った笑子の表情が、凍り付いたように固まった。

「久しぶり」

そう言いながら歩道からトイレットペーパーを拾い上げた聡太は、

「よかったら、そのティッシュも持たせてもらえるかな」笑子の足下のティッシュボックスを指差した。

口を開きかけては唾を呑むような仕草を何度か繰り返した笑子が、

「そ、聡太くん……な、なんでここに……」心ここにあらずといった様子で、ようやく声を出した。茫然自失になってはいても、息子の手はしっかり握ったままだ。

なかなか驚きから脱することができないでいる笑子の傍らからティッシュボックスを取り上げ、トイレットペーパーと一緒に抱える。

「可愛いね――」きょとんとして聡太を見上げている笑子の息子に視線を向けたあとで、

「早坂さんと笑子が国分町で会ったこと、この前、早坂さんから聞いたよ」と口にした。

　偶然を装って声をかける気は、少し前から失せていた。スーパーで買い物をしている笑子を見守るようにして目で追っているうちに、変な画策はせずに、真正面から笑子と向き合うべきだというほうへ、気持ちと考えが傾いていた。自転車とぶつかりそうになったアクシデントは、笑子に声をかけるきっかけになったにすぎない。

「希が？」と言って、眉根を寄せた笑子に、

「うん。実は、早坂さんも一緒に来てるんだ。近くの駐車場に停めてある車で待たせている。できれば笑子とゆっくり話がしたいんだけど、いいかな？」と単刀直入に訊いてみた。

　眉間に皺を寄せて唇を噛《か》んでいた笑子の手を引っ張りながら、

「ママぁ、お腹空いたー」と息子の祐人が訴える。

「うん。わかったから、ちょっと待ってねー」と言い聞かせた笑子が、

「この子にお昼ご飯を食べさせてからでいいかしら？」と尋ねてきた。

「もちろん、それでいいよ」

「あらためて確認するけど、これって偶然じゃないんだよね」

「そう」

「ということは、アパートも突き止めたのね」

「実は、さっき二人がアパートから出てくるところも見ていた」

「ずっとつけてたの？」

「そう――」とうなずいてから、

「ほとんどストーカーみたいに」と苦笑しながら付け加える。

自分の腕時計に視線を落とした笑子が、

「午後一時くらいにアパートに来てもらえる？」と訊いてきた。笑子を信じることにした。そうする、と答えてから、

「早坂さんも一緒でいいかな。彼女、笑子のことをすごく心配している」と尋ねてみた。

少しだけ迷った表情をしたあとで、いいよ、と笑子はうなずいた。

5

息子を昼寝させるために隣の寝室に引っ込んでいた笑子が、聡太と希が待っているリビングに戻ってきた。

天板がガラス製のローテーブルを前にして腰を下ろした笑子に、

「すごくお利口で、聞き分けのいい子ね」と希が言うと、

「それがかえって心配なの。子どものころの自分がそうだったから」笑子が素っ気なく答える。

親友どうし、でありながらも、以前の関係を容易には取り戻せないみたいで、二人とも手探りで相手の様子を窺っている感じだ。

「ええと、どこまで話したっけ？」笑子が聡太のほうに顔を向けて尋ねた。

祐人を昼寝させる前に、震災後のことはおおよそ聞いていた。

子どもを産むために東京の妹のところに行ったのは、仮設住宅への入居が始まる直前だった。商社勤めの妹の夫が、前の年から三年間の予定で海外の営業本部に赴任していたことも、妹が受け入れてくれる助けになった。仙河海市で子どもを産む選択をしなかったのは、狭い街での世間体もさることながら、厳格すぎる両親が、シングルマザーとして娘が子どもを育てることに、強い難色を示したのが理由だと笑子は語った。とりわけ父親のほうが強硬に反対した。それを口にした時、そういう人なの、あの人は、と冷めた口調で笑子は言った。高校時代につきあっていたとはいえ、笑子の家庭のことはよく知らなかった。聡太が知っていたのは両親ともに学校の先生ということぐらいなのだが、それなりに複雑な親子関係にあったようだ。

無事に息子を出産したあとも、両親のもとには帰る気になれず、妹の家に居候させてもらって子育てをしていたのだが、単身赴任をしていた義弟が日本に戻ってくる期限が近づいてきた。

笑子自身も、そろそろ妹の家から出なくては、と考えていた。だが、幼い子どもを抱えたシングルマザーが生きていくのは、極めて困難なことだ。仕事がないのはもちろん、アパート一つまともに借りることができない。結局、限られた選択肢の中から水商売を選ぶしかなかった。仕事中はバックヤードに子どもを置いておけるスナックを仙台に見つけて勤め始めたのだが、すぐに、もっときちんとした託児所を備えている風俗店へと勤め先を替えた。

どこまで話したっけ？ と確認してきた笑子に、

「なぜ、東京ではなくて仙台で働くことにしたのか、それを聞こうと思っていた」と言うと、

「教育大の時の友達の伝手《つて》よ──」と答えた笑子が、少し間を置いたあと、

「その子、かなり変わった人で、学生時代に国分町でアルバイトしてたんだけど、結局、大学を中退して、そのまま水商売の世界に入っちゃったの。最初にわたしが勤めたスナックのママさんがその彼女。社会人になってからは一度しか会っていなかったけど、年賀状のやり取りだけは続いていたから連絡先は知っていたの。それで、藁《わら》にもすがる思いで連絡してみたら、うちの店で働けば？ と誘ってくれて──」と説明してから、

「まあ、そういうこと」と言って、軽く肩をすくめてみせた。

なるほど、とうなずいたあとで、笑子の瞳を正面から覗き込んだ。

なに？　という表情を浮かべて首をかしげた笑子に、

「どうやって仙台に来ることになったのか、その経緯はだいたいわかったんだけどさ。笑子、一番肝心なことを教えてくれていないよね」と聡太は言った。

本人を問い詰める気はないのだが、最も気になることに笑子は触れていなかった。ここまでの話なら、この前、希から聞いた内容と大きな差はない。

笑子の話は、自分が妊娠しているのを知ったのは震災のあとで、生まれてくる子どもをシングルマザーとして育てようと決意した、というところからスタートした。しかし、そこに至るまでの経緯を明かしていない。子どもの父親がどこの誰なのか、一切しゃべっていないのだ。

聡太の目から視線を外した笑子が、かすかにため息を吐いて、

「あの子の父親が誰かってことよね」と感情のこもっていない口調で言う。

「無理にとは言わないけれど、教えてもらえるなら知っておきたい。もちろん、聞いたからって何もできないとは思う。でも、話せば笑子自身が少しは楽になれるんじゃないかな。父親が誰かってことは、妹さんにもそのスナックの友達にも、誰にも話していないんだろ？　笑子一人で抱え込まなくてもいいと、俺は思う」

聡太が言ったことを、笑子はじっと考え込んでいるようだった。

表情は相変わらず硬い。というより、表情に乏しい。買い物からの帰り道で自転車に轢かれそうになった際、聡太と顔を合わせた時だけは心底驚いた表情を見せた。しかし、聡太と希をアパートに招き入れてからはずっとこんな感じで、無表情と言っていいくらいだ。

春を感じさせる陽射しがレースのカーテンを通して入ってくるリビングに沈黙が落ちた。

しばらくしてから、うつむき加減で口を閉ざしていた笑子が顔を上げた。その目が希に向けられる。

「希」と笑子が名前を呼ぶ。

「なに？」

少し緊張した表情で首をかしげた希に笑子は、

「あなたには、父親が誰か想像がついているんでしょ？」自明なことのように言った。

笑子の子どもの父親について、確かに希は、心当たりがあると、この前言っていた。

うん、とうなずいた希が、

「笑子と国分町で会った時には、まだ確証まではなかった。でも、子どもの名前があの綴りでユウトじゃなくてヒロトと読むってわかった時、父親が誰か確信を持てた」と答える。

何のことか聡太にはさっぱりわからない。が、口を挿むのは躊躇われた。

希が、ちらりと聡太を見やったあと、すぐに視線を笑子に戻して眉を寄せた。

それに対して、笑子がかすかにうなずく。

うなずき返した希が、

「彼、今どこにいるの？」と声に出して尋ねた。

その希の問いで、二人のあいだの無言のやり取りの意味が聡太にもわかった。たぶん、聡太に知られてもいいのか、という希の問いかけに対して、かまわないよ、と笑子が返していたのだろう。アパートで対面してからずっとぎこちなさが拭えないように見えていた二人だった。だが元々は、今のような無言のやり取りで意思の疎通が可能なくらいに、互いのことを理解している仲だったのだろう。事実、これまで二人のあいだにあった壁が崩れてきたように思える。

希の質問に、

「いないよ」と笑子は答えた。

「え？」

「もうこの世にはいない。おばあちゃんと一緒に、津波に呑まれた。わたしの目の前で」

笑子が口にした「おばあちゃん」というのは、彼女の家族中ただ一人津波で亡くなったと聞いていた祖母のことなのは、聡太にもわかった。しかし、その祖母と一緒に、しかも自分の目の前で、というのはどういうことなのか……。

笑子の言葉に大きく目を見開いた希が、

「ヒロキくん、あの日、大島にいたの？」と尋ねた。その声が、わずかに震えている。

二人の会話から聡太だけ置いてきぼりをくった形になっているものの、口を閉ざして耳を傾けているしかない。

「前日から大島に渡って、わたしが来るのを待っていてくれたの」

「でも、彼とは別れたはずだったよね」

「うん。でもね、希には話していなかったけど、彼、あのあと、二度にわたって自分が描いた絵をわたし宛てに送ってくれたの。しかも、その絵には、わたしだけにわかるメッセージが込められていた。それに応えるために休暇届を出して大島に渡ったわけ」

「大島の実家に行ったの？」

「ううん。わたしが実家に寄ったのは次の日。つまり、十一日の昼前くらい。十日の夜は、彼が宿泊していた民宿に泊まった」

「ということは、その時の？」

そう言った希が、祐人が昼寝をしている寝室の襖《ふすま》に視線をやると、

「そう」と笑子はうなずいた。

はあ、と希がため息を吐いた。そのあとで、

「やっぱり、あんたたちってそうなる運命だったんだね――」と言ってから、

「でも、彼が津波で死ぬなんて……」と呟き、これ以上はないというくらい沈鬱《ちんうつ》な表情になる。

「希」

「ん？」

「あなた、ヒロキくんとは一度も会ったことないよね」

笑子の言葉に、あっ、という顔をした希が、

「でも、なんか、会ったことがあるような気になっていた」

「それってさ、あのころのわたしが、希を頼ってさんざん愚痴ったり相談に乗ってもらったりしてたからだよね」

そう言って、笑子が微笑んだ。

「確かにそうかも」と希も微笑む。交わされる微笑みで、二人のあいだのわだかまりが消えていくのが、聡太にも手に取るようにわかる。

震災をきっかけに接点を失っていた笑子と希がこうして再びまみえて、三年弱という時間が作った溝を埋め、関係を修復しつつあるのは、見ているだけで心が温まる。

だがしかし……と、聡太が思っていると、

「ごめん、聡太くん——」と、何かに気づいたように言った笑子が、

「わたしたちが話していること、聡太くんにはほとんど全部、理解不可能だよね」まさしく聡太が考えていた通りのことを口にした。

「うん、確かに何が何だか……」

「この際だから、聡太くんには洗いざらい全部話すわね」

そう前置きをして笑子が話し始めた内容は、聡太にとってはかなり衝撃的なものだった。

中学校を辞めたあと、市内の美術館に勤め始めた笑子は、今から四年前、二〇一〇年の春に以前の教え子と偶然再会した。それが吉田祐樹《よしだひろき》だった。再会した時の祐樹は、自分の実家で両親と一緒にワカメやホヤの養殖業を営みながら、中学時代から好きだった絵を描き続けていた。彼が中学二年の時に担任をしたのが、当時美術教師をしていた笑子だったのだ。

再会のきっかけとなったのは、笑子が勤めている美術館が毎年開催しているコンクール形式の絵画展だった。その絵画展に応募した吉田祐樹の絵が最も優れた賞を獲得し、授賞式の時に再会したのである。

受賞した絵は油絵だったのだが、吉田祐樹が初めて挑戦した油絵だった。技法は未熟

なものの、人を惹きつける不思議な魅力を持っている絵であった。

授賞式後に昔を懐かしみながら話をしていた時、油絵の指導をしてほしいと、笑子は祐樹から頼まれた。受賞作品に優れた画家としての才能を見出していた笑子は、指導を引き受けることにした。時間をやり繰りしながら美術館のワークショップを使って油絵の指導をしているうちに、笑子は、十五歳近くも年下の元教え子に、心を惹かれ始めた。祐樹のほうも、笑子に対する想いを募らせているのは明らかだった。

年齢差の大きな、しかも以前の担任と教え子という、時代が一昔前ならば眉を顰められるような関係である。互いの想いに気づきながらも、一線を越えるのだけは踏み止まっていた。

しかも、当時の笑子にはつきあっている相手が別にいた。

吉田祐樹と再会した時、笑子がつきあっていた相手は妻子持ちだった。つまり、不倫関係にあったのだ。不倫相手が誰なのかは、「ごめん、この話に直接は関係ないから伏せとくね」と言って聡太には教えてくれなかったが、希はその相手も知っているようだった。

二人の男のあいだで心が揺れ動いているうちに、結果的に二股をかけることになった。不倫相手との関係にピリオドを打たないうちに、吉田祐樹とも深い仲になってしまったのである。

笑子は、その話に触れた時、「ほんとにふしだらでひどい女よね。聡太くんには、軽蔑されても仕方ないと思っている」と、自嘲気味に頰を弛めた。その笑子に「あたしだって思い切り軽蔑したもん。この女、馬鹿じゃないのってね」と希が合いの手を入れたが、その声にはむしろ愛情が込められているように、聡太には思えた。

ともあれ、さすがに笑子も、普通とは言えない関係にピリオドを打たなければならないと考え始めた。散々悩み、苦しんだ挙げ句、不倫相手とも吉田祐樹とも別れる決意をして、実際、その通りになった。「信じてもらえないかもしれないけど——」と前置きをしたうえで笑子は、「両方とも別れることにしたのは、自分が苦しくなってきた、ということもあるけど、二人の未来の幸せを願ってのことでもあったの」と力なく付け加えた。

そしてしばらくのあいだは平穏といえば平穏な生活に戻ったのだが、師走に入ったところで事件が起きた。吉田祐樹が行方不明になったのである。単なる家出なのか、深い理由があっての失踪なのか、あるいは、自殺を図ったのか、誰にもわからなかった。しかし笑子には、自分と別れたことが引き金を引いたように思えてならなかった。と同時に、いかに深く祐樹のことを愛していたか、あらためて思い知らされた。

その後は不安と後悔に苛まれる日々が続いた。そんな中、クリスマス・イブの日に、美術館の笑子宛てに一枚の油絵が送られてきた。絵にはサインが入っておらず、宅配便の依頼主の欄にも吉田祐樹の名前はなかったものの、彼が描いた絵に間違いなかった。別れる前に、次の作品はこんなモチーフで描いてみたい、と祐樹が口にしていた、正にその絵だったのである。

その絵により、祐樹はどこかで生きていて、自身の絵を追求するために懸命に闘っているのだと笑子は知り、安堵の涙を流した。

そして二〇一一年の三月十日、祐樹が描いた二枚目の絵が送られてきた。笑子が教職をリタイアして大島の実家に戻り、抜け殻のようになって毎日海を眺めてばかりいた岬が、その絵には描かれていた。

大井海岸を描いた一枚目の絵は、サインが入っていなかっただけで絵そのものは完成していた。が、二枚目の絵は未完成だった。岬の上に何かを描き入れることで完成する。

祐樹と別れる前、習作として制作した二枚の絵は、いずれも笑子がモデルになった人物画だった。クリスマス・イブに送られてきた大井海岸の風景画にも、小さく笑子が描かれていた。本人がそうしたいと語っていた通りに。

つまり、大島の岬の未完成な部分に笑子がモデルとして佇めば、この絵は完成する。

大島であなたを待っています。

未完成の絵で祐樹は自分の意思を伝えてきたのだった。

「そんなの、自分に都合のよすぎる解釈よね」笑子は、耳を傾けている聡太と希に笑ってみせた。しかしその時の笑子は、祐樹のメッセージを正確に受け取っていた。

夕方のフェリーで大島に渡ったところで、笑子は祐樹と二度目の再会を果たした。彼が、フェリー乗り場の桟橋で笑子を待っていたのである。昼のうちに大島に到着していた祐樹は、船の発着時刻になるたびに桟橋にやってきて、下船してくる車や乗客に目を向けていた。わたしが来なかったらどうするつもりだったの？という笑子の問いに、先生が来るまでいつまでも何日でも待ち続けるつもりだった、と祐樹は自明のように答えたという。

その日笑子は、実家には行かずに祐樹と一緒に民宿に泊まった。息子の祐人は、祐樹と過ごすのが最後となったその夜に授かった命だった。あの津波で祐樹は命を落としたからだ。

翌朝、祐樹と一緒に民宿をあとにした笑子は、岬に立って絵のモデルになった。

昼になったところで、祐樹を連れて実家を訪ねた。もはや、祐樹と離れることは考えられなかった。それは祐樹も同様だった。わたしはこの人と結婚する。家族にそう告げるために実家の門をくぐった。両親は街に出かけていて不在だったが、家には祖母がいた。ボロボロになり、失意のうちに教員を辞めた笑子を、一年間にわたって優しく見守ってくれた祖母だった。

孫が連れてきた青年を見て、祖母は文字通り腰を抜かした。が、すぐに涙を流して喜んでくれた。両親との折り合いがあまりよくない笑子であったが、小さいころから大好きだった祖母に喜んでもらえて、素直にうれしかった。

あの巨大地震が、大地を揺るがしたのは、昼を挟んで岬に戻り、モデルを再開していた時だった。

幸い、崖の縁に立っていた笑子にも、その崖の下で絵筆を握っていた祐樹にも怪我はなかった。揺れが収まったところで、すぐさま笑子は、祐樹と一緒に実家へ向かった。だが、家具が倒れてあらゆる物が散乱し、滅茶苦茶になった家の中に祖母の姿はなかった。そこで笑子は思い出した。夕飯で二人に食べさせる布海苔《ふのり》を採《と》ってくると、昼食の時に祖母は言っていたはずだ。

二年前、祖母は脳梗塞で倒れていた。その後遺症で、手足に若干の麻痺《まひ》が残っていた。無理はしなくていい、と言ったのだが、リハビリになるからちょうどいい、と祖母は答えた。実際、布海苔の採取シーズンになると時おり岩場に出かけているらしい。

岩場の場所は笑子も知っていた。祐樹と一緒に急いで駆け付け、岩場で倒れている祖母を発見した。地震の激しい揺れで転倒したのだと思われた。崖の上から呼びかけても返事はなかった。祖母が生きているのかいないのか、遠くからでは、はっきりしなかった。

すでにこの時点で、津波の危険を祐樹も笑子も察していた。が、祖母をそのままにしておくことはできない。絶対に下りて来ないようにと笑子に念を押して、祐樹が崖を下りていった。大丈夫！　生きてる！　現場に辿り着いた祐樹が叫び、祖母を背負って足場の悪い岩場を戻り始めた。しかし、間に合わなかった。笑子の見ている前で、祐樹と祖母は津波に呑まれた。

その後、救助されて避難所に移った笑子は、仙河海市内で被災しつつも無事だった両親と再会できた。祖母の話はしたが、祐樹のことはどうしても口にできなかった。笑子は、避難所生活の傍ら祐樹の両親の消息を求め始めた。海辺にあった祐樹の実家は跡形もなく流されていた。家屋だけではなかった。少し時間がかかってしまったが、祐樹の両親も津波で命を落としたことが判明した。家にいたのではなく車で避難中に渋滞に遭い、津波に呑まれたのだった。同じようにして失われた命は、少なくない。

6

「何度も死のうと思った……」沈んだ表情で笑子が言う。

「祐樹くんもおばあちゃんも、わたしが殺したのと同じ。自分だけが生きているなんて、できそうになかった。でも、その前に祐樹くんのご両親にだけは本当のことを話そ

う と考えたの。それだけは生き残ったわたしの義務だと思った。それで、ご両親の消息を捜し始めたんだけど、結局、二人とも亡くなっているのがわかって――」と唇を嚙んだ笑子が、

「彼に年の離れたお姉さんがいて、結婚して首都圏のほうで暮らしているのは聞いていたけど、自分が被災している状況で捜すのは難しかったし、そのころには、そんな気力もなくなっていた。死にたいと思っても、それすらできないくらいに……」力ないため息を吐いた。

「笑子……」

小声で名前を呼んだ希が、テーブルの上に置かれた笑子の手に自分の手を重ねた。

「祐樹くんの子を妊娠しているかもしれないと気づいたのは、そんな時だった。病院で診てもらって妊娠しているのがはっきりした時、生きなくちゃ、と思った。自分だけの命じゃなくなった。生きて彼の子を産んで育てようって、そう決意した。それから先は、さっき話した通りなんだけど――」と言った笑子が、重ねられていた希の手を自分から握った。

「でもね、時々何もかも投げ出したくなるの。この世から消えてしまいたくなるの。今の仕事をしていると、自分がどんどん消えて無くなっていく感じがする。自分が少しずつ壊れていっているように思えるの。絶対にちゃんと育てるって、あれだけ強く誓った

はずなのに、すやすや寝ている祐人の寝顔を見ているうちに、あの子の顔に枕を押し当てている自分の姿を思い描いていることがある。それに気づいた時の気持ちがわかる？　そんな自分がたまらなく怖くて、どうにもならない時があって……」声を震わせた笑子が嗚咽《おえつ》を漏らし始めた。

ローテーブルを回り込んだ希が、笑子の肩を抱き、額《ひたい》を寄せるようにして囁く。

「辛かったね、笑子。ほんとに辛かったね」

「希……」

堰《せき》を切ったように笑子が涙をこぼし始めた。

「帰ろう。あたしと一緒に仙河海に帰ろう」

泣き崩れる笑子を抱き止め、子どもに言い聞かせるように語りかける希の声も震えていた。

「ママ！」

突然、甲高い声が聞こえた。そちらのほうを聡太が見やると、寝室の襖を開けた祐人が、今にも泣きだしそうな顔をして立っていた。二人で涙に暮れていた希と笑子も、聡太と同時にそちらへと視線を向けた。大人たちのただならない雰囲気に戸惑っているらしい。祐人は襖の縁《へり》にしがみついたまま、どうしたらよいかわからない様子で両目を見開いている。

笑子が、ごめん、と小声で言って希の身体をそっと押しやった。手のひらで娘の涙を拭った笑子が、赤く泣き腫らした目を少し細めて微笑みを浮かべ、おいで、と息子に向かって両腕を差し伸べた。安心した顔になった祐人が、すぐさまとてとてと駆けてきて笑子に抱き付く。

ママどうしたの？　としきりに心配する祐人に、大丈夫だよ、何でもないよ、と囁きかけながら、小さな身体を優しく笑子が抱き締める。必死になって涙をこらえながら笑顔を作る笑子は、痛々しくはあるものの母親としての強さも垣間見え、それが聡太の背中を押した。

「笑子――」と名前を呼び、ん？　と顔を向けてきた笑子に、彼女の話を聞きながら考えていたことを言うために口を開いた。

「笑子が仙河海に戻れない理由、そんなに簡単に説明できるものじゃないのはわかる。だから、仙河海に戻るかどうかの結論はすぐに出さなくてもいい。けれど、一度、今のあの街を見てみないか？　というか、たぶんそうしたほうがいいと思う。仙河海市に行けば辛い記憶が甦る。それは確かにそうなんだけど、どこかできちんと向き合わないと先に進めない。人間の心って不思議なものでさ、辛いからといって目をそむけたり耳を塞いだりし続けていると、かえっていろんなものが絡み合い、澱《おり》みたいになって沈殿して、内側から心や精神を腐食させていく。それがこの三年間でよくわかった。俺自身がそうだったし、早坂さんもたぶん同じだと思う」

うん、あたしもそうだったよ、と声に出してうなずいた希にうなずき返した聡太は、

「どうしても無理なら仕方がないけど、そうじゃないなら、今度の三月十一日、また迎えに来るから、親子で俺たちと一緒に仙河海市で過ごしてみないか？　この先どうしていくか、その上で決めていけばいいと思うし、そうしてほしい」と言ったあとで、笑子の視線を真っ直ぐに受け止めたまま、彼女の返事を待った。

そして未来へ

1

仙河海の内湾を作る三つの岬から夜空へと向けて、三本の光の柱が真っ直ぐに立ち昇っている。

光源は強力なサーチライトだ。サーチライトの分厚いレンズから白く眩しい光が空へと向けて照射されている。

高度が増すにつれて色彩に青味が混じり、静謐《せいひつ》な中にも力強さを感じさせる光の柱が、何ものにも遮られることなく空へと向かって伸びている。

午前中までは晴れていた仙河海の空に、今は薄い雲がかかっている。といっても、空一面を覆い尽くしているわけではない。雲の切れ目からは星の瞬きが覗き、時に月明かりが、たなびく雲の輪郭をぼうっと映し出す。

真っ直ぐに立ち昇る光芒《こうぼう》の先から雲が消えると、光の柱は遥かな天空に静かに吸い込まれていく。まるで、失われた魂を想う深い祈りであるかのように。

光の先端に雲が戻れば、青白い光輪となって雲の襞《ひだ》を浮かび上がらせ、空を支えているようにも見える。

見る場所によって様々に表情を変える三本の光の柱は、見上げる人々に、そっと内省をうながすとともに、未来への希望を囁いているかのようだ。

日没後、午後六時三十分に点灯された光は、ちょうど午前零時まで内湾の空に懸かり続ける予定になっている。

仙河海市の夜空に最初に光の柱が立ち昇ったのは、今から二年前、二〇一二年の三月十一日だった。震災から一年を迎える被災地から、悼《いた》みと希望の光を届ける試みとしてスタートした。有紀や啓道たち楽仙会のメンバーが中心になって立ち上げた「三月十一日からのヒカリ」というプロジェクトである。携わっているのは彼らだけではない。震災後のボランティアで街に入ったのがきっかけで繋がった、首都圏や関西からのメンバーもいれば、今は東京で暮らしている有紀たちの同期生も、一昨日から応援に駆け付けている。

仙河海からの光を全国へ、さらには世界へと届けるため、掲示板を通して自由に参加できるインターネット中継が、三月九日の昼から行われている。たとえば、内湾周辺の様々なポイントで撮影された写真が本人のテキスト付きでアップされ、それがインターネットを通してリアルタイムで拡散されているのだ。

このプロジェクトに向け、テーマの設定から始まって、今年も楽仙会のメンバーは地道に活動してきた。費用を工面するための活動は当然として、たとえば仮設住宅を一軒一軒回り、自分たちで作ったチラシを配布して告知してきた。といっても、集客を目的としたイベントではない。内湾やその周辺に足を運んだ人に、思い思いの場所で静かに空を見上げてもらえればそれでいい。このプロジェクトに携わっているメンバーはそう考えている。

有紀を中心とした実行委員会のメンバーは、毎年、自分たちなりにテーマを設定して取り組んでいる。昨年のテーマは「継続と協働」だった。今年は三本の光の柱に「鎮魂・希望・感謝」の想いを込めている。何か新しい試みを始めた場合、時が経つにつれてマンネリ化するのが一番怖いことを、これまでの経験から楽仙会のメンバーはよく知っている。たとえ見た目は同じでも、ちゃんとした議論や討議を経たものとそうでないものとでは大きな違いがある。いつもと同じでいいだろ、だとか、去年と一緒でいいじゃん、などといった具合に安易な方向へと傾いた瞬間に、物事の劣化は始まる。

もちろん、光の柱を見つめる人それぞれで、託す想いや願いは違うはずだ。それはそれでよいと誰もが考えている。光を見てくれる人たちに、自分たちのほうから何かを押し付けることは一切しないというのも、メンバー間での大切な共通認識になっている。

内湾周辺のどこからでも見える光の柱だが、泰波《たいば》山《さん》の中腹から街の夜景とともに望む光景が、聡太は一番好きだ。

震災直後、この街はすべての光を失った。比喩《ひゆ》ではない。かろうじて瓦礫が片付いたあとも長いあいだ、内湾地区は、夜になると信号の明かりすらなく、完全に闇に沈んでいた。

最初の年、ほぼ真っ暗な街から立ち昇る三本の光は、荘厳ではあったが悲しすぎた。しかし、同じ場所から目にする光が、去年、今年と、時の経過とともに少しずつ違って見えてきているのは確かだ。自分の心境の変化によるものであると同時に、徐々にではあるものの内湾地区に夜の明かりが戻ってきているのが大きい。もちろん震災前のものと比べれば、頼りないほどに乏しく寂しい明かりなのだが、それでも夜景と呼べるくらいの光景が、泰波山の中腹の駐車場に佇んでいる聡太の足下に広がっている。

やはり人間は、闇の中で光を目にすると心が落ち着き、安心を覚える生き物なのだろう。だから、有紀たちが、三月十一日という節目の日に様々な想いを込めた光を空に向けて立ち上げようという試みに辿り着いたのは、ごく自然なことであり、必然だったのかもしれない。

たとえば、和生も、別な光のプロジェクトを実行委員長として手掛けている。震災後、二年目の冬からスタートした「仙河海クリスマスイルミネーション」がそれだ。こちらのほうは、十二月の初めから年をまたいだ一月末まで、仙河海の内湾を囲むように、暖かな色彩のイルミネーションを灯し続ける試みである。

どちらのプロジェクトも、津波と火災で大打撃を受け、壊滅的な状態に追い込まれた内湾地区で行われている意味は大きいと、三本の光の柱を眺めながら聡太は思う。

一度は人の営みが完全に失われた場所ではあるが、三つの岬に囲まれて形作られていることから鼎之浦《かなえのうら》とも呼ばれている内湾は、仙河海に暮らす住民の心の拠《よ》り所であるのだ。この内湾の風景が損なわれてはならない、この内湾に人の営みが戻ってこなければ意味がないと、誰もが肌感覚でわかっているのだ。

一度は棄てた古里に戻って来て、タクシードライバーをしながら、内湾地区を毎日のように聡太は見てきた。

瓦礫で埋め尽くされた光景が徐々に片付いていくにつれ、かえって荒涼とした風景に一変した内湾地区に、微かにではあるが、ようやく人の営みが戻りつつある。今年の三本の光の柱は、その象徴のように、聡太の眼には映っている。

「なんか、すごい。う一ん、上手く言葉で表せないんだけど、あたしたちのすべての願いを乗せて、天に届けようとしているみたい」

聡太の隣で希が呟く。

そうか、これを見るのは希も初めてだったんだ、とあらためて思う。

「早坂さんの願いって？」

聡太が訊くと、

「遠い未来の？　それとも近い将来の？」と訊き返されたので、

「とりあえず、直近の」と答えると、

「まずはお店を軌道に乗せることかな。笑子に手伝ってもらって」そう言って希は、祐人を抱いて光の柱を見つめている笑子の顔を覗き込むようにした。

2

笑子は息子と一緒に仙河海市に来ていた。

説得は、そう簡単ではなかった。それでも聡太と希の粘りに根負けした形で、三月十一日に仙河海に行くことを、笑子は承諾してくれた。

そして今日、前回と同じように希をピックアップしてから仙台まで車を走らせた。笑子のアパートには午後二時ごろ到着した。そこで問題が起きた。昨日のメールで確認した時刻に合わせて訪ねたのに、肝心の笑子が不在だった。

昨日約束はしたものの、ひと晩経って迷いが生じたようだ。笑子の所在を突き止めるのに少々てこずったものの、結局、風俗店に出勤していた。指名の客を装って聡太が電話してみると、午前九時から午後四時までのシフトで勤務しているのがわかったのだ。

希と相談して、仕事を終えて出てくるところを待ち伏せすることにした。

しかし、行きたくないと言って拒絶されたらどうするか……。その聡太の心配に対して、

「笑子のことだから、めちゃくちゃ迷っているんだと思う。じゃなきゃ、四時までなんていう中途半端なシフトでお店に出るはずないもの。だから大丈夫。こっちが強引に誘えば、絶対一緒に来ると思う」自信たっぷりに希は言った。

震災後、音信が途絶えた時期があったとはいえ、大人になってからの笑子のことを、希のほうが聡太よりもはるかによく知っていた。果たして彼女の予想通り、息子を抱いて店の裏口から出てきた笑子の前に腕組みをした希が立ちはだかると、さして抵抗もせずに、諦めたというよりはどこか安堵したような表情を見せて、笑子は聡太のシビックに乗った。

その後、一度笑子のアパートに寄って泊まりに必要な準備をさせ、仙台をあとにした時には午後の六時になっていた。仙河海に到着するのは、急いでも八時半くらいになってしまうので、サーチライトが点灯される時刻には間に合わない。しかし、それはたいした問題ではなかった。天気さえよければ、仙河海市に到着したころ、明るさや照射角

度の調整が終わった、ちょうどよい光線が夜空に昇っているはずだった。

唯一心配していたのは天候だった。昼に仙台に向かってくる途中、内陸部に近づくにつれ雲が厚くなり、この季節だというのに、途中で雪が舞ってきた。だが、その心配も払拭され、こうして笑子は、三本の光の柱を目にしている。

仙河海市の市街地に差し掛かった時、聡太は内湾エリアには直接向かわずに、鹿又地区を経由して泰波山の中腹にある駐車場へと登った。

光の柱を初めて目にする希と笑子、そして意味はわからないだろうが笑子に抱かれた祐人への、ちょっとしたプレゼントのつもりだった。街の裏側から乗り入れることになるので、最も美しく見える光の柱と街の夜景を、笑子たちはいきなり目にすることになる。

案の定、希は、車から降りて目前に広がる光景を目にした瞬間、感嘆の声を漏らした。

一方の笑子は、何を思って見つめているのかは、はっきりわからない。「まずはお店を軌道に乗せることかな。笑子に手伝ってもらって」と言って顔を覗き込んだ希に、軽く口許《くちもと》を弛めたものの、明確な返事はしなかった。

それはそれでいい。

この先どうするか、最後に決断するのは、あくまでも笑子だ。希の希望通り仙河海市に戻ってくれれば、今の仕事をしながら仙台にいるよりもずっと安心ではあるのだが、無理やり説得を試みるようなことではない。

とはいえ聡太も、まったくの無策というわけではなかった。光の柱と夜景に見とれている二人から離れた聡太は、シビックのそばで携帯電話を取り出し、ＬＩＮＥを使って仲間たちに連絡を取った。

すぐに反応があった。

よし、とうなずいた聡太は、携帯電話をポケットに戻してから、希と笑子に声をかけた。

「けっこう寒いから、そろそろ車に戻ろう。祐人くんに風邪を引かせちゃまずいし」

その言葉にうなずきあった二人が戻ってきて、希は助手席に、笑子は祐人と一緒に後部座席に乗り込んだ。

車を発進させた聡太は、曲がりくねった下り坂がT字路にぶつかったところで、登ってきた方角とは反対側、内湾地区のほうへとハンドルを切った。

どこに行くの？　という希の問いに、櫓崎《やぐらざき》の高台に建つ観光ホテルの名前を口にした。

「あそこが実行委員会の事務局になっているんだ。温かい飲み物と食べ物があるはずだよ」

「そういえば、お腹ぺこぺこ」

思い出したように希が言う。仙台のアパートを出る前、祐人には夕食を食べさせていたが、大人たちは時間がなくて済ませていなかった。

内湾のそばまで下りてきて車の窓から間近に見上げる光の柱も、山の中腹から目にするのとは違ったよさがあった。

「そういえばさ、国語の教科書だったかな。田圃に下ろしている虹の足を見たっていう、そんな内容の詩があったよね。誰の詩だっけ？」

助手席の窓を開けて光の柱を見上げていた希が、車内に首を戻して言った。

「吉野弘《よしのひろし》だと思う。この前亡くなったばかりのはずだけど」後部席から笑子が口を挿んだ。

「さっすが、笑子――」と、後部席に首をねじった希が、

「なんか、しっかり地面に足をついてる虹の足を見ているみたいだね」と感想を述べる。

以前の聡太だったら、「そりゃそうだろ、光源がサーチライトなんだから」とでも言っていたかもしれない。が、今は希の素直な感想が何の抵抗もなく胸に染み入ってくる。確かにこの光は、自分たちが未来に架けようとしている虹なのかもしれない。その光源の一つが、聡太たちが向かっているホテルの第二駐車場に設置されている。鼎之浦

を作る三つの岬のうちの一つが、ホテルの建っている櫓崎なのだ。

　ホテルのロビーに入ると、聡太たちの到着を待っていた支配人が、こっち、と手招きをした。震災の年にホテルを任されることになった若い支配人なのだが、齢が近い楽仙会のメンバーとは親しく、いろいろな場面で助けてもらっている。

　支配人にドアを開けてもらって、室内に入った直後から、この場の主役は笑子と彼女に抱かれた祐人になった。実行委員会や楽仙会のメンバーのみならず、靖行や和生をはじめとした同期生たちの顔も多い。笑子を中心に人の輪ができ、口々に「可愛い」と言って、祐人に笑顔を向けたり手を振ったりしている。祐人も人見知りせずにニコニコするものだから、いっそう人が寄ってきてちょっとしたアイドルのようだ。

　このシチュエーションは聡太が仕組んだことではあったが、たぶん、それがなくても同じ状況になっただろう。戸惑いを隠せないでいる笑子に、ちょっと気取って靖行が言う。

「貴女《あなた》の古里、仙河海市にようこそ。みんな、笑子が帰ってくるのを待ってたぜ」

　お帰り。お帰りなさい。笑顔とともに周りからかけられる温かな声に、笑子の顔がくしゃくしゃになっていた。

3

松林の隙間を抜けてくる、梅雨入り前の爽やかな海風が心地よい。

聡太は、仙河海市の市街地から海岸線沿いに八キロメートルほど国道を南下した、岩根崎の公園に来ていた。震災後、最初に仙河海市に向かった際、「この先通行止め」の看板が最初に出てきた瀬波多《せのはた》地区から突き出ている岬で、海を挟んだ大島南端の龍旺崎《りゅうおうざき》とともに、仙河海湾の入り口になっている。

震災直後のこの一帯は、土のにおいが充満する黄土色の海辺に変わり果てた。しかし三年と三ヵ月が経過しようとしている今、その面影は皆無だ。松林自体もほとんど立ち枯れをしていない。もちろん津波に洗われてはいるのだが、波の勢いを遮るものがないため、するりと津波が通過していき、海水が溜まることがなかったからだろう。

沿岸部のどの場所でもそうなのだが、あれだけ大きな津波に見舞われながらも、放っておけば自然は着実に再生する。しかも、前とはまったく同じではなく、今現在の環境に合わせて表情を変え、したたかな逞《たくま》しさを見せて自らを取り戻し始める。たとえば、あちこちに見られるようになった潮だまりや干潟は、震災の前以上に豊かな生き物の宝庫となっている。

ではあるのだが、新たな自然の営みを、人間は懲りもせずに再び潰そうとしている。すべての海岸線を無機質なコンクリートで固め、再生しつつある自然の命を人間の側から拒絶し、遠ざけようとしている。

まったく愚かな話だと思う。人の営みと自然との境界は、本来はもっとファジーなものであるはずだ。以前の里山がそうであったように、里海的なグレーゾーンがあって、持ちつ持たれつの関係で人と海は生きてきたのではなかったのか。だからこそ、時に気まぐれを起こす海に対して畏敬の念を抱き、決しておごることなく暮らしてきたのではなかったのか。あの大震災は、人間は自然の力には勝てっこないということを徹底して我々に思い出させ、教えてくれたのではなかったのか。それなのに、コンクリートという旧態依然の鎧兜《よろいかぶと》で、再び海に挑もうとしている。

そもそも、海に対して勝ち負けを持ち込む発想自体がナンセンスだ。しかし、そのナンセンスな間違いを、またしても人間は繰り返そうとしている。いつの時点からか、白か黒かと分断し始めたことで、海と人間との関係はおかしくなってきたのだと思う。いったいどこまで人間は愚かな存在なのだろう……。

しかし、あきらめるのはまだ早い。震災を知らない子どもたちに、胸を張ってバトンを渡すためには、簡単にあきらめては駄目だ。

公園の先にある岩場から戻ってくる母子の姿を眺めながら、聡太は思った。あの子が成長した時に、何でこんな世界にしちゃったの？　と落胆させるようなことだけはしたくない。

幼い男の子が、繋いでいた母親の手を放し、地面にしゃがんで何かをじっと見つめ始める。

息子に何か声をかけた笑子が、その場を離れて聡太が座っているベンチのほうに歩いてきた。

「何、見てるの？」

しゃがみ込んだまま動かない男の子に視線をやって聡太が訊くと、「蟻《あり》の行列」と答えて柔らかく微笑んだ笑子が、聡太の隣に腰を下ろした。

仙台のアパートから出た笑子は、息子と一緒に仮設住宅で暮らし始めた。聡太が入っている仮設の隣の部屋だ。さらにその隣の部屋には希がいる。それまで靖行の家で居候していた希が、笑子親子の引っ越しに合わせて入居した。仙河海市に戻ってきた笑子は、四月末にオープンした希の新しい店で働いている。昼はカフェ、夜はショットバーになる小さいながらもお洒落なカフェバーだ。希が仮設に移ってきたのは、交代で笑子の子どもの世話をするためだった。二人の手が空かない時には、時間をやり繰りして聡太が面倒を見てやることもある。

聡太自身も、来春くらいから新しい仕事を始めることになりそうだ。ひょんなきっかけで知り合ったエンジニアと一緒に、遠洋漁船の自動操舵装置を扱う会社を創ろうと考えている。父のあとを継ぐことはせず、漁師にはならなかった聡太であるが、結局は船にかかわる仕事に就くことになりそうなのだから、これも何かの巡り合わせなのかもしれない。

「さてと。そろそろ街に戻ろうか」

聡太が言うと、うなずいた笑子が息子の名前を呼んだ。

「呼人《よひと》っ。帰るわよ！」

はーい、と返事をした呼人が、ちょっとだけ未練がましく地面を見やったあと、母親に向かって駆けてくる。

その時、聡太の脳裏を何かがかすめた。

笑子の息子、こんな名前だったっけか……。

しかし、胸中でかすかに聞こえた疑念の声は、次の瞬間にはどこまでも穏やかな潮騒の音に掻き消されていた。

文庫あとがき

宮城県の気仙沼《けせんぬま》市が本書『悼みの海』に出てくる「仙河海市《せんがうみ》」のモデルです。ごく私的なうえにだいぶ昔の話になりますが、一九八八年四月から一九九一年三月までの三年間、中学校の教員として暮らしていた港町です。それから二十年あまりが経過した二〇一一年三月十一日、私にとって大変懐かしく、思い出深い港町は、あの大津波によりすっかり壊れてしまいました。

震災時、私自身は仙台《せんだい》市内の自宅で被災しましたが、自分が被災者であるとは思っていませんでした（電気の復旧までに三日、水道が使えるようになるまで二週間、都市ガスに至っては一ヵ月以上も止まったままだったのですが）。テレビに映し出される沿岸部被災地の映像があまりにも無残で、それと比べれば自分は……という心境です。どうやら、仙台市内（津波が来なかったエリアのことです。仙台にも海がありますから）に暮らす多くの人が、当時は同じ思いでいたようです。

そしてこれも私的な話なのですが、倒れた書棚や散乱した大量の本の片付けをしながら、小説はもう書けないのだろうな、と考えていました。この現実を前にしてフィクションなんかあり得ないと（おそらく多くの小説家が同じような心境に陥っていただろうと想像します）そう感じていたのです。

さらに私の場合、本が、正確に言えば小説が、まったく読めなくなりました。読もうとしても数行で読み進めることができなくなり、放り出してしまうしかないのです。印刷されている文字があまりに空疎に思えて、物語の世界に入っていけない。フィクションの世界に逃げ込めればどんなに楽だったかと思うのですが、それは不可能でした。

小説を読めない小説家。それはあり得ませんよね。しかし、なぜか私は、困ったなと思いつつも、破壊され、瓦礫《がれき》だらけになった沿岸部に、頻繁に足を運んでいました。何をするわけでもありません。海辺に佇《たたず》み、傷ついた光景をただひたすら見つめ続けました。そのころは、なぜそのような無益とも言える行為をしているのか、自分でもよくわかりませんでした。とにかく、この光景を目に焼き付けておかなくてはならない。そう考えていたことだけは覚えています。

いまはその理由がわかっています。小説はもう書けないと思いつつも、小説にしがみついていたかったのだと思います。小説を書くための材料を探していたのだと思います。なんと浅ましいことでしょう。あんなにも沢山の人が死に、日々の暮らしが破壊され尽くした光景を目の当たりにしているというのに……。

そんなおり、とあるきっかけがあって一冊の本に出合いました。佐藤泰志《さとうやすし》（一九四九〜一九九〇）の『海炭市叙景《かいたんしじょけい》』（小学館文庫）という短編集です。「海炭市」とは、著者の故郷である函館《はこだて》市をモデルにした架空の町のこと。そこに暮らす市井《しせい》の人々を描いた作品集です。とてもいい本なので、機会があったらぜひとも手に取ってみてください。そしてこの本が、震災後に初めて私が読めた小説となりました。普段はあまり手を伸ばすことのない、いわゆる純文学の作品なのですが、なぜか私の心に深く刺さりました。私たち人間は日々こうして生きているのだなと、あらためて知ることができた。そんな本です。読後、叶《かな》うならこんな作品を書いてみたい、と切実に思いました。誰かの作品を真似《まね》て小説を書いてみたいと思ったのは、この仕事をするようになってから初めてのことです。

それからしばらく時間が経過して、震災後に初めて書くことのできた小説が「冷蔵家族」という短編です。作品の出来は読者に委ねるしかないですが、私自身は気に入っています。なにせ、小説家をやめずにすむ足がかりとなった作品ですので。これはのちに『希望の海　仙河海叙景』（集英社）という短編集に収録されることになります。もちろん副題の「仙河海叙景」は「海炭市叙景」の真似っこです。

と同時に、メディアでは壊滅という言葉でひとくくりにされ、瓦礫だらけの風景が紹介されている町の、震災以前の姿や人々の暮らしを書き留めておきたいと強く思うようになりました。その後、現地の取材を重ねながら、明治から大正、そして昭和、さらに平成へと続く、仙河海市とそこに暮らす人々の物語を描き続けていくうちに、いつのまにか合計八冊の本が生まれることになりました。

さて、私的な前置きがだいぶ長くなってしまいましたが、そのうちの一冊が、このたび講談社文庫としてお届けできることになった『悼みの海』です。文庫化にあたり、新聞連載時と単行本刊行の際の『潮の音、空の青、海の詩《うた》』（ＮＨＫ出版）を改題しました。

この物語を書くことにした直接のきっかけは、仙台のような人口百万人ほどの、まあまあ大きな都市が、震度五強から六強の大地震に見舞われるとどんな状況になるのか、当時はまったくと言ってよいほど報道されていなかった（沿岸部と福島の原発事故でそれどころじゃなかったのはわかります）ことでした。いずれ必ずやって来る首都直下地震や南海トラフ地震に対する心の備えになってほしい。そんな思いがありました。

作品自体は、故郷を離れていた、というより、決別していた主人公が、震災をきっかけに故郷に戻り、あらためて生まれ育った町を見つめ直し、さらには故郷の未来に思いを馳《は》せる、いや、託す物語です。

そんなことを念頭に書き始めた物語だったのですが、震災で失われた命や風景を悼むものへと徐々に変容していきました。一連の仙河海の作品は、物語を書くことで悼み、弔《とむら》い、小説にしがみついていたいという自分のわがままに対して許しを請う営みを形にしたものだった、と気づかされました。

そうして仙河海の物語を綴《つづ》っているあいだ、かつての教え子たち（今は町の復興を担う中心になっています）をはじめ、気仙沼で暮らす沢山の人々には、取材を通して大変お世話になりました。あらためて御礼申し上げます。本当にありがとうございました。

そして最後に、この作品群を書いたことを許してくれているかもしれない（そうであってほしいと願っています）今は亡き多くの魂に、心より哀悼の意を表します。

二〇二三年冬　仙台の自宅にて

熊谷達也

本作品は河北新報、沖縄タイムス、岐阜新聞、大分合同新聞、千葉日報などに、『潮の音、空の青、海の詩』として、二〇一三年四月より全三百二十回にわたって順次掲載され、二〇一五年七月にNHK出版より単行本刊行されました。文庫化にあたって改題し、加筆訂正しました。